최명익 단편선
비 오는 길

책임 편집 · 신형기

연세대학교 국어국문학과와 같은 과 대학원 졸업.

현재 연세대학교 국어국문학과 교수.

저서로는 『해방 직후의 문학운동론』『북한문학사』『민족 이야기를 넘어서』 등이 있고,

논문으로는 「최명익과 쇄신의 꿈」 등이 있음.

한국문학전집 05

비 오는 길

최명익 단편선

초판 1쇄 발행 2004년 12월 3일
초판 8쇄 발행 2021년 11월 30일

지 은 이 　최명익
책임 편집 　신형기
펴 낸 이 　이광호
펴 낸 곳 　㈜**문학과지성사**
등록번호 　제1993-000098호

주　　　소 　04034 서울 마포구 잔다리로7길 18(서교동 377-20)
전　　　화 　02)338-7224
팩　　　스 　02)323-4180(편집) 02)338-7221(영업)
전자우편 　moonji@moonji.com
홈페이지 　www.moonji.com

ⓒ ㈜**문학과지성사**, 2004. Printed in Seoul, Korea

ISBN 89-320-1557-0 04810
ISBN 89-320-1552-X(세트)

최명익 단편선
비 오는 길

신형기 책임 편집

문학과지성사 한국문학전집 05

| 차 례 |

| **일러두기** |

1. 이 책에 수록된 작품은 최명익이 1936년부터 19467년까지 발표한 소설들 중에서 선정한 8편의 단편이다. 각 작품의 정확한 출처는 주에 명기되어 있다.
2. 이 책의 맞춤법은 1988년 1월 19일 문교부 교시 '한글 맞춤법'에 따르는 것을 원칙으로 하였다. 단 작품의 분위기에 영향을 준다고 판단되는 방언이나 구어체 표현. 의성어·의태어 등은 그대로 두었다.

    예) 숙부님께서나 가슈.
        이분이 김선생 조카 되시는 분이구랴.
3. 원본의 한자는 가급적 한글로 바꾸었으며, 작품 이해에 도움이 될 만한 한자는 그대로 두고 괄호 안에 넣었다(예 ①). 반복적으로 등장하는 한자어는 최초에만 괄호 안에 한자를 병기하고 후에는 한글로만 표기하였다. 또 책임 편집자가 독자들의 이해를 위해 필요하다고 판단되어 부가적으로 병기한 한자는 중괄호(〔 〕)를 사용하여 표기하였다(예 ②).

    예) ① 花郞의 後裔→화랑의 후예(後裔)
        ② 차마→차마〔車馬〕
4. 대화를 표시하는 『 』혹은 「 」은 모두 " "로 바꾸었고, 대화가 아닌 강조의 경우에는 ' '로 바꾸었다. 또 책 제목은 『 』로, 영화·단편소설 등의 제목은 「 」로 표시했다. 말줄임표 '…' '..' '.....' 등은 모두 '……'로 통일시켰다.
5. 외래어 표기는 1986년 1월 7일 문교부 교시 '외래어 표기법'에 따라 바꾸었다(예 ①). 단 작품의 제목이나 중요한 어휘로 등장하는 경우에는 원본을 그대로 살렸다(예 ②).

    예) ① 쩌어날리스트→저널리스트
        ② 조선의 심볼(현 외래어 표기법으로는 '심벌')
6. 과도하게 사용된 생략 부호나 이음 부호는 읽기에 편하도록 조절하였다.
7. 책임 편집자가 부가적인 설명이나 단어 풀이가 필요하다고 판단한 경우에는 본문에 중괄호(〔 〕)로 표시해놓거나 책의 뒤쪽에 미주로 설명을 붙여놓았다.

폐어인 肺魚人

쥐를 잡아먹고 고양이가 죽었다.

기른 지 3년이나 되도록 쥐를 잡아본 적이 없던 고양이가 하필 여름 생쥐를 잡아가지고 툇마루에서 피를 흘리며 먹을 때 모두 질색하여 쫓아내었던 것이다.

그날 저녁에도 상귀[1]를 핥으려 드는 고양이의 수염은 여전히 은실같이 빛났으나 생쥐 냄새가 나는 듯하여 몰아내었고 밤에는 자리 속에 들어오지 못하도록 광 속에 가두어 재웠던 것이다.

그 밤을 고양이는 밤새워 울고 보채었다.

아침에 광문을 연 선희는 역한 냄새에 울컥 속이 뒤집히는 듯하였다. 내장이 모두 스러져[2] 나오는 듯한 것을 무드기[3] 게워놓은 앞에 웅크리고 있는 고양이는 기신을 못 차렸다.

아침 볕에 간신히 뜨는 고양이의 눈은 밀화[4] 구슬같이 영롱하던 흰자는 없어지고 옹이 빠진 구멍 같은 동자만이 한없이 깊어 보였다. 고양이를 몰아내고 재를 덮어서 부정한 것을 치르는 선희는 침도 뱉을 수 없이 가슴이 설레었다.

그때도 건넌방에서 들려오는 남편의 심한 기침 끝에 또 각혈을 할는지도 모를 염려로 사지가 저렸던 것이다.

찬거리에서 생고기 부스러기를 주어보았으나 고양이는 눈 떠보지도 않았다. 그같이 청승맞도록 소정하던⁵ 고양이는 더럽힌 입 언저리와 수염을 쓰다듬지도 못하고 눈물에 젖은 눈시울에는 눈곱까지 끼었다.

전 같으면 상귀를 핥고 앞발로 찬그릇을 하우치려⁶ 들 고양이가 조반 때도 그저 툇마루 양지쪽에 송그리고만 있었다.

"고양이가 무슨 나무럼이 갔나"⁷고 현일(玄一)이가 들여다볼 때, 아까 어머니를 따라가서 본 아들이 "앙이 피 겨워서⁸ 이마망큼"으로 형용을 해놓고 징그럽다는 듯이 밥을 씹던 앞니 빠진 강구입⁹을 찡그렸다.

"아니 어제 먹은 생쥐가 체했던가 봐요."

이렇게 선희는 어린것의 말을 앞질렀으나 아들은 역시 아버지를 쳐다보며

"피 많이 게우면 괭이 죽나? 응?"

"못써⋯⋯"(그런 말 해선) 선희는 이렇게 나오려는 자기 말이 오히려 사위스러워서 말끝을 삼키고 아들에게 눈총을 쏘았을 뿐이었다. 그런 아내의 얼굴에서 황급히 눈을 돌린 현일은 어리둥절한 아들을 달래듯이 "고양이가 죽을 리 있나 안 죽는다" 하였다. 그리고 웃어 보이는 그의 얼굴은 기름기 빠진 가죽에 주름살

뿐이었다.

조반상을 물리고 현일은 그의 서재라기보다 지금은 격리 병실인 건넌방으로 가다가 "됐나 원 우리 불량 소녀가" 하며 쓰다듬고 쓰다듬어도 고양이의 털은 고슬러서기만[10] 하였다.

흰 바탕에—말하자면 흰옷 위에 검정 맨틀[11]을 등에만 걸치고 가장무도회에 나선 소녀가 검정 복면을 한 것같이 생긴 그 나비고양이는 쥐도 안 잡고 나증하게[12] 언제나 아랫목에서 낮잠을 자고 깨면 화장에만 골몰하였던 것이다.

고양이가 죽자 단 며칠이 못 가서 쥐가 들끓기 시작하였다.

고가라 누구를 청원할 수도 없는 일이지만 그런들 고양이가 없어졌다고 그렇게도 금시에 천반자[13] 위까지 쥐가 들끓으란 법도 없을 것이다.

늘 잠을 못 이루고 밤마다 쳐다보게 되는 천장에서는 제 세상이라는 듯이 쥐들은 날뛰는 것이다. 단칸방 넓지 않은 천장을 이 모퉁이에서 저 모퉁이로 열을 지어 달리기도 하고 산병전(散兵戰)으로 뛰놀다가 서로 부딪치거나 얼크러져 싸우는 모양으로 찍찍 소리를 질러가며 뒹구는 양이 선히 보이도록 고삭은 천장 종이는 금시에 쥐 발이 쑥 빠져나올 것같이 쥐의 몸무게로 불쑥불쑥 드나들었다.

현일의 눈은 최면술에 걸린 사람같이 쥐가 달리는 방향을 따라 천장 위를 밤새워 헤매는 때도 있었다. 밤이 깊어갈수록 신경질이 나고 신열이 나고 식은땀이 났다.

행여 잠이 들까 하여 불을 끄고 누웠노라면 캄캄한 속에서 오직 귀로만 들어오는 쥐의 소동은 꼭 천둥소리와 다름이 없었다.

하늘을 뒤말아 굴리는 듯한 그 천둥소리를 듣노라면 어두움이란 지척도 천리라 식은땀에 젖은 몸은 홀로 광야에 누워 있는 듯한 고적과 열에 뜬 몸은 바다의 끝없는 물결에 떠서 흐르는 듯 어지러워서 헛구역의 충동으로 심한 기침이 발작하는 것이었다.

기침이 겨우 진정되면 끝없는 어두움이 맴돌아 좁은 귓속으로 빨려 들어가는 듯이 귀가 울 뿐 캄캄한 적막 속에서 몸의 고통도 신산한 생각도 모르게 그저 허탈하고 마는 것이다.

그럴 때마다 '이대로 죽지나 않나? 아이 편해' 이런 생각으로 담 걸린 성대가 말은 채 이루지 못하나 가래가 끓는 것이다.

잠이라기보다, 의식이 몽롱한 상태에 떨어진다.

또 뚜루루 천둥소리가 들리기 시작하는 것이다. 기침 소리에 주춤했던 쥐들이 다시 발동한 것이다. 전보다 좀더 요란스럽게 들리면서 천장이 빠지며 수없이 많은 쥐가 앙상하게 드러난 갈빗대 위로, 편한 생각에 히죽이 웃은 표정이 그냥 굳어진 얼굴 위로 쏟아져 내린다. 더덮이는[14] 쥐로 가슴이 답답하고 뭉글뭉글하였다. 떨어진 쥐들은 침이 말라서 미처 감쌀 수 없이 드러난 자기 이틀을 짓밟고 달아난다.

이같이 가위에 눌려 몸이 떨리는 악몽에서 깨면, 요와 이불을 뒤쳐 깔고 뒤쳐 덮어야 하도록 도한(盜汗)이 나는 것이었다.

밤은 얼마나 깊었나?

왜 새벽이 어서 안 오나?

부엌에서 덜그럭 소리가 난다. 처가 벌써 아침동자[15]를 시작하나?

밤을 재워서 그릇 냄새가 나고 미적지근한 자리끼 말고, 갓 떠온 냉수를 시원히 마셨으면 한다. 벌떡 일어나서 아직 산산한 밤기운에 식은 물이 남실남실 매립도록[16] 용두(龍頭)[17]까지 차 있는 수도를 쏴 틀어서 마시고 싶은 욕심, 그러나 식은땀에 젖은 몸에는 이불 밖의 밤기운이 바늘 끝같이 차가웠다.

그렇게 찬물이 그리우면서도 몸은 오슬오슬 오한에 떨리는 것이다. 일어났다가 감기가 들면 내일모레는 건듯 죽어버릴는지도 모를 것이다. 죽지는 않더라도 자기의 건강은 다시 회복할 수 없는 한 층계를 내리짚고 말 것이다.

'이렇게 물 한 그릇을 떠먹는 데도 생사를 겨누고 망설이게 돼서야.' 현일은 베개 위에 다시 머리를 떨어트리고 눈을 감았다.

부엌에서 또 덜그럭 소리가 난다. 그러자 방문이 열리며 "쉬쉬 이놈의 쥐 같으니" 하는 처의 소리가 들린다. 자는 음성이 아니었다. 그뿐 아니라 방문 밖에 놓인 화로전[18]에 인두의 재를 터는 소리가 들리고 다시 방문이 닫힌다.

'또 바느질로 밤을 새우는가? 혹시 밤은 아직 그리 안 깊었는가?'

10분. 20분. 찬장에서 놋기명[19]이 떨어지는 소리가 요란하고 찍찍 놀란 소리를 지르며 쥐가 우르르 달아난다. 벌컥 방문이 열렸다.

"원 속이 상해서."

그 표정이 보이도록 처의 목소리는 또렷하였다. 그리고 이어서 부엌 바닥에 고무신 끄는 소리가 나고 찬장 문이 열리고 그릇 간 집히는[20] 소리가 들린다.

안방 시계가 친다. 4시.

머리를 들어 본즉 모기장을 격하여 보이는 바깥 장독대에 놓인 흰 항아리의 윤곽이 새벽빛에 서릿발같이 차게 푸르렀다. 그 아침 이슬방울을 탄 혓바닥으로 핥았으면 하였다.

현일은 부엌 편 담을 퉁퉁 치고 "여보 물 좀 주" 하였다.

"네?"

"물."

쏴 수도 소리가 났다. 현일은 몸을 뒤치어 두 팔고비[21]를 베개에 걸치고 엎디었다.

선희는 물그릇을 들고 들어와서 모기장 밑으로 들여놓고 앉으며 "입때 안 주무셨어요?" 물었다. 물은 그릇 잡은 손이 휘뚝거리도록 감돌아 한가운데는 보조개 같은 적은 소(沼)가 맴돌이를 한다. 손가락으로 꼭 찔러보고 싶게 재롱스러운 것을 마시고 난 현일은

"나는 좀 잤지만 당신은 또 밤새워 삯바느질이오?"

"자려다가 급하다는 것을 맡은 것이 있길래 해치우려구……"

"제발 좀 그만두우 그러잖어두 살아갈 도리가 있을 테니."

"누가 그런 걱정을 한대요. 그저 자미[22]루 그러는 거죠."

"자미!"

"그저 놀면 뭘 해요? 공연히 조바심하지 마시구 학교 일이 결정되는 때까지 한껏 늘어 잡구 쉬어보실 생각이나 해요."

12

"누가 안 그런다나, 오히려 이편이…… 글쎄 삯바느질 하는 것이 안되었다는 것이 아니라 그렇게 밤을 새워가며 하는 것은 누가 조바심을 하는 게요. 그런 집안에서 밤낮 누워만 있는 내가 편하겠소?"

현일이가 이런 말을 하는 것은 이 밤뿐이 아니었다.

석 달 전에 M학교가 폐교되어 현일이가 직업을 잃게 되고부터 선희는 삯바느질거리를 모아들여서 거진 매일이다시피 밤을 새우는 것이었다.

M학교 교원으로 매달 백여 원의 수입이 있었지만 병약한 현일의 살림은 그 정도의 샐러리맨 이상의 살림일밖에 없었다. 그리고 이 낡은 집이나마 마련하기에 저축이 없었던 것이다.

석 달 전부터 수입이 끊어진 그들은 퇴직금으로 받은 5백여 원으로 살아갈밖에 없었다. 끝없이 초조할밖에 없는 현일은 M학교 대신으로 새 이사회와 새 재단의 조직으로 창립된다는 H학교에 다시 취직 운동을 하는 중이었다. 거기 취직이 안 되더라도 아직 남은 돈을 절용해가며 달리 자리를 구하거나 그 역 안 되면 이 집을 팔아서라도 처자를 기를 자신이 있노라고 장담하고 밤새워 삯바느질을 하는 처를 나무라기도 하였다.

그러나 선희로서는 딱히 취직이 되리라고 미룰 수 없는 일이요 된댔자 부지하세월을 어찌 기다리고만 있을 수도 없는 노릇이었다. 아무리 절용한다 하더라도 나날이 줄어만 가는 돈이요 그렇지만 병약한 현일의 영양을 위하여는 그의 식찬을 이상 더 덜 수는 없다고 생각되므로 한 푼이라도 보태어 써보려는 결심으로 삯바느질을 시작한 것이었다.

"하여간 내일은 H학교 인사계에서 만나보자니까 내일로 곧 결정은 안 나더라도 되고 안 될 것을 대강이라두 짐작할 수야 있겠지."

"되겠지요."

"글쎄."

"당신의 이력이나 엽때[23] M학교에서 지나온 것을 그이들이 모르겠어요?"

"……사람의 일을 알 수가 있더라구."

"나두 잘 테니 염려 마시구 주무셔요."

"음" …… "거기 좀더 앉어요."

일어서려던 선희는 다시 앉았다.

"모기 물잖어?"

"……"

선희는 말없이 고개만을 흔들고 현일의 베갯머리에 놓인 부채를 집으려고 모기장 안으로 손을 넣었다.

손가락에는 매듭이 않고 손등은 물에 거칠어지고 바늘에 닳은 손끝은 거스러미가 일어선 손이었다.

현일은 그러한 처의 손을 잡았다. 복잡한 감정에 떨리는 손으로 잡았다. 생버들가지를 모아 쥔 듯한 탄력을 장[掌]바닥[24]에 감촉하며 처의 얼굴을 쳐다보았다.

새벽빛을 받고 있는 그 얼굴은 푸르도록 희었다. 푸른 모기장을 격하여 저편에 멀리 겨울달같이 쳐다보일 뿐이었다. 그 눈도 표정 없이 그저 푸르게 빛날 뿐이었다. 그러한 처가 말없이 손을 빼려고 지그시 당기는 팔의 긴장을 현일은 전신에 느꼈다. 현일은 반항적으로 마주 당기는 자기 팔의 힘을 또 느낄밖에 없었다. 그러나 처의 얼굴은 너무 차기만 하고 그 눈은 아무런 감동도 없어 보였다.

'얼마나 삭막한 부부냐?' 이런 생각에 현일은 저도 모르게 대담해짐을 깨달으며 한 손으로 모기장을 걷어들고 "들어와요" 이렇게 부르짖으며 처의 손을 끌었다.

선희는 쓰러지듯이 현일의 얼굴을 안았다. 현일의 뺨에 뜨거운 입술이 묻혔다. 그리고 작게 느껴 우는 소리가 났다.

"안 돼요. 지금 이래선 안 돼요. 용서해요."

이렇게 부르짖고 선희는 현일의 팔을 뿌리치고 문밖으로 나갔다.

그린 듯이 눈을 감고 누워 있는 현일은 자기 이마에서 식어버린 처의 눈물방울이 관자놀이로 흘러내리는 것을 깨달으며 눈물이 솟아오르는 것을 씻으려고도 안 했다.

이튿날 11시가 지나서야 일어난 현일은 동경서 어제 왔노라고 적어두고 간 병수의 명함을 보았다.

아직 기침 전이라니까 저녁에 또 오마고 갔다는 병수가 가져왔다는 버터와 치즈를 선희는 자랑이나 하듯이 현일이 앞에 펴놓으며 그이가 올 때마다 이렇게 많이 사다 주어서 얼마나 요긴한지 모르겠다고 병수에게 치하나 하는 듯이 기뻐하였다.

그 버터로 구운 토스트와 치즈로 아침을 먹고 오정이 지나서 현일은 M학교로 갔다.

M학교라고들 하지만 우중충한 교사(校舍)가 남았을 뿐 지금은 새로 된다는 H학교 창립 사무소가 된 것이다.

육칠 년간 내 집같이 드나들던 현관문 밖에서 초인종을 누르고 낯선 급사에게 명함을 주고 서 있는 현일은 이렇게 찾아와야 할 처지가 아니었다면 인사의 무상도 느끼지 않았을지 모르리라고 생각하며 저편 하늘에 구름같이 피어오르는 감회를 누르려 하였다.

급사를 따라 이전 교원실에 들어선 현일은 권하는 대로 문안〔問安〕 의자를 빌려 앉았다. 낡은 의자나 테이블이 모두 그전 것으로 위치도 전과 별로 달라진 것이 없었다. 저편 한가운데 있는 이전 자기 테이블에는 책과 분필곽과 잉크병 대신에 재떨이와 사이다병과 오리즈메 벤도곽²⁵이 흩어져 있었다. 두세 사람이 아직 벤도를 먹고 셔츠 바람으로 드나드는 사람이 여럿이지만 한 사람도 알 사람이 없었다.

현일은 다시 급사의 인도를 따라 이전 교장실로 갔다.

거기도 별로 달라진 것이 없었다. 오직 회전의자에 앉아 있는 '아사히'를 피워 문 중노인이 다를 뿐이었다.

현일은 새로 조직된 H학교 이사 중의 한 사람의 소개로 H학교 교직원의 인선을 맡았다는 이 중노인을 찾아보게 된 것이었다.

그 중노인은 현일의 인사를 정중하게 받고는 한참 동안 말이 없었다. 현일은 벗어진 혈색 좋은 그의 이마를 잠깐 바라보았다. 꽤 몽몽하달 수 있는 아사히 연기를 격하여서도 그 이마와 얼굴은 빛났다. 그 빛나는 이마를 넘어서 현일의 정면인 담〔壁〕 중앙에는

16

못〔釘〕 구멍 세 개가 이등변 삼각형으로 뚫려 있었다. 본시 난황색이던 이 넓은 담 중앙에 세 못 자국으로 된 이등변 삼각형의 저변(底邊)과 정점(項點)을 길이로 한 장방형이 희게 보이는 곳은 전 M학교 창립자인 H씨의 사진이 걸렸던 곳이다. 그 자리가 흰 것이 아니라 이 담을 처음 칠한 난황색이 사진 뒤에서 아직 새로운 그대로 남아 있어서 색 낡은 다른 면보다 희게 보이고 지금 바라보는 현일에게는 그 흰 자리가 두드러져 보이기도 하고 깊이 들어가 보이기도 하는 것이었다. 그리고 현일은 지금도 그 흰 면에서 H씨의 초상을 보는 듯하였다.

매일 아침 이 테이블 위에 놓인 출근부에 도장을 찍고 머리를 들 때마다 그 초상의 다리 없는 안경알이 번쩍 빛나는 듯한 착각을 느껴온 것이었다. 지금도 그런 착각으로 시선을 떨어트렸을 때 눈앞의 중노인은 어느새 금테 안경을 쓰고 서류를 뒤적이고 있었다.

테이블 위에 놓인 것은 현일이가 교수하던 수신 교안이요 손에 든 것은 현일의 이력서였다.

이력서와 교안을 번갈아 뒤적이면서 그 중노인은 "윤리는 대학 선과로 자격을 얻고, ……영어는 검정을 치르고……" 이렇게 중얼거리던 말끝에

"그래……" 갑자기 안경알이 번쩍하며

"도찌가 도꾸이까네?"[26]

"하〔네〕?"

방금 물은 자기 말을 잊었다는 듯이, 혹은 현일이가 재우쳐 묻

는 말에 다시 물을 필요가 없다는 태도인지

"몸이 약하다는 말을 들었는데…… 보매 아닌 게 아니라 약한 모양인데 본인 자신은 어떤가?"

이렇게 그의 말은 각설로 나갔다.

때마침 서창으로 기운 햇빛에 그의 안경알은 인화(燐火)가 피어오르듯이 눈부셨다.

현일은 수신 교안을 뒤적여보는 것보다도 자기의 빈약한 얼굴을 쏘아보는 그 눈에 더욱 불안을 느낄밖에 없었다. 금시에 뺨 위에 붉은 기운이 치밀고 기침이 터질 것 같았다. 그리고 자기 인후 속에서 담이 게거품같이 끓어올랐다 꺼졌다 하는 소리가 '몸이 약한 것도 죈가?' 이런 글자를 발음하는 듯하였다. 현일은 입 안의 침을 모아서 삼키고 삼켜서 그런 글자의 발음을 하는 담을 씻어내리려고 애를 썼다. 그리고 간신히

"건강한 편은 아니지만 지금까지의 경험으로는 책임 감당에 별 장애는 없었습니다."

이렇게 말한 끝에

"지금까지의 제 출근부를 보시면 아시겠지만, 이 앞으로도……"

이러한 말이 자기 입에서 저절로 나오는 것을 들은 현일은 '음, 걸작인걸!' 하고 신음 소리가 또 저절로 나왔다.

하소하려는 의사도 없이 저절로 나오는 하소였다. '나도 어지간히 막다른 골목에 들어섰구나. 그러나 거짓말을 한 것은 아니다.' 현일은 속으로 이렇게 중얼거리며 출근부에 도장을 찍고 나

서마다 쳐다보게 되던 초상을 다시 보려고 눈을 들었다. 그러나 흐린 물에 뜬 나무쪽같이 흰 장방형에는 죽어가는 고양이의 동자 같은 못 자국만이 보일 뿐이었다.

현일은 현기가 났다. 넓은 담은 탁류(濁流)와 같이 휘어져 저리로 저리로 흘러가는 듯하고 그 탁류에 뜬 세 못 자국의 흰 면도 한없이 멀어갔다. 마주 앉은 중노인의 무거운 음성이 또 들린다.

"그대가 가르치던 수신 교안을 보면 시대 인식이 좀 부족한 점이 있는 듯한데 본인은 어떻게 생각하는가?"

"????"

현일이가 어떻다고 대답을 생각할 겨를도 없이

"이것을 기회로 교원 말고 한번 다른 직업을 구해볼 생각은 없는가?"

그 인화가 피어오르는 안경을 쳐다볼 기력도 없이 고개를 떨어트리고 있는 현일의 귀에 또 이런 말이 들렸다.

"아직 그런 생각은 해본 적이 없습니다."

현일은 이렇게 간신히 대답하는 자기의 말소리를 들었다. 그러자 그는 또 흠칫 정신을 가다듬었다. 자기의 그러한 말을 이 중노인이 혹시 '교육은 나의 천직이니까요' 하는 뜻으로 이해(오해가 아니라)할 것 같은 염려로 민망스러웠다. 그렇다고 이 자리에서 '나는 경험도 자본도 건강도 없는 사람이니 다른 무엇을 할 수 있는가'고 말한댔자 오직 저편의 경멸을 살 것뿐이라고 생각하였다.

현일이를 소개한 이사의 체면을 보아 한번 만나준다는 데 그치고 마는 듯한 이 면담을 마치고 나선 현일은 포켓을 더듬어 지갑을 꺼내보았다. 돈이 있었다. 취해보고 싶었다. 친구와 이야기. 술.

그러나 자기를 염려하는 처의 얼굴이 보였다. 현일은 어젯밤 처의 눈물에 젖었던 이마에서 흐르는 땀을 씻었다.

이 삼사 년 동안 오직 남편의 건강을 위하여 금욕 생활을 지키려고 애쓰는 처의 노력을 생각하였다. 그러한 선희는 어서 세월이 빨리 가기만을 기다리는 사람이었다. 현일의 병은 나이 많아 갈수록 병과 싸우는 생리 기능이 늘어간다는 것과 어서 아들이 자라서 병약한 아버지를 받들어 도울 수 있는 대장부가 되기를 바라는 선희는 어서 세월이 빨리 갈수록 그의 가정의 행복도 빨리 올 것같이 믿었다. 그뿐 아니라 세월이 빨리 가면 자기는 괴로운 청춘을 속히 잊어버릴 수가 있다고도 생각하는 것이었다.

그러한 아내를 생각할 때 현일은 지금도 머리가 숙여지는 것이었다. 그러나 현일은 자기로서도 똑똑히 형언할 수 없는 반역심이 끓어오르는 때가 있었다. 그런 때마다 처에게 여인의 무지한 로맨티시즘이라고 부르짖어도 보았다. 무지한 여인의 낙관주의라고 꾸짖기도 하였다.

—내년에 내달에 그보다도 단 며칠 후에 내가 심한 각혈을 하고 그 자리에 쓰러져 죽고 말는지 누가 아느냐? 그리고 아들도 처도 벌써 내게 전염되어서 언제 각혈을 하게 될지 아느냐. 어느 누가 내 병이 나으리라고 하며 우리 집에 장차 행복이 다시 오리라고 누가 보증을 하더냐고 현일은 자기와 처를 위협하고 저주한 것도 한두 번이 아니었다.

그것은 결코 흥분한 때만이 아니었다. 냉정한 사실과 맹목적 운명을 말하는 것뿐이라고 생각되는 것이었다. 흥분하는 것은 오히려 그 냉정한 사실과 맹목적 운명에 반역할 수 없는 약자의 울분인 것뿐이었다.

그러나 그러한 사실과 운명을 발설도 않고 생각지도 않고 살아가는 것이 세상의 인정인 것이다.

자기가 그런 생각을 하고 그런 말을 대담히 발설하는 것은 오직 건전한 사람과 다른 병자인 까닭이다. 이렇게 생각할수록 현일은 저주받은 자기의 운명이 원망스럽기도 하였다.

현일은 홀어머니의 손끝에서 피나는 노력으로 보통학교 훈도가 되었던 것이다. 훈도 생활 근 10년에 약간의 저축을 학자로 교육자라는 특전으로 들어갈 수 있는 대학 철학과에 선과생으로 들어갔다. 그때 현일은 서른이 가까운 나이였다. 3년 후에 대학을 나오자 시간 교사로 M학교에 수신을 가르치게 되고 그 이듬해에는 훈도 시대부터 10여 년간 독학으로 공부한 영어 자격 검정을 치러서 M학교에 전임 교원이 된 것이었다.

현일이가 처음 각혈을 한 것은 그때였다. 그때 그는 쏟아놓은 요강의 피를 들여다보며 이를 스리물고[27] 두 주먹을 굳게 굳게 쥐었던 것이다. 그러고는 빙그레 웃었던 것이다. 또 싸워야 할 싸워 이겨야 할 이길 자신이 있는 그러나 녹록히 볼 수 없는 대적을 눈앞에 보는 듯한 흥분을 느꼈던 것이다.

언제나 한번 당락[28]할 것 같은 예감으로 기다린 듯한 운명의 타격은 종시 오고야 말았다고 생각한 것이었다. 그러나 한 걸음도

움츠리려고는 않았다.

교단에 서는 현일에게는 수신은 열과 신념의 시간이었고 영어는 궁지와 자신의 시간이었다. 이렇게 현일은 지금까지 30여 년 반생에 어느 때 한번 마음을 느껴서 숨을 태워본 적도 없이 걸어와 다다른 처지에서 좀 다리쉼을 하여도 좋으리라고 생각하였던 것이다. 그러나 각혈은 연거푸 나왔다.

각혈을 하고 누웠을 때 간호에 지친 처가

"세상 살아가기가 이렇게 힘들고 괴로워서야."

현일의 훈도 시대부터 현일의 간핍한 살림을 받들어온 처의 한탄이었다.

"세상에 무슨 죄가 있나? 그저 내가 불행한 사람인 것뿐이지."

"그럼 당신은 무슨 죄가 있어 그래요?"

지나가는 말이 아니라 인과보응을 믿으리만치 선량한 선희는 이렇게 물을밖에 없는 것이었다.

"죄?"

"……"

"죄라면 우리 할아버지 아버지같이 농사나 짓구 살았으면 이런 병은 안 났을는지 모르지."

"그 약질에 농사는 하는데요?"

"열소리[29] 할 때는 내가 얼마나 튼튼했는데 그래. 동리서는 모두들 내 아버지 닮아서 장골이라고 그랬는데."

현일은 시골서 보통학교를 마치자 아버지가 돌아가서 땅도 없고 손도 없어 농사를 지을 수 없었으므로 오직 유산이라고 남은 집 한 채와 텃밭 하루갈이를 팔아가지고 모자가 이 도시로 와서 공부를 시작한 것이었다.

그때 사고무친한 이 도시의 한 골목에 셋집을 얻고 삯바느질을 시작하고 구멍가게를 보아서 아들이 훈도가 된 것을 대과(大科)나 한 듯이 기뻐하던 어머니는 그것으로 만족하지 못하는 현일이를 나무라지도 않고 다시 대학으로 가는 아들을 따라가서 며느리와 같이 또 삯바느질을 하다가 현일이가 졸업하는 전해 겨울에 죽고 만 것이었다.

이렇게 지난 일을 생각하면 암담하였다. 그러나 지금의 자기를 생각하면 고생살이로 너무 일찍이 돌아가신 어머니가 도리어 잘하신 일이라고도 생각되었다.

현일은 한교원실에서 오륙 년이나 같이 지나온 동료들을 눈앞에 그리며 누구를 찾을까고 생각하였다. 학교가 없어지자 고향으로 돌아간 사람과 사십에 인생을 재출발한다면서 만주와 북지(北地)로 떠난 사람도 있었다. 그 후 그들의 소식을 알 수 없었다. 젊은 교원 중의 한 사람은 어느 신문사로 한 사람은 시골 어느 학교로 취직되어 가고 말았다. 그들을 전송할 때처럼 현일은 자기의 나이와 신병을 느껴본 적은 없었다. 여기 남아 있는 몇몇 사람은 퇴직금을 자본으로 작은 장사를 시작한 이도 있었다.

며칠 전에 거리에 나갔던 현일은 역사 선생이던 O씨가 낡은 포대실[30]로 만든다는 소포노를 들고 어느 잡화 도매상점 안에서 점원들과 큰 소리로 다투고 있는 것을 보고 길을 돌아갔던 것이다. 그때 현일은 그러한 자기의 행동을 설명할 수 없었다. 갈 길을 가지 못하고 딴 길로 숨어 가게 되는 자기가 불쾌하고 성가셨을 뿐이었다. 지금도 그 상점 앞을 지나면서 O씨가 또 있지 않나 생각되어 현일은 곁눈질해 보았다.

M학교 졸업생 두 사람이 사각모를 벗어 인사하고 지나간다. 현일은 아침에 왔더라는 병수를 생각하였다. 작년 겨울 방학에 보고는 만나지 못한 병수를 만나면 하였다. 이 반년간 기울어져가는 학교 문제와 마침내 폐교되어 다시 취직 문제 등으로 뒤숭숭한 판이라 두세 번이나 받은 병수의 편지에 회답할 경황도 없이 지났다. 3년 전에 현일의 담임으로 졸업한 병수는 동경 S대학에 재학 중이다. 방학에 돌아온 때마다 현일을 찾고 전공하는 영문학과 동경 문단의 새로운 문제와 유행 작가의 새 작품의 경향을 이야기하는 것이었다. 지난봄에는 로렌스의 단편집과 지드의 일기 영역(英譯)을 보내주었다.

현일은 문외한으로 자처할밖에 없는 문학 이야기와 그보다도 젊은 학생들의 생각과 생활 이야기를 듣는 것이 재미있었다. 일찍이 청춘다운 학생 시절을 경험할 수 없었던 현일이라 더욱 그러하였다. 병수와 같이 제 시절에 계제[31]를 밟아가는 학생 생활이 부럽기도 하였다. 부럽다는 것이 부질없는 생각이기도 하지만 독학으로 암기한 현일의 어학이 문법적이라면 그들은 문장적이요 대학에서 단시일에 모아놓은 현일의 지식이 문장적이라면 그들은 사색적이라고 할 수 있었다.

젊은 그들의 지식과 생각이 비록 산만하고 너무도 추상적이기는 하지만 그러나 자기의 생각과 지식에 비겨 얼마나 윤채가 있고 탄력적이랴. 물론 나이 탓도 있겠지만 자기는 젊은 그 나이 적에도 그런 윤채와 탄력이 없었다고 보면 십오륙 년이라는 연령 차이만으로는 설명할 수 없다고 현일은 생각하는 것이었다. 그러나 병수와 몇몇 착실히 공부하던 생도들은 현일의 윤리 강의와 영어 해석에 탄복하였고 더욱이 현일의 이력으로 보아 노력의 인으로 그를 존경하고 숭배한 것이다. 그래서 방학에 돌아온 때마다 현일을 찾게 되는 것은 전부터의 습관이거나 빤지르르한 인사만은 아니었다.

"이번 오면 무슨 이야기를 하려는고."

다시 이렇게 생각하는 현일은 오래간만에 구지레한 속생활 문제를 떠난 청신한 이야기를 들었으면, 그런 이야기를 들으며 흥분하고 다시 한 번 인생의 정열을 느껴보았으면 하였다. 그러나 "나는 무슨 이야기를 할까?" 사실 이렇다고 할 이야기가 없었다. 이 반년 동안에 직업을 잃을 염려와 잃은 후의 걱정과 두 번 각혈을 한 외에는 독서로 조용한 생각도 할 여지가 없었던 것이다.

그러한 자기가 아직 실생활의 아무런 걱정도 모르는 그에게 지금 자기가 당하는 모욕과 실망을 이야기한댔자 그의 마음을 어둡게 할 것뿐이 아니냐고.

이렇게 생각하는 현일은 어느 다른 누구를 자기와 같은 모욕을 당해본 사람을 만나서 이야기해보고 싶었다.

여기까지 생각이 미친 현일은 교문을 나서 누구를 찾을까고 생한 때부터 머리 속 한 모퉁이에 들어앉은 도영이를 깨닫고 주춤하였다. 그의 집은 저 골목을 들어가서 한참 걸으면 언덕 막바지

집이었다.

도영이 역시 M학교 교원으로 교원으로는 현일이보다 삼사 년 선배였지만 고학으로나마 계제를 밟아 일찍이 학교를 나온 사람이므로 나이는 현일이보다 두세 살 아래였다.

같은 영어 선생이라 학과 분담 등 교섭이 많은 관계도 있었지만 비슷한 과거를 걸어온 그들이었고 역시 같은 병을 가진 처지였으므로 이해와 동정으로 지내온 사이였다.

그러나 갑작스럽게 도영의 병세가 더쳐서 1년 전에 그는 사직하고 말았던 것이다. 간핍한 살림에 병과 싸우게 된 도영이는 간신히 마련하였던 집을 팔아 지금의 오막살이를 사고 남은 돈으로 그의 처가 구멍가게를 보아 살아가는 처지였다. 근자에 도영이는 신경 쇠약이 더쳐서 거의 실성한 사람이 되고 말았다.

얼마 전에 현일이가 찾아갔을 때 도영이는 철사로 만든 쥐덫 속에 갇혀 있는 쥐를 들여다보며 툇마루에 앉아 있었다. 현일이를 반가이 맞은 그는 동정을 구하듯이 자기 집에 쥐가 많아서 밤에 잘 수 없는 것은 물론 자는 어린것들의 발과 손을 물어뜯기가 예사요 그보다도 질색은 밥에 쥐똥이 늘 섞이는 것이라고 하였다.

맨 처음에는 풀어지지 않는 팥으로 알고 그냥 씹었으나 그것이 쥐똥인 것을 안 다음부터는 팥이 모두 쥐똥으로만 보여서 평생 좋아하는 팥밥을 먹을 수 없다고 하소연하였다.

그래서 밥을 나무랄 때마다 그의 처는 "일 않는 서방과 쥐 안 잡는 고양이는 있어야 산다는 말이 옳아. 고양이 소리만 나도 그 놈의 쥐가 좀 없어지련만" 하는 것이므로 그 말이 일 않는 자기를 비꼬아 하는 말인지 위로하는 말인지 알 수가 없어서 여러 번 말다툼을 하다 못해 며칠 전에는 쥐를 전멸해 보이려는 결심으로 약방에 '네꼬이라즈'[32]를 사러 갔다고 한다.

약방 주인은 자기 얼굴을 빤히 들여다보더니 주소 성명을 물어서 종이에 적고 도장을 찍으라는 것이므로 자기의 꼴이 자살이나 하게 보이는 눈치였으므로 네꼬이라즈를 안 사고 돌아오는 길에 그 쥐덫을 사온 것이라고 설명하였다.

"그런데……" 하고 도영이는 조롱같이 쥐었던 것을 치켜들고 현일의 얼굴과 그것을 번갈아 보며 희색이 만연한 낯으로

"'덫 속에 갇힌 쥐가 오직 할 일은 덫 속에 있는 미끼를 먹고 사는 것밖에 없다'는 말이 있지 않소? 그런데 말요. 요놈이 꼭 그 말을 실행하는구려. 신통찮아요? 그래서 나두 이 쥐를 배와서 이전 아무런 것이라도 먹구 살려우. 별수 있소? 아무런 처지에서라두 살아야지. 그래 나는 이 며칠째 쥐똥밥이건 팥밥이건 막 먹지요. 김선생두 이 쥐의 철학을 배우시우."

도영이는 이렇게 지껄이고 나서 입이나 맞추려는 듯이 입술을 모아서 쥐덫에 대더니 찍찍 쥐소리를 하고는 껄껄 웃었던 것이다.

그러한 도영이를 현일은 지금 찾아보고 싶지가 않았다. 자기의 말로를 눈앞에 보는 듯한 것이 두렵다기보다 그러므로 오히려 반발적으로 도영이가 밉기도 하였다. 이것은 한 교원실에 있을 때에도 경험한 감정이었다.

서로 이해와 동정을 하면서도 그것이 동병상련이라는 종류의

것인가고 생각될 때마다 현일은 자기에게 역정을 내고 도영이를 미워할밖에 없었다. 무슨 까닭일까 하면서도 심지어 변소에 갈 때마다 담뱃갑과 손수건을 꺼내놓고야 가는 도영의 결벽성까지도 구역이 나는 것이었다.

무의식적으로 담을 아스팔트 위에 뱉고서 주춤하는 때에

"무슨 생각을 그리 골몰히 하시우?"

하는 소리와 마주쳤다.

"......"

"어디를 가시는 길이오?"

재우쳐 묻는 사람은 그림 선생이던 P씨였다.

"그저 공연히 나왔습니다. 자미 어떠시오."

현일은 또다시 교원 운동을 하러 갔다 오는 길이라고 말할 수가 없었다. 학교가 그렇게 되자 남에게 매인 목숨이라는 봉급 생활을 내던지고 혹은 다시 운동을 한댔자 가망이 없다고 단념하고 제각기 새 직업으로 나선 동료 중의 한 사람인 이 P씨 앞에서 유독 자기만이 이러고 다니는 것은 동료를 배반한 듯이 미안한 듯도 하고 한끝으로는 자기만이 무능하고 병약해서 생존 경쟁 제일선에 나설 주변과 용기가 없어 이러고 다닌다고 그들이 생각할 것이므로 창피도 하였다.

더욱이 지금 당하고 오는 일을 생각하면 바른 대로 대답할 수가 없었다.

"김선생, 취직 운동 중이시라던데 뜻대로 되시는가요?"

종시 P는 이렇게 묻는 것이었다.

"글쎄요, 웬걸 되겠소…… 장사에 자미 보시지요?"

현일은 금시에 말을 돌렸다.

"말씀 마쇼. 멋모르구 시작했다 큰 봉변입니다."

"왜 그럴라구요."

"첫째 기술이 문제구, 소자본으로 하는 노릇이라 유(類)가 많아서 동업자 간에 경쟁이 심하고 자 이렇게 견본을 가지구 진일 싸돌아다녀두 금새만 내려 깎지 어데 팔려야지요."

P씨는 한 손으로 이마의 땀을 씻어가며 빨랫비누 견본을 현일에게 내보이며

"빨랫비누니까 품질이야 별다를 것이 없지만서두 모양이라도 좀 다르게 하노라구 이렇게 고안해봤죠" 하는 P씨의 말에

"거 참 미술적인데요."

이렇게 대답하는 자기 말이 혹 시니컬하게 들릴 것 같아서 그 타원형 비누를 쓸어보면서

"참 아담하게 된걸요" 하였다.

"그런데 같은 중량인데두 상점에서들은 네모난 것보다 적어 보인다구 '가다'를 고치라는구려. 모양이 보기 좋은 거야 알아줍니까! 그래 다시 녹여서 모나게 할밖에 없죠."

현일이는 "모양도 잘 팔리도록 할밖에 없겠지요" 하였다.

"참 그러드군요. 김선생 이것 가져다 써보세요" 하고 P씨는 견본 비누를 현일에게 밀어 맡기듯이 주며 "바빠서 실례합니다" 하고 총총히 가버리는 것이다.

현일은 손에 놓인 비누 잔등에 조각된 밀레의 「만종」을 단순하

게 그려놓은 그림과 행복이라는 글자를 보고 또 총총히 걸어가는, 젊은 화가 P씨의 뒷모양을 바라보았다.

그의 미술은 거품이 되고 말 이 비누 잔등의 ˙의장으로 남기고 행복을 따라 총총걸음을 하는 것인가?

이런 생각이 떠오른 현일은 지금 사람은 스스로 목적을 세우고 전공하고 연구한 자기의 지식과 기술을 그냥 지켜가지고는 살아갈 수가 없는가? 또는 그저 시정인에 부동되어 쉽사리 버리고 마는가? 요새 학교를 나온 젊은 인텔리들이 교문을 나서기만 하면 제복과 같이 인텔렉트를 벗어던지는 것은 웬일인가? 이러한 생각을 하는 현일은 방금 '교원 말고 한번 다른 직업을 구해볼 생각은 없는가'고 권고하는 말소리가 다시금 귀에 새로웠다.

세상의 분위기가, 그리고 절박한 현실이 인텔렉트를 버리고 직업을 바꾸라고 강요하는 것이다.

벌써 직업을 바꾸었어야 할 처지에 있으면서도 자기가 아직 이러고 있는 것은 오직 건강과 경험과 자본이 없는 탓이 아닐까? 그러나 자기에게 당초부터 자본이 있을 리 없고 장사의 경험이 있을 리가 없는 것이다. 천생 교육자로 태어난 사람같이 사정이 이렇게 되고 보니 쑥스러운 말이 되고 말았지만—얼마 전까지도 현일은 교육이 나의 천직이어니 생각한 것이다. 지금도 교단 생활을 직업이라고만 생각할 수 없이 애착을 느끼는 것이 현일의 진정이었다.

현일은 어디로 갈까 생각할밖에 없었다. 흥분도 가라앉고 만 현일은 누구를 찾아 이야기하고 취하고 싶은 충동도 사라지고 말왔다. 또 찾을 사람도 없었다.

그뿐 아니라 그같이 자기만을 위하여 사는 사람이라고도 할 수 있는 처가 놀라고 걱정하도록 자기의 생명을 학대할 권리나마 내게 있느냐고 생각한 현일은 그만 충동과 흥분이 사라진 뒤에 오는 피곤으로 몸과 마음이 자지러지는 듯하였다.

그러나 피곤하지만 지금 집으로 가고 싶지 않았다. 취직을 궁금히 기다리고 있을 처에게 이렇게 시든 자기 모양을 보이고 싶지 않았다.

현일은 마침 발 앞에 들이닫는 전차에 망연히 오르고 말았다.

시외 종점에서 내린 현일은 한편에 노송이 울창한 옛 성벽 밑의 길을 걷기 시작하였다.

송림 사이로 산보객들이 희뜩희뜩 보이나 조용한 길이었다. 실바람이 불어오고 메마른 길 위에 나무 그림자가 흔들린다. 보이지 않는 새 소리도 들린다. 흰나비 한 놈이 성벽 굽이를 돌아 어두운 숲 속으로 들어갔다.

옛 성벽에 석양이 비친 돌은 푸실푸실 부스러질 듯이 메마르고 희게 보였다. 굽이를 돌아 능달³³은 돌이끼에서 물방울이 들을 듯이 침침하고 어두웠다. 그렇게 우중충한 성벽 그림자가 골짜구니를 덮었다. 그러한 그림자를 벗어나 솟아 있는 늙은 소나무 가지가 좁은 길 위에 아치같이 성벽을 내질렀다. 마른 삭정이였다. 그러나 들보만치나 굵고 싱싱해 보였다.

언젠가 본 상량식에 흰 수목필³⁴이 너울너울 늘어졌던 기억. 그 한끝에 축 늘어진 송장의 착각으로 현일은 자기 발밑의 땅이 아래로 아래로 꺼져 내려가는 듯이 허전하여 성벽을 짚고 기대었다.

기침이 나고 이마에 땀이 솟았다.

쳐다보이는 나무는 한없이 늠름하고 기댄 성벽은 끝없이 먼 옛세월의 화석인 듯이 창연하고 엄숙하였다.

그러한 성벽 위에서 어린애들의 창가 소리가 들렸다.

현일은 어디나 언제나 인적이 끊이지 않는 것이 미쁘게 느껴지는 듯하였다. 그는 다시 걷기 시작하였다. 또 한 굽이를 돌아가면 누각도 없는 작은 성문이 있었다. 안에는 인가도 없고 잡목이 우거진 산 아래는 강이 흐르고 강 건너 넓은 평야 저편에는 병풍 같은 연산(連山)이 들렸다. 현일은 그 성 문지방에서 쉬려고 들어갔을 때 한 층대 떨어진 숲 속에 두 사람이 이마를 맞대고 땅바닥을 굽어보고 있는 것이 내려다보였다.

몇 걸음 나서서 본즉 한 사람은 분명히 병수군이었다.

"병수군."

현일이가 부르는 소리에 쳐다보는 또 한 사람은 도영이었다.

병수는 일어나 인사하고 도영이는 오라는 손짓을 한다.

"아침에 오셨드라구?"

"네, 주무시길래 그저."

내려간 현일이와 병수가 인사도 맞추기 전에

"김선생도 한 병 마시구 후원하시우."

하며 도영이는 사이다 한 병을 불쑥 내밀었다.

"고맙소. 한데 후원이라니?"

현일이가 묻는 말에 병수는 그저 빙글빙글 웃기만 하였다.

도영이는 새로 딴 사이다를 반쯤 나팔을 불고 나서

"다른 게 아니라 이 구멍에 방금 큰 황구렝이가 들어갔는데 그 놈을 잡으려구서 지금……"

풀밭에 뚫린 구멍을 가리키며 설명하는 그의 말은 그가 혼자 여기서 거닐다가 구렁이가 이리로 들어가는 것을 보고 단장 끝으로 후벼보았으나 일이 될 것 같지 않아서 난처한 판에 마침 병수군이 와서 묘한 꾀를 내었다는 것이다. 그래서 그들은 구렁이를 쫓아낼 수단으로 그 구멍에 오줌을 누려고 사이다를 사다 마셔가며 오줌 마렵기를 기다리는 중이라고 한다. 그들 옆에 반 다스나 되는 사이다 병을 보며

"대체 구렝이는 잡아 뭘 하우?"

이렇게 묻는 현일은 또 이 사람이 무슨 현묘한 철리를 생각했는가고 언젠가 본 쥐를 생각하며 물었다.

"뭘 하다니 먹지요. 자, 좀 보시려우? 그새 구렝이를 세 놈이나 먹었더니 이렇게."

하며 도영이는 그 뼈만 걸린 팔을 걷어 올렸다.

"그래 좀 기운이 나셨소?" 하고 현일은 웃으며 물었다.

"나다뿐이오. 이제 몇 놈만 더 먹으면 완인이 될 자신이 있거든요. 김선생은 혹 더럽게 생각하실지 모르지만 원기를 돕는 데는 구렝이나 독사가 제일이구 열을 내리는 데는 지렁이가 제일입니다."

"그래 도영씨 비위로 그런 것을 자셔요?"

"먹다뿐이오. 김선생이나 나 같은 사람은 첫째 비위가 좋아야 삽니다. 결벽성이라는 것은 일종의 센치입죠. 아무런 짓을 해서라두 병이 나아야지. 안 그래요? 인생으로 실패라는 것은 남이 다 사는 세상에 혼자 일찍 죽는 것이외다. 살고 볼 일이지 노상 한때는 왜 사느냐 어떻게 살아야 하느냐고 생각한 적도 있지만 공연한 관념 유희거든요. 병수군은 지금 그런 생각을 할는지 모르지만 나같이 된 사람은 어떻게 해야 죽잖고 사느냐가 문제거든. 하루라도 더 살구 싶으니까. 김선생은 그렇게 생각잖아요? 생각하는 것이 아니라 그렇지 않아요?"

"글쎄요." 현일은 사실 이렇게밖에 대답할 말이 없었다.

"그것 보시우, 김선생은 아직두 좀 건강에 자신이 있으니까 나같이 오직 살고 싶다는 한 가지의 욕망만을 가질 수가 없는 게죠. 아직도 여유가 있으니까, 복잡한 생각두 하고 그래서 비관두 하고 염세니 뭐니 하지, 한번 막다른 곬[35]에 들어서면 비관이니 염세니 할 여유가 있더라구요, 그저 살겠다는 욕심뿐이죠. 그 고비를 지나야…… 자! 이것 좀 보시우. 살기만 한다는 단단일념〔單單一念〕으루 비관이니 염세니 하는 망상이나 결벽성을 버리고 뱀이건 지렁이건 다 먹으니까 이렇게 살이 오르지 않았어요?……"

이렇게 떠들던 도영이는 갑자기 긴한 의논이나 하려는 듯이 한층 말소리를 낮추어서

"한데, 내가 너무 살이 올랐거니만 생각하니까 혹시 사실보다 내 눈에만 더 살이 오른 것같이 보이지 않나고 의심되기도 하는데 좀 보아주시우."

하고 도영이는 앞가슴을 헤쳐 보이는 것이다.

현일이와 병수는 어떻게 대답할지를 몰라서 도영의 얼굴만을 쳐다볼 뿐이었다.

마침내 현일은

"그런 의심을 할 필요는 뭐요. 살쪄 보이면 보이는 대로 좋을 게지" 할밖에 없었다.

"하긴 그도 그래. 아 참, 약에 쓸 칡뿌리 캐러 오구는 깜박 잊구서. 정신두 원."

그 말이 사실인지 당장 눈에 보이는 것이 칡넝쿨이므로 그런 생각이 났는지, 도영이는 분주히 일어났다.

"오줌은 안 누셔요?" 병수가 묻는 말에

"응, 마려우면 올게. 두 분이 구멍을 꼭 지키시우" 하며 도영이는 언덕 풀밭을 미끄러지듯이 내려갔다.

그를 따라가려는 눈치인 병수를 부른 현일은 "앉아 이야기나 하지" 하고 앉기를 권하였다.

"혼자 위험하지 않을까요?"

"위험?…… 그에게 위험이나 남았겠나. 지금의 그이나 내게" 하고 현일은 허허 웃었다.

"그래두 도영 선생은 아직 그 패기가 장하신데요."

"패기? 패기가 아니라 그이는 지금 비관이나 절망까지도 잊어버리고 만 셈이지."

"그럴까요? 그래두 말씀이 논리적이랄까 하여튼 그런 말씀은 신경병자의 말이라고만은 할 수 없잖아요?"

"논리적이니까 듣는 사람에게는 더 효과적이었을는지 모르지."

"?……"

"참말 산 사람이라면 건강과 생을 즐길 것이지. 그러지 못하니까 살아 있으면서도 살아야겠다고 악을 쓰며 울부짖는 꼴이란. 비장하달까? 그 독백이 퍽 효과적으로 들리던가?"

현일의 말에 치가 있는 것을 느낀 병수는

"결코 그런 뜻으로 말씀한 것은 아닙니다" 하고 발명하듯이 말할밖에 없었다.

"그럼?"

"도영선생의 말씀을 말씀 그대로 듣고 하는……"

"그것이 정말 패기라?!" 현일의 말은 또 이렇게 까리는[36] 말씨였다.

"……"

"자네 불쾌하겠지만, 나는 아까부터 불쾌했네."

마침내 흥분한 현일의 말소리는 좀 떨렸다.

"?……"

"장난두 아니구! 설마 자네가 도영선생을 장난감 삼을 경박자라구는 결코 생각지 않지만……"

"결코 그런 것은 아닙니다. 도영선생이 하두 애타하시니까 저는 구렝이가 있는지 없는지두 모르구 그저……"

"그러게 말일세. 자네의 장난 같은 행동이 잘못이라든가 그 동기가 불순하다는 것이 아니라, 구멍을 들여다보고 있는 두 사람의 대조랄까, 그러한 대조로 느껴지는 분위기랄까 그것이 내게는 불쾌했다는 말일세……"

말하기에 힘이 드는 듯한 현일은 잠시 말을 끊고 한숨을 쉬고 나서

"그때 나는 폐병, 신경 쇠약, 구렁이라는 말의 냄새, 이런 음산한 기분에 자네가 거기 어울리는 듯한 것이 싫어서 불쾌하였겠지."

하였다. 이렇게 말하는 현일의 침울한 얼굴을 쳐다보는 병수는

"그러한 제 행동이 단순한 호기심이 아닐까요? 도영선생에게는 황송한 말씀이지만 저 같은 젊은이로서 앱노말리티에 대한 호기심."

이렇게 자기의 심정을 도리어 현일에게 묻듯이 말하였다.

"단순한 호기심이라면 그렇게 불쾌했을 리가 없어. 나의 신경도 어지간히 약해졌지만 그러니만치 지금 꼭 날카로운 내 육감을 자신할 만한 상태라고 보는데 호기심보다도 동정적이었구 동정 이상의 공명이랄까 퇴폐적 기분에 섞여 있으려는 태도 같아서. 게다가 도영씨의 말이 '패기'라는 둥, 그런 '패기'가 부러운가?"

현일의 이런 말을 듣고 있는 병수는 결코 그런 것이 아니라고 발명할 수도 없고 그렇다고 그 놀라운 육감이 맞았다고 할 수도 없었다.

그러나 아무런 대답도 없이 잠잠히 있는 것은 그 말을 승인하는 셈이든가 불쾌를 표시하는 셈이 된다고 생각하는 병수는 거칠매[37] 없는 말을 하고 싶었으나 무엇이라 말이 나오지도 않았다.

그러한 병수의 대답을 기다리는 것도 아니지만 현일은 역시 잠

잠히 있으면서 흥분한 것을 후회하고 화제를 돌리려 궁리하다가

"자네 언젠가 생물학과로 전과할 의사가 있다더니 어떻게 작정했나?"

언젠가 병수의 편지에서 본 기억을 더듬어 물어보는 것이다.

"지금 하는 문과를 마치고 또 하렵니다."

"그래도 좋지만, 그러나 목적이 변했으면 하루바삐 전과하는 것이 좋잖을까?"

이렇게 묻는 현일의 말에, 대답을 기회로 솔직히 자기의 생각을 말해버리고 싶어진 병수는

"하루바삐 하면 뭘 합니까? 학생 생활도 세월 보내는 한 수단일는지도 모르니까 요행 있는 학비니 할 수만 있으면 오래 학창 생활을 해보렵니다."

"음……"

"학생 생활에만 애착이 있어 그런 것이 아니라 실생활에 나서기가 무서워서 그러죠."

"그것이 요새 젊은이들의 생각인가? 혹시 자네만이 그런가?"

"글쎄올시다."

"그런 것이 소위 불안이라는 유행병인가?"

어느덧 이야기가 또 이렇게 되풀이되는 것이 현일은 불쾌하였다. 병수를 만나면 젊은이의 청신한 기분을 맛보려니 기대하였던 자기가, 자기 말조차 이렇게 삐여지는[38] 것이 우울하였다.

"물론 시대적 원인도 크겠지만 자네같이 젊고 무엇을 하려면 할 수 있는 처지의 사람은 '나만은 그런 유행병에 감염이 안 된

다'는 의지와 패기를 가져볼 수는 없을까?"

이러한 현일의 말에

"제가 불안병자로 자처하는 배도 아니지만…… 그렇다고 선생 말씀같이 쉽게. 죄송한 말씀이지만 선생께서 말씀하시는 의지나 패기는, 오히려 선생의 신병과 정신적 타격의 반동이 아닐까요?" 하였다.

이렇게 속에 있는 대로 털어놓고 보니 병수는 도리어 쓸쓸하였다. 말이 지나쳤다고 후회되었다.

M학교 시대에 또 각혈을 한 것이라고 볼 수밖에 없는 현일선생이 그러한 때마다 '개체인 자신이 불행하더라도 그 때문에 결코 인생을 어둡게 보거나 저주할 것은 아니라'고 열성적으로 강조하는 말을 들을 때마다 감격하였고 현일선생을 더욱 숭배하였던 것을 생각하였다.

그러한 희생과 추억과 지금의 자기 태도를 생각할 때 병수는 더욱 쓸쓸하였다. 이런 것이 문학청년다운 자기의 예민한 관찰을 자랑하려는 경박한 것이 아닐까고도 생각되었다.

현일은 현일이대로 병수의 말에 아픈 타격을 느낄밖에 없었다. 절망적으로 자기 생명의 위험을 느낄 때마다 지금까지의 노력 정진 전진 노력으로 싸우며 살아온 자기의 일생이 이뿐이냐 하는 생각에 한 사회인으로 무엇을 해보겠다는 희망도 야심도 사라지고 모든 것이 귀찮아지고 세상이 어둡고 인생을 저주하고 싶은 것이었다. 그것은 감정이었다. 그러나 그때만은 그것이 생각할 수 있는 생각의 전부였다. 소크라테스가 아닌 범인의 본능이었다.

그러한 자기의 감정과 본능을 이론적으로 극복하려는 심정으로 수신 시간의 강의는 더욱 열이 있었던 것이 아닐까.

이렇게 생각하는 현일은 병수의 온건치 않은 말이 불쾌하면서도 전연 억측만도 아닌 바에야. 그러나,

"그러나 자네 말대로 내가 절망적이요, 그 반동으로 의지와 패기를 말하는지는 모르지만 사람에게는 의지와 패기가 필요찮을까? 물론 나는 건강으로나 교육자로나 절망적이지만, 자네 같은 사람들이야 왜."

"결국 용기 문제겠지요."

이렇게 대답하는 병수는 용기 없다기보다는 용기를 일으킬 만한 사상과 신념을 붙들지 못하였다는 것이 솔직한 말이 아닐까고 생각하였다.

병수는 늘 하는 버릇대로 여기까지 생각하다가 자신을 더 추궁하기를 지금도 단념하였다. 그리고 그런 생각에서 자기 마음을 빼치려는 듯이

"오줌 안 누세요?"

하고 돌아앉아서 구멍에 오줌을 누기 시작하였다.

도영선생의 말이라 미덥지는 않지만 금시에 큰 구렁이가 기적같이 솟구쳐 나올 것 같아서 아슬아슬하기도 하였다.

"안 나오나?"

이렇게 군말같이 묻는 현일이 역시 그런 이야기를 중동무이하는 데 미련이 없었다. 금빛같이 찬란하게 화염같이 붉게 피어오

르고 무너지는 구름산을 바라보았다.

"소변이 부족한지요" 하는 병수 대답에

"그럼 나두 눌까" 하고 현일이도 누었다. 역시 구렁이는 안 나왔다.

그때 도영이는 죽은 지렁이 한 놈을 길게 드리워가지고 돌아왔다.

"자, 이것 보시우 이놈이 열 내리는 데는 제일이랍니다."
하고 지렁이에 달라붙은 개미들을 툭여서[39] 떨구고는 입에 집어넣고 사이다를 들이켜서 삼키고 말았다.

그것을 본 현일은 울컥 구역이 나고 뒤이어 기침이 발작되었다.

지렁이를 삼키고 태연히 앉아 있던 도영이도 따라서 기침을 시작하였다. 두 사람은 이마를 맞대듯이 앉아서 언제 멎을지 모르게 기쳐대였다.[40]

현일은 코언저리로 흘러내리는 눈물을 손수건으로 씻으면서 그저 망연히 눈앞에 서 있는 병수에게

"자네는 뭘 하러 거기 서 있나, 저리 가게나. 챙피할세."
하며 간신히 웃어 보이려고 하였다. 사실 수치스러운 꼴이나 보인 사람같이 그 웃음은 일그러지고 어색한 것이었다.

병수가 무엇이라 대답할 사이도 없이 도영의 입에서 피가 솟구쳐 나오기 시작하였다.

피가 좀 멎자 기신을 못 차리는 그의 입언저리의 피를 씻으려고 병수는 손수건을 들고 다가앉았다. 그것을 본 현일은 병수를 떠밀어내며 노기를 띤 언성으로 "저리 가라니까" 소리를 지르고 자

기 손수건을 내어 도영의 머리를 가슴에 안고 얼굴을 씻으며

"이런 더러운 피에 왜 손을 적시려나…… 정신 차리거든 내가 다리구 갈게 자넨 가게나."

병수는 할 수 없이 돌아서 성문으로 들어갔다.

처음같이 피가 솟구쳐 나지는 않지만 그치지 않고 입언저리로 가늘게 흘러내렸다. 도영의 머리를 자기 가슴에 기대어놓은 현일이는 피가 멎을까 하여 자기 수건과 도영의 수건을 모두 적시어 보았으나 끝이 없었다.

할 수 없이 돌 위에 웃저고리를 접어놓은 베개에 도영이를 누이고 정신 차리기를 기다릴밖에 없었다. 성벽 저편으로 해가 기울어서 진한 그림자가 덮이고 바람이 불었다.

아무리 저녁인들 이 여름에 바람이 싫으니…… 나 역시 이 세상과는 벌써 인연이 멀어진 사람이로구나. 속으로 이렇게 중얼거리며 현일은 앞가슴에 옷자락을 여미고 송장 같은 도영의 옆에 엎디었다.

절망과 패기. 비관과 낙관. 그 두 가지 정반대의 생각을 번갈아가며 지금까지 살아왔거니.

절망과 비관으로는 살아갈 수가 없었다. 뼈를 깎는 듯한 절망에 부대끼다 못하여 애써 빈약하지만 자기의 철학의 지식을 끄집어내어 구원한 인생의 발전을 명상해볼 때에는 청징한 공기를 호흡하듯이 상쾌함을 느끼는 때도 있었다. 그때마다 자기도 한 짐을 맡았으면 하는 패기도 느껴보는 것이다. 그러나 그러한 인생을 등지고 죽어가는 자신을 생각할 때 깊은 바다 속으로 빠져 들어

가는 듯한 절망을 느낄밖에 없었다. 그러나 그것이 오직 자기의 세계라면 참고 사는 때까지 살아가리라 하였다. 그러나 또 견딜 수가 없었고 아직 남은 마음의 탄력으로 또 상쾌한 명상으로 떠올라보는 것이었다.

그러나 지금 내게는 무엇이 남았으랴. 절망인들 남았으랴. 죽어가는 폐어(肺魚)에게 물도 공기도 무슨 소용이랴. 지금 폐어는 반신(半身) 물에 잠기고 반신 바람에 불리면서도 두 가지 호흡의 기능을 다 잃고 죽어가는 것이라고 현일은 꿈속같이 생각하며 죽은 듯이 엎뎌 있었다.

얼마 후에 성문 저편에 자동차가 멎고 병수가 돌아왔다.

운전수의 손을 빌려서 도영이를 차에 싣고 떠났다. 죽은 듯한 도영이를 무릎 위에 누이고 현일은 차 한편 모퉁이에 기대었다. 눈도 뜰 수 없이 피곤하였다.

운전대에 앉아서 돌아보는 병수는 '이런 더러운 피에 왜 손을 적시려나' 한 선생의 말을 생각하였다.

비 오는 길

성 밖 안끝에 사는 병일(丙一)이가 봉직하고 있는 공장은 역시 맞은편 성 밖 한끝에 있었다.

맞은편이지만 사변형의 대각(對角)은 채 아니므로 30분쯤 걷는 그 길은 중로에서 성안 시가지의 한 모퉁이를 약간 스칠 뿐이다.

집을 나서면 부[府] 행정 구역도에 없는 좁은 비탈길을 10여 분간 걸어야 한다.

그 길은 여름날 새벽에 바재게¹ 뜨는 햇빛도 서편 집 추녀 밑에 간신히 한 뼘 너비나 비칠까 말까 하게 좁은 길을 사이에 두고 작은 집들이 서로 등을 비빌 듯이 총총히 들어박힌 골목이다.

이 골목은 언제나 그렇듯 한산한 탓인지 아침저녁 어두워서만 이 길을 오고 가게 되는 병일은 동편 집들의 뒷담 꽁무니에 열려 있는 변소 구멍에서 어정거리는 개들과 서편 집들의 부엌에서 한길로 뜨물을 내쏟는 안질² 난 여인들밖에는 별로 내왕하는 사람을 볼 수 없었다.

일찍이 각기병으로 기운이 빠진 병일의 다리는 길을 좀 돌더라도 평탄한 큰 거리로 다니기를 원하였다. 사실 걷기 힘든 길이었다.

봄이면 얼음 풀린 물에 길이 질었다. 여름이면 장맛물이 그 좁은 길을 개천 삼아 흘렀다. 겨울에는 아이들이 첫눈 때부터 길을 닦아놓고 얼음을 지쳤다.

병일은 부드러운 다리에 실린 몸의 중심을 잡기 위하여 외나무다리나 건너듯이 두 팔을 허우적거리며 걷는 것이었다.

봄의 눈 녹은 물과 여름 장마를 치르고 나면 이 길은 돌작길³이되고 말았다. 그때에는 이 어두운 길을 걷는 병일이가 아끼는 그의 구두 콧등을 여지없이 망쳐버리는 것이었다.

비록 대낮에라도 비행기 소리에 눈이 팔리거나 머리를 수그렸더라도 무슨 생각에 정신이 팔리면 반드시 영양 불량성인 아이들의 똥을 밟을 것이다.

봄이 되면 그 음침한 담 밑에도 작은 풀잎새가 한 떨기씩 돋아나기도 하였다.

이 골목에 간혹 들어박힌 고가(古家)의 기왓장에 버짐같이 돋친 이끼가 아침 이슬에 젖어서 초록빛을 보이는 때가 있지만 한줌 한줌씩 아껴가며 구차하나마 이 돌작길의 기슭을 치장하여놓은 어린 풀떨기는 이 빈민굴도 역시 봄을 맞이한 대지의 한끝이라는 느낌을 새롭게 하였다.

밤이면 한길로 문을 낸 서편 집들 중에 간혹 문등[門燈]을 단

집이 있었다. 그것은 토지, 가옥, 인사, 소개업이라는 간판을 붙인 집이었다.

그것도 같은 집에 늘 있는 것이 아니다. 이 모퉁이를 지나면 있으려니 하였던 문등이 없어지기도 하고 저 모퉁이는 어두우려니 하고 가면 의외의 새 문등이 켜 있기도 하였다.

요사이 문등이 또 한 개 새로이 켜졌다. 저녁마다 장구 소리와 어울려서 나이 어린 계집애의 목청으로 부르는 노랫소리가 새어나오던 집이었다.

새 문등이 달리자 초롱을 든 인력거꾼이 그 집 문밖에서 기다리는 것을 보게 되었다.

그리고 이 여름에는 초저녁부터 그 집 안방에 가득 차게 쳐놓은 생초 모기장을 볼 수 있었다.

다른 집들은 이 여름에도 여전히 모기쑥을 피우고 있다.

그 집도 작년까지는 모기쑥을 피웠던 것이었다. 저녁마다 집으로 돌아올 때에 모기쑥 내에 잠긴 이 골목에서 붉은 도련을 친 그 초록 모기장을 볼 때마다 병일이는 윗 꼭지를 척 도려놓은 수박을 연상하였다.

이 골목을 지나가면 새로운 시구 계획으로 갓 닦아놓은 넓은 길에 나서게 된다.

옛 성벽 한 모퉁이를 무찌르고 나간 그 거리는 아직 시가다운 시가를 이루지 못하였다.

헐린 옛 성 밑에는 낮고 작은 고가들이 들추어놓은 고분(古墳) 속같이 침울하게 버려져 있고 그것을 가리기 위한 차면(遮面)같이 회담에 함석 이엉을 덮은 새집들이 단벌 줄⁴로 나란히 서 있을 뿐이다.

이러한 바라크식 외짝 거리의 맞은편은 아직도 집들이 들어서지 않았다. 시탄장사 장목장사 옹기 노점 시멘트로 만드는 토관 제조장 등 성 밖에 빈 땅을 이용하는 장사터가 그저 남아 있었다.

도시의 발전은 옛 성벽을 깨트리고 아직도 초평(草坪)이 남아 있는 이 성 밖으로 꾀여나오기⁵ 시작한 것이었다.

그리하여 아직도 자리 잡히지 않은 이 거리의 누렇던 길이 매연과 발걸음에 나날이 짙어서 꺼멓게 멍들기 시작한 이 거리를 지나면 얼마 안 가서 옛 성문이 있었다. 그 성문을 통하여 이 신작로의 수직선으로 뚫린 시가가 바라보이는 것이었다.

그 성문 밖을 지나치면 신흥 상공 도시라는 이 도시의 공장 지대에 들어서게 된다. 병일이가 봉직하고 있는 공장도 그곳에 있었다.

병일이는 이 길을 2년간이나 걸었다. 아침에는 집에서 공장으로 저녁에는 공장에서 집으로 가는 가장 가까운 길이므로 이 길을 걷는 것이었다.

*

병일이는 취직한 지 2년이 되도록 신원 보증인을 얻지 못하였다.

매일 저녁마다 병일이가 장부의 시재(時在)를 막아놓으면 주인은 금고의 현금을 헤었다. 병일이가 장부에 적어놓은 숫자와 주인이 헤인 현금이 맞 맞아떨어진 후에야 그날 하루의 일이 끝나는 것이었다.

주인이 금고 문을 잠근 후에 병일이는 모자를 집어 들고 사무실 문밖에 나선다. 한 걸음 앞서 나섰던 주인은 곧 사무실 문을 잠가 버리는 것이었다.

사무실 마루를 쓸고 훔치고 손님에게 차와 점심 그릇을 나르고 수십 장의 편지를 쓰고 장부를 정리하는 등 소사와 급사와 서사의 일을 한 몸으로 치르고 난 뒤에 하숙으로 돌아가는 병일의 다리와 머리는 물병과 같이 무거웠다.

주인에게 작별 인사를 하고 공장 문밖을 나서면 하루의 고역에서 벗어났다는 시원한 느낌보다도 작은 별들이 반짝이는 하늘 아래 말할 수 없이 호젓해짐을 금할 수 없었다.

그는 주인 앞에서 참고 있었던 담배를 가슴 속 깊이 빨아 들이켜며 2년래로 구하여도 얻지 못하는 신원보증인을 다시금 궁리하여 보는 것이었다.

현금에 손을 대지 못하고 금고에 들어 있는 서류에 참견을 못하는 것이 책임 문제로 보아서 무한히 간편한 것이지만 취직한 첫날부터 지금까지 하루도 변함없이 자기를 감시하는 주인의 꾸준한 태도에 병일이도 꾸준히 불쾌한 감을 느껴온 것이었다.

주인의 이러한 감시에 처음 얼마 동안은 신원 보증이 없어서 그같이 못 미더운 자기를 그래도 써주는 주인의 호의를 한없이 감사하고 미안하게 여겼다.

그 다음 얼마 동안은 병일이가 스스로 믿고 사는 자기의 담박한 성정을 그리도 못 미더워하는 주인의 태도에 원망과 반감을 가지게 되었다.

그러다가 최근에는 유독 병일이만을 못 믿는 것이 아니요 자기(주인)의 아내까지 누구나 사람을 믿지 않는 것이 이 주인의 심술인 것을 알게 되자 병일은 이러한 종류의 사람을 경멸할 수 있는 쾌감을 맛보았던 것이었다.

자기에게서 떠나지 않는 주인의 이 경멸할 감시적 태도를 병일이는 할 수 있는 대로 묵살하고 관심치 않으려고 하였다.

그러나 맨 처음 감사하고 미안하게 생각하였을 때나 그 다음 원망과 반감을 가졌을 때나 경멸하고 묵살하려는 지금이나 매일반으로 아직까지 계속하는 주인의 꾸준한 감시적 태도에 대하여 참을 수 없이 떠오르는 자기의 불쾌감까지는 묵살할 수 없는 것이었다.

지금도 장부를 다시 한 번 훑어보고 있는 주인의 커다란 손가락에서 금고의 자물쇠 소리가 절그럭거리던 것을 생각할 때에는 시장하여 나른히 피곤해진 병일의 신경에 헛구역의 충동을 일으키는 것이었다.

그러다가 눈앞에 커다란 그림자같이 솟아 있는 옛 성문을 쳐다보았다. 침침한 허공으로 솟아 날 듯이 들려 있는 누각 추녀의 검은 윤곽을 쳐다보고 다시 그 성문 구멍으로 휘황한 전등의 시가를 바라보며 10만! 20만! 이라는 놀라운 인구의 숫자를 눈앞에 그려보았다.

'그들은 모두 자기네 일에 분망한 사람들이다.' 이러한 생각에 다시 허공을 향하는 병일의 눈에는 어두움 속을 날아 헤매는 박쥐들이 보였다. 박쥐들은 캄캄한 누각 속에서 나타났다가 다시 누각 속으로 사라지는 것이었다. 그것은 마치 옛 성문 누각이 지니고 있는 오랜 역사의 혼이 아직 살아서 밤을 타서 떠도는 듯이 생각되는 것이었다.

대개가 어두운 때였으므로 신작로에도 사람의 내왕이 드물었다. 설혹 매일같이 길을 엇갈려 지나치는 사람이 있어도 언제나 그들은 노방(路傍)의 타인이었다.

외짝 거리 점포의 유리창 안에 앉아 있는 노인의 얼굴이나 그 곁에 쌓여 있는 능금알이나 병일에게는 다를 것이 없었다.

*

비가 부슬부슬 떨어지기 시작하였다. 비안개를 격하여 보이는 옛 성문은 그 윤곽이 어둠 속에 잠겨서 영겁의 비를 머금고 있는 검은 구름 속으로 녹아들고 말 듯이 보였다.

그러나 성낭[7] 위에 높이 달아놓은 망대(望台)의 전등이 누각 한편 추녀 끝에 불빛을 던지고 있었다.

이끼에 덮이고 남은 기왓장이 빛나 보이고 그 틈서리에 자라난 긴 풀대가 비껴오는 빗발에 떨리는 것이 보였다.

외짝 거리까지 온 병일은 어느 집 처마 아래로 들어섰다. 그것은 문등이 달린 조그만 현관이었다. 현관 옆에는 회 바른 담을 네모나게 도려내고 유리를 넣어서 만들어놓은 쇼윈도가 있었다.

'하아 여기 사진관이 있었던가!' 하고 병일은 아직껏 몰라보았던 것이 우스웠다. 그 작은 쇼윈도 안에는 갓 없는 16촉 전구가 켜 있었다. 그리고 퍼런 판에 금박으로 무늬를 놓은 반자지를 바른 그 안에는 중판쯤 되는 결혼 사진을 중심으로 명함판의 작은 사진들이 가득히 붙어 있었다. 대개가 고무 공장이나 정미소의 여공인 듯한 소녀들의 사진이었다. 사진의 인물들은 모두 먹칠이나 한 듯이 시커먼 콧구멍이 들여다보였다.

'압정으로 사진의 웃머리만을 눌러놓아서 얼굴들이 반쯤 젖혀진 탓이겠지' 하고 병일은 웃고 있는 자기에게 농담을 건네어보았다.

그들의 후주근⁸ 이마 아래 눌려 있는 정기 없는 눈과 두드러진 관골 틈에 기를 펴지 못하고 있는 나지막한 코를 바라보면서 병일은 그들의 무릎 위에 얹혀 있을 거친 손을 상상하였다.

병일은 담배를 붙여 물고 돌아서서 발 앞에 쏟아지는 낙숫물 소리를 들으며 맞은편 빈 터의 캄캄한 공간을 바라보았다. 거기서 간간이 불어오는 바람결마다 빗발은 병일의 옷자락으로 풍겨 들었다.

옆집 유리창 안에는 닦아놓은 푸른 능금알들이 불빛에 기름이나 바른 듯이 윤나 보였다. 그 가운데 주인 노파가 장죽(長竹)을 물고 앉아 있었다. 피어오르는 담배 연기를 바라보며 졸고 있는 것이었다. 푸른 연기는 유리창 안에서 천장을 향하여 가늘게 떠오르고 있었다.

노파의 손에 들린 삿부채가 그 한 면에 깃든 검은 그림자를 이

편저편 뒤칠 때마다 가는 연기줄은 흩어져서 능금알의 반질반질한 뺨으로 스며 사라졌다.

그때마다 병일은 강철 바늘 같은 모기 소리를 느끼고 몸서리를 쳤다.

빗소리밖에는— 고요한 저녁이었다.

병일이는 다시 쇼윈도 앞으로 돌아서서 연하여 하품을 하면서 사진을 보고 있었다. 그때에 갑자기 사진이 붙어 있는 뒤 판장이 젖혀지며 커다란 얼굴이 쑥 나타났다.

병일이의 얼굴과 마주친 그 눈은 한 겹 유리창을 격하여 잠시 동안 병일이를 바라보다가 붉은 손에 잡힌 비로 쇼윈도 안을 쓸어내고 전등알까지 쓰다듬었다. 전등알에는 천장과 연하여 풀솜오리 같은 거미줄이 얽혀 있었다.

비를 놓고 부채로 쇼윈도 안의 하루살이와 파리를 쫓아내는 그의 혈색 좋은 커다란 얼굴은 직사되는 광선에 번질번질 빛나 보였다. 그리고 그의 미간에 칼자국같이 깊이 잡힌 한 줄기의 주름살과 구둣솔을 잘라 붙인 듯한 거친 눈썹과 인중에 먹물같이 흐른 커다란 코 그림자는 산 사람의 얼굴이라기보다 얼굴의 윤곽을 도려낸 백지판에 모필로 한 획씩 먹물을 칠한 것같이 보였다.

병일은 지금 보고 있는 이 얼굴이나 아까 보던 사진의 그것은 모두 조화되지 않은 광선의 장난이라고 생각하였다. 그리고 암혹한 적막 속에 잠겨들고 만 옛 성문 누각의 한편 추녀 끝만을 적시는 듯이 보이던 빗발이 다시 한 번 병일의 머리 속에 떠올랐다.

이렇게 서서 의식의 문밖에 쏟아지는 낙숫물 소리에 귀를 기울이며 있는 병일이는 광선이 희화화(戲畵化)한 쇼윈도 안의 초상이 한 겹 유리창을 격하여 흘금흘금 자기를 바라보고 있는 충혈된 눈을 마주 보았다.

변한 바람세에 휘어진 빗발이 그들이 격하여 서로 바라보고 있는 유리창에 뿌려서 빗방울은 금시에 미끄러져서 길게 흘러내렸다.

'희화된 초상화에서 흐르는 땀방울!'

병일이는 의식적으로 이러한 착각을 꾸며보았다. 지금껏 자기를 흘금흘금 바라보는 그 충혈된 눈에 작은 반감을 가졌던 것이었다.

비에 놀란 듯한 얼굴은 쇼윈도에서 사라졌다. 그리고 현관문이 열렸다.

현관문을 열어 잡고 하늘을 쳐다보던 그는

"비가 대단하구만요. 이리로 들어와서 비를 그으시지요. 자 들어오세요" 하고 역시 하늘을 쳐다보고 서 있는 병일에게 말하였다.

그의 적삼 아래로는 뚱뚱한 배가 드러나 보였다. 가차 없이 비를 쏟고 있는 푸렁덩한* 하늘같이 그의 내민 배가 병일의 조급한 신경에 거슬렸으나 처음 보는 사람에게 이같이 친절한 것은 둥실한 그 배의 성격이어니 생각하며 권하는 대로 현관문 안에 들어섰다.

그는 병일에게 의자를 권하고 이어서 휘파람을 불면서 조금 전에 떼어 들였던 판장에서 사진들을 떼기 시작하였다.

함석 지붕에 떨어지는 빗소리는 어수선한 좁은 방 안을 침울하게 하였다.

구둣솔을 잘라 붙인 듯한 눈썹을 찌푸려서 미간의 외줄기 주름살은 더욱 깊어지고 두드러진 입술에서 새어 나오는 휘파람 소리는 날카롭게 들렸다.

병일이는 빗소리에 섞여오는 휘파람 소리를 들으며 테이블 위에 놓인 앨범을 뒤적이고 있었다.

"금년에는 비가 많이 올걸요" 휘파람을 불다 말고 사진사는 이렇게 말을 건네며 병일이를 쳐다보았다.

"글쎄요……?"

"두고 보시우. 정녕코 금년에는 탕수[10]가 나고야 맙네다."

"……글쎄요……?" 병일이는 역시 이렇게 대답할밖에 없었다.

"서문의 문지기 구렁이가 현신을 했답니다."

"……?" 말없이 쳐다만 보고 있는 병일에게 어떤 커다란 사변의 전말이나 설명하듯이 그는 일손을 멈추고

"어제 저녁에 비가 부슬부슬 오실 때—"하고 말을 시작하였다.

어떤 사람이 우산을 받고 서문 안으로 들어갈 때에 누각 기왓장이 스치고 발 앞에 철석철석 떨어졌다. 그래 쳐다본즉 그 넓은 기왓골에 10여 골이나 걸친 큰 구렁이가 박죽[11] 같은 머리를 내두르고 있었다고 한다. 사람들은 모여들었다. 그중에 날쌘 젊은이가 올라가서 잡으려고 하였다. 노인들은 성문지기 구렁이를 해하면 재변이 난다고 야단쳤다. 갈기려는 채찍을 피하여 달아나는 구렁

이를 여기 간다 저기 간다 하며 잡지 말라는 노인들을 둘러싼 젊은이들은 문루에 올라간 사람을 지휘하며 웃고 떠들었다. 마침내 구렁이는 수많은 기왓골 틈으로 들어가 숨고 말았다. 안심한 노인들은 분한 것 놓쳤다고 떠드는 젊은이들 틈에서 이 여름에는 무서운 홍수가 나리라고 걱정하였다고 한다.

"노인들의 증험이 틀리지 않습네다" 하고 그의 말은 끝났다.

"글쎄요?" 병일이는 이렇게 똑같은 대답을 세 번이나 뇌기가 미안하였다. 그렇다고 '설마 그럴라구요' 하였다가 이 완고한 젊은이의 무지와 충돌하여 부질없는 이야기가 벌어지게 되면―. 귀찮은 일이다.

그때에 현관문으로 작은 식함[12]이 들어왔다. 오늘 만든 듯한 새 사진을 붙이고 있던 주인은 일감을 밀어 치우고 식함에 놓인 술병과 음식 그릇을 테이블 위에 받아놓고 의자를 당겨 앉으며

"자, 우리 같이 먹읍시다. 이미 청하였던 것이지만" 하고 술을 따라서 병일에게 건네었다.

병일은 코끝에 닿을 듯한 술잔을 피하여 물러앉으며

"미안합니다만 나는 술을 먹지 않습니다" 하고 거절하였다.

"그러지 마시구 자, 한잔 드시우. 자, 이미 권하던 잔이니 한잔만―" 아직 인사도 안 한 그가 이렇게 치근거리며 술을 권하는 것이 불쾌하였다. 그래서 여러 번 거절하여보았다. 그러나 이렇게 굳이 권하는 것은 이런 사람들의 호의로 생각할밖에 없었고 더구나 돌아가는 잔이라든가 권하던 잔이라든가 하는 술꾼들의 미신적 습관을 짐작하는 병일이는 끝끝내 거절할 수가 없었다.

마지못해서 받아 마시고는 잔을 그이 앞에 놓았다. 술을 따라서 잔을 건네면 이 술추렴에 한몫 드는 셈이 되겠는 고로 빈 잔을 놓은 것이었다.

"자— 이걸 좀 뜨시우. 이미 청하였던 음식이라 도로혀 미안하외다만—"

이렇게 말하며 일변 손수 술을 따라 마시면서 초계탕 그릇을 병일에게로 밀어놓는다.

"자, 좀 뜨시우" 이렇게 다지고 그는 안으로 들어가서 은수저 한 벌을 더 가지고 나와서 자기가 마침 떠먹으며

"어— 시원해. 하루 종일 밥벌이하느라고 꾸벅꾸벅 일하다가 이렇게 한잔 먹는 것이 제일이거든요."

이러한 주인의 말에 병일이는 한 번 더 '글쎄요' 하는 말이 나오려는 것을 누르고

"피곤한 것을 잊게 되니깐 좋을 것입니다."

이렇게 동정하는 병일의 대답에 사진사는 "참 좋아요. 아시다시피 사진 영업이라는 것은 기술이니만치 뼈가 쏘게[13] 힘드는 일은 아니지만 매일 암실에서 눈과 뇌를 씁니다그려. 그러다가 이렇게 한잔—"하며 그는 손수 술을 따라 마시고 나서 "일이 그렇게 많습니까?"고 묻는 병일에게 잔을 건네며

"그저 심심치 않지요. 또 혹시 일이 없어서 돈벌이를 못한 날이면 술을 안 먹고 자고 마니까요 하하" 이렇게 쾌하게 웃으며 연하여 술을 마시는 오늘은 돈벌이가 많았던 모양이었다.

병일이도 그가 권하는 대로 술잔을 받아 마셨다. 다소 취기가

돈 듯한 사진사는 병일의 잔에 술을 따르며

"참 하시는 사업은 무엇이신가요? 하긴, 우리— 피차에 인사도 안 했겠다. 그러나 나는 선생이 늘 이 앞으로 지나시는 것을 보았지요. 이렇게 합석하기는 차음이지만. 나는 저— 이칠성이라고 불러주시우. 그리구 앞으로 많이 사랑해주시우—"

이같이 기다란 인사가 끝난 후에 사진사는 병일이를 긴상이라고 불러가며 더욱 친절히 술을 권하면서

"긴상두 독립적으로 사업을 시작하시우. 나두 어려서부터 요 몇 해 전까지 월급 생활을 했지만—" 하고 자기의 내력을 말하기 시작하였다.

병일이는 방금 말한 자기의 직업적 지위와 대조하여 사진사가 이같이 갑자기 선배연하는 태도로 말하는 것이 역하였다.

그래서 그의 내력담에 경의를 가지기보다도 그와 이렇게 마주 앉게 된 것을 후회하면서 일종의 경멸과 불쾌감으로 들었다.

내력담으로 추측하면 지금 그의 나이는 스물다섯이나 여섯일 것이다.

그가 3년 전에 비로소 이 사진관을 시작하기까지 열세 살부터 10여 년 동안 그의 적공은 그의 사진술(?)과 지금 병일의 눈앞에 보이는 이 독립적 사업으로 나타났다는 것이었다.

내력담을 마친 그는 등 뒤의 장지문을 열어젖히며 "여기가 사장(寫場)입니다" 하고 병일이를 돌아보며 일어서서 안내하였다.

사장 안의 둔각(鈍角)으로 꺾인 천장의 한 면은 유리를 넣었다. 유리 천장 밖으로 보이는 하늘은 캄캄하였다. 그리고 거기 내리

는 빗소리는 여운이 없이 무겁게 들렸다.

맞은 벽에는 배경이 걸려 있었다. 이편 방 전등빛에 배경 앞에 놓인 소파의 진한 그림자가 회색으로 그린 배경 속 나무 위에 기대어졌다. 그리고 그 소파 앞에 작은 탁자가 서 있고 그 위에는 커다란 양서 한 권과 수선화 한 분이 정물화(靜物畵)같이 놓여 있었다.

사진사는 사장 안의 전등을 켜고 들어가서 검은 보자기를 씌운 사진기를 만지며

"설비라야 별것 없지요. 이것이 제일 값가는 것인데 지금 사려면 삼백오륙십 원은 줘야 할 겝니다. 그때도 월부로 샀으니깐 그 돈은 다 준 셈이지만—"하고 자기가 소사로부터 조수가 되기까지 10여 년간이나 섬긴 주인이 고맙게도 보증을 해주어서 그 사진기를 월부로 살 수가 있었다는 것과 지난봄까지 대금을 다 치렀으므로 이제는 완전히 자기 것이 되었다는 것을 가장 만족한 듯이 설명하였다.

그리고 전등을 끄고 나오려던 사진사는 다시 어두워진 사장 안에 묵화 같은 수선화를 보고 섰는 병일의 어깨를 치며

"참 여기만 해도 어수룩합네. 배경이라고는 저것밖에 없는데 여기 손님들은 저 산수 배경 앞에 걸터앉아서 수선화를 앞에 놓고 넌지시 책을 펴들고 백이거든요"하고 큰 소리로 웃었다. 자리에 돌아온 그가

"차차 배경도 마련해야겠습니다"하는 것으로 보아서 결코 그는 자기의 직업적 안목으로 손님들을 웃어주는 것이 아니요, 이

것저것 모든 것이 만족하여서 견딜 수가 없다는 웃음으로 병일이
는 들었다.

부채로 식히고 있는 그 얼굴의 칼자국 같은 미간의 주름살도 거
진 펴진 듯이 보였다.

사진사는 더욱더욱 유쾌해지는 모양이었다. 그것이 술 취한 그
의 버릇인지ㅡ. 그는 아까부터 바른손으로 자기의 바른편 귀 쪽
을 잡아 훑으며 수다스럽게 이야기를 벌이고 있었다.

병일이는 작은 귤쪽같이 빨개진 사진사의 바른편 귀를 바라보
면서 하품을 하며 듣고 있었다.

사진사는 다시 한 번 귀 쪽을 잡아 훑으며

"긴상은 몸이 강해서 그다지 더운 줄을 모르겠군요. 나는 술살
인지 작년부터 몸이 나기 시작해서ㅡ제기 더웁기라니ㅡ노인들
의 말씀같이 부해져서 돈이나 많이 모으면 몰라도 밤에ㅡ" 하고
그는 적삼 아래 드러난 배를 쓸면서 병일이에게는 아직 경험 없
는 침실의 내막을 이야기하고 큰 소리로 웃었다. 그리고 얼굴이
붉어진 병일이를 건너다보며 어서 장사를 시작하고 하루바삐 장
가를 들어서 사람 사는 재미를 보도록 하라고 타이르듯이 말하
였다.

병일이는 '사람 사는 재미라니? 어떻게 살아야 재미나게 살 수
있느냐?'고 사진사에게 물어보고 싶기도 하였으나 들어야 땀내
나는 그 말이려니 생각되어 다시 한 번 "글쎄요"를 뇌고 기지개를
켜면서 시계를 쳐다보았다.

10시가 지난 여름밤에ㅡ. 어느덧 빗소리도 가늘어졌다.

비가 멎기를 기다려서 가라고 붙잡는 사진사에게 내일 다시 오기를 약조하고 우산을 빌려 가지고 나섰다.

몇 걸음 안 가서 돌아볼 때에는 쇼윈도 안의 불은 이미 꺼졌다. 캄캄한 외짝 거리의 점포들은 모두 판장문이 닫혀 있었다. 문틈으로 가늘게 새어 나오는 불빛에 은사실 같은 빗물이 지우산 위에서 소리를 낼 뿐이었다.

얼굴을 스치는 밤기운과 손등을 때리는 물방울에 지금까지 흐려졌던 모든 감각이 일시에 정신을 차리는 것 같았다.

빈 터 초평에서 한두 마디의 청개구리 소리가 들려왔다. 병일이는 걸음을 멈추고 귀를 기울였다. 얼마 기다려서야 맹꽁맹꽁 우는 소리를 한두 마디 들을 수가 있었다.

때리는 빗방울에 눈을 껌벅이면서 맹꽁맹꽁 울 적마다 물에 잠긴 흰 뱃가죽이 흐물거리는 청개구리를 눈앞에 그려보았다.

청개구리 뱃가죽 같은 놈! 문득 이런 말이 나오며 병일이는 자기도 모를 사진사에 대한 경멸감이 떠올랐다.

선득선득하고 번질번질한 청개구리의 흰 뱃가죽을 핥은 듯이 입 안에 께끔한[14] 침이 돌아서 발걸음마다 침을 뱉었다. 그리고 숨결마다 코 앞에 서리는 술내가 역하여서 이리저리 얼굴을 돌리는 바람에 그의 발걸음은 비틀거렸다.

내가 취하였는가? 하는 생각에 그는 정신을 차렸으나 떼어놓는 발걸음마다 철벅철벅하는 진흙물 소리가 자기 외에 다른 누가 따라오는 듯하여 자주 뒤를 돌아보기도 하였다.

청개구리의 뱃가죽 같은 놈! 하는 생각에 그는 자주 침을 뱉으며 좁은 골목에 들어섰다.

거기는 빗소리보다도 좌우편 집들의 처마에서 떨어지는 낙숫물 소리가 어지럽게 들렸다.

동편 집들의 뒷담은 무덤과 같이 답답하게 돌아앉아 있었다. 문을 열어놓은 서편 집들의 어두운 방 안에서는 후끈한 김이 코를 스치고 아이들의 울음소리와 여인들의 잠꼬대 소리가 들렸다.

그리고 간혹 작은 칸델라를 켜놓은 방 안에는 마른 지렁이 같은 늙은이의 팔다리가 더러운 이불 밖에서 움직이며 가래 걸린 말소리와 코 고는 소리가 들리기도 하였다.

병일이는 아침에나 초저녁에는 볼 수 없던 한층 더 침울한 이 골목에 들어서 좌우편 담에 우산을 부딪치며

"이것이 사람 사는 재미냐? 흥, 청개구리의 뱃가죽 같은 놈!"

이렇게 중얼거리며 다시 침을 뱉으며 걸었다.

뒤에서 찌릉찌릉하는 종소리가 들렸다. 누렇게 비치는 초롱을 단 인력거가 오고 있었다.

병일이는 비틀거리는 걸음으로 앞서기가 싫어서 한편으로 길을 비키고 섰다. 가까이 온 인력거의 초롱은 작은 갓모 같은 우비 아래서 덜덜 떨고 있었다. 반쯤 지운 병일의 우산 끝을 스치고 지나가는 인력거 안에서

"아이 참 골목두 이렇게 좁아서야" 하고 두세 번 혀를 차는 소리가 들렸다.

"아씨두 이전 아랫거리에 큰 집이나 한 채 사시구 가서야지요."

인력거꾼이 숨찬 말소리로 이렇게 말하자

"아이 어느새 머—" 하는 기생의 말소리가 그쳤으나 캄캄한 호로[15] 안에서 그 대꾸를 들으려고 귀를 갸웃하고 기다리는 양이 상상되는 음성이었다.

"왜요, 아씨만 하구서야—" 이렇게 하려던 말을 채 마치지 못하고 숨이 찬 인력거꾼은 한 손으로 코를 풀었다.

"그렇지만 큰 집 한 채에 돈이 얼마기—"

이렇게 혼잣말같이 하는 기생의 말소리는 금시에 호젓한 맛이 있었다. 인력거꾼은

"아씨같이 잘 불리우면 삼사 년이면 그것쯤이야—"

하고 기생을 위로하듯이 아까 하던 말을 이었다. 그러나 호로 안에서는 잠깐 잠잠하였다가

"수다 식구가 먹고 입고 사는 것만 해두 여간이 아닌데" 하는 기생의 말소리는 더욱 호젓하였다. 인력거꾼도 말을 끊었다. 초롱불에 희미하게 비치는 진흙물에 떼어놓는 발걸음 소리만이 무겁게 들렸다.

인력거는 작은 대문 앞에 멎었다. 컴컴한 처마 끝에는 빗물이 맺혀서 뜨고 있는 동그란 문등이 흰 포도알같이 작게 비치고 있었다.

인력거에서 내린 기생은 낙숫물을 피하여 날쌔게 대문 안으로 들어갔다. 그리고 다시 대문 밖을 내다보며 인력거꾼에게 "잘 가요" 하고 어린애와 같이 웃는 얼굴로 사라졌다.

병일이는 늙은 인력거꾼이 잡고 선 초롱불에 기생의 작은 손등을 반쯤 가린 남길솜과 둥그런 허리에 감싸올린 옥색 치마 위에

늘어진 붉은 저고리 고름을 보았다. 그것이 어린애와 같이 웃는 기생의 흰 얼굴과 어울려서 더욱 어리게 보였다.

그러나 이제 인력거꾼과 하던 말과 그 짧은 대화의 끝을 콤비한 생활고의 독백으로 마치던 그 호젓한 말씨는 결코 어린애의 말이라고 들을 수는 없었다.

대문 안에 사라진, 미상불 갓 깬 병아리 같은 솜털이 있을 기생의 얼굴을 눈앞에 그리며 그의 이야기 소리가 귓가에 남아 있는 병일의 머리 속에는 어릴 때 손가락을 베었던 의액이[16] 풀잎이 생각난다.

연하면서도 날카로운 의액이의 파란 풀잎이 머리 속을 스치고 사라지자 병일의 신경은 술에서 깨어나는 듯하였다.

돌아가는 인력거의 초롱불에 자기의 양복바지가 말 못 되게 더러운 것을 발견하고 병일은 하염없는 웃음이 떠오름을 깨달았다.

하숙방에 돌아온 병일이는 머리맡에 널려 있는 책을 모아 쌓아서 베고 누웠다.

그는 천장을 쳐다보며 2년래로 매일 걸어다니는 자기의 변화 없는 생활의 코스인 (오늘 밤 비 오는) 길에서 보고 들은 생활면을 다시 한 번 바라보았다.

그것은 새로운 것도 아니었다. 물론 진기한 것도 아니었다. 오히려 그 같은 것을 머리 속에 담아두고서 생각하는 자기가 이상하리만치 평범하고 속된 것이었다. 그러나 그같이 음산하게 벌어져 있는 현실은 산문적이면서도 그 산문적 현실 속에는 일관하여 흐르고 있는 어떤 힘찬 리듬이 보이는 듯하였다. 그리고 그 리듬은 엄숙한 비판의 힘으로 변하여 병일의 가슴을 답답하게 누르는 듯하였다.

내게는 청개구리의 뱃가죽만 한 탄력도 없고 의액이 풀잎 같은 청기[靑氣]도 날카로움도 없지 않은가?

이러한 반성이 머리 속에 가득 찬 병일이는 용이히 올 것 같지 않은 잠을 청하려고 눈을 감았다.

우울한 장마는 계속되었다. 그것은 태양의 얼굴과 창공과 대지를 씻어낼 패기 있는 폭풍우를 그립게 하는 궂은비였다.

이 며칠 동안에는 얼굴을 편 태양을 볼 수가 없었다. 혹시 비가 개는 때라도 열에 뜬 태양은 병신같이 마음이 궂었다.

오래간만에 맞은편 하늘에 비긴 무지개를 반겨서 나왔던 아이들은 수목 없는 거리의 처마 아래로 다시 쫓겨갈밖에 없었다.

밤하늘에는 별들도 대개는 불을 켜지 않았다. 쉴 새 없이 야수 떼 같은 검은 구름이 달렸다. 그러고는 또 비가 구질구질 내렸다. 빗물 고인 웅덩이에는 수없는 장구벌레들이 끊어낸 신경 줄기같이 꼬불거리고 있었다.

병일이는 요즈음 독서력을 전혀 잃고 말았다.

어느 날 밤엔가 늦도록 『백치(白痴)』를 읽다가 잠이 들었을 때에 도스토예프스키가 속 궁근 기침을 하던 끝에 혈담을 뱉는 꿈을 꾸었다. 침과 혈담의 비말을 수염 끝에 묻힌 채 그는 혼몽해져서 의자에 기대고 눈을 감았다. 그의 검은 눈자위와 우므러진 뺨

과 검은 정맥이 늘어선 벗어진 이마 위에 솟은 땀방울을 보고 그
의 기진한 숨소리를 들으며 눈을 떴다. 그때에 방 안에는 4시를
치려는 목종(木鐘)의 기름 마른 기계 소리만이 서걱서걱 들릴 뿐
이었다.

이렇게 잠을 잃은 병일이는 『백치』 권두에 있는 작자의 전기를
다시 한 번 훑어보았다. 전기에는 역시 병일이가 기억하고 있는
대로 이 문호의 숙환으로는 간질의 기록만이 있을 뿐이었다.

도스토예프스키의 동양인 같은 수염에 맺혔던 혈담은 어릴 적
기억에 남아 있는 자기 아버지의 주검의 연상으로 생기는 환상이
라고 생각하였다.

근자에 병일이는 사무실에서 장부 정리를 할 때에도 혹시 후원
에서 성낸 소와 같이 거닐고 있던 니체가 푸른 이끼 돋친 바위를
붙안고 이마를 부딪치는 것을 상상하고 작은 신음 소리가 나오려
는 것을 깨닫고는 몸서리를 치기도 하였다.

그럴 때마다 곁에서 담배를 피우며 신문을 뒤적이고 있는 주인
을 바라볼 때 신문 외에는 활자와 인연이 없이 살아갈 수 있는 그
들의 생활이 부럽도록 경쾌한 것 같았다. 사실 월급에서 하숙비
를 제하고 몇 푼 안 남는 돈으로 탐내어 사들인 책들이 요즈음에
는 무거운 짐같이 겨웠다.

활자로 박힌 말의 퇴적이 발호하여서 풍겨오는 문학의 자극에
자기의 신경은 확실히 피곤해졌다고 병일은 생각하였다.

피곤한 병일이는 사무실에서 돌아올 때마다 이 지루한 장마는
언제까지나 계속할 셈인가고 중얼거렸다.

지금부터는 마음대로 할 수 있는 '나의 시간'이라고 생각하며 돌아가는 길에 언제나 발을 멈추고 바라보는 성문을 요즈음에는 우산 속에 숨어서 그저 지나치는 때가 많았다. 혹시 생각나서 돌아볼 때에는 수없는 빗발에 씻기며 서 있는 누각을 박쥐조차 나들지 않았다. 전날 큰 구렁이가 기왓장을 떨어쳤다는 말이 병일에게는 육친의 시체를 보는 듯한 침울한 인상을 주는 것이었다.

모기 소리와 빈대 냄새와 반들거리다가 새침히 뛰어오르는 벼룩이 기다릴 뿐인 바람 한 점 없는 하숙방에서 활자로 시커멓게 메워진 책과 마주 앉을 용기가 없어진 병일이는 어떤 유혹에 끌리듯이 사진관으로 찾아가게 되었다.

사진사도 병일이를 환영하였다. 그리고 거기는 술과 한담(閒談)이 있었다.

아직껏 취흥을 향락해본 경험이 없던 병일이는 자기도 적지 않게 마시고 제법 사진사와 같이 한담을 주고받을 수 있다는 것이 만족하게 생각되기도 하였다.

사진사가 수다스럽게 주워섬기는 이야기를 듣고 있는 동안에 병일이는 문득 자기를 기다릴 듯한 어젯밤 펴놓은 대로 있을 책을 생각하고 시계를 쳐다보기도 하였으나 문밖에 빗소리를 듣고는 누구에 대한 것인지도 모를 송구한 마음을 가라앉히는 것이었다. 그럴 때마다 그는 이야기에 신이 나서 잊고 있는 사진사의 잔을 집어서 거푸 마셨다.

밤 12시가 거진 되어서 하숙으로 돌아가는 병일이는 비를 맞는 것이 오히려 마음이 편하였다. '이것이 무슨 짓이냐!' 하는 반성은 갈라진 검은 구름 밖으로 보이는 별 밑에 한층 더하므로 '이 생활은 일시적이다. 장마의 탓이다' 하는 생각을 오는 비에 핑계하기가 편하였던 것이다.

책상 앞에 돌아온 병일이는 '내 마음대로 할 수 있는 시간'이 모두 없어진 것을 새삼스럽게 느끼고 있는 자기를 발견하는 것이었다.

이른 아침 시간을 위하여 자야 할 병일이는 벌써 깊이 잠들었을 사진사의 코 고는 소리가 들리는 듯하여 잠이 오지 않았다.

요즈음 사진사는 술을 사양하는 때가 있었다. 손이 떨려서 사진 수정에 실수가 많으므로 얼마 동안 술을 끊어볼 의사가 있다는 것이었다. 이 장마에 손님이 없어서 그이 역시 우울하게 지내는 모양이었다. 그러나 병일이가 술을 사서 권하면 서너 잔 후에는 니여" 유쾌해지는 것이었다.

오늘도 유쾌해진 사진사가 병일에게 잔을 건네며 "긴상 밤에는 무엇으로 소일하시우" 하고 물었다.

전에는 사진사가 주워섬기는 화제는 대부분이 사진사 자신의 내력과 생활에 관한 이야기요 자랑이었다. 혹시 도를 지나치는 그의 살림 내정 이야기에 간혹 미안히 생각되는 때가 있었으나 마음 놓고 들으며 웃을 수 있었던 것이었다.

그렇던 것이 이 며칠은 병일의 술을 마시는 탓인지 사진사는 병일의 생활을 화제로 삼으려는 것이 현저하였다.

병일이가 월급을 얼마나 받느냐고 물은 것이 벌써 그저께였다. 어젯밤에는 하숙비는 얼마나 내느냐고 물은 다음에 흐지부지

허튼 돈을 안 쓰는 긴상이라 용처로 한 달에 기껏 6원을 쓴다치고라도 한 달에 7, 8원은 저금하였을 터이니 이태 동안에 소불하[18] 2백 원은 앞세웠으리라고 계산하였다. 그 말에 병일이는 웃으며 글쎄 그랬더라면 좋았을걸 아직 한 푼도 저축한 것이 없다고 하였더니 내가 긴상에게 돈 꾸려고 할 사람이 아니니 거짓말할 필요는 없다고 서두르다가 정말 돈을 앞세우지 못하였다면 그 돈을 무엇에다 다 썼을까고 대단히 궁금해하는 모양이었다.

사진사가 오늘 이렇게 묻는 것도 그러한 궁금증에서 나오는 말인 것을 짐작하는 병일이는 하기 싫은 대답을 간신히

"갑갑하니까 그저 책이나 보지요" 하고 담배 연기를 핑계로 찡그린 얼굴을 돌렸다. 사진사는 서슴지 않고 여전히 병일이를 바라보며

"책? 법률 공부 하시우? 책이나 보시기야 무슨 돈을 그렇게…… 나를 속이시는 말인지는 모르지만 혼자서 적지 않은 돈을 저금도 안 하고 다 쓴다니 말이 되오?" 이렇게 말하며 충혈된 눈을 더욱 크게 뜨고 병일이를 마주 보는 것이었다.

술이 반쯤 취한 때마다 "사람이란 것은……" 하고 흥분한 어조로 자기의 신념을 말하거나 설교를 하려 드는 것이 사진사의 버릇임을 이미 아는 바이요, 또한 그 설교를 무심중 귀를 기울이고 들은 적도 있었지만 오늘같이 병일의 생활을 들추어서 설교하려 드는 것은 대단히 불쾌한 것이다.

술에 흥분된 병일이는 '그래 댁이 무슨 상관이오' 하는 말이 생각나기는 하였으나 이런 경우에 잘 맞지 않는 남의 말을 빌리는

것 같아서 용기가 없었다.

그렇다고 '돈을 아껴서 책까지 안 산다면 내 생활은 무엇이 됩니까? 지금 나에게는 도서관에 갈 시간도 없지 않소? 그러면 그렇게 책은 읽어서 무엇 하느냐고 묻겠지만 나 역시 무슨 목적이 있어서 보는 것은 아닙니다' 하고는 '어떻게 살아야 후회 없는 일생을 살 수 있는가? 하는 즉 사람에게는 사람이란 무엇인가? 하는 의문이 있다는 것을 알고 나도 그것을 알아보려고 한 적도 있었지만 지금은 고학도 할 수 없이 된 병약한 몸과 2년래로 주인에게 모욕을 받고 있는 나의 인격의 울분한 반항이——말하자면 모두 자기네 일에 분망한 세상에서 나도 내 생활을 위하여 몰두하는 시간을 가져보겠다는 것이 나의 독서요' 하고 이렇게 말한다면 말하는 자기의 음성이 떨릴 것이요. 그 말을 듣는 사진사는 반드시 하품을 할 것이라고 생각한 병일이는 하염없는 웃음을 웃고 나서

"그럼 나도 책 사는 돈으로 저금이나 할까? 책 대신에 매달 조금씩 늘어가는 저금 통장을 들여다보는 것으로 낙을 삼구……"

"아무렴 그것이 재미지. 적소성대라니."

이렇게 하는 사진사의 말을 가로채어서

"하하 시간을 거꾸로 보아서 10년 후의 천 원을 미리 기뻐하며 하하" 하고 웃고 난 병일이는 아까부터 놓여 있는 술잔을 꿀꺽 마시고 사진사의 말을 막으려는 듯이 곧 술을 따라 건네었다.

술잔을 받아 든 사진사는 치[19]가 있는 듯한 병일의 말에 찔린 마음이 병일의 공소한 웃음소리에 중화되려는 쓸개 빠진 얼굴로 병

일이를 바라보다가 체신을 차리려고 호기 있게 눈을 굴리며

"10년도 잠간이오. 돈을 모으며 살아도 10년 허투루 살아도 10년인데 같은 값이면 우리두 돈 모아서 남과 같이 살아야지……" 하는 사진사의 말을 받아서

"누구와 같이? 어떻게?" 하고 대들 듯이 묻는 병일의 눈은 한순간 빛났다.

들어야 그 말이지 하고 생각하여온 병일이는 이때에 발작적으로 사진사가 꿈꾸는 행복이 어떤 것인가를 듣고 싶었던 것이었다.

"아니 누구같이라니! 자, 긴상 내 말 들어보소. 자, 다른 말 할 것 있소. 셋집이나 아니구 자그마하게나마 자기 집에다 장사면 장사를 벌이구 앉아서 먹구 남는 것을 착착 모아가는 살림이 세상에 상 재미란 말이오" 하고 그는 목을 축이듯이 술을 마시고 병일에게 잔을 건네며

"이제 두구 보시우. 내가 이대루 3년만 잘하면 집 한 채를 마련할 자신이 꼭 있는데 그때쯤 되면 내 큰아들놈이 학교에 가게 된단 말이오. 살림집은 유축[20]이라도 좋으니 학교 갓게다[21] 집을 사고서 사진관은 큰 거리에다 번쩍하게 벌이고 앉으면 보란 말이오. 그렇게만 되면 머— 최창학이 누구누구 다 부러울 것이 없단 말이오" 하고 가장 쾌하게 웃었다. 쾌하게 웃던 사진사는 잔을 든 채로 멀거니 자기를 바라보고 있는 병일의 눈과 마주치자 멋쩍게 웃음을 끊었다가 그럴 것 없다는 듯이 다시 웃음을 지어 웃으며

"어떻소? 긴상 내 말이 옳소? 긇소? 하하하" 하며 병일이가 들

고 있는 술잔이 쏟아지도록 그의 어깨를 잡아 흔들었다.

병일이는 잔 밑에 조금 남은 술방울을 혓바닥에 처뜨려서 쓴맛을 맛보듯이 마시고 잔 밑굽으로 테이블에 작은 소리를 내며

"글쎄요" 하고 얼굴을 수그리며 대답하였다.

사진사는

"글쎄요라니?" 하니 병일의 대답이 하도 시들함을 나무라는 모양으로

"긴상은 도무지 남의 말을 곧이 안 듣는 것이 병이거든. 그리구 내가 보기엔 긴상은 돈 모으고 세상살이 할 생각은 않는 것 같단 말이야" 이렇게 말하는 사진사는 자기의 말을 스스로 긍정하는 태도로 병일이를 건너다보며 머리를 건득이었다.[22]

병일이도 사진사의 말을 긍정할밖에 없었다.

사진사의 설교가 아니라도 이러한 희망과 목표는 이러한 사회층(물론 병일 자신도 운명적으로 예속된 사회층)에 관념화한 행복의 목표라는 것을 모르는 바가 아니었다.

이러한 사회층의 일평생의 노력은 이러한 행복을 잡기 위한 것임을 어느 때 어느 곳에서나 늘 보고 듣는 것이었다. 그러나 병일이는 이러한 것을 진정한 행복이라고 믿을 수 없는 것이었다. 그렇다고 나의 희망과 목표는 무엇인가고 생각할 때에는 병일의 뇌장(腦臟)은 얼어붙은 듯이 대답이 없었다. 이와 같이 별다른 희망과 목표를 찾을 수 없으면서도 자기가 처하여 있는 사회층의 누구나 희망하는 행복을 행복이라고 믿지 못하는 이유도 알 수 없는 것이었다.

희망과 목표를 향하여 분투하고 노력하는 사람의 물결 가운데서 오직 병일이 자기만이 지향 없이 주저하는 고독감을 느낄 뿐이었다. 다만 일생의 목표를 그리 소홀하게 결정할 것이 아니라고 간신히 자기에게 귓속말을 해보는 것이었다.

　이러한 귓속말에 비하여 사진사의 자신 있는 말은 얼마나 사진사 자신을 힘 있게 격려할 것인가? 더욱이 누구에게나 자기의 희망과 포부는 말로나 글로나 자라나고 있을 때보다 훨씬 빈약해 보이는 것이요 대개는 정열과 매력을 잃고 마는 것인데 이 사진사는 그 반대로 자기 말에 더욱더욱 신념과 행복감을 갖는 것을 볼 때 그는 참으로 행복스러운 사람이라고 생각할밖에 없었다.

　이렇게 사진사를 행복자라고 생각하는 병일이는 그러한 행복 관념 앞에 여지없이 굴복하는 듯하였다. 그러나 진심으로 그 행복 관념에 복종할 수 없었다. 그러면 자기는 마치 반역하는 노예와 같이 운명이 내리든가 고역과 매가 자기에게는 한층 더 심할 것이라고 생각되었다.

　병일이는 이렇듯이 발걸음 하나나마 자신 있게 내지를 수 있는 명일의 계획도 세우지 못하고 오직 가혹한 운명의 채찍 아래서 생명의 노예가 되어 언제까지 살지도 모를 일생을 생각하매 깨어날 수 없는 악몽에서 신음하듯이 전신에 땀이 흐르는 것이었다. 이러한 강박 관념에 짓눌려서 멀거니 앉아 있는 병일이에게

　"참말 나 긴상한테 긴히 부탁할 말이 있는데—"하고 사진사는 병일이를 마주 보는 것이었다. 사진사의 말과 시선에 부딪힌 병일이는 한 장 벌꺽 뒤치어 새 그림을 대한 듯한 기름기 있는 큰

얼굴에 빙그레 흘린 웃음을 바라보았다.

"긴상 여기 신문사 양반 아는 이 있소?" 하며 전에 없이 긴한 표정으로 사진사는 물었다.

"없어요" 하고 대답하는 병일이가 예기한 이상으로 사진사는 재미없다는 입맛을 다시고 나서

"사람이라는 것은 할 수만 있으면 교제를 널리 할 필요가 있어" 하고 병일이를 쳐다보며

"긴상도 누구만 못지않게 꽁생원이거든!" 이렇게 말하고 이어서 하하 웃었다.

웃고 난 사진사는 말마다 '신문사 양반'이라고 불러가며 여기 유력한 신문지국의 '지정 사진관'이라는 간판을 얻기만 하면 수입도 상당하거니와 사진관으로서는 큰 명예가 된다고 기다랗게 설명을 하였다. 일전에 지방 잡신으로 서문루에 길이 석 자가량 되는 구렁이가 나타나서 작은 난센스 소동을 일으켰다는 기사를 보고 작은 것을 크게 보도하는 것이 신문 기자의 책임이어든 옛날부터 있는 성문지기 구렁이를 석 자밖에 안 된다고 한 것은 무슨 얼빠진 수작이냐고 사진사는 대단히 분개하였던 것이었다.

"전부터 별러온 것이지만 왜 지금 갑자기 이런 말을 하는가 하면—기회가—" 하고 사진사는 의논성 있게 한층 말소리를 낮추며

"××사진관 주인이 (전에 말한 이전에 자기가 섬기던 주인이라고 그는 주를 달았다) 오랜 해소병으로 오늘내일하는 판인데 그 자리가 성안 사진관치고도 그만한 곳이 없고 게다가 완전한 설비

도 있는 터이라 이 기회에 유력한 신문지국의 지정 간판만 얻어 가지고 가게 되면 남부러울 것이 없거든요——" 하고 말을 이어서

"자, 그러니 이 기회에 긴상이 한번 수고를 아끼지 않고 지정 간판을 얻도록 활동해주시면……" 하는 사진사의 말에 병일이는

"이 기회라니— 그 사진관 주인이 딱 언제 죽는대요" 하고 빙 그레 웃었다.

"아이 긴상두 원 그러게 내가 긴상은 남의 말을 곧이 안 듣는다 고 하는 게요. 오늘내일하는 판이라구 안 그러오. 설사 날래²³ 끝 장이 안 난대도 지정 간판은 지금 여기다 걸어도 좋으니깐 달리 생각하지 마시고 좀 힘을 써주시구려——" 하고 사진사는 마시는 술잔 너머로 병일이를 슬쩍 훑어보았다. 병일이는 그러한 눈치가 싫었다. 그는 사진사의 눈치를 피하며 담뱃내를 천장으로 길게 뿜으며

"천만에 달리 생각하는 게 아니지. 나도 학생 시대에 테니스를 할 때에 쎄큰 플레이가 되어서 남이 하는 게임이 속히 끝나기를 초조하게 기다린 경험이 있으니까요 하하하" 하고 과장한 웃음을 웃었다.

"아무렴! 세상일이 다 그렇구말구" 하고 사진사는 유쾌하게 껄 껄 웃었다. 그리고 병일의 손목을 잡아 흔들며 친구의 친구로 다 리를 놓아서라도 '신문사 양반'에게 부탁하여 '지정 간판'을 얻도 록 해달라고 연신 부탁하는 것이었다.

내일도 또 오라는 사진사의 인사를 들으며 한길에 나선 병일은 머리가 아프고 말할 수 없이 우울하였다.

병일이가 돌아볼 때에는 사진관 쇼윈도의 불은 이미 꺼졌다. 사진사를 처음 만났던 밤에 우연히 돌아보았을 때 꺼졌던 불은 청개구리 소리를 듣던 곳까지 와서 돌아보면 언제나 꺼지던 것이었다. 병일이가 하숙으로 돌아가는 시간도 거진 같은 때였지만 쇼윈도의 불은 병일의 발걸음을 몇 걸음까지 세듯이 일정한 시간 거리를 두고 꺼지는 것이었다.

병일이는 으레 꺼졌을 줄 알면서도 돌아볼 때마다 그 불은 이미 꺼졌던 것이었다.

어떤 때—유쾌하게 취한 병일이는 미리 발걸음을 멈추고 이제 쇼윈도의 불이 꺼지려니 하고 기다리다가 정말 꺼지는 불을 보고는 '아니나 다를까' 하고 웃은 적도 있었다.

쇼윈도 불이 꺼졌을 때마다 이 하루의 일을 완전히 필한 그들이 그들의 생활의 순서대로 닫쳐놓은 막(幕) 밖에 홀로이 서 있는 듯이 생각되는 병일이는 한없이 고적한 것이었다.

오늘따라 심히 아픈 병일의 머리 속에는 '사진사는 벌써 잘 것이다' 하는 생각만이 자꾸자꾸 뒤이어 반복되었다. 자기도 모르게 그 생각을 입속으로 중얼거리고 있는 것을 알았다.

어느덧 좁은 골목에 들어섰을 때에 빗물이 맺혀 듣고 있는 동그란 문등이 달린 대문을 두들기며 "난홍이 난홍이" 하고 부르는 사람이 보였다.

처마 그림자 밖으로 보이는 고무장화가 전등빛에 기다랗게 빛나며 나란히 서서 움직이지 않았다. 그리고 조심스럽게 대문을 퉁 퉁 두들기고는 역시 조심스러운 목소리로 "난홍이 난홍이" 하고 불렀다. 부르고는 가만히 소식을 기다리는 눈치였다. 그때마다 병일이도 귀를 기울였다. 그리고 웬 까닭인지 마음이 두근거림을 깨달았다.

대문을 두드리고 "난홍이"를 부르고 귀를 재우고 기다리기를 몇 차례나 하였으나 종내 소식이 없었다. 할 수 없이 단념하고 돌아선 그와 마주 서게 된 병일이는 멍하니 서 있는 자기의 얼굴을 가로 베듯이 날카로운 시선이 번쩍 스칠 때, 아득해진 그는 겨우 그 사람의 코 아래 팔자수염을 보았을 뿐이었다. 머리를 숙이고 도망하듯이 하숙으로 달려온 병일이는 이불을 뒤쓰고 누웠다. 신열이 나고 전신이 떨렸다.

신열로 며칠 앓고 난 병일이는 여전히 그 길을 걸으면서도 한 번도 사진사를 찾지 않았다. 한때는 자기가 사진사를 찾아가는 것은 마치 땀 흘린 말이 누워서 뒹굴 수 있는 몽당판[24]을 찾아가는 듯한 것이라고 생각한 적도 있었다. 그러나 그곳도 마음 놓고 뒹굴 수 있는 곳은 아니었다.

피부면에까지 노출된 듯한 병일의 신경으로는 문어의 흡반같이 억센 생활의 기능으로서의 신경을 가진 사진사의 생활면은 도리어 아픈 곳이었다.

이같이 사진사를 찾지 않으려고 생각한 병일이는 매일 오고 가는 길에 사진관 앞을 지날 때마다 마음이 불안하였다. 그렇게 매일같이 찾아가던 자기가 갑자기 발을 끊은 것을 사진사는 나무럽게[25] 생각할 것 같았다. 그보다도 병일이 자신이 미안하였다. 자기를 사랑하던(?) 사진사의 호의를 무시하는 행동같이도 생각되었다. 자기가 그를 찾지 않는 이유를 모르는 사진사는 그가 부탁하였던 '지정 간판'이 짐스러워서 오지 않는 것같이 오해하지나 않을까? 그렇다고 자기가 사진사를 피하는 진정한 심정을 소설 중의 주인공이 아닌 자기로서 그 역시 소설 중의 인물이 아닌 사진사에게 어떻다고 말할 수도 없는 것이었다. 이같이 생각하던 병일이는 마침내 이렇듯 짐스러운 관심 때문에 자기 생활 중에서 얻기 힘든 사색의 기회를 주는 이 길 중도에 무신경하게 앉아 있는 사진사의 존재를 귀찮게 생각하기도 하였다. 아침에는 물론 사진관 문이 닫혀 있었다. 어젯밤에도 혼자서 술을 먹고 아직 자고 있는가? 하긴 새벽부터 가게 문을 열 필요는 없는 영업이니까! 하고 생각하였다. 그러나 저녁에는 열린 문 안에 혹시 사람의 흰 그림자가 보일 때마다 길게 걸쳐놓인 뱀의 시체나 뛰어넘듯이 머리말이 쭈뼛하였다.

무슨 까닭인지 근자에 며칠 동안은 아침이나 저녁이나 사진관의 문은 닫혀 있었다.

이렇게 연 며칠을 두고 더운 여름밤에 문을 닫고 있는 사진사의 소식이 궁금하기도 하였다. 한번 찾아 들어가서 만나보고 싶기도 하였으나 그리 신통치도 않았던 과거를 되풀이하여서는 무엇하리 하는 생각에 닫힌 문을 요행으로 알고 달렸다.

이렇게 지나기를 한 주일이나 지나친 어느 날이었다. 오래간만에 비 갠 아침에 병일이는 사무실 책상 앞에서 신문을 보고 있었다.

평양에 장질부사가 유행하여 사망자 다수라는 커다란 제목이 붙은 기사를 읽어 내려가다가 부립 P병원에 수용되었다가 죽었다는 사람의 씨명 중에 이칠성이라는 세 글자를 보았다. 병일이는 자기의 눈을 의심하였으나 주소와 직업으로 보아서 그것은 칠성 사진관 주인인 이씨(李氏)임이 틀리지 않았다.

병일이는 지금껏 자기 앞에서 이야기를 하여 들려주던 사람이 하던 이야기를 마치지 않고 슬쩍 나가버린 듯이 허전함을 느꼈다. 그 이야기는 영원히 중단된 이야기로 자기의 기억에 남을 것이라고 생각되었다. 병일이는 뒤이어 오는 전화의 수화기를 떼어들고 메모에 연필을 달리면서도 대체 사람이란 그런 것인가 하는 생각에 받던 전화에 말을 잊게 되어 "미안하지만 다시 한 번" 하고 물었다.

병일이는 사진사를 조상할 길이 없었다. 다만 멀리 북쪽으로 바라보이는 창광산 화장에서 떠오르는 검은 연기를 바라보았을 뿐이었다.

그 이튿날 아침에 사진관 앞에서 이삿짐을 실은 구루마[26]가 떠나가는 것을 보았다.

계집애인 듯한 어린것을 등에 업고 오륙 세 된 사내아이 손목을 잡은 젊은 여인이 짐 실은 구루마의 뒤를 따라가고 있는 것을 보았다. 병일이는 그것이 사진사의 유족인 것을 짐작하였다.

병일이는 뒤로 따라가다가 그들이 서문통 안으로 사라질 때까지 바라보고 있었다.

그들이 보이지 않게 되었을 때 병일이는 공장으로 가면서 "산 사람은 아무렇게라도 죽을 때까지는 살 수 있는 것이니까—" 이렇게 중얼거리며 그는 자기가 어렸을 때 부모상을 당하고 못 살듯이 서러워하였던 생각을 하였다.

저녁에 돌아갈 때에는 현관의 문등은 이미 없어졌다. 그리고 역시 불이 꺼진 쇼윈도 안에는 사진 대신에 '셋집'이라고 크게 쓴 백지가 비스듬히 붙어 있었다.

어느덧 장질부사의 흉스럽던 소식도 가라앉고 말았다. 홍수도 나지 않고 지루하던 장마도 이럭저럭 끝날 모양이었다. 병일이는 혹시 늦은 장맛비를 맞게 되는 때가 있어도 어느 집 처마로 들어가서 비를 그으려고 하지 않았다. 노방의 타인은 언제까지나 노방의 타인이기를 바랐다.

그리고 지금부터는 더욱 독서에 강행군을 하리라고 계획하며 그 길을 걸었다.

무성격자 無性格者

    10여 일 전부터 아버지가 종시 자리에 눕게 되었다는 편지를 받은 지 이틀 되던 날 아침에 또 속히 내려오라는 전보를 받은 정일(丁一)은 문주(紋珠)와 작별하기 위하여 병원으로 찾아갔다. 전보가 없더라도 속히 가려고 작정하였고 문주도 그런 줄 알고 있지만 입원실에 외로이 누워 있는 문주를 볼 때 정일이는 지금 곧 떠난다는 말을 하기가 주저되었다. 흰 병실에 흰 침대에 흰 요에 싸여 있는 탓인지 흰 베개 위에 놓인 문주의 얼굴은 어제 아침 입원할 때보다 더 여위고 창백하게 병상[病狀]이 난 듯이 보였다. 종시 입원하게 되었다는 생각만으로도 저렇게 원기를 잃을 문주였다는 생각에 문주가 싫다는 것을 달래고 강권하여 이렇게 입원시킨 것이 후회되기도 하였다. 마침 전보를 보이고 곧 떠나야겠다고 말하는 정일이는 이렇게 전보를 친 집에서는 자기가 반드시 이번 급행으로 올 것을 믿고 기다릴 모양이라고 설명할밖에 없었다. 문주는 고개를 끄덕이고 자기 걱정은 하지 말고 다녀오라고 말하며 요 위에 놓인 자기 손을 잡는 정일에게 웃어 보이려는 노력까지 보였다. 문주의 손을 만지며 실심한 사람같이 앉아 있는 정일에게 차 시간이 급하지 않으냐고 재촉하는 문주는 기침을 핑계하여 저편으로 얼굴을 돌렸다. 그러한 문주의 눈물을 보기가 겁나서 역시 얼굴을 돌리며 속히 다녀온다는 말을 남기고 병실을 나선 정일이는 문밖까지 따라나온 (쓰키소이)[1] 노파에게 문주는 절대 안정이 필요하다는 것과 그러면 서로 적적하고 쓸쓸하게 하여서는 안 될 것이므로 좋은 이야기 동무가 되어주라는 부탁을 하였다. 기다리게 하였던 택시로 역에 닿았을 때에는 발차 시각까지는 아직 삼사 분의 여유가 있었다. 정일이는 공중전화로 티룸 아리사에 걸어 문주의 사촌오빠인 운학을 찾았으나 없었다. 할 수 없이 전화 받는 보이에게 자기가 지금 떠난다는 것과 운학군이 어련하련만 할 수 있는 대로 자주 문주를 찾아보도록 전화하라는 부탁을 하고 바삐 차에 올랐다. 비교적 승객이 적은 이등차실 한 모퉁이에 몸을 던지듯이 앉은 정일이는 심신의 피곤이 일시에 머리로 끓어오르는 듯한 현기에 차창에 비스듬히 머리를 의지하고 눈을 감았다. 자연히 찌푸려지는 눈과 미간을 누가 볼 것이 싫은 생각에 손수건으로 얼굴을 가린 정일이는 잠들 수는 없더라도 머리를 좀 쉬어보고 싶었다. 그러나 눈을 감고 있는 머리 속에는 차바퀴 소리를 따라 흔들리는 몸과 같이 순서 없이 떠오르는 생각 쫓아 흔들리고 뒤섞이는 듯하였다. 싫다는 문주를 억지로 입원시킨 것이 잘못이었다고 초조하게 후회되었다. 그러나 할 수 없는 일이 아니었던가?

 이틀 전에 편지를 받았을 때 정일이는 홀로 남아 있을 문주를 어떻게 할까 하는 것이 걱정이었다. 집으로 한시바삐 내려가야 할 정일이는 '할 수 있는 대로 속히 내려오'라고 한 '할 수 있는 대로'라는 편지 문구를 할 수 있는 대로 여유 있게 해석하고 자기가 떠나기 전에 먼저 문주를 전지〔轉地〕시키든가 입원을 시키려고 하였다. 문주를 그냥 하숙에 두고 간다면 자기가 없는 동안에 절대 안정이 필요한 문주가 적적함을 못 이겨 나다닐 것이 분명하였다. 그뿐 아니라 자기 병에 자포자기하는 문주는 누가 채근하기 전에는 제때에 약도 먹으려고 않는 형편이었다. 그러한 문주가 저 혼자만이 또 전지를 한댔자 무의미할 것이므로 결국 입원시킬밖에 없었던 것이다. 그러나 본시 적막을 두려워하는 문주는 일상생활과는 차단된 병실에 혼자 있게 될 것이 싫고 평생 본적도 없고 아무런 인연도 없던 의사와 간호부들의 무표정한 신세를 지고 싶지 않다고 하였다. 그렇지만 그냥 두고는 자기가 마음 놓고 갈 수가 없지 않느냐고 정일이는 애원하듯이 문주를 달래고 권하여 입원시켰던 것이다. 마침내 입원을 승낙한 문주는 당신이 이번 가면 짐스러운 나를 영 버릴 것이 아니냐 하며 언제나 7도 5부 내외의 신열을 지니고 있는 몸을 정일의 품에 던지고 울면서 정일의 아버지가 돌아가시면 어머니를 모셔야 하고 따라서 처와도 같이 있게 될 정일의 경우를 일일이 설명하듯이 말하고 나서 정일의 부담으로 입원하고 있다는 사실만이 정일이와 자기의 인연이 끊기지 않은 오직 한 증거로 믿고 지내려고 입원하는 것이

라고 말하였던 것이다. 두어 달 전에 정일의 아버지가 위암으로
진단되었다는 소식을 받고 정일이가 집으로 가던 때부터 문주는
언제 당신은 나를 버리느냐고 혹은 웃으며 혹은 울며 말하였던
것이다. 어젯밤까지도 그런 말을 하던 문주가 지금 떠날 때 오히
려 쓸쓸한 웃음일망정 웃어 보이려 하고 속히 오라는 말도 없이
얼굴을 돌려서 눈물을 숨기는 것을 본 정일이는 자기가 돌아오기
전에 문주가 외로이 죽지나 않을까? 그렇게 된다면 문주의 말대
로 자기는 문주를 버리고 도망하는 셈이 아닌가고도 생각되었다.
그리고 아무래도 회복할 여망이 없는 문주인 바에 구태여 적적한
병실에 몰아넣은 자기가 마음 놓으려는 자기 생각만 한 것같이도
생각되는 것이었다.

　모두 자리가 잡힌 모양으로 차 안의 현화²도 가라앉고 차바퀴
소리의 반향도 차차 적어갔다. 매연의 도시를 벗어난 차는 푸른
산 푸른 들 사이를 달리기 시작한 것이다. 창밖으로 보이는 밀보
리는 기름이 흐르는 듯이 자라서 흐늑흐늑 푸른 물결을 치고 있
다. 오래간만에 보는 교외 풍경에 머리 속으로 싱그러운 바람이
불어드는 듯이 가벼워짐을 느낀 정일이는 담배를 붙여 물었다.
그러나 두어 모금 속 깊이 빨아들인 연기에 또 현기가 나고 아찔
해진 정일이는 담배를 창밖으로 던지고 다시 눈을 감을밖에 없었
다. 다시 눈을 감은 정일이는 자기의 피폐하고 침퇴³한 뇌로 폐물
이 발호하는 현상이라고밖에 할 수 없는 생각이 마치 여름날 썩
은 물에 북질북질 끓어오르는 투명치 못한 물거품같이 자꾸 떠오
르는 것이 괴로웠다. 한나절 후에 보게 될 임종이 가까운 아버지

의 신음 소리와 오래 앓은 늙은이의 몸냄새, 눈물 고인 어머니의 눈과 마음 놓고 울 기회라는 듯이 자기의 시름을 쏟아놓을 미운 처의 울음소리, 불결한 요강…… 그리고 문주의 각혈, 그 히스테릭한 웃음과 울음소리…… 이렇게 죽음의 그림자로 그늘진 병실의 침울한 광경과 일그러진 인정의 소리가 들리고 보였다. 혹시 아버지의 죽음이라는 생각이 한순간 머리 속의 현화를 누르고 떠오르기도 하였으나 마음에 반향을 일으키는 아무런 여운도 없이 사라지거나 임종이 가까운 아버지! 이렇게 입속으로 중얼거리며 그 말에 감상적(感傷的) 여운을 들여서 감정 유희를 해보려는 자기를 빙그레 웃게 되기도 하였다. 그때마다 이렇게 아버지의 죽음을 슬퍼할 수 없는 것은 삼십이 가까운 자기의 나이 탓이 아닐까? 이렇게 생각하여보는 정일이는 두들겨도 소리 안 나는 벙어리 질그릇같이 맥맥한 자기 마음이 더욱 무겁고 어둡게 생각되었다.

이 급행차가 머물지 않는 차창 밖으로 지나갈 뿐인 작은 역들은 오직 한빛으로 청청한 신록이 흐르는 산과 들 사이에 붉은 질그릇 자박지*같이 메마르게 보인다. 늦은 봄빛을 함빡 쓰고 있는 붉은 정거장 지붕의 진한 그림자가 예각으로 비껴 있는 처마 아래는 연[鉛]으로 만든 인형 같은 역부들이 보이고 천장 없는 빈 플랫폼 저편에 빛나는 궤도가 몇 번인가 흘러갔다. 승객 중에는 가까워오는 K역에서 내릴 준비를 하는 사람도 있었다.

두어 달 전에 피를 토한 아버지가 위암으로 진단되었다는 편지를 받고 내려갈 때 문주가 K역까지 따라왔던 것이다. 그때—문주는 지금같이 자기 건강에 전연 자신을 잃거나 아직 그렇게 자포자기하지도 않았던 때였다. 떠나는 전날 밤——이 기회에 짐스러운 자기를 영 버리고 가는 길이 아니냐고 울던 문주는 집에서 정양하라는 말을 듣지 않고 정일이가 가는 중도에서 어기는⁵ 차로 돌아갈 수 있는 K역까지 정일이를 바래다 준다고 기어이 따라나섰던 것이다. 여기까지 오는 동안에 별로 말도 하지 않고 시름없이 창밖을 내다보고 있던 문주는 갑자기 생각난 듯이 이미 떠난 김에 전지하는 셈 치고 정일의 고향까지 같이 가 있다가 정일이가 올 때 따라올까 보다고 말하고, 사실은 농담이라는 듯이 웃었던 것이다. 그러나 그 말을 들은 정일이는 무엇에 찔린 듯이 놀랐다. 놀라면서도 놀란 얼굴을 할 수 없으리만치 정일이는 난처하였다. 문주가 간혹 이런 농담을 할 때 정일이가 단순히 농담으로 돌리는 태도를 보이면 문주는 금시에 정색하고 도리어 정일이가 제 말을 농쳐버린다고 짜증을 내며 농담으로 했던 자기 말을 기어이 실행하자고 조르는 때가 있었다. 그런 버릇이 있는 문주다. 그때도 문주의 그 농담을 실없는 말이라고 하면 문주가 또 그 야릇한 고집을 세울는지도 모를 것이요 더욱이 그 농담에는 문주의 진정한 의사가 전연 없을 것도 아닐 것이므로 다른 때 같으면 그래 볼까 하고 서로 웃어버릴 수도 있겠지만 지금 섣불리 그런 말을 하였다가 정말 문주를 고향까지 데리고 가게 될는지도 모르는 일이었다. 그렇다고 처음부터 정색하고 아버지의 병환으로 가는 고향에 문주를 데리고 갈 형편이 못 되지 않으냐고, 아직까지는 농담에 지나지 않는 문주의 말에 미리부터 양해를 구할 수도 없는 일이었다. 난처한 정일이는 자기의 눈을 확실히 엿보고 있는 문주의 시선을 얼굴에 느끼며 어떻게 무사히 문주를 K역에서 돌려보낼 수가 없을까 하고 궁리하는 동안에 제 생각에도 별로 껌벅이는 듯한 자기 눈에 보이는 창밖의 풍경이 차차 K역에 가까워짐을 따라 정일이는 더욱 초조하였던 것이다. 그러한 정일의 눈을 보고 있던 문주는 말라붙은 듯한 정일의 얼굴과 대조되는 구우는[6] 듯한 웃음을 웃고 나서——이보세요 저를 간호부로 꾸며서 댁에 데리고 가세요 그러면——자기 부모는 얼굴조차 기억에 남기지 못한 문주는 정일의 아버지를 친아버지같이 간호해보고 싶다고 말하며 자기가 의학을 1년밖에 못 배웠지만 정성만으로도 도향당[7] 간호부보다는 낫게 간호할 자신이 있다고 말하고 또 웃었던 것이다. 문주의 말이 이렇게 길어갈수록 차차 웃음의 말로 번져가는 것을 들을 때 정일이는 비로소 안심하고 같이 웃을 수가 있었던 것이다. 문주가 자기의 농담을 이렇게 확실히 농담으로 웃고 있는 이 무렵에——하고 그때 정일이가 초조하게 기다렸던 K역에 차는 들어섰다.

지금 정일이가 차창으로 내다보는 플랫폼에 그때 문주를 따라 내렸던 정일이는 여기서 문주가 돌아갈——어기는 차를 기다리는 3분도 안 되는 동안에 여러 번 시계를 꺼내 본 모양이었다. 몇 번째인가 또 시계를 꺼냈을 때 히스테릭한 문주의 웃음소리에 멍하니 바라보는 정일이가 더욱 우습다는 듯이 "시계 그만 보시고 어서 차에 오르셔요. 저 혼자 기다릴게요" 하는 문주의 말에 비로소 문주가 웃는 까닭을 알고 정일이는 몇 분이 남았다고 채 따지지도 못한 시계를 집어넣으며——자연 마음이 급해 하였던 것이다. 그때도 지금같이 2분밖에 남지 않은 시간이었지만 그때 정일이는 자기의 마음과 시선을 한순간도 놓치지 않고 감시하는 문주의 곁을 일각이라도 속히 떠나고 싶은 생각에 자주 시계를 꺼내게 되었던 것이다. 그러한 정일의 눈을 바라보고 있던 문주의 눈에는 금시에 눈물이 고이며 "급하시겠지만 제가 미안해할 것도 좀 생각하세요" 하고 돌아서서 그때 막 들이닫는 차 안으로 들어갔던 것이다. 차창을 격하여 말도 없이 찬물 그릇같이 무표정한 얼굴을 마주 보고 있을 때에 발차 신호가 났다. 문주에게 마음 놓고 정양하라는 말을 하고 정일이는 차에 뛰어올랐던 것이다. 달리기 시작한 차창으로 내다볼 때에는 문주가 탄 차도 역시 그들이 왔던 궤도를 거슬러 달리기 시작하였다. 벌써 차창을 볼 수 없이 성벽이 흐른다면 그같이 달리는 검은 차체에 붙어 있는 흰나비의 지치[8]와 같이 흔들리는 손수건이 보였다. 또 저런 말괄량이 짓을! 하고 속으로 혀를 차던 정일이는 그러한 문주의 창백한 익살에 눈물이 핑 도는 웃음이 떠돎을 깨달았던 것이다. 마침내 문주가 탄 기차는 산모퉁이로 꼬리를 감추었다. 바라보던 초점을 잃은 정일의 눈에는 들이 새삼스럽게 넓어 보이는 듯하였다. 이렇게 문주를 보내고 난 정일이는 문주의 기억까지도 보낸 것같이 머리속은 텅 빈 듯하였다. 그러나 텅 빈 듯한 머리는 지금까지의 생각이 잠들어서 갑자기 게을러진 자기의 뇌장의 무게를 느끼게 되는 듯이 무거웠던 것이다.

정일이는 창밖으로 무거운 머리를 내밀고 얼굴에 거슬리는 바람을 받으며 눈을 감았다. 달리는 차체에 찢긴 대기의 단면(斷面)이라는 생각에 머리카락으로 귀밑을 때리는 바람은 더욱 새롭고 싸늘하게 느껴졌다. 대학 시대인 어느 때 지금같이 창밖을 내다보던 머리에서 새 맥고모가 휙 날아버린 생각이 난다. 그때는 지금같이 눈을 감고 지나치기에는 모든 것이 아까운 시절이었다. 날아가는 모자도, 탐내어 바라보던, 쉴 새 없이 바뀌는 새로 새 풍경의 한 여흥이었던 것이다. 그리고 그 한여름을 무모(無帽)로 지난 것이 삼사 년 전 일이 아닌가. 불과 삼사 년 전인 학생 시대를 감상적으로 추억하기는 아직 자존심이 선뜻 허락지 않는 듯도 하지만 이 이삼 년간의 생활을 더욱이 문주와의 관계를 생각하면 자존심도 날아버린 맥고모같이 썩을 대로 썩었다고 생각함이 솔직하지 않을까? 문주와의 관계! 문주를 중축으로 한 지금의 생활! 외아들이라는 것이 큰 자세나 같이 나이 삼십에 응석을 피우다시피 하여 어머니가 아버지에게 큰 소리를 들어가며 타 내주는 어엿치 못한 돈으로 이렇듯 퇴폐적 생활을 하는 지금, 전날의 자존심이 남아 있을 리도 없을 것이다.

교원 생활을 시작한 첫 1년간은 학생 생활의 연장이나 다름없었지만 차차 서재에서 매력을 잃게 되고부터 분필 가루를 털며 교문을 나선 때마다 언제나 갈 방향이 작정된 발걸음은 내딛지 못하게 되었던 것이다. 방황하던 거리에서 피곤한 다리를 쉬이고 할 일 없는 시간을 보내기 위하여 늦도록 티룸에 앉아 있는 때도 있었다. 희미한 전등에 벽에 그려진 바위 같은 자기네의 그림자 밑에 앉아서 턱을 고인 손끝에서 피어오르는 담배 연기를 바라보며 하품으로 시간을 보내는 젊은이들의 우울한 포즈, 비치는 전등의 각도를 따라 우람하게 보이는 자기의 그림자를 정신없이 쳐다보다가 어느덧 지방이 오른 손에 들린 커피의 자극만으로는 만족하지 못하여 술을 먹고 싶어하는 자기를 깨닫게 되었다. 점점 뚱뚱해져서 장래를 생각하고 걱정할 만한 기력조차도 없어졌다고 한 '조라'의 말을 생각하며 바카페로 혹시는 먹어도 좋은 술이지만 안 먹은 이튿날이 더 좋아 이렇게 스스로 타이르는 때도 있었지만 안 먹어 좋은 이튿날이 며칠만 계속되면 우울한 날로 변하는 것이었다. 그런 때 물론 또 술을 먹는 것이지만 권태를 잊기 위한 술이라든가 취하여서라도 잊어야 할 우울이라든가 하여 자기가 마시는 술을 변호하기보다도 이러한 권태와 우울은 오히려 술에 목마른 현상인 듯이 생각되어 어느덧 알코올 중독자가 되지나 않았는가? 그래서 술잔을 들 때마다 조금 먹고 말리라고 시작하는 것이지만 종시 취하고 마는 것이다. 취하였던 이튿날 겨우 일과를 치르고 나서는 혼탁한 머리와 떨리는 다리로 번잡한 거리를 망령과 같이 방황하는 것이었다. 방황하던 길에 혹시 서점으로 들어가기도 한다. 그것은 학생 생활의 습관 중에 오직 남은 한 가지일 것이다. 그러나 지금의 그 습관은 회구적 감상으로 물들여진 것이다. 연구의 체계와 독서의 플랜을 흩트려버린 지 오랜 지금은 전과 같이 어떤 필요한 책을 찾으러 가는 것이 아니었다. 그저 망연히 들어선 시선은 높고 넓은 서가(書架)에 비듯이' 들어찬 책 뒤 등에 클래식한 명조체의 활자와 금시에 먹물이 들을 듯이 새로운 감각의 육필 문자 위를 흘러 지나갈 뿐이다. 그같이 막연한 시선에 혹시 그전에 존경하고 사랑하던 반가운 사람의 신장[10] 한 전집이 보이면 한때 매혹하였던 계집의 체온 같은 감각적 회상을 느끼기도 하였다. 혹시 전에 본 문헌에서 저자의 이름만을 기억하던 신간을 뽑아들고 목차를 내려보기도 하였으나 자기와 그 책 사이를 이어가기에는 너무나 큰 미싱 링크가 있음을 발견할 뿐이었다. 그 책을 다시 제자리에 채우고 서가를 쳐다볼 때에는 술에 불은 지방 덩어리인 몸으로는 아무리 부딪쳐도 도저히 무너트릴 수 없는 장벽을 대한 듯이 답답함을 느꼈다. 그러나 한 걸음 물러서서 다시 바라보는 서가는 땀과 피의 입체인 피라미드나 만리장성의 위관을 보는 듯한 숭엄감과 기쁨을 느끼기도 하였다. 그리고 자기도 이 문화탑에 한 돌을 쌓아보겠다는 야심을 가졌던 것이 먼 옛날 일같이 회상되었다. 그러한 전날의 야심은 한순간 찬란한 빛으로 밤하늘에 금 그었던 별불같이 사라지고 만 듯하였다. 밤하늘에 금빛으로 그려졌던 별의 흐른 자취가 사라지면 우리의 눈은 그 자리에 검은 선을 보게 되고 그 검은 선마저 사라지면 부지중 한숨을 짓게 되는 것이다. 이러한 생활면에 나타난 문주! 문주는 자기가 같이 죽어달라고 조르면 언제든지 들어줄 것 같아서 좋다고 하였다. 그러한 문주의 말을 처음 들었을 때 독사의 송곳니를 가슴에 느끼며 센치는 벌써 지나쳤다고 생각하였던 자기가 문주의 그 여윈 가슴에, 얼굴을 묻고 울었던 것이 아닌가? 동경 있을 때, 운학군이 사촌동생이라고 문주를 소개하며 의학에서 무용 예술로 일대 비약을 한 소녀라고 웃었을 때 저렇게 인상적으로 빛나는 눈은 역시 여의사의 눈이 아니었을 것이라고 생각하였던 자기가 3년 후인 지난가을에 티룸 아리사의 마담으로 나타난 문주를 다시 보게 될 때 문주의 그 창백한 얼굴과 투명할 듯이 희고 가느다란 손가락과 연지도 안 바른 조개인 입술과 언제나 피곤해 보이는, 초점이 없이 빛나는 그 눈은 잊지 못하는 제롬[11]의 이름을 부르며 황혼이 짙은 옛날의 정원을 배회하던 알리사[12]가 저러지 않았을까고 상상되었던 것이다. 그러나 검은 상복과 베일에 싸인 알리사의 빛나는 눈은 이 세상 사람이라기보다 천사의 아름다움이라고 하였지만 흐르는 듯한 곡선이 어느 한 곳 구김살도 없이 가냘픈 몸에 초록빛 양장을 한 문주의 눈은 달 아래 빛나는 독한 버섯같이 요기로웠다. 늦은 가을 어느 날 내가 문주와 친하여도 괜찮은가고 물었을 때 운학은 유심히 바라보다가 웃으며 "그야 자네 소견대로 할 일이지만 외딴 맑은 물에서 헤엄칠 수 없이 된 고기가 잘 뜬다는 사해(死海)로 찾아가려는 셈인가? 그러나 교양 없는 데카당인 문주의 히스테리는 좀 거북할걸" 하였던 것이다. 그같이 말하던 운학의 소개로 사귀게 된 문주는 자기가 조르기만 하면 같이 죽어줄 사람이라고 하면서 어떤 때는 그것이 좋다고 기뻐하고 어떤 때는 그것이 싫다고 하며 그때마다 설혹 자기가 같이 죽자고 하더라도 왜 당신은 애써 살아보자고 나를 힘 있게 붙들어줄 위인이 못 되느냐고 몸부림을 하며 우는 것이었다. 그러한 울음 끝에는 반드시 심한 기침이 발작되고 그러한 기침 끝에 각혈을 하는 것이다. 그럴 때마다 문주를 안아 누이고 찬 물수건으로 문주의 이마와 가슴을 식혀주며 일변 그 피를 훔쳐내면서 진정하라는 말밖에는 위로할 말이 없었다.

그런 일을 여러 번 치르고 난 후에는 문주가 나를 같이 죽어줄 사람이므로 좋다고 할 때는 문주의 건강이 좀 나아서 자기 생명에 자신이 생긴 때에 하는 말이요 왜 같이 살자는 말을 못하는 위인이냐고 발악을 할 때는 건강이 좋지 못한 때이거나 당장 그렇지는 않더라도 무섭게 발달한 그의 예감으로 자기 건강에 불안을 느끼게 되는 때라고 짐작을 할 수가 있었다. 그러나 그 시기가 언제 올는지 미리 알 수는 없었다. 다만 억측으로 그때가 혹시 월경기가 아닐까고도 생각하여보았으나 아내가 아닌 문주의 그 시기를 알 리 없으므로 혼자 속궁리로 어느 달 초순에 각혈을 하였으니 그 다음 달 초순을 유의하여 보고 요행 그달에 그런 일이 없더라도 또 그 다음 달 초순은 하고 유의하여 보았으나 도무지 대중을 잡을 수가 없었다. 초순에 각혈을 하고 중지하는 때도 있었고 한 달 혹은 두세 달 건너서 하순에 심한 때가 오기도 하였다. 그렇다면 상순이니 하순이니 가릴 것 없이 언제나 의지적으로 살아보자고 문주를 위로하여주는 것이 좋지 않으냐고도 하겠지만 오히려 문주는 그의 건강이 가장 좋고 자기 생명에 자신을 가지는 때에 자기가 같이 죽어줄 사람인 것을 기뻐하는 것이었다. 문주가 그 말을 할 때에는 그런 말을 하기 위하여 한다거나 자신이 그 말을 하고 싶은 것을 의식하면서 하는 말이 아니요 마음에 사무쳐서 나오는 말이 분명하다고 할밖에 없었다. 그 말을 하는 문주의 눈이 그렇게 빛나고 그 조개인 입술이 떨리고 무서운 힘으로 껴안으며 하는 말이라 그때마다 문주와 같이 감격할밖에 없고 그 때 만일 문주가 같이 죽어달라면 죽었을 것이다. 그러한 때 만일 반성할 여유가 있어서 왜 그런 생각을 하느냐고 위로의 말을 한다면 문주의 실망은 말할 수 없었을 것이다.

물론 그런 때에 그러한 마음의 여유가 있을 수도 없었지만.

이러한 문주와 자기의 생활에 자연히 눈살을 찌푸리게 되면서도 퇴폐적 도취가 그리워 패잔한 자기의 영상을 눈앞에 바라보며 아편굴로 찾아가는 중독자와 같이 교문을 나선 발걸음은 어느덧 문주의 처소로 찾아가는 것이다.

이러한 생활을 반성하며 한나절 후에 집에 닿았을 때 병석에서 신음하리라고 생각하였던 정일의 아버지는 전보다 좀더 수척하였을 뿐 여전히 사랑에서 그의 채무자와 거간과 대서인들을 상대하고 있었다. 벌써 수술할 시기가 지난 위암 2기의 증상으로 진단한 의사는 암종이 위의 분문(噴門)이나 유문(幽門)이 아니요 소만(小灣)에 생긴 것이므로 아직 음식물을 섭취하는 탓도 있겠지만 그러나 그만치 진행된 증상으로도 환자의 원기가 꺾이지 않는 것은 그의 강인성이 과인한 탓이라고 하였다. 본시 환갑이 지나도록 약 맛을 모르고 살았다는 것이 자랑이던 만수노인은 병으로 여기지도 않던 자기의 체증[滯症]을 중하게 보는 듯한 의사에게 도리어 반감을 가지는 모양으로 "신식 의사라는 놈들이 종처를 째는 것밖에야 뭘 아나" 하며 다시는 의사에게 보이거나 병원 약을 쓰려고 하지 않았다. 그 대신 그의 병을 여전히 담적이니 회적이니 하며 쉽고 간단하게 집증하는 늙은 한방의에게 맥을 보이고 그나마 약 그릇을 받을 때마다 "무슨 약을 또 먹어!" 하는 것이었다. 이러한 아버지의 병을 근본적 치료는 물론 바랄 수 없지만 병세의 진행을 조금이라도 더디게 하기 위하여서만이라도 하는 생각에 입원하여 정양하기를 정일이가 권하였을 때 핑계같이 들리는 그의 말꼬리를 잡아서 "집안일이야 정일이가 어련히 잘 볼라고" 한 정일의 어머니의 말꼬리를 이번에는 그가 가로채가지고 "그 자식이 제법 세상살이를 해?" 하고 벌컥 화를 내었던 것이다. 만수노인이 이렇게 화를 내어 아들을 책망하는 이유는 정일이가 조강지처를 소박할 뿐 아니라 귀한 돈을 써가며 일껏 '대학 공부'까지 시켜놓은 아들이 가문을 빛낼 벼슬도 못하고 돈벌이 잘되는 변호사나 의사도 못 된 바에는 명예랄 것도 없고 돈벌이도 안 되는 교사 노릇을 그만두고 집에서 자기를 도우며 장사 문리를 배우라는 자기의 말을 듣지 않고 초라하게 객지로 떠돌아다니며 돈까지 가져다 쓴다는 것이다. "늘 하는 말이지만 네 매부 용팔이를 좀 봐라!" 이렇게 시작되는 그의 책망은 언제나 무능한 정일이와 대조하여 그의 사위인 용팔이를 칭찬하는 것이었다. 그같이 신임을 받는 용팔이는 본시 만수노인의 서사였다. 서사는 비서 겸 고문 격으로 만수노인의 신임이 두터워감을 따라 본시 무식하고 인색하고 탐센[13] 수전노라는 시비를 들어오던 만수노인은 뚱뚱한 그 체통에 어울리지 않게 교활하고 각박하다는 새로운 시비를 겸하여 듣게 되었던 것이다. 교활하고 각박한 그의 인상으로 처음부터 싫어하던 용팔이가 자기의 누이동생과 결혼한다는 소식을 동경서 들었을 때 정일이는 한 쌍의 아담한 신혼부부를 상상하거나 축복할 수가 없이 도리어 불쾌하고 우울하였던 것이다. 자기의 누이동생이지만 잔인성을 띤 눈이 아니고는 그 얼굴을 정면으로 바라볼 수 없으리만치 누이의 바른편 눈은 작시돌[14]같이 투명치가 못하였다. 세상의 빛과는 인연이 없고 또한 자기의 마음을 비출 수 없는 그 눈은 사랑의 눈으로는 차마 바라볼 수 없는 눈이었다. 그러한 눈 때문에 꽃다운 청춘과는 외면하고 부엌 구석에서 살아온 누이를 아내로 맞아준다는 용팔이가 고맙게 생각되기보다 오히려 그의 마음이 누이의 바른편 눈보다 더욱 투명치 못한 것같이 생각되었던 것이다. 그러나 어머니가 된 누이가 처녀 때에는 그렇게도 부끄러워하던 얼굴을 어엿이 들고 사람을 대하여 웃고 말하는 것을 볼 때마다 자기의 신경질적 결벽성을 비웃는 마음속에 용팔이에 대한 감사의 정을 느껴온 것이다. 그러나 정일의 집 내정 살림까지 간섭하고 견제하게 된 용팔이는 (장인의 말을 본받아서) 초라하게 교사 노릇을 할망정 적지 않은 월급을 타는 정일이가 자기의 낯빛을 살펴가며까지 장모가 타 내주는 돈을 남용하는 말하자면 돈의 가치를 모르는 사람이라는 점만으로도 역력히 정일이를 경멸할 자신이 있는 사람이었다. 그러한 용팔이가 그때 정일의 아버지에게 무슨 일을 의논하러 들어와서 한자리에 있는 정일에게 장사의 기밀을 꺼리듯이 말의 토를 떼지 않고 윗머리만 따서 말하고 일어서며 "형님 오래간만에 오셔서두 갑갑하시겠군요" 하고 살기웃음[15]을 치고 나갔다. 정일이를 책망하던 만수노인은 무릎을 모으고 앉아 있는 아들을 보는 자기의 눈이 무겁게 노려지고 스스로 듣기에도 자기의 말이 너무 지나치는 것같이 생각되었다. 나는 지금 왜 이렇게 심화가 날까? 단순히 아들이 미운 생각보다도 이렇게 심화를 내지 않을 수 없는 어떤 불길한 예감이 자기 마음 속에 숨어 있는 듯하여 말할 수 없이 초조하고 성가셨다. 그래서 더욱 심화가 끓어오른 그는 "얘 이 아무 짝에도 못쓸 놈아" 하고 재우던 장죽으로 방바닥을 두들기고 있는 자기를 깨닫자 맥이 탁 풀렸던 것이다. 책망을 듣고 있던 정일이는 '아무 짝에도 못쓸 위인이라는 말씀은 참 명답이십니다. 저도 그렇게 생각하는데요' 이렇게 농담처럼 싱글싱글 웃으며 말하고 싶은 충동이 일어나는 것을 깨달았던 것이다.

그때 정일이는 이삼 일 후에 다시 집을 떠났던 것이다. 교사를 그만두고 여생이 머지않은 아버지를 모시고 집에 있어달라는 어머니에게 정일이는 책임상 갑자기 사직할 수 없다는 것과 아버지의 병세는 부자연한 자극만 없으면 그리 급할 것도 아니라는 의사의 말을 내세우고 "집안일은 매부가 어련히 잘 볼라구요" 하고 상경하였던 것이다.

그때 저녁차로 돌아온 정일이가 내리는 길로 찾아간 문주의 하숙에는 운학이가 와 있었다. 들어오는 정일이를 본 그들은 의외라는 얼굴로 문주는 아무 말도 없이 쳐다만 볼 뿐이요 운학은 어떻게 이같이 속히 오느냐고 묻고 나서 이왕 내려간 바에야 그렇게 달려올 법이 있느냐고 하였다. "쫓겨서 달려온지도 모르지." 이렇게 말하고 담배를 붙여 문 정일이는 공연히 싱글싱글 웃어지는 것이었다. 그러한 정일이를 물끄러미 보고 있던 운학은 호걸풍의 웃음을 공소하게 웃었다. 그때까지 아무 말이 없던 문주는 자욱한 연기에 기침이 난다고 하며 곧 잘 터이니 나가달라고 하였다.

며칠 후인 일요일에 문주를 데리고 나갔던 교외에서 비를 만나 농가에서 비를 그으며 늦은 저녁에야 마중 온 자동차를 만나 돌아온 때였다. 자동차 한 모퉁이에 몸을 기댄 문주는 자는 듯이 눈을 감고 곁에 앉은 정일이를 잊은 듯이 말이 없었다. 봄이었지만 비안개로 캄캄한 교외의 빗소리와 유리창에 줄줄이 흐르는 물줄기에 좁은 차 안도 냉랭한 바람이 휭 도는 것같이 으슥으슥[16]하였다. 눈을 감고 자는 듯한 문주는 이따금 기침을 깃었다.[17] 정일이는 뜻밖의 비로 할 수 없는 일이지만 미안한 생각에 할 말도 없는 듯하여 기침 소리가 날 때마다 문주를 바라볼 뿐이었다. 눈을 감아서 빛을 감춘 눈에 푸른 살눈썹이 더한층 그늘진 문주의 얼굴은 더욱 창백하였다. 이렇게 잠자는 듯한 문주를 쳐다보는 정일이는 떨어진 흰 꽃잎 같은 얼굴과 풀잎 같은 문주의 몸에는 사람다운 체온이 있을 것 같지도 않게 생각되었다. 또 기침을 깃고 난 문주가 눈을 떠서 자기를 바라보는 정일의 눈을 보자 역시 초점이 없는 듯하면서도 빛나는 시선으로 정일의 얼굴을 바라보다가 다시 눈을 감으며 입김 같은 말소리로 "염려 마세요" 하고 다무는 입술에는 엷은 웃음이 비쳤다. 그 엷은 웃음이 사라져가는 문주의 입술을 바라보고 있는 자기 눈에 알 수 없는 눈물이 솟는 것을 깨닫고 정일이는 돌아앉아 물줄기가 스쳐 내리는 유리창 밖을 내다보았다. 잠든 듯한 시가를 내리덮는 비안개 속에 가등만이 눈을 떠서 인적이 끊긴 거리에 비에 씻긴 전차 궤도를 길게 비칠 뿐이었다.

문주의 하숙방으로 들어온 정일이는 심상치 않은 기침을 깃는 문주가 또 발작을 하지 않을까 하는 염려로 자리를 펴주고 곤할 터이니 곧 자라고 하였으나 기침은 좀 나지만 괜찮다고 하며 비 오는 밤인 까닭인지 혼자 있기가 싫으니 더 같이 있어달라고 하는 문주의 말에 다시 앉은 정일이는 "가위 가져와요 내 손톱 깎아 줄게" 하였다. 빗소리만 요란한 밤에 마주 앉은 두 사람의 침묵이 괴로웠던 것이다. 문주는 자기에게 무슨 가위가 있겠느냐고 하며 찾는 손톱집게가 없어졌다고 뒤적이던 서랍에서 면도를 가지고 왔다. 어린애같이 문주를 껴안고 열에 떨리는 손끝에 여문 문주의 손톱을 다스리기 시작하였다. 아직 그렇게 자라지도 않은 문주의 손톱을 숨을 죽이리만치 조심히 도려내고 있는 정일이는 안은 문주의 허리와 잡은 문주의 손에서 감각할 수 있는 문주의 심장의 고동 소리가 들리도록 조용한 자기들의 침묵이 무섭게 생각되었다. 정일이는 짐짓 문밖의 빗소리에 귀를 기울이려고 의식하며 뛰어 나는 손톱을 집으려고 눈을 들었을 때 자기 가슴에 묻힌 듯이 의지하고 있는 문주의 얼굴을 거울 속으로 보았다. 거울 속에서 웃고 있는 문주의 눈은 지금까지 자기를 바라보고 있었으려니 생각한 정일이는 역시 거울에 비친 자기의 얼굴이 붉어지는 것을 보며 "지금껏 내 얼굴에서 무얼 보았어?" 하며 손으로 문주의 눈을 가렸다. 문주는 가린 정일의 손을 피하려는 듯이 정일의 품에 얼굴을 비비며 "아까 차 안에서 본 당신의 눈은 참 좋아서" 이렇게 말하는 문주는 언제나 얼굴을 들 것 같지 않았다. 정일이는 이렇게 시작된 침묵이 더 무거울 것을 꺼리는 마음으로 문주의 어깨를 흔들며 "문주가 조르면 역시 같이 죽어줄 눈이었나?"

하고 짐짓 크게 웃었다. 문주는 말이 없이 여전히 정일의 품에 묻은 얼굴을 끄덕였을 뿐이었다. 또 침묵이 왔다. 전등 가로 엷은 짓치[18] 소리를 내며 날던 수놈을 업은 파리 한 쌍이 자기들을 비추는 거울 한편에 붙는다. 의식적으로 귀를 기울일 때마다 그렇게 크게 들을 수 있는 빗소리로 어느덧 안 들리게 되는 침묵에 또다시 잠기게 되는 것을 느낀 정일이는 잠든 듯이 숨을 죽이고 있는 문주를 자리에 누이고 "어서 자요" 하고 일어서 나왔다.

그날따라 문주와 자기의 그러한 침묵을 느끼게 된 정일이는 비를 맞으며 어느 선술집으로 들어갔다. 어떤 무서운 강박 관념에서 풀려난 듯한 잠재의식이 나타난 황홀한 꿈을 깨친 듯한 자기로서도 갈피를 잡을 수 없으리만치 자기가 무슨 생각을 어떻게 생각하고 있는지 알 수 없는 정일이는 도리어 머리가 텅 빈 사람같이 눈을 껌벅이며 자꾸 술을 마시고 있는 자기를 보았다. 취하여감을 따라 자기가 취하면 자연히 어느 편으로 치우친 행동을 하게 될 것 같고 그렇게 되면 자기의 생각이 어떤 것이라는 것이 증명될 것도 같은 생각에 정일이는 더욱 술을 마셨다. 마침내 술집을 나선 정일이는 결국 이 길을 가는가고 중얼거리며 옷깃을 추켜올리고 급히 걸어가는 자기의 꼴을 보면서 걸었다. 비는 여전히 오고 있다. 비에 젖어서 축 내리덮인 모자에서 흐르는 물이 추켜올린 옷깃 속으로 스며들었다. 그저 방향만을 짐작하고 큰길 좁은 골목을 가리지 않고 걸어가는 정일의 구두에는 물이 철벅거렸다. 전신이 속옷까지 함빡 젖은 그는 입과 코에서 뜨거운 숨길이 훅훅 나오면서도 부들부들 떨렸다. 그리고 몸은 무거웠다. 술

집에서 나오던 그때의 기분, 무엇에 아마 자기에게 역정을 내어 반역하려는 복수욕과 같은 충동과 심열은 벌써 식고 가라앉지 않았는가. 술도 깨었다. 집으로 돌아가는 것이 좋지 않은가 이렇게 생각하는 정일이는 그때 '만일' 자기와 반대편으로 가는 빈 차를 만나면 두말없이 돌아가리라고 생각하며 걸었다. 몇 번인가 지나가는 차가 있었다. 빈 차는 아니다. 또 차가 온다. 이번에는 빈 차다. 그 빈 차를 마주 보는 눈에는 벌써 자기가 찾아오는 곳에 다 온 것이 보였다. 그동안에 빈 차는 지나가고 말았다.

　마침내 정일이는 어느 집 문으로 들어가서 가장 살진 육체를 골라 샀다. 방 안에 쓰러지듯이 몸을 던진 정일이는 자기의 신음 소리를 들었다. 그는 몇 번 더 그 신음 소리를 내어보았다. "어데 편찮으세요?" 하는 계집의 말에 "음" 하고 눈을 감았다. 눈을 감은 정일이는 문주의 약한 몸을 아끼는가? 혹시 문주의 병독 있는 입김을 꺼리는가? 이렇게 중얼거리듯이 생각하는 그는 찬비에 내장으로 쫓겨들었던 술기운이 다시 전신으로 퍼지는 듯 흥분을 느꼈다. 문주의 손톱을 다스려줄 때에 자기 뺨에 서리는 그 병독 있는 호흡이 아니면 문주의 눈이 그렇게 낭랑할 리 없고 조개인 그 입술이 그렇게 애연할 리 없고 그 마음이 그렇게 맑고 그 감정의 흐름이 그렇게 선율적일 리가 없고 그 직감력이 그렇게 예민할 리 없고…… 이렇게 연달아 중얼거려지는 자기 생각에 눈앞에 나타나는 문주를 보는 정일이는 사람다운 체온이 있을 것 같지 않은 문주의 몸에서 결핵균의 시독(屍毒)인 신열일지도 모를 오히려 뜨거운 정열을 느꼈던 것을 생각하며 옆에 누운 그 살진 육체를 만지고 있는 사이에 그 춘화의 히로인은 코를 골기 시작하였다. 그 콧소리에 오히려 마음이 놓이는 듯하여 정일이는 노파를 불러서 짧은 시간을 긴 밤으로 늘이는 돈을 더 치르고 그 살진 육체 옆에 가지런히 자기 몸을 뉘었다. 정일이는 문주! 하고 부르는 문주의 이름에서 어떤 미각을 맛보듯이 입속으로 부르며 이름 모를 육체 위에 걸친 자기 팔이 탄력 있는 그 폐의 파동을 따라 오르내리는 것을 보고 있는 눈에 한없이 풍만하여 보이는 그 젖가슴은 육의 광장이라는 생각을 일으켰다. 여기에는 프리즘으로 비춰 보듯이 자기 마음을 분석하는 문주의 그것 같은 눈도 육감도 없는 곳이라는 생각에 안심되는 듯한 정일은 어느덧 잠이 들었던 것이다.

정일이가 고향에 다녀온 후로 문주의 건강은 확실히 점점 더 기울어져갔다. 매일 찾아가는 정일이가 곁에 있어도 실심한 사람같이 혼자 생각에 잠겨 있는 때가 많았다. 정일이가 제때마다 약을 권하여도 창백한 웃음을 웃고 머리를 흔들거나 히스테릭하게 느껴 울면서 인제는 전연 생명의 자신을 잃고 말았다고 하며 약을 먹으려 하지 않았다. 마침내 정일의 아버지가 자리에 눕게 되었으니 속히 오라는 편지를 받은 날 밤 문주는 이번에 가면 짐스러운 자기를 영 버릴 것이 아니냐고 하며 울기 시작하였다. 설혹 정일이가 다시 온다 하더라도 자기는 기다리지 못하고 죽을 것이라고 하였다. 또 발작이 시작되는구나 하는 민망한 생각에 정일이는 자기가 곧 돌아올 것을 말하고 그때는 어디든지 마음 가는 곳으로 같이 전지할 작정이니 그런 사위스러운 생각은 하지 말고 같이 힘 있게 살아보자고 달랬었다. 그렇게 위로하는 정일이를 물끄러미 쳐다보던 문주는 이제 와서 이 지경이 된 나에게 그런 말을 하면 내가 위로될 줄 아느냐고 몸부림을 하고 울면서 나의 사촌오빠가 당신과 교제를 끊으라고 한 것은 당신의 부탁을 받고 하는 말인 줄 다 알고 있는 나에게 지금 무슨 거짓말을 하느냐고 악을 쓰던 끝에 기침을 따라 피를 토하자 이 거짓말쟁이 하고 정일에게 달려들어 손수건에 받은 피를 그의 얼굴에 문질렀다. 얼굴에 피투성이가 된 정일이는 문주를 어르고 달래서 자리에 누이고 머리와 가슴을 식혀주었다. 겨우 진정된 문주는 눈이 시리다고 전등을 끄라고 하였다. 창을 적신 듯한 늦은 봄 하현달 빛에 푸르도록 창백한 문주는 정일의 손을 자기 가슴 위에 얹고 두 손으로 만지다가 조개인 입술이 떨리며 "우리 죽어요" 하고 속삭이듯이 말하였다. 이렇게 말하는 그의 눈을 들여다보던 정일이는 말없이 머리를 끄덕이고 눈물에 젖은 문주의 얼굴을 가슴에 안았다. 그들은 다시 아무런 말도 할 수 없었다. 꿈꾸는 어린애같이 이따금 느끼는 문주의 몸은 그때마다 떨렸다. 아직 잠들지 않은 문주는 숨소리도 없이 무엇을 생각하는 모양이다. 죽음을 생각하고 있을 문주! 밤중에 일어나서 전날 손톱을 깎던 면도를 들고 나를 흔들어 깨우거나 자는 그대로…… 아무렇게나 마음대로…… 마음속으로 이렇게 중얼거리는 정일이는 오히려 흥분이 가라앉아 신열에서 놓여난 병인같이 잠 속으로 잦아져 들어감을 깨달았다. 얼마나 지났을까, 문주의 포옹과 느끼는 울음소리에 정일이가 눈을 떴을 때에는 이미 창이 푸르고 맑은 새벽 기운이 싸늘하게 스

며드는 머리맡에는 이슬방울이 흐르는 듯한 면도날이 파랗게 빛
나고 있었다.

차는 중도에서 지나치지 않고 머무는 마지막 역을 떠났다. 정일
이는 담배를 붙이고 발 앞에 던진 성냥개비가 점점 허리를 꼬부
리며 끝까지 다 타서 재가 되자 마지막 연기를 뿜고 다시 허리를
펴고 쓰러지는 것을 바라보았다. 그의 생각은 다시 임종이 가까
운 아버지의 명상으로 돌아갔다. 칠순이 가까운 노인! 더욱이 오
랜 병으로 살이 빠지고 피가 마른 아버지의 임종은 탈 대로 다 탄
저 성냥개비의 불꼬치가 꺼지듯이 눈을 감고 마지막 연기같이 숨
지는 조용한 운명이 아닐까? 그가 스물이 넘도록 데릴사위 겸 머
슴살이를 하다가 장인 장모가 죽고 지금은 늙은 마누라이지만 그
때는 아직 십여 살밖에 안 된 코 흘리는 계집애만을 데리고는 농
사를 지을 수가 없어서 부득이 소작하던 농터를 떠나서 지금 사
는 도시로 떠들어올 때 농촌을 떠나게 된 그들에게는 다만 지게
와 너덧 마리 씨암탉이 남았을 뿐이었다고. 먼 길이었으므로 동
구 밖까지 닭의 가리[19]를 짊어졌던 지게에 대신 장래의 처를 짊어
지고 닭의 가리는 손에 들고 와서 성 밖 빈민굴 토막에 몸을 부치
고 지게벌이로 시작하여 40여 년이 지난 지금에는 몇십만으로 평
가되는 재산을 모았다는 것이 그의 내력이다. 말하자면 그의 일
생은 오직 돈을 위하여 분망한 일생을 살아온 사람이다. 인생을
반성하기에는 너무도 교양이 없었고 죽음을 생각하기에는 과인하
게 정력적이었더니만치 갑자기 닥쳐온 죽음을 대할 때 창황망조
하지 않을까? 이렇게 생각할 때 정일의 눈에는 고통과 절망으로

울부짖는 아버지가 보이는 듯도 하였다. 그러나 돌이켜 생각하면 어떤 사업이든 자기가 스스로 택한 목표와 스스로 부여한 책임을 다한 사람만이 누릴 수 있는 안식과 같은 죽음인지도 모를 것이다. 그렇지는 못하더라도 오랜 병이라 육체의 쇠약을 따라 조용히 죽음을 기다리는 사람이 되었을는지도 모를 것이다. 사람의 죽음을 보기가 얼마나 힘든가를 들었을 뿐인 정일이는 처음으로 죽음을 견학한다는 호기심도 없지 않지만 아버지의 죽음을 보아야 한다는 의무감에 마음이 어둡고 무거운 그는 아버지의 죽음이 어떤 원인으로든지 조용한 임종이기를 바랐던 것이다.

그렇게 어둡고 무거운 마음으로 아버지의 병실에 들어서자 정일은 칵 얼굴에 끼얹는 듯한 더러운 공기의 감촉에 전신이 떨림을 느꼈다. 그것은 죽음의 냄새였다. 여름에 상여가 지나갈 때 무더운 바람결에 풍겨오는 듯한 냄새였다. 병상에 누워 있는 아버지가 방금 잠이 들었다고 말하는 어머니는 뼈만 걸린 얼굴의 눈물을 씻고 있었다. 들어오는 정일이를 보자 기계적으로 일어섰던 처는 두런두런하다가[20] 아직 그럴 필요도 없는 요강을 집어 들고 창황히 나가고 말았다. 지척지척 자신 없이 걸어가는 처의 뒷모양을 바라보는 정일이는 자연히 찌푸려지는 얼굴을 어쩔 수 없었고 들어설 때 느낀 공기 속에 앉아 있거니 생각하면 구역이 날 듯하였다. 방금 잠이 들었다던 아버지는 눈을 떴다. 잠에서 깬 그 눈은 어둠만이 차 있는 빈 방 안이 들여다보이는 들창 구멍같이 무엇을 보는 눈도 아니요 무슨 생각이나 감정을 비춘 눈도 아니었다. 병인은 얼굴을 찌푸리고 말라붙은 입술을 우물거려서 겨우 떨어진 듯한 혀로 '물'을 찾았다. 가는 고무관이 달린 유리 주전자로 처뜨리는 한 모금 물에 심한 구역을 하고 나서 겨우 정신을 차린 그의 눈은 비로소 초점이 맞은 모양으로 정일이를 바라보고 "너 집에서 오래서 왔니?" 하고 물었다. "네." 간단히 대답하는 정일의 말을 듣자 "전보 쳤드냐?" 이렇게 다시 묻는 그의 눈은 정일의 모자의 얼굴을 번갈아 보았다. 그때 무슨 말을 할 듯이 주저하는 듯한 어머니의 태도를 눈결에 보면서도 정일이는 무심하게 또 "네" 하고 대답하자 만수노인은 그 엷은 눈까풀 속으로 시선을 감추며 "설마 내가 죽기야 하잖네…… 죽구 싶지 않다"고 분명히 말하였다. 그 말을 들은 정일이는 자연히 놀라운 얼굴로 어머니를 쳐다볼밖에 없었다.

월여 전에 담적을 푼다는 한방의에게 배에다 침을 맞고부터 암종이 궤양 되고 암세포가 급속도로 전신에 전이되어 지금은 말기의 증상으로 진중[進重]된 환자였다. 벌써 온 장부가 유착되어 굳어지고 다리의 근육까지 가다들어서" 바로 누울 수도 없었다. 모로만 누웠기가 지난하여 하루에도 몇 번씩 남의 손을 빌려서 바로 누워보기도 하였다. 그러나 바로 누우면 단 한 푼도 못 가서 복막과 유착된 내장은 돌뭉치같이 뱃가죽을 잡아당기고 척수를 눌러서 견딜 수가 없었다. 그 고통을 못 이겨 몸을 뒤틀면 가다든 다리의 세운 무릎이 중심을 잃고 모로 쓰러지는 것이었다. 그러면 뼈만 걸린 상반신도 무릎을 따라 모로 쓰러지는 것이었다. 하루에도 이모에서 저모로 바꾸어 누일 때마다 자리에 닿았던 곳은 단독(丹毒)이 인 것같이 빨개졌다가 차차 검푸르게 멍이 들기 시작하였다. 핏기 없는 이마와 코와 인중만을 남기고 자리에 닿았던 좌우편 얼굴이 더욱 검푸르러질수록 흰 곳은 더 희고 검푸른 데는 더 거멓게 보였다. 그리고 그 흰 이마 아래 흰 콧마루를 사이에 두고 흡뜬 두 눈은 눈꼬리가 검은 관자놀이에 잠겨서 더욱 크고 무섭게 빛나 보였다. 그 빛나는 눈을 죽음의 검은 그림자가 좌우로 엄습하듯이 몸의 검은 면은 점점 넓어갔다. 그러한 만수 노인은 멍든 자기의 어깨와 팔을 볼 때마다 대낮에도 왜 전기가 오지 않는가고 성화하였다. 밝은 전등불에 비치는 자기의 몸이 여전히 검은 것을 볼 때에는 무슨 그림자가 이러냐고 그 그림자를 물리치듯이 손을 뿌리치며 애가 탔다. 혼수상태에서 깨어난 때마다 그는 언제나 물을 달라고 하였다. 음식물을 입으로 받을 수 없게 된 그는 영양으로는 홍문[22]으로 부어넣는 유동체와 정맥으로 링거와 포도당을 주사할 뿐 먹는 것이라고는 물밖에 없었다. 그러나 그도 얼마 못 가서 한 방울씩 처뜨리는 물도 넘기지 못하였다. 마침내는 탈지면에 물을 축여가지고 입 안에 달라붙은 거멓게 탄 혓바닥을 축일 뿐이었다. 그나마도 굳어진 창자를 짜내는 듯한 구역을 하고 구역이 진정만 되면 언제나 겨우 하는 말로 죽고 싶지 않다고 부르짖는 것이었다. 정신을 차리고 눈을 뜬 때나 감은 때나 신음 소리와 같이 잠꼬대와 같이 죽고 싶지 않다고 부르짖는 아버지의 말을 들을 때마다 정일이는 자연히 찌푸려지는 얼굴을 어쩔 수 없었다. 더욱이 밖에 나갔다가 병실에 들어설 때마다 얼굴에 콱 끼얹는 듯한 죽음의 냄새를 깨달으며 아버지의 베갯머리에서 그 말을 들을 때에는 말할 수 없이 불쾌해지

고 사람은 이다지도 동물적인가? 하고 고함을 지르고 싶은 발작
적 충동을 느낄밖에 없었다. 그러나 정일이가 자기의 이러한 생
각이 얼마나 천박한가를 깨닫게 되는 일이 생겼다. 정일이가 돌
아온 지 며칠 후인 어느 날 아침이었다. 하루에도 몇 번씩 만수노
인의 병실로 찾아오던 용팔이는 그날따라 정일이를 밖사랑으로
불러내었다. 정일이와 마주 앉은 용팔이는 "그새만 해두 상하셨
구만요" 하고 단 며칠만 못 자도 그 꼴이냐 하는 눈으로 바라보면
서 큰 봉투에서 새로 꾸민 듯한 서류를 내놓으며 누구의 명의로
소유권을 내겠느냐고 물었다. 그것이 무슨 말인지 못 알아듣겠다
는 듯한 정일의 얼굴을 쳐다본 용팔이는 "아직 앉아 계신 이를 두
고 이런 말씀을 하기는 황송하지만" 하고 정일의 아버지의 병이
병이니만치 오래지 않아서 모든 재산이 정일에게로 상속될 것이
므로 지금 등기 수속을 하여야 할 토지는 정일의 아버지의 명의
로 할 것 없이 바로 정일의 명의로 소유권을 내는 것이 간편하고
비용도 적게 들겠으므로 아예 서류를 그렇게 만들어 왔노라고 설
명하며 서류를 뒤적여서 정일의 이름을 여러 개 찾아내 보였다.
그러한 용팔이의 기다란 설명을 듣고 있는 정일이는 무엇보다도
지금의 아버지가 한 달 전에 투기적으로 토지를 샀다는 것이 놀
라웠다. 그래서 "아버지가 한 달 전에 토지를 샀어요?" 하고 혼잣
말같이 중얼거리는 정일의 말이 도리어 이상하다는 듯이 용팔이
는 그 토지가 유망하다는 것과 토지 브로커는 누구나 그 토지를
탐내었다는 것과 그러니만치 병석에 누워 있는 정일의 아버지가
여러 경쟁자를 물리치고 그 토지를 사기까지에는 여간 애를 쓰지

않았고 자기도 한몫 중요한 책동을 하였다는 것을 말끝마다 비쳤다. 이렇게 설명하는 자기의 말을 멍하니 듣고만 있는 정일이가 보기에 답답하다는 듯이 용팔이는 조끼 주머니에서 작은 산판[23]을 꺼내가지고 짝 그어서 조심히 방바닥에 놓고 그 토지 소유권에 대한 인지대와 취득세를 따져놓고 이 비용만도 적지 않은 데다 오래지 않아서 상속세까지 물게 되면 그야말로 공연한 비용이 아니냐고 사법서사인 용팔이는 그의 전문적 용어 끝에 달리는 숫자를 또 산판 위에 늘어놓기 시작하였다. 정일이는 자기가 놀라서 물은 말에 동문서답 격으로 주워섬기는 용팔이의 설명을 듣고 있는 자기 마음 속에 알 수 없는 심열이 떠오름을 깨달았다. 자연히 긴장되고 상기된 정일의 얼굴을 식히듯이 살기웃음을 웃고 난 용팔이는 "형님은 아마 저만큼은 모르실걸요. 이제 형님이 상속하실 재산 중에 큰 토지만도" 하고 그는 또 산판알을 벌이기 시작하였다. 그러한 용팔이의 모양을 내려다보고 있는 정일이는 안방에서 신음하고 있는 아버지의 무서운 모양이 보이고 그러한 아버지가 아직도 지키고 있는 그의 재산을 넘겨다보는 듯한 용팔의 말을 듣고 있는 것이 불쾌하고 싫었다. 그러나 용팔이가 따지는 산판알이 거침없이 한 자리씩 올라가는 것을 유심히 바라보고 있는 자신을 의식하며 보고 있을 때 "이렇게 대강만 놓아도" 하고 산판을 밀어놓으며 쳐다보는 용팔의 눈과 마주치게 되자 정일이는 흠칫 놀라게 되는 자신의 얼굴이 붉어지는 것을 깨달았다. "여기 대한 상속세만 해도 큰돈인데 안 물고 할 수 있는 이것은 제 말씀대로 하시지요." 이렇게 결정적으로 말하는 용팔이는 정일 앞에 위임장을 내놓으며 도장을 치라고 하였다. 정일이는 더욱 불쾌해졌다. 잠이 부족한 신경 탓도 있겠지만 자기의 눈을 기탄없이 바라보는 용팔이의 얼굴에 발라놓은 듯한 그 웃음이 말할 수 없이 미웠다. 이 소인 놈! 하는 의분 같은 심열이 떠오르며 '언제 내가 이런 음모를 하자고 너와 공모를 하였던가?' 하고 그의 뺨을 갈기고 싶은 충동을 느꼈다. 그러나 정일이는 금시에 미끄러지는 듯한 웃음이 자기 얼굴에 흐름을 깨달았다. 이러한 심열은 신경 쇠약의 탓이 아닐까? 의분이랄 것도 없고 결벽성도 아니고 그런 것을 공연히──이같이 한순간에 뒤집히는 자기 마음 한 모퉁이에 상식을 놓쳐 뿌린 결과가 어떤가? 해보자 하는 놓치기 쉬운 어떤 힌트같이 번쩍이는 생각을 보자 정일이는 조급히 도장을 뒤져 내며 "자, 칠 대로 치우, 나는 어디다 치는 것도 모르니까" 하였다. 이렇게 지껄이듯이 말하는 정일이는 자기가 실없이 웃기까지 하는 것을 들을 때 내가 지금 더 심한 심열에 떠 있지 않은가? 하는 생각에 갑자기 말과 웃음과 표정까지 없어지고 말았다. 도장을 치고 난 용팔이는 공손히 정일에게 돌리며 "잔금은 제가 장인께 말씀드리겠습니다" 하고 일어선다. 중문으로 들어가는 용팔이의 뒷모양을 바라보던 정일이는 갑자기 불러내고 싶었다. 궁둥이를 들먹하고 부르는 손짓까지 하였으나 탄력 없이 벌어진 입에서는 말이 나오지 않았다. 창졸간에 용팔이를 어떻게 불러야 할지 몰라서 주저되는 것같이도 생각되었다. 중문 안으로 들어가는 용팔의 뒷모양은 마치 심한 장난을 꾸미다가 용기를 못 내는 자기를 남겨두고 "그걸 못해? 내 하마" 하고 나서는 동무의 모양같이 아슬

아슬한 것이었다. 종시 용팔이가 중문 안으로 사라져서 불러낼 기회를 놓치고 말았다고 후회하면서도 내가 정말 후회하는 것이라면 지금이라도 따라가서 붙들 수도 있지 않은가? 이렇게 생각하는 정일이는 용팔이가 이 말을 시작하였을 때부터 자기는 육감으로 벌써 예기하였던지도 모를 일이 지금 일어나리라는 기대가 앞서는 것을 느끼며 정일이는 실험의 결과를 기다리는 듯이 숨을 죽이고 귀를 기울이고 있었다. 예사로운 말소리는 들리지 않는 거리이므로 긴장한 정일의 귀에도 한참 동안은 아무런 말도 들리지 않았다. 아버지도 종시 죽음에 굴복하고 마는가? 이렇게 생각되어 정일이는 긴장하였던 만치 허전한 실망에 담배를 붙이려고 성냥을 그었을 때 자기의 귀를 때리는 듯한 아버지의 격분한 고함 소리를 들었다. 무슨 말인지 알아들을 수는 없으나 한 번 더 큰 소리가 나고 이어서 노인의 울음소리가 들렸다. 예감 이상으로 놀라운 울음소리에 멍하니 앉아 있던 정일이는 창황한 신발 소리를 듣자 퉁겨진 용수철같이 일어나서 샛문 뒤로 들어갔다. 서류를 구겨쥔 용팔이가 창황한 걸음을 잠깐 멈추고 잠시도 자리 잡지 못하는 그 눈동자를 더욱 불안하게 굴려서 빈 사랑 안을 살피다가 눈을 흘기고 나갔다. 대문 밖으로 나가는 용팔이를 샛문 틈으로 엿보고 있는 정일이는 자기가 긴 한숨을 뿜어내는 것을 들었다. 그리고 아직도 샛문 뒤에 발을 모으고 붙어 섰는 자기의 창피한 꼴을 훑어보며 용팔이가 흘기는 눈을 이렇게 미리 피하게 된 것은 용팔이를 충동한 것은 '나'였다고 자백하는 셈이라고 생각되고 지금 누가 부르지 않으면 혼자서는 나갈 것 같지도 못한 듯하였다. (그 후에 들은 말이지만) 발끝이 땅에 닿았기에 말이지 발장²⁴을 뜨고 딱 붙인 두 발이 꼭 목매고 늘어진 사람같이 보였다고 용팔이가 말했다는 것을 정일의 누이동생이 자기 남편을 욕보인 것은 오빠라고 원망하듯이 비웃듯이 말하였던 것이다. 샛문 뒤에 서 있는 정일이는 자기가 어릴 적에 동무들과 숨기내기를 하였을 때의 일이 생각났다. 그때 다른 애들은 모두 잡힌 모양으로 찾는 애와 잡힌 동무들이 지껄이며 자기가 숨어 있는 곳을 지나가고는 영 찾으러 오지를 않아서, 동무들은 숨어 있는 자기를 잊어버리고 벌써 딴 장난을 시작한 것이나 아닐까 하면서도 그렇다고 싱겁게 나갈 수도 없어서 울상을 하고 지금같이 박혀 있었던 것이다. 지금도 내가 울상을 하고 있지나 않은가 생각하며 정일이는 아버지의 심한 구역 소리에 귀를 기울이고 있을 때 어머니가 찾는 소리에 놀라서 비로소 샛문 뒤에서 나올 수가 있었다. 아버지가 찾으신다고 하며 아들의 얼굴을 바로 보기를 꺼리는 듯이 외면하고 걸어가는 어머니는 "네 잘못만은 아니겠지만, 아버지의 성미를 잘 알면서 왜 그렇게 일을 경솔히 하느냐"고 하였다. 이 경솔이라는 말이 정일에게는 입이 벌어지도록 의외로 들렸다. 경솔! 내가 경솔하였을까? 이렇게 속으로 중얼거리며 안뜰에 들어선 정일이는 그의 처가 빨랫줄에 널고 있는 요가 검붉은 피에 더럽힌 것을 보았다. 이같이 더럽게 젖은 넝마가 첩첩이 걸린 가느다란 빨랫줄같이 자기 마음에 견딜 수 없는 압박감을 느끼는 정일이는 또 툇마루에 놓인 손대야에 아직도 엷은 김이 떠오르는 검붉은 유동체가 반이나 고여 있는 것을 보았다. 처음 보는 것은 아니지만 이번만은 자기에게 보이려고 놓아둔 것같이 생각되기도 하였다. 이런 경우에 이렇게 생각되면 반드시 반감이 생기는 것이지만 하고 생각하는 정일이는 그러나 이번만은 아버지의 책망을 감심[25]으로 들을 수 있을 것같이도 생각되었다.

늦은 봄 창밖의 양기도 죽음의 냄새가 풍기는 병실에는 인연이 없이 방 안은 더욱 어두운 듯하였다. 정일이는 여전히 불쾌한 공기를 느끼며 베갯머리에 앉아서 바라보는 아버지의 모양에 얼굴을 찌푸리지 않을 수 없었다. 붉게 빛나는 그 머릿밑과 벗어진 이마는 구겨놓은 유지[26] 자박지같이 누렇게 마르고 높고 살쪘던 코는 살이 말라서 재불린 콧구멍만이 크게 보였다. 검푸르게 멍든 관자놀이와 뺨이 꺼져서 흰 머리털 가운데 늘어선 듯한 귓바퀴는 박쥐의 날개같이 검고 커 보였다. 그리고 그 검은 귓속의 오목오목한 곳이 아직도 희게 남아서 썩은 시체에 드러난 백골같이 돋보였다. 그러한 아버지의 얼굴을 들여다보고 있던 정일이는 흠칫 얼굴을 돌릴밖에 없었다. 아버지의 인중에는 실과[27] 껍질의 썩은 '점' 같은 것이 보였다. 인중의 표피가 미란[28]된 것이 분명하였다. 인중의 수염이 전보다 성긴 것은 털뿌리가 들떠서 조금만 건드려도 떨어지는 탓일 것이다. 그리고 병실에서 풍기는 죽음의 냄새는 이런 데서도 날 것이다. 의사가 와서 링거와 포도당을 시든 정맥에 주사하고 앙상한 갈빗대 사이로 강심제를 놓았다. 혼수상태에서 깨어난 병인은 돌지 않는 혀로 물을 청하였다. 그러나 의사는 지금 물을 먹이면 또 구역을 할 것이므로 손가락에 탈지면을 감아서 약간 물을 축여가지고 혀와 입 안을 닦아주라고 하였다.

그리고 이 앞으로는 물을 먹을 수 없으리라고 말하였다.

비로소 정신을 차린 병인은 시선의 초점을 맞추려고 애쓰듯이 한참이나 정일의 얼굴을 바라보다가 그 구겨진 유지 같은 이마에 푸른 정맥이 튀어오르고 눈알이 빠질 듯이 빛나며 "이놈 이 역적을 할 놈" 이렇게 큰 소리로 울부짖고 세운 무릎으로 이불을 차 던졌다. 그러고는 드러난 가슴의 갈빗대가 밀어 올리는 듯이 목이 메게 느껴 울기 시작하였다. 눈물까지 마른 울음에 느끼는 사이마다 한마디씩 쉬어가며 하는 말로 "제 애비 고쳐줄 생각은 없고, 이놈들 재물을 흥정해? 못하는 법이다" 이러한 말을 간신히 마치고 난 병인은 기진하여 눈을 감고도 한참이나 느끼었다. 마침내 허탈하여 죽은 듯이 다부라지고[29] 말았다. 다만 크게 벌어진 콧구멍 밖으로 나온 누런 코털이 떨리는 것으로 겨우 숨이 끊이지 않은 것을 짐작할 수 있었다. 정일이는 그동안 숨을 죽이고 병인을 바라보고만 있던 그들의 무거운 침묵에 긴장한 마음줄이 끊어지는 듯한 한숨 소리를 들었다. 한숨 끝에 "그렇게 죽기가 힘들어서야…… 하기야 한창 자미 보게 된 세상이야 아닌가!" 하고 정일의 어머니는 치맛끈으로 눈시울을 닦으며 일어서 나갔다. 혼자서 무릎을 꿇고 앉아 있는 정일이는 병인의 미란된 인중을 핥으며 돌아가는 파리를 바라보면서, 운학의 편지로 전해온 문주의 말을 생각하였다.

나날이 쇠약하여간다는 문주는 자기의 죽음이 정일의 인생의 길을 틔워주는 보람이 되기를 바란다고. 이러한 자기의 말을 주제넘은 말이라고 정일이가 비웃어주기를 바란다고. 문주 너 때문에 내 일생을 그르칠 정일인 줄 알았더냐고 자기의 말을 비웃고 문주 너와의 관계는 한때 침태한 내 생활의 희련(戲戀)이었을 뿐이라고 웃을 수 있는 뱃심이 정일에게 생기기를 바란다고. 만일 그렇지 못하다면 자기가 죽은 후에 제2 문주가 정일의 앞에 나타나게 되면 그들은 또 사랑하게 될 것이 아니냐고. 이렇게 걱정하는 문주는 자기의 죽음이 정일의 길을 틔우는 보람이 되기를 바라는 바에야 정일이가 오기 전에 죽기를 바라고, 그렇게 죽더라도 정일이가 자기의 시체를 찾아오지 않도록 부탁한다고 하였다. 이러한 문주의 말을 생각하는 정일이는 그날 밤의 문주가 자기를 죽이려고 빼어놓았던 면도날을 지금은 조심히 접어서 주며, 이것으로 얼굴을 다스리고 나서라는 양처(良妻)의 태(態)와 같이 변하여서 하는 문주의 말을 자기는 그대로 실행할 수 있는 위인인가고 생각하였다. 사실 이렇게 되어서까지도 죽기가 싫은가 하고 아버지를 눈 찌푸리고 바라보는 자기는 죽음의 공포를 해탈한 무슨 수양이 있는 것이 아니라 단지 애써 살려는 의지력이 없는 것뿐이다. 아버지는 한 번도 자기의 생환을 회의하거나 죽음을 생각할 필요가 없었던 사람이므로 이같이 죽음과 싸울 수 있는 것이 아닐까 생각하였다. 그래서 정일이는 어떤 위대한 의지력을 우러러보는 듯한 마음으로 아버지의 고통을 바라보고 있는 자기를 발견하는 때가 있었다.

그때—심한 구토를 한 후부터 한 방울 물도 먹지 못하고 혓바닥을 축이는 것만으로도 심한 구역을 하게 된 만수노인은 물을 보기라도 하겠다고 하였다. 정일이는 요를 둑여서[30] 병상을 돋우

고 아버지가 바라보기 편한 곳에 큰 물그릇을 놓아드렸다. 그러
나 그 물그릇을 바라보기에 피곤한 병인은 어디에나 눈 가는 곳
에는 물이 보이기를 원하였다. 그래서 큰 어항을 병실에 가득 늘
어놓고 물을 채워놓았다. 병인은 이 어항에서 저 어항으로 서느
러운[31] 감각을 시선으로 핥듯이 둘러보다가 그도 만족지 못하여
시원히 흐르는 물이 보고 싶다고 하였다. 정일이는 아버지가 보
기 편한 곳에 큰 물그릇을 놓고 대접으로 물을 떠서는 작은 폭포
같이 드리워 쏟고 또 떠서는 드리워 쏟기를 계속하였다. 만수노
인은 꺼멓게 탄 혀를 벌린 입 밖에 내놓고 황홀한 눈으로 드리우
는 물줄기를 바라보고 있었다. 그 눈을 볼 때 정일이는 걷잡을 사
이도 없이 자기 눈에 눈물이 솟아오름을 참을 수가 없었다. 정일
이는 일찍이 그러한 눈을 본 기억이 없다고 생각하였다. 더욱이
아버지의 얼굴에서! 자기 아버지에게서 저러한 동경에 사무친 황
홀한 눈을 보게 되는 것은 의외라고 할밖에 없었다. 혹시 아버지
가 돌아앉아서 돈을 셀 때에 저러한 눈으로 돈을 보았을는지는
모를 것이다. 눈물을 숨기기 위하여 얼굴을 돌린 정일이는 언제
부터인가 그것은 수전노다운 짓이라고 보아오던 돈 세는 아버지
의 뒷모양을 생각하였다. 만수노인은 혼자서나 여러 사람이 있는
데서나 돈을 셀 때만은 반드시 담을 향하고 돌아앉은 것이 예외
없는 버릇이었다. 여러 사람이 있을 때에는 창피하였고 혼자서는
경멸의 눈으로 바라보던 돈 세는 아버지의 뒷모양이 다시 보이는
듯하였다. 자기 손에 들어온 돈을 보는 때의 눈도 저러한 눈이 아
니었을까고 생각하며 정일이는 다시 얼굴을 돌렸다. 그의 아버지

는 여전히 그러한 눈으로 드리우는 물을 바라보며 마른 혀로 마른 입술을 핥고 입맛을 다시다가 "죽다니…… 나 좀더 살겠다" 이렇게 부르짖고는 이를 갈았다.

정일이는 이러한 아버지의 시선을 따라다니면서 밤을 새워가며 물을 드리웠다. 어떤 때는 홍문으로 부어넣은 영양물이 조금도 흡수되지 않고 도로 나오는 것을 치르고 더러운 자리를 갈아내기 위하여 아버지를 들어서 옮겨 누이기도 하였다. 그때마다 힘주었던 팔이 허전하도록 그 몸은 가벼웠다. 건강한 때에는 마치 돌갓(石冠)을 벗긴 은진미륵같이 장대한 몸이었다고 생각하면 더욱 가벼웠다. 이 몸에는 벌써 육체적인 생의 본능욕 같은 것은 남아 있을 것 같지도 않다고 정일이는 생각하였다. 이렇게 생의 기능을 완전히 잃었다고 할밖에 없는 이 몸이 아직 살려고 하고 아직도 살아 있는 것은 육체적인 생의 본능욕 이상의 의지력이 있는 탓이 아닌가? 자기가 만든 세상에 대한 애착을 버리지 않으려는 끝없는 의지력이 이 파멸된 육체의 생명을 이같이 끌어 나가는 것이 아닐까? 이렇게 정일이는 아버지의 황홀한 눈과 죽고 싶지 않다고 부르짖는 말에 솟아오르는 자기의 감격과 눈물을 해석하였던 것이다. 의지력이라는 보이지 않는 에너지로 살아서 움직이는 기계같이도 생각되는 만수노인의 몸은 더욱 가벼워지고 좋아들었다. 홍문으로 넣은 유동체는 내장이 스러져 나오는 듯한 멍울멍울한 것이 섞여서 도리어 많아져 나왔다. 어느 날 정일이가 그러한 뒤를 치를 때 문병 왔다가 툇마루로 쫓겨 나간 여인들은 죽고 싶지 않다고 부르짖는 병인의 말을 듣고 서로 얼굴을 쳐다보며 말을 끊었던 모양이었다. 그때 정일이가 더러운 것을 문밖에 내놓는 것을 보자 한 여인이 어색한 침묵을 깨트릴 좋은 기회라는 듯이 "그럼은요 저런 효자를 두시구 안 그러시겠소?" 하고 정일의 어머니를 쳐다보았다. 그때부터 정일이는 아버지가 시선을 가다듬어서 자기를 바라볼 때마다 얼굴을 돌리고 자기 손으로 축여드린 아버지의 입에서 어떤 애정의 말이 나올까 겁나서 바삐 문밖으로 몸을 피할밖에 없었다.

*

문주가 죽었다는 운학의 전보를 받은 날 저녁에 만수노인도 죽었다.

죽은 사람은 죽은 사람으로 하여금 장사케 하라는 말대로 하자면 자기는 문주를 장사하러 가는 것이 당연하리라고 생각하면서도 정일이는 아버지의 관을 맡았다.

역설 逆說

    아카시아 한 가지의 그림자가 레이스 문장[門帳] 위에 금실금실 설레고 바람세에 덜컹거리는 유리창 밖의 아침 하늘은 맑은 가을빛이다. 아침저녁 절기를 다투는 이즈음 어느덧 앙상해진 나뭇가지 그림자의 무늬같이 흰 레이스 문장은 별로 엷고 너무도 가볍게 흔들린다. 지난 장마 때 습기에 축 늘어졌던 이 문장의 기억이 지금은 오히려 마음에 그윽한 음향을 던지는 것이다. 문장도 가려야 할 시절이 되었다.

    베갯머리에 놓인 신문은 역시 사람의 시력을 의심하는 듯한 큰 활자와 사변 화보로 찬 지면이다. 뉴스 영화 필름의 중도막 한 장인 듯이 그 사진은 필요에 적응하는 사람들의 본능적 동작의 한 순간들이다. 기관총의 너털웃음 외에는 숨소리도 상상할 수 없이 긴장한 사람들의 포즈였다. 카무플라주된 쇠투구와 불을 뿜는 강철 기계에는 강한 일광조차 숨을 죽였고 내빼는 만화같이 큰 발의 구두 등알¹이 오히려 인화(燐火)같이 반사하였다. 정확한 렌즈와 결사적 카메라맨의 합작으로 그려진 희화(戱畵)였다. 그 면을 뒤친 그는 지방면 한편에 엄지가락 손톱만 한 자기의 사진을 보았다. 그 사진의 배경같이 ××학교 창립 35주년 기념제의 사진이 있고 그 기사 끝에

——학교 기념제와 아울러 근속 10주년을 맞게 되는 김문일(金文一)씨는 일찍이 우리 문단의 대가이시던 영문학자로 아직도 그 문명(文名)이 혁혁하거니와, 지난봄에 전 교장이 별세한 이래 아직 후임 교장이 없는 동교의 교장 후보자 중에 씨는 가장 유망한 후보자이시다——

읽고 난 그는 "또 가십파의 껌이 되었구나" 이렇게 중얼거리며 신문을 내던지고 담배를 붙였다.

그러나 이 기사는 모두가 맹랑한 가십만은 아니었다. 오히려 단순한 보도 기사보다도 이렇게 가십파의 익살로 좀 비꼬아놓은 것이 좀더 여실할는지 모를 것이다. 그래서 그는 더욱 불쾌하였다.

'일찍이 문단의 대가이던 문학자'라는 말이 일찍이 어느 문학자에 쓰인 적이 있는 말인지 혹은 이 기자의 창작인지는 알 수 없지만, 젊은 몸으로 자살을 하거나 여승이 되면 미인 대접을 하는 신문 투로 말하자면 나도 대가의 한 사람이겠지. 그리고 문학적으로 자살하고 문단을 떠난 지 오랜 지금 '아직도 그 문명이 혁혁하다'고 한 것은 요새 잡지에 흔히 싣는 '우문현답'에 아직도 간혹 이름을 팔려온 것을 말함일 것이다. 그는 더욱 불쾌할밖에 없었다. 얼마 전에 서영이가 뒤적이던 신문 광고에서 그의 이름을 짚

으며 "오래잖아 교장이 되고 명사가 될 사람이 이런 잡지 나부랭이에 이름을 이렇게 팔아 쓰겠나? 이런 문사 그만두게" 하였을 때 무슨 따가운 핀잔이나 당한 듯이 면괴하였던 생각이 났다. 이 기사를 읽은 사람은 누구나 전 군수(前郡守)라는 명함을 받은 때 같이 잔등이 좀 가려울 것을 생각하고 그는 혼자 얼굴을 붉힐밖에 없었다.

'가장 유망한 교장 후보자!' 이 역시 '가장 유망한'이라는 말을 빼고 보면 맹랑한 허구는 아니다. 그러나 그 역시 지나가고 만 일이었다.

지난봄에 전 교장이 죽자 으레 후임 교장이 될 교무주임이 어떤 사건이 연좌되어 사직하였으므로 그 다음으로 으레 누구라고 할 만한 사람이 없으니만치, 교장 후보자가 의외로 많이 나서게 되어 문제는 얼크러지고 말았던 것이다. 그 무렵에 문일이도 낭자하게 떠도는 풍설 중의 한 사람이었다.

아직도 재단 법인의 기초 공작을 하는 중인 학교라 외부에서 얼마씩의 돈을 가지고 들어오려는 두 사람과 현재 교원인 S씨와 K씨, 이렇게 네 사람의 후보자가 한꺼번에 나섰던 것이다. 외부의 특지가〔特志家〕 두 사람을 한 교장 자리에 모실 수는 없는 일이었다. 만일 두 분 중에 어느 한 분을 모시자면, 다른 한 분의 특지는 사절하는 셈이 될밖에 없었다. 그뿐 아니라 이 학교의 설립자요 임시 교장인 선교사 L씨가 독단으로 S씨를 추천하였다. L씨는 자기가 오래지 않아 정년으로 은퇴한 후에라도 이 학교를 설립한 자기네의 본의를 가장 잘 이해하고 존중할 사람이라고 믿는 S씨를 내세우기로 고집하였다. 그래서 외부의 두 특지가만을 문제 삼는 이사회와 대립할밖에 없었다. 이사 중의 몇몇 사람들은 학교 경영 35년에 아직껏 재단 법인도 만들어놓지 못하고 지금 일껏 재단의 기초가 될 만한 돈을 가지고 들어오려는 특지가를 물리치느냐고 격론까지 하였다. 그러나 "교장은 사고 파는 것이 아니오" 하고 떨리는 손의 손수건에 코를 묻고 자주 코를 푸는 늙은 선교사의 30여 년 노력과 지금의 심정을 모른다고 할 수도 없었다. 그보다도 특지가 중의 한 분만을 맞이함으로 다른 한 분의 특지를 버리게 한다면 재단도 만들 수 없으므로 이사들의 의견만을 세우잘 수도 없는 형편이었다. 마침내 그들은, 사람이란 공평하기만 하면 실망도 만족하는 착각이 있음을 생각해냈던 것이다. 그래서 교장의 자리를 L씨의 의견대로 처분케 하여 특지가 두 분에게 공평한 실망을 드림으로써 만족한 그들의 특지만을 받도록 하자는 결의가 생기고 말았던 것이다. 그러나 문제는 결코 해결된 것이 아니었다.

교원실의 석차로 교무주임의 다음이던 K씨가 몸소 활동을 일으킨 것이다. K씨는 교원 중의 몇몇 부동자²를 거느리고 이사 중에서 후원자를 얻기 시작하였다. 그뿐 아니라 K씨에게는, 공평한 실망을 받고 물러선 특지가 두 분이 K씨가 교장이 되는 것을 조건으로 하여서만 그의 특지를 버리지 않는다는 큰 조건이 있었다.

L씨의 신임을 받는 S씨는 오십이 지나고 근속 20년이 지난 교원실의 원로였다. 죽은 교장이나 사직한 교무주임보다도 나이 많고

연조로 오랜 그는 비록 교원실의 석차로는 중간층이지만 아침 채플 시간에는 주재자였다. 비록 옛날 같지는 않아도 본시 선교 사업의 한 기관으로 설립된 학교라 전교의 직원과 생도가 모이는 채플 시간을 인도하는 것은 이 학교의 전통을 지키고 이끌어 나가는 직책이라고도 할 수 있었다. 이러한 S씨와 대립한 K씨는 이번에 교장이 되려는 기회만 없었으면 벌써 사직하고 완전히 시정의 한 사람이 되었을 것이다. 이 몇 해 동안 투기적 토지 경기와 일확천금의 자금을 위한 은행, 사채의 금융과 이율 등 시정의 현화[3]한 풍경을 한때 이 교원실에 옮겨놓은 것이 K씨와 그의 일파였다. 그러한 교원실의 분위기와 일확천금열에 휩쓸린 젊은 교원들이 적은 돈으로 큰 꿈을 꾸는 기미[4] 주식의 이야기까지 벌어져서 교원실은 어느 큰 상로배의 사랑 같은 풍경이었다. 그중의 가장 큰 성공자로 한 자본 만들었으니 궁상스러운 교사 노릇은 그만둔 다던 K씨가 이번에 교장 운동을 시작한 것을 보는 교원들은 불난 집에 들어온 도적같이 생각하는 이도 있었다. 그렇다고 표면에 나서서 반대하는 사람도 없었다. 본시 K씨의 수단과 활동력을 으리으리하게 여기던 교원들이라 어느 사이에 K씨가 교장이 될지도 모르리라는 염려가 없지 않았다. 이렇게 속으로망정 K씨를 배척하는 그들은 그렇다고 L씨가 내세우는 S씨를 환영하지도 않았다. 조선어 한문 선생이던 S씨는 조선어로 가르치는 한문과가 폐지되고부터 이 교원실의 가장 한가한 사람이 되었다. 분주한 사람 가운데 끼여 있는 한가한 사람은 잊어버려지기도 쉽고 눈에 띄기도 쉬운 법이라, 잊혀진 때에는 말할 것도 없지만 가다가 눈에 띄면 공연히 거추장스럽게 보이거나 하품의 충동을 일으키는 것이다. 그러한 S씨는 지금 한창 교장 문제로 뒤숭숭한 판에 상급생에게 가르치려고 등사하였던 「출사표(出師表)」에다 사군자(四君子)를 그리고 있었다. 요새 흔히 교원실에 홀로 남아 앉아서 「출사표」를 읊으며 사군자 중에도 난(蘭)을 즐겨 그리고 있는 S씨는 K씨와 대조하여 너무도 열'이 없고 야심이 없는 사람같이 보이는 것이다.

이같이 K씨는 경원할밖에 없었고 S씨도 그 같지 않게 여기던 중견층 교원 중에서 누가 시작한 말인지는 모르지만 교장 후보로 문일이가 구설에 오르내리기 시작한 것이었다. 일러놓고 보면 그리 어울리지 않는 말도 아니었다. 더욱이 며칠 안 있어 근속 10년이라는 그의 경력, 어느새 10년! 적지 않은 세월이다. 그러고 보니 문일이도 노숙한 사람이었다. 이 학교 출신인 그의 자리가 이전 선생이던 S씨와 잇닿아 있어서 두 사람의 대조로 더욱 그렇게 보였겠지만, 교원실에서 벌어지는 이야기에 한몫 낄 기회도 못 얻는 사람같이 책장만 뒤적이고 있는 그는 역시 눈에 띄지 않는 서생이었다. 그러나 10년 근속의 경력자요 교장 후보의 한 사람이라고 보면 어느 때 한번 딴 길은커녕 곁눈도 팔지 않고 오직 한 길만 걸어온 듯한 문일이가 교장의 자리에 가장 가까이 다다른 사람같이도 생각되었다. 그래서 이 새로운 소문은 한때 좋은 이야깃거리가 되었던 것이다. S씨와 같이 추천하는 사람도 없었고 K씨와 같이 좋은 조건을 내걸고 몸소 활동하지도 않는 문일의 이러한 소문은 한 풍설이라기보다 그의 인망이라고 떠드는 사람도 있었다. 문일이 자신도 이러한 풍설에 어떤 '긍지'를 느꼈다면 쑥스러운 일이었을까?

그러나 그뿐이었다. 아무런 진전도 있을 수 없는 풍설에 사람들은 언제까지나 흥미를 가질 수는 없었다. 더욱이 요새 새 사실이 생겼다. 그것은 지금까지 K씨가 가장 큰 조건으로 내세우던 특지가들이 K씨에게 그 같은 약조를 한 일이 없다고 성명한 것이다. 그래서 근 반년이나 두고 끌어온 교장 문제는 사라져가는 문일의 풍설이 남을 뿐, L씨가 추천하는 S씨로 결정이 되나 다름이 없었다.

문일이는 자기의 이름이 '교장'과 관련되는 것을 들을 때마다, 소위 풍설이라는 것은 풍설이니만치 물론 허망한 것이지만 그러나 어떠한 풍설이든 반드시 맨 처음부터 낸 사람이 있을 것이요, 그 사람은 허망한 풍설로 단지 세상을 속이려는 악취미보다도 오히려 그 풍설의 내용인 허망한 사실의 여운으로 느끼고 감촉할 수 있는 새타이어나 아이러니를 세상에 전하려는 시인의 태도가 아닐까고도 생각하였다. 그러므로 아무리 맹랑한 풍설일지라도 그 풍설의 주인공만은 그 마음 어느 한 곳을 아프게 스치고 지나가는 풍설을 쓴 얼굴로 전송할 것이 아닐까?

이번 풍설은 때마침 "근속 10년, 그만큼 나이도 먹은 문일이는 어떨까?" 하고 교장 문제로 심심치 않게 이야깃거리를 삼아온 가십파들이 심심풀이로 씹다가 뱉어버린 껌과 같은 풍설이라고 생각하면 어지간히 쓴 것이었다. 그러나 지금까지의 이러한 쓴맛은 상상한 미각에 지나지 않는 것이었다. 오히려 아무런 근거도 없이 생긴 풍설이니만치 '인망'이라고 생각하면 '긍지'도 느낄 수 있었다. 그러나 풍설도 긍지도 사라지려는 지금에 이 같은 기사는 상상적 미각을 참으로 쓰게 맛볼밖에 없었다.

어젯밤에 근속 10년 축하라고 서영이가 권하는 술에 취하였던 그는 아직도 어지러웠다. 그러나 어머니, 처, 딸, 식모마저 예배당에 가고 없는 집 안의 적막이 공연히 마음에 드는 듯하여 일어났다. 칫솔을 물고 마루에 걸터앉았다. 이렇게 들리는 소리도 없고 아무런 생각도 없이 텅 빈 머리로 그리 맑은 하늘을 바라보고 있으면 얼마든지 이렇게 앉아 있을 것 같았다. 심심한 사람같이.

전날 밤에 본 상동병자(常動病者)가 그러하였다. 두 칸 방 윗목을 절벽으로 막은 반 칸 방에 갇혀 있는 계향의 오빠는 아직 서른 전이라 한다. 그 방 안에 불을 켰을 리 없었다. 작은 들창으로 새어드는 달빛으로는 해진 옷 밖으로 드러난 무릎 위에 단정히 올려놓은 손이 보일 뿐이었다. 또 발작을 할지 모른다고 아서라는 계향의 말을 우기고 회중전등을 비추어보았다. 흐트러진 머리카락과 정신병자가 되어 그런가고 생각되는 숱진⁶ 눈썹 아래 번쩍번쩍 눈이 빛나면서도 불빛을 피하지도 않고 몸을 좌우로 흔들고만 있었다. 그는 이 방 속에서 4년째나 조금도 쉬지 않고 시계추와 같이 저렇게 몸을 흔들고 앉았다고 한다. 혹시 광폭성을 발작하므로 가두어두지만 본증⁷은 시계추와 같이 몸을 흔드는 저 동작을 죽도록 계속하는 것이다. 일전에 밥을 들이다가 갑자기 발작한 그에게 물렸다고 붕대를 감은 손가락을 다시 보이며 그만 보라고 계향이는 졸랐다. 돌아서다가 계향이가 열어 잡고 들어가는 문

안에 그의 아버지인 듯한 늙은이가 역시 시계추와 같이 몸을 흔들고 앉아 있는 것이 보였다. 그 노인도 상동병자일까? 아마 그는 윗방에 가둔 아들과 늙마의 신세를 생각하노라고 저러는 것이 아닐까? 혹시 지금쯤은 아무런 생각도 없이 그저 몸을 흔드는 버릇만이 남았을지도 모를 것이다. 자기 역시 이 목책 안의 작은 길을 하루에도 수없이 걷는 때가 있지만 그때마다 무엇을 생각하는 것은 아니었다. 생각 없이 걷는 그 길은 목책 한 모퉁이로 기어들어와서 정원을 지나 맞은편 목책 밑으로 새어 나간 길이다. 정원이라고는 하지만 지난 장마 전에 겨우 공사가 끝난 집이라 손을 댈 겨를이 없었던 것이다. 멀리 시가지를 바라볼 수 있는 교외의 작은 산기슭에 자리 잡은 이 집의 정원은 대지(垈地)의 한계를 밝히기 위한 목책이 둘려 있을 뿐이다. 신축 공사로 파고 묻은 자취가 푸른 잔디밭에 검붉은 상처로 보일 뿐 그저 야산의 한 기슭을 목책 안에 가두어놓은 것뿐이었다. 이 땅의 옛 주인 격인 꼬부장한 소나무가 몇 그루 손님 격이면서도 개화(開化)의 발자취를 따라 어디나 넓게 자리를 차지하는 포플러 아카시아, 이 땅의 백성같이 성명 없이 났다가 꺾이고 사그라지는 꽃나무 오리나무 같은 잡목과 그리고 흔히 무덤가에 노란 꽃이 피는 사철화가 몇 떨기 난 그대로 목책 안에 갇혀 있을 뿐이다. 집을 짓고 나서 문일은 정원을 생각하였으나 벌써 그의 처와 어머니의 소견대로 큰 시멘트 물통과 빨래판돌과 우람한 장독대가 들어앉고 남은 백 평도 못 되는 뜰에는 정원이라는 이름조차 옹색한 듯도 하였다. 그러나 조선 가정에서 광이나 장독대가 변소에 내왕하는 길을 모아서

126

한 도막 신작로 같은 담 안에 갇힌 뜰에 비하면 그저 버려두기엔 넓은 편이었다. 그래서 정원을 생각하며 거닐던 어느 날 문일은 수풀 속에서 그 작은 길을 얻은 것이었다. 그 길은 짧은 거리지만 본시 야산의 잔등 등을 지나간 길이다. 조금이라도 높은 곳만을 톺아 이리저리 아로새겨 난 외발자국 길이었다. 그나마도 내내 뚜렷지가 못하다. 발자국에 담든[8] 자갈길을 두세 걸음 가다가도 조금만 긴 풀대가 마주 얽힌 데면 금시에 모호해지고 그 모호한 곳을 헤치고 가면 반질반질 닳은 잔디 뿌리가 땅을 누빈 듯이 깔린 길에 나서기도 한다. 그 길을 아껴가며 걷노라면 그 좁은 길바닥에 징 박힌 손가락 한 매듭 같은 나무뿌리가 드러나 있기도 한다. 역시 반질반질 닳은 그 뿌리는 어느 나무의 뿌린지, 그보다도 죽었는지 살았는지조차 알 수 없었다. 그곳을 지나 다시 걷노라면 몇 걸음 안 가서 그 작은 길이 반나마 무너진 곳이 있었다. 지난 장마에 무너졌을 것이다. 만일 여기 집과 목책이 없이 아직도 전과 같이 이 길을 걷는 사람이 있으면 그들은 이 떨어진 곳을 에돌아서 구부러진 샛길이 생겼을 것이다. 그러나 지금 목책 안에 갇혀 있는 이 길은 끊긴 그대로 나날이 스러져갈 뿐이었다. 그 길을 발견한 문일은 매일이다시피 그 길을 걸었다. 무슨 생각을 하는 것도 아니지만 하루라도 걷지 않으면 그 길은 더욱 걸어져서[9] 이러고 말 것을 염려하는 듯이 걸을 뿐이었다. 문일은 이 길이 어디서 어디로 가는 길인가를 알려고 찾아 나섰던 것이다. 집 앞의 목책 밖으로 나간 길을 쫓아가면 얼마 안 가서 기다란 밭이 가로 놓여 있었다. 물론 그 밭을 껴 건너지 못한 그 적은 길은 도랑을 건너 밭 촛둑길[10]과 이어지는 것이라고밖에는 생각할 도리가 없었다. 그나마 그 촛둑길도 밭이 끝나는 곳에서 이 주택지로 들어오는 새 신작로에 부딪혀서 녹슨 이 길의 꿈은 깨지고 마는 것이다. 발길을 돌려서 집 뒤 목책 밖으로 나간 길을 가면 그 길은 이 넓은 야산 기슭에 바람 부는 대로 얽힌 수풀 사이를 더듬어 간신히 언덕을 넘자 사태[11]에 스친 붉은 자국에 흔적도 없이 끊기고 만 것이었다.

그러나 그 끊긴 길 다음 발자국부터 새 길이 발자국에 담들기 시작하였다. 그 새 길이 안개에서 사라지는 언덕 밑에는 몇 채의 초가지붕이 엎뎌 있었다. 그중에 자세치는 않지만 어느 한 지붕 밑에는 늙은이와 젊은이가 지금도 시계추와 같이 몸을 흔들고 앉아 있을 것이다. 그러한 집안이라 계향이는 부접을 못하고[12] 그의 기생 적 동무인 옥주를 찾아 매일같이 서영군의 집으로 오는 것이라고 생각하였다. 계향이가 이 길로 매일 서영의 집을 찾아오기는 두어 달 전부터다. 본시 기생으로 몇 해 전에 동경으로 가서 댄서가 되었던 것이다. 물론 첫사랑이라든가 그런 것은 아니었지만 1년이나 두고 귀애하는 파트론과 동거하기로 작정되어 새 방을 얻고 세간을 장만하러 같이 나갔던 밤거리에서 그 청년 신사가 소매치기 현행범으로 잡히는 통에 계향이도 붙들렸던 것이다. 며칠 후에 남자는 상습자로 송국되고 계향이는 나왔지만 면목과 마음의 타격으로 이것저것 생각할 여유도 없이 미친 아들을 데리고 제가 보내온 돈으로 살아가는 부모의 집으로 달아왔다는[13] 것이다.

"선생님이 그 애인과 같은 모습이 있어서 첫인상에도 퍽 반갑
드래요." 계향의 내력을 말하고 난 옥주가 주워 보태는 말에

"나와 그 스리가? 허—."

이러한 말솜씨로 계향의 호의를 전하는 옥주의 말을 들을 때마
다 잔등이 가려운 것은 물론이지만 그보다도 목을 빼고 기웃거리
는 수닭의 모양을 자기에게서 먼저 본 것이 자기보다 계향이와
옥주인 것 같아서 얼굴이 붉어질밖에 없었다.

계향에게 배워서 토로트를 가볍게 추리만치 되었을 때

"선생님 저희 집에서 자주 오시래문 예수 진실한¹⁴ 부인이랑 오
마니랑 달리 생각하시문 되갔어요. 우리 소리판 하나 정해두구
계향이가 온 적마당 틀 것이니 꼭 오시라우요. 얘 무슨 판이 도을
까?"

고 묻는 옥주의 말에 "글쎄" 하는 기색도 없이 계향이는 극히 사
무적으로 '드리고'의 세레나데를 골라놓았다. 옥주는 새삼스럽게
그 판을 들어보고 나서 바이올린은 소리가 작다고 '도시코'의 소
프라노로 작정하였다. 옥주와 계향이는 자기네의 풀각시놀이에
문일이가 으레 한몫 들어 놀 동무로 여기듯이 이렇게 작정하고는
저녁때마다 그 세레나데를 트는 것이었다.

지금 또 세레나데가 시작되었다. 요새 스텝만을 연습한 탱고를
추어볼 날이어니—이렇게 머리 속으로 중얼거리며 문일이는 일
어섰다. 그는 이렇게 나설 때마다 어느덧 고질이 된 듯한 자기의
방문병(訪問病)을 염려하기를 잊지 않는 것이었다.

엄지가락에 붕대 한 손을 한 손으로 받들고 앉아 있던 계향이는

"미친 사람한테 물리면 미친개에게 물린 것처럼 미친다는 말이 정말일까요?" 한다.

"미치구말구." 이렇게 거침없는 서영의 말이 농담인 줄 알지만 오히려 그 억센 신경에 기가 질린 듯이 한숨을 쉬고 있다가 "여기는 너무 조용해, 어떤 때는 정말 미칠 것 같애" 하였다. 어디선가 낮닭의 소리가 밤하늘의 별불[15]같이 중낮[16] 넓은 하늘과 늘어진 시간 위에 흐르고 사라졌다.

모두 그 낮닭의 소리에 귀를 기울인 모양으로 잠잠하였다. 그중에도 실심한 사람같이 앉아 있는 계향이는 금시에 시계추와 같이 몸을 흔들기 시작할 것같이도 보였다.

문일이는 이렇게 앉아 있는 계향이를 볼 때마다 내달은 걸음에 왜 더 깊이 타락한 생활로 들어가지 않고 돌아왔을까고 생각하였다. 그러나 계향이가 요새 기생 허가를 다시 주선한다는 것을 아는 문일이는 남의 행운을 축복한다거나 그런 주제넘은 생각을 할 위인이 못 된다고 생각하면서도 안심되는 것이다. 그러한 안심은 다시 제 길을 찾는 계향이를 위한 것뿐 아니라, 기생이 되어 성안으로 들어가게 되면 10년 하루같이 아무런 감격도 흥분도 흥미도 없이 계속된 자기 생활 감정을 잠시라도 흔드는 듯한 계향이가 생활 곤란에서 없어지고 마는 까닭일 것이다.

"또 춰볼까요?" 갑자기 계향이가 일어나서 레코드를 걸고 리드의 자세로 문일이를 붙들었다.

"퀵 퀵 스로— 네 됐어요, 홀로아가 아니어서 힘들지만 트로트보다 좀더 발을 길게 끄세요, 네 퀵 퀵 스로—"

130

그때 아범이 손님의 명함을 가지고 왔다. 마침 명함을 받아 든 서영군이

"S씨가 왜 왔을까?"

"S씨? 글쎄." 문일이도 알 수 없었다.

"교장이 된다는 인사차로 왔나? 그런 교인도 명예나 지위라면 노상 범연치가 않으니까?" 하고 서영은 웃었다.

"또 오시라우요."

문일이는 이런 말을 들으며 문밖에 나섰다.

어떻게 이같이 먼 데를 오셨느냐고 묻는 말에 긴히 의논할 말이 있다고 하며 서재에 들어와 창밖을 내다보다가 "아직 손이 돌잖았던가? 넓은 터에 화초나 좀 심지 않고." 혼잣말같이 말하며 S씨는 책상 위에 놓인 담배를 집어 든다. 성냥을 그어대며

"담배를 피우시던가요?" 문일이가 묻는 말에

"그저 피면 말면" 하고 S씨는 붙여 든 담배를 그리 피우지도 않고 묵묵히 옛날의 선생 그대로 근엄한 S씨 앞에서 문일이는 지금도 몸과 마음을 읍할밖에 없었다. 마침내 S씨는 담배를 비벼 끄고 나서

"다른 의논이 아니라 김군이 학교일을 맡아주시면 좋겠는데……"

"……?"

"아무리 생각하여도 내가 교장이 되는 것보다 김군이 좋을 것 같애서."

S씨의 말뜻이 분명해지자

"온 천만에." 문일이는 이렇게 놀랄밖에 없었다.

"이 문제는 무슨 명예로운 지위나 같이 서로 다투거니 또는 사양할 것도 아닌데……"

"교장은 진심으로 학교를 사랑하고 한사코 지켜서 교육에 일생을 바칠 결심이 나는 사람이라야 할 텐데, 김군이 그런 각오를 한다면 나는 두말없이 L씨에게 김군을 추천할 결심이오." 이렇게 말을 끊고 묵묵히 바라보는 S씨의 눈앞에서 잠잠히 있던 문일이는

"선생께서는 왜 사양하시고, 저 같은 사람에게" 이렇게 물었다.

"김군은 나보다 젊고 또 아무런 흠결도 없는 사람이거든…… 나야—" 이렇게 시작한 S씨의 말은 S씨는 학교를 사랑하고 지켜가려는 성심만은 누구에게 뒤지지 않는다고 자신할 수가 있지만 시대에 뒤떨어진 사람이랄밖에 없고 설혹 그 점만은 무릅쓰고 나선다 하더라도 오십이 지났으니 오래지 않아 후계자를 구해야 할 바에는 이번 기회에 젊은 인재를 내세우는 것이 떳떳한 일이라고 말하고 나서

"그러한 인재가 나선다면 나는 교원을 사직하거나 또 사직 않더라도 남은 시간이 많으니까 아예 회계실로 내려가려오, 20여 년 지나보니만치 학교 살림 형편을 잘 아니까 별로 틀림없이 새 교장을 보좌할 자신은 있다고 생각하오…… 이런 말은 혹 수단에 치우쳐서 정당치 못하다고 할는지 모르지만……"
하고 계속하는 S씨의 말은 재정적으로 기초가 완전치 못한 학교라 다소를 막론하고 특지가의 원조가 필요한 이때에 이번에 교장 후보로 나섰던 두 특지가의 성의를 존중하는 뜻으로 그들과 간접

으로나마 대립되었다고 할 수 있는 자기 역시 제삼자가 되어 그들의 특지를 바라는 것이 옳은 일이라고 하였다.

이야기를 잠시 끊은 S씨는 또 담배를 붙였다. 연기를 빨아 들이켜는 것도 아니요 딴 정신을 팔고 있는 사람같이 그저 풀썩풀썩 푸른 연기를 피울 뿐이었다.

문일이는 그러한 S씨의 모양에서 난을 그리고 있는 교원실의 S씨를 보았다. 지금도 그의 앞에 종이와 붓과 먹이 있으면 S씨는 이 자리에서도 담배 대신에 출사표를 읊으며 난을 칠 것이라고 생각하였다.

이렇게 긴장에서 좀 놓여난 그의 귀에는 어느새 또 세레나데가 들렸다.

"요컨대 내 말은 김군이…… 김군에게는 더욱이나 모교니까 이때에 학교를 위하여 일생을 바칠 결심으로 나선다면 나는 몸소 할 수 있는 때까지는 학교 안살림을 받들어서 김군을 도울 결심이오…… 그런데 또 인심이 천심이라고."

한때 K씨가 나섰지만 지금까지 K씨의 태도로 미루어 학교의 주인이 될 사람이 아니었고 자기는 비록 L씨가 추천하더라도 시대에 낙오된 늙은 몸이라 또한 적임자라고 할 수 없는 이 처지에 오직 교육자의 본분만을 지켜온 문일이가 교장 인망에 오른 것은 결코 우연한 풍설이 아니라고 하였다. 그래서 교장 문제가 생기고부터 문일이를 두고 혼자 생각하여온 S씨는 자기의 생각이 문일이와 사제간의 사정만이 아닌 것을 알고 더욱 자신을 얻었다고 하였다. 그리고 한때 말썽이던 K씨까지 자퇴하여 지금 문제는 단

순하므로 S씨가 자기 대신에 문일이를 추천하면 L씨는 물론 반겨서 찬성할 것이라고 말하고 나서

"김군 결심하고 나서오. 같이 일합시다" 하고 S씨는 말끝을 맺었다.

S씨가 대답을 기다리는 침묵에 문일이는 마음이 답답하였다. 아마 신도들이 참회하는 심정은 어떤 경우에 솟아나는 것이라고 문일이는 생각되었다.

지금 S씨가 말하는 '인망'──그같이 엄숙하고 한 사업을 위하여 일생을 바칠 사람이라는 무서운 뜻을 지닌 '인망'이라는 그 말을 자기는 아무런 책임감도 가질 줄 모르고 오히려 보잘것없는 자기의 긍지를 만족시켜온 것이다. 말하자면 자기의 자존심과 결벽성은 어느덧 세속에 더럽혀져서 가십파들이 씹다 버린 껌과 같은 '인망'이라고 생각하면서도 그것을 슬며시 집어서 씹어보는 것으로 굶주린 긍지를 만족해보려고 한 것이다. 그뿐 아니라 S씨같이 배후의 추천자도 없고 K씨같이 내세울 조건이나 활동력이 없어서 풍설에 그치고 마는 그 '인망'을 아깝게 여겨온 것이다.

이렇게 생각하는 문일이는 비록 지금까지 자기 반생에, 받들고 천국으로 갈 자랑도 지옥으로 짊어지고 갈 죄라도 없이 그날그날을 살아온 생활이었지만 이때에 나의 자존심과 결벽성만은 살려야겠다고 생각하였다.

소경 처녀같이 웃는 운명의 미소라고나 할까? 우연한 행운을 좋은 기회라거나 당연한 일같이 받아들이기까지는 아직도 나의 자존심이나 결벽성은 그렇게 더럽혔거나 마비된 것은 아니라고

말하고 싶었다.

"선생의 말씀은 잘 알아듣겠습니다. 그러니만치 저는 더욱 감당할 수가 없습니다."

"……?"

이렇게 문일이를 쳐다보며 입을 열려는 S씨의 말을 앞질러서

"결코 겸양의 말씀이 아니라 거기 대해서 저는 아무런 마음의 준비가 없습니다. 선생이 저를 그렇게 생각하시는 것은 제 소년 시대에 5년 그리고 제 청년 시대에 10년 그렇게 모시게 되는 제게 대한 정이시겠지요. 그것뿐입니다. 그 밖에 무엇이 있다면 선생의 지인지감이 밝지 못하시다는 것밖에 없을 것입니다. 저는 선생이 말씀하시는 그런 결심이나 각오를 해본 적도 없고 앞으로도 없을 것입니다."

"아, 김군……."

"그 말씀은 그만 하시지요."

이렇게 망연히 바라보고 있는 S씨 앞에서 자주 꺼낸 시계 태엽을 무거운 침묵 중에 소리내어 틀고 나서

"3시에 만나기로 한 사람이 있어서 황송하지만."

하며 3시가 다 된 시계를 S씨에게 보이며 일어섰다.

그리 급한 문제는 아니니 잘 생각해보라는 말을 남기고 총총히 갈밖에 없는 S씨를 대문 밖까지 전송하였다.

또 시작된 세레나데를 들으며, 흰 수목[17] 두루마기 자락을 펄럭이면서 거칠어진 가을 보잘것없는 풍경 사이를 걸어가는 S씨의 멀어진 뒷모양을 바라보고 있는 문일은 구걸 왔던 낙척[18]한 옛 친

구나 축객한 듯이 마음이 괴로웠다.

"어디 안 오나 볼까?"

"그래 자꾸 틀어요."

미상불 이렇게 말이 되어 틀린지도 모를 세레나데에 재촉되어 S씨를 축객한 것은 물론 아니었다. 그러나 또 세레나데를 따라가고 보면, 자기의 심정으로는 도저히 떠받들 수 없는 S씨의 엄숙한 심정과 침묵을 피하기 위해서 한 축객이었다고 내 자신에게나마 발명이 될 것인가고 생각하였다.

다시 집으로 들어오려던 문일이는 현관문 밖에 큰 옴두꺼비 한 놈이 명상에 취한 듯이 앉아 있는 것을 보았다. 금테 안경을 눈알 속에 낀 듯한 옴두꺼비의 눈을 바라보다가 단장을 집어 들고 옴두꺼비의 명상을 건드렸다. 놀란 옴두꺼비는 띄엄띄엄 뛰어서 문일이가 거닐던 그 좁은 길에 들어섰다. 몇 번 뛰고는 충심 각기병 자같이[19] 헐럭거리며 다리를 떨고 앉는다.

이 길을 걷는 것은 자기 혼자뿐이 아니었다고 속으로 웃으며 문일이는 쉬고 있는 옴두꺼비를 재촉하듯이 건드렸다. 부들부들 떨고 있는 옴두꺼비의 볼기짝도 가을바람에 여위어서 초라하게 파리한 뒷다리로 겨우 밟아 뛰는 것도 그나마 힘없는 앞발은 몸을 가누지 못하고 고꾸라지는 것이다. 그 꼴을 보는 문일이는 어릴 적에 경험한 잔인성을 손에 잡은 단장에 힘주어 느꼈으나 뛰기를 단념하고 기어가는 옴두꺼비를 따라갔다. 작으나 얼마든지 완증스럽게[20] 볼 수 있는 옴두꺼비의 기는 발을 볼 때 등골을 기어가는 징그러운 이를 감촉하였다. 마침내 옴두꺼비는 그 길을 거진 다가서 목책 모퉁이에 있는 사철화 숲 속으로 들어갔다. 단장 끝으로 그곳을 헤치고 본즉 사철화 떨기 밑에 있는 구멍으로 옴두꺼비의 뒷다리는 꿈에 잡았던 손같이 사라지고 마는 것이었다. 그리고 그 구멍에서는 작은 물줄기가 흘러내리고 있었다. 웬 샘물일까? 하고 단장 끝으로 후비며 들여다본즉 그 구멍은 횟집[21]이 무너앉은 고총(古冢)이었다. 문일이는 단장을 던지고 일어서서 침을 뱉었다. 무덤 구멍에서는 재와 같이 썩은 나무조각이 쇠동록[22]이 풀린 듯한 검붉은 물에 떠 나왔다.

문일이는 옴두꺼비의 안내로 의외에 발견한 무덤가에서 생명체이던 형해조차 이미 없어진 지 오랜 빈 무덤 속에 드러누웠거나 앉아 있을 옴두꺼비를 생각하며 자기 방에 누워 있는 자기를 눈앞에 그려보았다.

옴두꺼비는 지금 무덤 속에 들어간 채로 오랫동안의 동면을 시작할 작정인지도 모를 것이다. 동면이란 꿈을 먹고 사는 것이 아닐까? 동면 기간의 양식이 되는 꿈은 그의 생활기인 봄 여름 가을 동안에 축적한 생활 경험의 재음미일 것이다. 그러한 재음미로서 낡은 껍질을 벗고 새로운 몸으로 새봄을 맞으려는 꿈은 결코 악몽이 아닐 것이라고 문일은 생각하였다.

봄과 신작로 新作路

금녀와 유감이는 시집온 후로 이제 첫 봄을 맞았다. 친정의 외양간 기둥에 그대로 걸려 있을 것 같은 나물 바구니와 호미를 눈앞에 그리며 이 봄을 맞았다.

이 동리에서도 봄고양이가 울었다.

지난봄 어느 날이었다. 금녀와 유감이가 가득 찬 나물 바구니를 겨드랑이에 끼고 피곤한 어깨를 늘어뜨린 손에 호미를 들고 건드렁 건드렁 활개를 치며 가물가물 어두워오는 동구 안길을 찾아들고 있을 때 나뭇새[1] 수수깡 바자 밑에서 고양이가 울고 있었다.

그 고양이는 털을 거슬린 목을 짜내듯이 허리를 까부러치고 우는 것이었다.

한참 서서 보는 동안에 그 고양이는 몇 번이나 울음을 멈추었다. 그때마다 금녀와 유감이의 머리카락을 스치는 바람결에 바자의 수수깡잎이 버들피리같이 울었다. 그러자 또 고양이가 우는 것이었다. 이번에는 저편에서 다른 고양이가 울기 시작했다. 이놈이 울면 저놈이 귀를 재우고 저놈이 울면 이놈이 귀를 재우는 모양으로 서로 소리를 더듬어 가까이 갔다.

버들피리같이 우는 바자 안의 파줄기가 입에 물고 빨던 아기의 손가락같이 달빛에 젖어 부옇게 빛날 때 고양이 한 쌍은 마주쳤다. 마주친 두 놈은 얼크러져서 잔디밭 언덕에서 떨어지듯이 굴러내렸다.

유감이는 얼굴이 붉어졌다. 잘 보이지 않아도 금녀도 붉어졌으려니 생각하고

"가자 애—"

"앳쉬—"

금녀는 재채기를 하고 깔깔 웃으며 달아났던 것이다.

이 봄에 이동리에서 우는 고양이 소리를 금녀도 들었고 유감이도 들었다. 그러나 유감이만은 우물길에서나 집에서 우는 고양이를 만나면 발길로 차거나 부지깽이로 갈겨 쫓아내었다.

동갑인 금녀와 유감이는 한동리에서 자라 열다섯 살 되던 지난 가을에 같이 이 동리로 시집온 것이다.

그들의 친정어머니들은 각각 자기 딸의 재장²을 성벽〔性癖〕내기로 했다. 금녀가 분홍 인조 항라 적삼을 했다면 유감이네도 같이 했고, 유감이가 송화색에 주주길솜³ 놓은 깨끼저고리⁴를 했다면 금녀도 지지 않았다.

금녀네보다 며칠 후에 온 유감이 예장에는 커다란 은가락지가 왔다. 금녀 예장에는 가락지가 없었다. 그래서 금녀는 울고 금녀 어머니는 곧 중매를 불러다 야단을 쳤다. 중매 노파는 또 부리나케 금녀 시집에 가서 야단을 쳤다. 정작 야단이 난 것은 유감이네 시집이었다.

다만 모자서 사는 집안에 저 몰래 은가락지를 보낸 아들이 나무러워서[5] 유감이 시어머니는 사흘이나 밥을 안 먹었다.

금녀 시어머니는 은가락지 대신에 농 밑에서 가는 백목 한끝을 더 보냈다.

그 백목에 씨암탉 한 마리를 보태서 금녀도 은가락지를 끼고 시집왔다.

그래서 두 색시는 한우물에서 물을 길을 때, 같은 저고리에 같은 치마에 같은 은가락지를 끼고 만나게 되는 때가 많으므로 이 동리 여인들은 쌍둥이 색시, 색시 쌍둥이라고 하며 금녀나 혹은 유감이만이 나온 때는 색시 쌍둥이 한 짝은 어디 갔나? 하고 놀려 먹기가 일쑤였다.

그러나 두 색시의 남편들은 그들 쌍둥이와 비하면 너무 달랐다.

저의 어머니 몰래 은가락지를 보낸 유감이 남편은 서른이 가까운 장정이다. 장가 온 신랑이 큰상을 물리기도 전에 취해서 상 치우러 온 서재[6] 애들이 드린 단자를 담뱃불로 소지를 올렸다.

금녀의 남편은 금녀보다 두 살이나 어린 애였다. 큰상을 물리자 후행 왔던 아버지를 따라간다고 한바탕 떼를 쓰고 울었다.

그래서 동리 사람들은 유감이 남덩(남편)은 주정뱅이요 금녀 새스방(남편)은 울램이라고 하였다.

　이렇게 서로 다른 남편에게 시집온, 유감이는 갓 올린 머릿봉이 무거운 듯이 고개를 숙이고 늘 외면을 하지만 금녀는 병아리의 갓 돋친 면두룸이[7]같이 빨간 꼬들채[8]를 나풀거리며 처녀 적이나 다르잖게 굴었다.

　이 봄이 되자 유감이는 젖가슴이 높아지고 허리가 차차 굵어갔다. 혹시 받들어 이려는 물동이를 하마터면 메어칠 듯이 우물 둑에 내려놓고 헛구역을 하고는 눈물이 글썽글썽 고이는 것이었다. 그런 때 마침 금녀만이 있으면 유감이는 물동이를 다시 일 생각도 않고 흐득흐득 느껴 울었다. 그렇게 쉽게 우는 유감이를 바라보는 금녀는 저도 모르게 몸서리를 치기도 하였다. 그러나 억세게 소구루마[9] 채를 한 팔로 그러잡고 달려와서 바가지에 쩔쩔 넘는 물을 뻘걱뻘걱 다 마시고 가는 유감이 새스방의 땀내와 술냄새가 코에 서리던 것을 생각하면 유감이가 우는 곡절을 알 듯도 모를 듯도 해서 별했다.

　금녀와 유감이가 물을 긷는 우물은 이 동리의 한편 모퉁이를 스치고 지나간 신작로 기슭에 서 있는 버드나무 밑에 있었다. 이편 산모퉁이에서 저 넓은 벌판 가운데로 난 신작로를 매일 오고 가는 짐자동차가 우물 둑에 서곤 했다.

　언제부터 그 자동차가 이 길을 오고 가게 되었는지는 모르나 금녀와 유감이가 이 우물에서 처음 보는 운전수는 우물에 나온 여인들과 내외 없이 농지거리를 하는 것이었다.

　"그놈의 자동차는 물두 먹기두 한다. 벌써 몇 바가지짼고."

빈 동이를 들고 조수가 물을 떠 나르는 바가지가 나기를 기다리고 있는 여인이 이렇게 말을 건네면

"자동차 체통을 보구려. 그 큰 배를 다 채울래니. 하긴 아즈마니 배에는 그 동에루 멫 개나 드우? 하하하."

우물 둑에 두 다리를 뻗고 앉은 운전수는 이렇게 그 여인의 만삭 된 배를 비양청[10]하고 웃기도 했다.

하루에 두 번 거진 같은 시간에 오고 가는 운전수와 조수가 이우물에서 기름 묻은 손과 머리를 씻을 때마다 여인들은 뛰어 나는 비누 거품을 피하여 쌀 함박과 나물 그릇을 비껴놓으며

"에이구 그 사향 냄새[11]는 늘 맡아두 역해."

하고 코를 집는 시늉을 하면서도 물을 떠서 그들의 머리와 손에 끼쳐주는 것이었다.

어느새 금녀도 적은 제 물동이 바가지를 쌀 씻는 여인의 큰 바가지와 바꾸어서

"손쉽게스리."

하고 첫 바가지 물을 떠주리만치 그들에게 살가워졌다.

"운전수가 오늘은 노상 쉐미(수염)를 매끈히 밀었어 얘."

자동차가 떠나간 후에도 금녀는 유감이에게 운전수 이야기를 하자고 드는 때가 있었다. 갸름한 얼굴이 가무잡잡하고 눈이 반짝한 운전수는 세수를 할 때마다 양복저고리 옷 주머니에서 곱게 접었던 알락달락한 인조 하부다이[12] 수건을 꺼내서 손과 얼굴을 문지르는 것이었다.

"그 손수건이 아주 하이칼라야."

"정말."

"언제나 봐두 늘 고 뿐사디?"

"어데 좀 봅세다."

"말큰하디!"[13]

이것은 금녀의 말이었다.

"괜히 홀아비래디. 색시가 정성을 드리게 그렇갔디."

"홀아비는 하이칼라 수건두 못 가지우?"

우물가의 여인들이 오늘도 그 수건 타령을 하는 말에 운전수는 이렇게 톡 쏘듯이 말하고는 웃었다.

"한데 그런 수건이 몇이나 되노? 아마 벨렀다 곱구자루[14] 여게 와서만 쓰나 봐."

이렇게 코가 유난히 붉은 여인이 놀리는 말에 운전수는

"천만에."

하고, 수건을 떨고 펴서 다시 접어 넣었다. 그 말에 어린 조수가

"천만에나 새나요. 정말 아즈마니 말마따나 우리 이 긴상이 이 우물에 꼭 반한 색시가 있어서 밤잠을 안 자구 수건만 대린다우."

이렇게 말하고 달아나는 것을 운전수는

"요런 깨보가 잘망스럽게."[15]

하며 따라가서 주근깨투성이 조수의 얼굴을 자동차에 밀어넣고 들어갔다.

웃고 떠드는 여인들을 내다보는 운전수의 눈은 금녀의 눈과 마주쳤다. 여인들이 웃는 동안에 유감이는 이제 운전수와 마주쳤던 눈동자를 어떻게 할지 몰라서 얼굴이 빨개진 금녀를 바라보다가

눈이 시린 것같이 눈물이 핑 돌아서 힘드는 줄도 모르게 동이를 이고 돌아섰다.

"형애야 애."

금녀가 이렇게 부르는 소리를 유감이는 들었다.

두세 걸음 뒤에서 따라오는 발소리로나, 남달리 뚱땅거리는 듯한 물동이 쪽박 소리도 금녀인 줄 알았다. 그보다도 구역이 나고부터 별로 냄새가 잘 맡아지는 코에 머리카락도 흔들지 않는 바람이지만 풍겨오는 살냄새로 금녀가 따라오는 줄 알았다.

"형애야 애."

"응."

이렇게 대답하는 유감이는 남편의 살냄새와는 다르지만 왜 그런지 금녀의 살냄새도 싫었다.

"형애 너두 자동차 못 타봤지?"

유감이는 대답하기도 싫었다. 앞서 가는 유감이의 물동이 바가지 소리만을 몇 걸음 들을 뿐인 금녀는 혼잣말같이

"얼마나 훌륭하갔네 글쎄. 신작로루 내내 가문 피양(평양)인데 사꾸라라나? 요좀이 한창이래 애."

며칠 전, 유감이가 물 길으러 갔을 때 일이었다. 우물 둑에 서 있는 자동차 짐짝 위에서 주근깨 많은 조수가 휘파람을 불다가 유감이를 보자 휘파람을 쓱 날려버리고는 큰기침을 한 번 했다. 그러자 우물 둑 아래 가렸던 두 머리가 쑥 비어져 이쪽을 바라보는 것이었다. 유감이가 가까이 갔을 때 운전수는 손에 들었던 꽃가지를 우물 위턱 돌 위에 던지고, 그때도 그 아롱아롱한 수건으

로 손을 씻고는 곧 자동차를 몰아 가고 말았던 것이다. 자동차가 막 떠날 때

"재수가 막국수네."

이렇게 조수가 창밖으로 내다보며 던지듯이 한 그 말이 무슨 말인지는 잘 모르나 유감이는 무슨 억울한 핀잔이나 욕을 당한 듯이 분하고 지금도 "요 철없는 년아" 하고 금녀를 꼬집어주고 싶게 미웠다. 평양 사꾸라를 못 봐서 네가 달떴갔네? 이렇게 생각하는 유감이는 아직 코를 흘리고, 울램이라는 말을 듣는 금녀의 새스방을 생각할 때 저렇게 금녀가 달뜰 것을 알 듯도 모를 듯도 하여 별했다. 그뿐 아니라 더 별한 것은 요새 금녀가 저를 유감이라 않고 '형애'라 부르는 것이 별하기보다 서러웠다. 유감이는 요새 자꾸 울고만 싶은 것이 구역이 나고 어지럽고 밤을 지나고 나면 허리가 미어지는 것 같아서다. 자꾸 몸이 고달픈 탓이라고도 생각했지만 그보다도 금녀가 부르는 형애라는 말이 더욱 서러운 듯하였다. 이 형애라는 한마디로 금녀는 자기를 멀리하려는 듯이 생각되었다. 그뿐 아니라 금녀가 철이 없다면 자기도 꼭같이 철이 없어야 할 나이에 금녀가 꼬집어주고 싶게 철없어 보이는 것이 더욱 서러웠다.

유감이네 소를 얻어서 방아를 찧었던 금녀네는 오늘 방아를 찧게 된 유감이네 집에 금녀가 품을 갚으러 갔다. 연자 멍에를 돌리는 소 엉덩이를 회초리로 툭툭 치며 돌아가는 금녀는 국수당고개의 금빛 사철화와 뒷산의 진달래와 집집이 굴뚝 모퉁이마다 핀

살구꽃을 바라보면서 금시에 처녀 적 기나리[16]라도 나올 듯하였다.

시집살이는
할까 말까 한데
호박에 박넝쿨
지붕을 넘누나

한번 이렇게 목청껏 빼어보고 웃기도 하고 울고도 싶었다.

유감이는 모지라진 비를 들고 판돌[17] 변자리[18]에 칼동[19]으로 밀려 나온 노란 좁쌀을 밀어 넣기도 하고 종대[20] 밑의 배꼽을 따기도 하면서 쫓아오는 소 멍에를 피하여 모로 돌아가며 이마의 땀방울을 소매로 씻었다. 그리고 이따금 비를 놓고 치맛자락으로 코를 풀었다. 금녀는 유감이더러 맡은 일을 바꾸자고 해보았다. 그러나 유감이는

"날기[21]가 설 말라서 좀 잘못하문 쌀이 모이기가 쉬워."

이렇게 말하는 유감이는 쌀이 마른 짐작을 제가 더 잘 아는 이만치 방아밥을 밀어 넣고 배꼽을 따내는 도수와 남편이 돌리는 풍구재[22]에 나르는 두량을 제가 아니면 서투르다는 듯이 그 무거운 몸을 끌고 돌아가는 것이었다. 높은 풍구재에 무거운 쌀박을 쏟다가 혹시 쌀을 흘리는 때면 춘삼(유감이 남편)이는 그 굵은 목을 꼬아 흘겨보며

"제미씨 손모가지가 부러뎄나."

146

하고 골을 내었다. 그럴 때마다 유감이의 좀 도타운 입술은 핏기가 없어지고 떨렸다.

하늘은 무척 맑다. 낮닭의 명랑한 울음소리는 서로서로 어우르듯이 집집에서 들린다. 새까만 헝겊 자박²³을 도리어 땅에 붙인 듯한 작은 그림자를 발부리에 끌면서 애들과 돼지 새끼와 닭과 개들은 양기에 취한 듯이 혹은 졸고 혹은 뛰노는 것이었다. 앞벌 좁은 쇠뚝길에 점심 광주리와 물동이를 인 여인들의 흰 치맛자락을 가볍게 펄럭이는 바람이 금녀의 귀밑에는 아직 산드러운²⁴ 맛이 있다.

중낮 지붕 그늘을 함박 뒤쓰고 있는 방앗간에서는 씩씩하는 소의 콧김이 한 뼘이나 희게 보이고 멀리 바라보이는 논두렁에 비스듬히 기대놓은 논갈이 보십²⁵은 눈부시게 빛났다.

들을 바라보던 금녀의 눈에는 까만 벌판을 건너 자줏빛 아지랑이 낀 산모퉁이에서 나타난 짐자동차가 보였다. 느린 소 걸음을 재촉하여 한 바퀴 돌아서 보게 될 때마다 신작로 저편 끝에 보이는 자동차는 조금씩 조금씩 커갔다. 금녀는 마치 손꼽아 기다리는 명절이 속히 오라고 밤마다 일찍 자보는 처녀 때의 조바심으로 자동차 안 보이는 반 바퀴를 빨리 돌아서 조금 더 커진 자동차를 보았다.

다시 볼 때마다 커지는 자동차가 혹시 물 길으러 가기 전에 우물을 지나가고 말지나 않을까 하는 생각에 금녀는 안타까워졌다. 마침내 등이 단 금녀의 회초리는 소 궁둥이에서 부러졌다.

"끼랴 망할 놈의 소."

채찍이 부러진 것은 새색시가 짜증을 내리만치 소 걸음이 느린 탓이라고 짐작한 춘삼이는 이렇게 소리를 지르며 큰 손바닥으로 소 궁둥이를 철썩 갈겼다. 놀란 소는 흰 콧김을 더욱 길게 뿜으며 두세 바퀴를 뛰다시피 돌아갔다. 그 바람에 방아밥을 밀어 넣던 유감이는 쫓길라기게[26] 숨이 차고 어지러웠다.

좀 부은 듯한 유감이 얼굴이 붉어지고 젖가슴이 들먹거리는 것을 본 금녀는 다시는 자동차를 안 보려고 하였다. 그러나 이번에는 춘삼이가 보았다. 자동차를 보자 춘삼이는 물었던 곰방대를 빼 들고

"제미씨 한번 돌창[27]에나 구게백이롬. 백당[28] 놈의 거."

이렇게 중얼거리는 춘삼이는 그 자동차가 미운 것이 한두 가지가 아니었다.

이른 봄 어느 날이었다. 우차에 짐을 싣고 동구 밖에 나갔을 때 이리로 오던 그 짐자동차가 따지개[29] 눈섹이[30] 길에 바퀴가 빠져 결난[31] 황소 영각[32]같이 으르럭거리기만 하고 기동을 못했다. 마침 춘삼이를 만난 운전수는 춘삼이와 소의 힘을 빌렸다. 춘삼이는 돌을 주워오고 나뭇가지를 꺾어다 와락와락 스미는 길에다 깔고 제 소에 자동차를 매어서 끌어내주었다. 그때 운전수는 막코[33] 한 개비를 주고 갔다.

그 후 며칠 지나서였다. 성안에서 먹은 술에 거나하니 취한 춘삼이는 빈 우차에 걸터앉아 탄탄한 신작로에 제 길을 찾아가는 소 고삐를 얹어놓고 귀밑이 간지러운 봄바람에 어느덧 건들건들 졸고 있었다. 졸던 춘삼이가 덜컹 소리와 흠칫하는 충동에 놀라

눈을 떴을 때, 전날 그 자동차는 우차 꽁무니에 코를 부딪히고 섰고 매섭게 눈을 발가집은[34] 운전수가 뛰어내리자 춘삼의 뺨을 두세 번 후려갈기고 갔다.

그리고 또 한 가지는 바로 며칠 전 일이다. 춘삼이는 역시 우차를 몰고 동구 밖에 나섰을 때 뒤에서 오는 자동차 고동을 들었다. 전날 일이 분하지만 할 수 없이 길을 비켜줄밖에 없었다. 운전수와 조수는 장한 듯이 몸을 흔들며 창가를 하는 것이었다. 그리고 싱글싱글 웃는 것이 보였다. 춘삼이는 불끈 쥐어지는 주먹으로 하다못해 자동차 유리창이라도 부숴주고 싶었다. 그러나 주먹을 들 새도 없이 자동차는 그의 곁을 스치고 지나간다. 씽하니 그의 귀를 스치는 바람결에

"금녀와 유감이는 어이 안 오나."

이런 창가(?) 소리가 들렸다. 흠칫 놀란 춘삼이가 눈을 더 크게 떴을 때에는 지나친 자동차 창밖으로 조수의 얼굴이 나오자 한층 더 새진[35] 목청으로 "금녀와 유감이는" 하고는 혀끝이 날름했다. 그 혀끝이 사라지자 와하하 하고 터지는 웃음소리. 그 웃음소리를 싣고 자동차는 달아나고 말았다.

이 세번째 봉변은 춘삼이의 생활에 큰 검은 그림자를 던져주었다. 그때부터, 춘삼이는 성안에 가서 짐을 부리고 받은 돈으로 그렇게 맛나게 한잔 걸치던 술을 끊으려고 애쓸밖에 없었다. 본시 입이 무거운 성미지만 술이 취하기만 하면 말이 흔해지고 나중에는 주정까지 하는 제 버릇을 춘삼이는 잘 알고 있었다. 이번에 술이 취하기만 하면 떠놓고[36] 주정을 하고 색시를 때리고야 말 것이

무서웠다. 그래서 그 좋은 술도 못 먹으니 춘삼이의 마음은 더욱 괴로울밖에 없었다. 아무리 궁리해도 모를 일이었다. 운전수가 어떻게 유감이라는 이름을 알았을까. 제 색시의 이름이지만 혼인신고를 한 후에는 한 번도 불러본 적이 없었다. 그렇듯 아무도 알리 없는 처의 이름을 훔쳐낸 운전수는……? 운전수가 훔친 것이 아니라 시집온 후로 언제 한번 제게 살프시 웃어본 적이 없는 처가 정표로 저고리 고름 대신에 제 이름을 운전수에게 가르쳐준 것이 아닐까? 이런 생각에 미칠 듯한 춘삼이는 이제라도 유감이를 때리고 강문[37]을 받아보고 싶었다. 그러나 그는 억지로 마음을 돌리려 애썼다. '배 안에 든 거야 분명 내 새낀데' 하는 생각으로. 그뿐 아니라 색시는, 세상살이 밑천인 이 소보다 못지않게 소중한 것이었다.

춘삼이가 잘 알고, 혹시 당해본 일이지만 이 촌의 색시들은 누구나 한때는 정표로 저고리 고름을 뜯거나 속 댕기를 품거나 봄동산에 나물 바구니를 굴려보는 것쯤은 예상사였다. 개중에는 살진 암말같이 체[38] 밖을 벗어나 달아나는 색시도 있었다. 그런 색시의 남편과 시부모는 어찌할 도리가 없이 제 고삐를 제 잔등에 얹어두고 요행 철들어 돌아오기를 기다릴밖에 없었다. 그러나 이렇듯 한때 애먹이던 색시도 애를 배게 되면, 대개는 추파로 샐쭉하던 눈이 바로 서고 착 비뚜로 쓰던 수건이 제대로 자리 잡히는 것이었다. 그리하여 어머니가 되고, 비로소 처가 되고 마침내는 며느리 구실까지 하게 되고 완전히 청춘을 잊어버리게 되는 것이었다. 그래서 어린 색시를 맞아들인 남편과 그의 부모는 처와 며느리가 하루바삐 애 배기를 기다리고, 낳은 후에야 안심했다.

춘삼이도 그런 한 사람으로 지금 그 괴로운 생각을 잊으려고 처의 높은 배를 보고 헛구역 소리를 들으면서 '흥 네까짓 놈이 암만 그래 봐라' 이렇게 생각하면 속이 좀 풀리는 듯도 했다. 그래도 춘삼이는 차차 커 보이는 자동차가 가까워짐을 따라 방아밥을 밀어 넣으며 돌아가는 유감이의 눈치만을 살필밖에 없었다. 유감이는 아까부터 자동차가 오는 것을 알았고 또 춘삼이의 심상치 않은 눈초리에 눌려서 방아확밖에는 눈을 두지 못했다. 그러면서도 금녀의 태도가 아슬아슬해서 이마에는 더욱 땀이 솟았다.

점심 먹으러 들어가던 춘삼이는 한 걸음 앞서 갔던 유감이가 물동이를 들고 나서는 것을 보자 저기 오는 자동차를 할끗 보고

"냉수는 오마니가 좀 길으소고래."

하고 윗목에서 물레질을 하는 늙은 어머니에게 짜증을 냈다.

"내 얼른 길어올라."

하고 금녀는 동이를 채가지고 바자문을 나섰다.

금녀는 땀이 난 발뒤축에 고무신이 걸리지 않고 철떡거리는 것이 성가시고, 치맛자락이 별로 휘감기는 듯 마음이 바빴다. 솜털 끝마다 가는 쌀겨가 달라붙은 뺨에 두세 줄기 땀방울이 흘러서 금녀의 얼굴은 이슬에 젖은 버들개지같이 보였다. 햇빛에 반질반질 윤나는 머릿봉 위에 붉은 꼬들채 댕기가 나뭇새 수수깡 바자의 길을 넘어서 나풀나풀거렸다. '벌써 지나가지나 않았나.' 금녀는 더욱 빨리 걸었다.

자동차는 기다리듯이 우물 둑에 서 있었다. 조수는 버들피리를

만들어 불고 운전수는 담배를 피우고 있었다. 우물에는 붉은 해가 가라앉고 흰 구름이 떠 있다.

운전수는 사면을 돌아보며

"혼자 나왔소?"

하고 물었다. 조수는 짐짝 저편으로 사라진다. 물을 긷는 금녀 앞에 마주 앉은 운전수는

"내 말대루 평양 가지 응?"

하면서 금녀의 손목을 붙들었다. 그러고는

"꼭이 어느 날이라구 말만 하면 내, 밤에 금녀네 집 뒷메에 가서 기다릴게."

대답이 없이 수그리고 있는 금녀의 얼굴을 운전수는 두 손으로 치켜들고 입을 맞추었다. 숨이 막히게 코를 짓눌렀던 운전수의 얼굴이 떨어지자 금녀의 입술은 배시시 웃었다.

"요고."

이렇게 대담해진 운전수는 다시 금녀의 허리를 끌어안으며

"꼭이 작정해 말하면 내 고개 너머 주막에서 자다가 재밤³⁹에 뒷산에 가서 기다릴 테야 응? 자, 나하고 평양 가요."

"괜히 촌체니 데레다 성안 갔다 팡가티문 난 어떠카구 흥."

"내가 금녀를 버려?"

"그럼?"

그 대답을 주저하던 운전수는

"자, 그러문 내가 금녀네 방으로 갈까?"

"싫어. 그래두 난 피양(평양) 갈래."

이렇게 말하는 금녀는 제가 정말 평양에를 가려는지 알 수 없었다. 혹시 자동차를 타고 훨훨 떠날 듯도 싶은 꿈같은 생각에 그저 운전수의 품으로 기어들었다. 그러한 금녀의 모양을 내려다보던 운전수는

"금녀 새스방하구 딴 방에서 단둘이만 자지? 그럼 오늘 밤에 내 금녀 방으로 갈 테야. 정말."

"아사요. 그러다 들키문!"

운전수의 말에 놀란 금녀는 금시에 눈이 동그래졌다.

"그까짓 새스방 구실두 못하는 것한테 들킨들 멜 하나?"

"멜 하다니 망신하고 죽게?"

"죽긴 누구한테?"

"그럼 안 죽어?"

이렇게 말하는 금녀는 누구한테 죽을지는 몰라도 죽기는 꼭 죽을 것만 같았다. 그런 짓을 하다 들키면 운전수 말대로 새스방 구실도 못하는 울램이 손에도 꼼짝을 못하고 죽을 것 같고 시어머니나 시아버지한테 코를 베이거나 인두로 지지울 것 같고 그렇지 않더라도 망신한 친정아버지나 어머니까지도 저를 죽이고야 말 것 같았다. 혹시 누가 안 죽이더라도 저 혼자 저절로 죽을 것 같기도 했다.

"안 죽구 멀 하구!"

금시에 울 듯한 소리로 이렇게 말하는 금녀의 해쓱해진 얼굴을 본 운전수는

"정말 들켜서 금녀 시애비가 낫을 들고 덤벼들어!"

이렇게 말하며 몸서리를 치듯이 흠칠하면서 금녀의 기색을 살핀다. 몸을 소스라친 금녀는 더욱 눈이 동그래졌다.

"우리 둘이 좋와하다 죽으문 멜 하나."

이렇게 말하는 운전수는 웃지도 않았다.

"그렇지?"

또 이같이 물으며 그는 금녀를 다시 끌어안으려 했다. 금녀는 운전수가 무서워졌다. 그의 팔을 뿌리치고 일어나려 했다. 운전수는 억지로 금녀를 껴안으며

"정말이야 나는 금녀 방에 갔다 죽어두 좋와. 오늘 밤에 금녀가 뒷산으로 안 나오문 금녀 방에 가서 문을 두들겨서 금녀 망신이라두 시킬 테야."

이 말에 금녀는 정신이 아득아득해지는 것 같았다.

"그러디 말라구요. 정말. 난 죽어요."

애원하듯 말하고 간신히 몸을 일으키는 금녀를 노려보며 운전수는 노한 말소리로

"그러게 오늘 밤에 뒷산으로 나오문 무사하구. 내 말 안 들었단……"

그때 저편에서 조수의 강한 휘파람 소리가 들려왔다. 운전수는 말을 마치지 못하고 우물 둑으로 뛰어올랐다. 금녀 새스방이 송아지를 몰고 오는 것이었다. 운전수는 놀란 것이 어이없다는 듯이 한 번 금녀를 돌아보고는 다시 외면하고 서서

"내 말이 거짓말 같으문 저녁에 마당(앞뜰)에 나와 보름아. 이제 갔다 쟁거(자전거) 타구 밤에 꼭 온다."

혼잣말같이 그러나 마디마디를 떼어서 똑똑히 일러주고는 자동
차를 몰아 달아나는 것이었다.

　금녀는 설마 운전수가 오랴 하면서도 마음이 놓이지 않아 저녁
을 먹자 신작로가 바라보이는 나뭇새밭[40]에 가서 김을 매는 척 망
을 볼밖에 없었다.
　아까 물 길으러 갈 때만 해도 단둘이 만나면 좋기만 할 것 같던
그 사람이 지금은 무섭기만 하였다. 그렇게 무서운 사람인 줄은
꿈에도 생각지 못했다. 혹시 저를 놀라게 하느라 시치미를 떼고
그러는 것이나 아닐까 생각해보기도 했으나, 새스방이 오는 것을
보자마자 막 말을 더 을러대던 것을 보면 결코 농말이 아니었다.
어린것이라고 저만치서 보고 있는 새스방을 사람값에 치지도 않
는 모양인 운전수는 저까지도 수모하는 것 같아서 금녀는 분하기
도 했다. 그러한 운전수는 제가(금녀) 망신을 하거나 코를 베이거
나 죽거나 하는 것을 도무지 상관한 사람 같지도 않았다. 오늘 밤
에는 무슨 일이 나고야 말 것이 무서웠다. 유감이 형애와 모면할
의논을 해볼까 하는 생각에 그 집을 바라보았다. 멀리 바라보이
는 그 집 마당(앞뜰)에는 유감이 남덩이 비질을 하고 있었다. 그
리고 뵈불[41]을 놓는 모양으로 마당 한가운데서 펄떡 불길이 일어
났다. 이글이글 피어오를 때마다 마당쓸이[42]를 불에 던지고 섰는
유감이 얼굴이 빤히 보이다가는 껌뻑 냇속에 사라지고 마는 것이
었다. 또 불길이 환히 일어났다. 마주 선 두 사람은 무슨 이야기
를 하는 모양이다. 유감이만 있으면 몰라도. 그렇더라도 저를 철

없이 여기는 눈치인 유감이가 금녀에게는 시어머니 못지않게 어
렵게 생각되었다. 의논을 한대도 '네 봐라 싸지' 할 뿐 유감이도
별도리가 없을 것 같았다. 불빛을 보던 눈에 더욱 어두워진 벌판
에서는 머구리[43] 소리만 들렸다.

농 걸쇠 같은 초승달에 거울 조각같이 빛나는 앞벌 논에서는 논
물이 와글와글 끓어오르는 것같이 머구리가 울었다.

금녀는 다시 "설마 올라구" 중얼거리면서 끝없는 머구리와 깊
어가는 어둠 속에 신작로 꼬리가 사라진 저편에 동트개[44] 하늘같
이 희끄무레한 불빛을 바라보았다. 밤마다 밤이 깊어가도 새훤한[45]
화광이 서리는 그곳이 성안이라는 말은 들으면서도 한 번도 가본
적이 없는 금녀에게는 한없이 멀어 보이는 곳이었다.

지금도 차차 더 훤해가는 그 화광을 바라보는 금녀의 눈에 작은
불똥이 이리로 날아오는 것이 보였다.

담뱃불이 그렇게 빨리 걸을 수는 없었다. 반딧불이 그렇게 붉을
리는 없었다. 그것은 자전거 불이었다.

분명히 운전수라고 생각한 금녀는 옛말에 들은 호랑이나 만난
듯이 집으로 달아올밖에 없었다.

바주문 안에 들어서자

"새박(새벽)밥 할레 어서 일쯕아니 자라."

하는 시어머니 말소리가 들리고는 그 방의 불은 꺼지고 말았다.

제 방으로 들어온 금녀는 벌써 잠든 새스방 옆에 주저앉았다.
이것(새스방)이 유감이 남덩 같으면 오늘 낮에 운전수의 말을 듣
지는 못했더라도 그 눈치를 못 챘을 리가 없고 그때 벌써 벼락이

낮을 것이다. 금녀는 오히려 그편이 나을 것 같기도 했다. 지금 운전수가 이 뒷문에 와서 똑똑 두들기고, 열어보고 안 열리면 덜 컹덜컹 밀어보고, 마침내 금녀 금녀 부른다면 그 문을 안 열 수는 없을 것 같았다. 쑥 들어선 운전수는 와락 덤벼들고 저는 끽소리 도 못하지만 이 비좁은 단칸방이라 아무리 굿잠[46]을 든 새스방이 라도 깰 것이요 깨기만 하면 고함을 치거나 무서워서 와 울거나 하여 시아버지가 낫을 들고 건너오고…… 이런 생각이 눈에 선히 벌어지는 금녀는 훅 불을 끄고 이불에 얼굴을 묻고 엎드렸다. 한 참 동안은 머리 속까지 캄캄하였으나 다시 살아나는 생각은 제아 무리 문을 두들겨도 죽었소 하고 가만히 있을까? 그래도 그냥 문 을 흔들면 그제는 조죽놈(도둑놈)이야 하고 방문을 차고 시어머 니 방으로 갈까? 이러한 제 생각을 들여다보듯이 숨을 죽이고 엎 더 있는 금녀는 그러나 빤히 그 사람인 줄 알면서 도둑놈이야 소 리가 나올 것 같지 않았다. 설사 그래서 운전수가 달아난대도 색 시 방에 왔던 놈이 심상한 도둑놈이 아니라고 서두르는 시부모와 동리 소문이 망신스럽고 혹시 운전수가 붙들려서 금녀가 오늘 밤 에 제 방으로 오래서 왔다고 하면 거짓말은 거짓말이지만 저는 안 그랬다고 변명할 수 없을 것도 같았다. 아무리 변명한대도 낮 에 한참이나 늦어서야 물을 길으러 갔을 때 "너 채심[47]해라" 하던 유감이부터 제 말을 믿어줄 것 같지 않았다. 그리고 유감이 남덩 도 우물에 모이는 여인들도 누구나 제 말을 믿을 것 같지 않았다. 남들이 안 믿는 것은 고사하고 그 사람을 오라고 안 그랬다는 제 말을 저도 못 믿을 것 같았다. 이렇게 꼭 오늘 밤에 부득부득 온

다는 것이 싫고 남한테 들킬 것이 무섭기는 하지만 어느 날일는
지는 몰라도 어느 날 밤에는 꼭 만날 듯이 기다린 그 사람이 제가
오래서 왔다고 거짓말을 한대도 안 그렇다고 할 수는 없을 것도
같았다.

달도 지고 말았는지 뒷문 창에 비치던 아카시아 그림자도 사라
졌다. 그저 컴컴한 뒷담 구석이 희끄무레해 보였다. 깊어가는 밤
에 그 뒷문을 바라보고 귀를 세울밖에 없는 금녀는 그 창밖에서
버석버석 발소리가 나고 검은 그림자가 마주 서서 방 안을 엿보
는 것만 같았다.

갑자기 개 짖는 소리가 들렸다. 아무리 들어도 꼭 뒷산에서 들
리는 것 같았다.

금녀는 더 가만히 있을 수가 없었다. 운전수가 이 방으로 오기
전에 제가 나가기로 결심하였다.

문밖에 나선 금녀는 이슬에 젖은 아카시아 잎이 뺨에 스치고 아
카시아 가시가 치마에 걸리는 것도 모르고 걸었다. 무서운 줄도
모르고 슬픈지, 기쁜지도 알 수 없었다. 운전수가 그리운 밤마다
이 길을 걸어가는 재미있던 꿈을 깨트린 듯이 허전하지만 그래도
늘 걷던 길을 가는 듯이 걸어가는 금녀는 흐르는 줄도 모르게 눈
물이 흘렀다.

얼마 안 가서 이리로 오던 운전수와 마주쳤다. 금녀는 그 자리
에 주저앉고 말았다. 운전수가 껴안으며

"낮에는 혼났지!"

하고 그래야만 금녀가 이렇게 나올 줄 알고 그랬다는 운전수의

말도 금녀는 잘 들리지 않았다. 그저 입술에 닿은 운전수의 입과 코에서 얼굴에 끼얹는 듯한 술냄새에 구역이 나고 어지러워서 정신이 흐려져갈 뿐이었다.

금녀가 집에 돌아오기는 닭이 세 홰나 운 때였다. 이슬에 젖고 풀물에 더럽힌 보손[48]과 옷을 감추고 난 때에 건넌방에서는 시어머니의 기침 소리와 문턱에 떠는 시아버지의 대통[49] 소리가 들렸다. 부엌에 나온 금녀는 팥을 솥 안에 안치고 아궁 앞에 앉아서 불을 지폈다. 금녀의 손등과 머릿봉에서는 연기같이 김이 올랐다. 찬 이슬에 스치어 빨갛게 된 손등과 팔목에서 피어오르는 김을 보고 있는 금녀의 눈에는 눈물이 맺혀 흘렀다.

이 봄도 다 가서 늦게 피는 아카시아꽃마저 떨어지기 시작하였다.
금녀는 종시 자리에 눕게 되었다. 얼마 전부터 아랫배가 쑤시고 허리가 끊어내고 참을 수 없이 자주 변소 출입을 하게 되었다. 금녀는 제 병이 무슨 병인지는 알 수 없으면서도 제가 앓는 것을 누가 알 것만이 걱정이었다. 그래서 억지로 참아가며 더욱 부지런히 일을 하려고 애써보았다. 그러나 이번에는 아프기만 하던 배가 갑자기 붓기 시작하였다. 걸으려면 높아진 배를 격하여 보이는 발끝이 안개 속이나 구름 위를 걷는 것같이 허전하고 현기가 났다. 아침이나 낮에도 금녀의 눈앞에 보이는 것은 무엇이나 다가오는 어두움과 싸우는 저녁노을같이 누렇고 희미하였다. 금녀는 이를 악물고 무슨 병인지 모르면서도 숨기기만 하려고 애썼으나 더 참을 수 없어 자리에 쓰러지고 말았다.

금녀가 죽기 전날 저녁에 금녀네 시집 송아지가 죽었다. 그날 아침에 금녀의 새스방이 끌고 나가서 동둑 아카시아나무에 매었던 송아지가 갑자기 죽었다. 시어머니는 세상살이 반 밑천을 잃었다고 에누다리[50]를 하며 통곡했다. 시아버지는 소를 돌보지 않았다고 아들을 때렸다. 온 동리에서는 알 수 없는 우역[牛疫]이 생겼다고 떠들었다. 그 이튿날 아침에 장거리의 순사와 면소 농회 기수가 출장하였다. 죽던 날 아침까지도 새김질을 잘하고 웅장하게 움머 소리를 지르던 송아지가 갑작스럽게 꺼꾸러진 병통을 알 수가 없었다. 송아지를 매두었던 풀밭을 낱낱이 뒤져보기도 했다. 마침내는 무슨 쇠꼬챙이나 부등가리[51]를 삼켜서 창자가 상한 것이나 아닌가 하여 송아지의 배를 갈라보았다. 그러나 창자 속에는 아직 소화되지 않은 풀잎과 아카시아나무 껍질이 가득 차 있을 뿐 죽은 원인이라고 할 만한 상처는 없었다.

이 뜻하지 않은 소의 변사로 온 동리가 불안에 싸여 떠들고 있는 저녁에 금녀는 죽었다. 부중[52]이라는 집증으로 한방의가 처방한 약이 화로 위에서 쓴 풀뿌리 냄새를 피우며 끓는 소리를 들으면서 금녀는 죽었다. 비가 한 소나기 쏟아지고 멎어서 초저녁부터 앞벌 논의 머구리 소리는 한층 더 요란한 저녁이었다. 빗방울이 뚝뚝 듣는 집 뒤 아카시아나무 아래서는 아직도 짝을 찾는 봄 고양이 소리가 들렸다. 그 소리를 듣는지 못 듣는지 금녀의 흐려진 눈에서는 눈물이 그치지 않고 흘렀다. 곁에서 유감이가 잡고 있는 손을 끌어서 가까이 오라는 눈치를 보였다. 그러고는 죽을 힘을 다 들여서 제 속옷과 바지를 갈아입히지 말고 묻어달라는 부탁을 하였다.

송아지가 죽은 원인은 믿도는 아카시아 껍질을 먹은 탓이라는 기사가 난 신문이 구장 집에 온 날 금녀의 상여는 나갔다.

온 동리 사람들은 심지도 않고 접하지도 않았지만 산에나 들에나 마당귀에나 심지어 부엌 담 안에까지 뻗어 들어온 아카시아 나무를 새삼스럽게 흘겨보며 소와 돼지를 경계하였다.

아카시아는 본시 아메리카의 소산이라는 신문 기사를 들은 그들은

"거 흉한 놈의 나무 같으니라구. 아메리카라니 양코대 사는 미국 말이지? 어떤 놈이 갖다 심었는지 미국서 예까지 와서 우리 동네 소를 죽여! 억울하지."

"억울한 말 다 해서. 사람의 신수라니. 생때같은 송아지가 죽고 엊그제 다려온 메누리가 죽구."

"그러게 말이야. 소는 미국 아카시아를 먹구 죽었대두 꽃 같은 색시는 왜 죽었을까."

이러한 말을 주거니 받거니 하면서 금녀의 상여를 멘 그들은 신작로를 걸어갔다. 상여 뒤에서는 금녀의 친정어머니가 통곡을 하였다. 시어머니도 울었다. 유감이는 그 뒤에서 치마폭에 얼굴을 파묻고 속으로 울며 따라갔다. 늙은 여인들은 쓰러질 듯한 유감이를 부축하며

"오죽하갔네 정말 쌍둥이같이 지나다가. 그래두 참어야 하느니

라."

이렇게 유감이를 위로하였다.

뒤에서 자동차의 경적이 들린다. 금녀의 상여를 멘 사람은 신작로 한편으로 길을 비키려 하였다. 그중에 상여 앞채를 멘 춘삼이가

"네놈의 자동차 어떡하나 보게 가든 대루 가자꾸나. 쌍놈에게."
하고 버티었다.

"그래볼까."

"자, 그래."

젊은 축 몇 사람이 부동하고 버티었다. 그 바람에 금녀의 상여는 모로 기울어진다. 뒤에 따라오던 금녀의 시삼촌이 따라와서

"성분(成墳)이나 하구는 한잔 도이 먹을데 그러지 말구 어서 곱게 모시라구."
하였다.

"누가 술 못 먹어 그러나 흥."

춘삼이는 더욱 밸이 울뚝했으나 길을 비킬밖에는 없었다. 자동차는 상여를 지나치는 동안 속력을 줄일밖에 없었다. 갑자기 유감이의 울음이 와하니 터져 나왔다. 모두 눈이 둥그레졌다. 자동차는 상여를 지나치자 달아났다. 회오리바람이 지나간 것같이 누런 먼지가 일어났다. 금녀의 상여는 그 먼지 속으로 더벅더벅 걸어갔다.

"이전에 없든 병두 다 서양서 건너왔다거든."

아까 꽃 같은 색시는 왜 죽었을까 하던 사람이 먼지에 막혔던

말문을 열었다.

"그놈의 병두 자동차 타구 왔다든가?"

이렇게 춘삼이가 한마디 툭 했다.

심문 心紋

    시속 오십 몇 킬로라는 특급 차창 밖에는, 다리쉼을 할 만한 정거장도 없이 흘러갈 뿐이었다. 산, 들, 강, 작은 동리, 전선주, 꽤 길게 평행한 신작로의 행인과 소와 말. 그렇게 빨리 흘러가는 푼수로는, 우리가 지나친, 공간과 시간 저편 뒤에 가로막힌 어떤 장벽이 있다면, 그것들은, 캔버스 위의 한 터치 또 한 터치의 오일 같이 거기 부딪혀서 농후한 한 폭 그림이 될 것이나 아닐까? 고 나는 그러한 망상의 그림을 눈앞에 그리며 흘러갔다. 간혹 맞은편 플랫폼에, 부풀 듯이 사람을 가득 실은 열차가 서 있기도 하였다. 그러나 무시하고 걸핏걸핏 지나치고 마는 이 창밖의 그것들은, 비질 자국 새로운 플랫폼이나 정연히 빛나는 궤도나 다 흐트러진 폐허 같고, 방금 브레이크되고 남은 관성과 새 정력으로 피스톤이 들먹거리는 차체도 폐물 같고, 그러한 차창에 빈틈없이 나붙은 얼굴까지도 어중이떠중이 뭉친 조난자같이 보이는 것이고, 그 역시 내가 지나친 공간 시간 저편 뒤에 가로막힌 캔버스 위에 한 터치로 붙어버릴 것같이 생각되었다.

이런 생각은 무슨 대단하다거나 신기로운 관찰은 물론 아니요, 멀리 또는 오래 고향을 떠나는 길도 아니라 슬픈 착각이랄 것도 없는 것이다. 그렇다고 내가 영전이 되었거나, 무슨 사업열에 들 떴거나 어떤 희망에 팽창하여 호기와 우월감으로 모든 것을 연민 시하려 드는 것도 아니다. 정말 그도 저도 될 턱이 없는 내 위인 이요 처지의 생각이라 창연하다기에는 너무 실없고, 그렇다고 그 리 유쾌하달 것도 없는 이런 망상을 무엇이라 명목을 지을 수 없 어, 혹시, 스피드가 간질여주는 스릴이라는 것인가고 생각하면 그럴듯도 한 것이다.

결코 이 열차의 성능과 운전사의 기능을 못 믿는 것은 아니지만 이렇게 무모(?)하게 돌진 맹진하는 차 안에 앉았거니 하면 일종 의 모험이라는 착각을 느낄 수 있고, 그것이 착각인 바에야 안심 하고 그런 스릴을 행락할 수 있는 것이다. 이렇듯 거친 십분(十 分)의 안전율¹이 보장하는 모험이라 스릴을 행락하는 일종의 관 능 유희다. 명수(名手)의 바이올린 소리가 한껏 길고 높게 치달아 금시에 숨이 넘어갈 듯한 것을 들을 때, 그 멜로디의 도취와는 달 리 '이 순간! 다음 순간!' 이렇게, 땅 하니 줄이 튀지나 않을까? 하는 송연감(悚然感)을 아슬아슬 느껴보는 것도, 일종의 관능 유 회로 그리 경멸할 수 없는 음악 감상술의 하나일 것이다. 그처럼, 내가 탄 특급의 속력을 '무모(無謀)'로 느끼고, 뒤로 뒤로 달아나 는 풍경이 더 물러갈 수 없는 장벽에 부딪혀 한 폭 그림이 되고,

폐허에 버려둔 듯한 열차의 사람들도 한 터치의 오일이 되고 말리라고 망상하는 것은 한 번도 가본 적이 없는 곳으로 달려가는 이 여행의 스릴로서 내게는 다행일지언정 그리 경멸할 착각만은 아닌 듯싶었다.

그러나, 나 역시 이렇게 빨리 달아나는 푼수로는 어느 때 어느 장벽에 부딪혀서 어떤 풍속화나 혹은 어떤 인정극 배경의 한 터치의 오일이 되고 말는지 예측할 수는 없을 것이다.

어느덧 국경이 가까워, 이동 경찰이 차표와 명함을 요구한다. '김명일(金明一)'이라는 단 석 자만 박힌 내 명함을 받아 든 경찰은 우선 이런 무의미한 명함을 내놓는 나를 경멸할밖에 없다는 눈치로 직업과 주소와 하얼빈은 왜 가느냐고 물으며 수첩을 꺼내 들었다. 그리고 나의 무직업을 염려하고 또 일정한 주소가 없다니 체면에 그럴 법이 있느냐는 듯이 뒤 캐어묻는 바람에, 나는 미술학교를 졸업했으니 화가랄밖에 없고, 재작년에 상처하고 하나뿐인 딸이 지난봄에 여학교 기숙사로 입사하자 살림을 헤치고는 이리저리 여관 생활을 하는 중이라고. 그러나 지금 가는 하얼빈에는 옛 친구 이군(李君)이 착실한 실업가로 성공하였으므로 나도 그를 배워 일정한 직업과 주소를 갖게 될지 모른다고 무슨 큰 포부를 지닌 듯이 그 자리를 꿰맬밖에 없었다. 그러나 이런 내 말이 전연 거짓이랄 수도 없는 것이다. 사실 나는 일정한 직업과 주소도 없는 지금의 생활이 주체스러워 견딜 수가 없는 것이다.

3년 전에 처 혜숙이가 죽자 나는 어느 중학교의 도화 선생이라는 직업을 그만둔 후에는, 팔리지 않는 그림을 몇 폭 그렸을 뿐인

화가라는 무직업자였다. 그리고 지난봄에 딸 경옥이를 기숙사에 들여보내고는, 혜숙이와 신혼 당시에 신축하여 10여 년 살던 집을 팔아버렸으므로 일정한 주소가 없었다.

내가 늘 집에 있는 것도 아니요, 있더라도 아침이면 경옥이가 학교에 간 후에야 일어나게 되고 밤이면 경옥이가 잠든 후에야 들어오게 되는 불규칙한 내 생활이라, 나와 한집에 있더라도 어미 없는 경옥이는 언제나 쓸쓸하고 늘 외로울밖에 없는 애였다. 그뿐 아니라 차차 자라서 감수성이 예민해가는 그 애에게 나 같은 아비의 생활이 좋은 영향을 줄 리도 없을 것이었다. 그래서 내 누님은 경옥이를 자기 집에 맡기라고도 하는 것이었으나, 마침 경옥이와 같이 소학교를 졸업하고 한여학교에 입학하여 입사하게 된 친한 동무가 있었으므로 경옥이는 즐겨 기숙사로 들어간 것이었다. 그러고 보니 늙은 어멈만이 지키게 되는 집을 그저 둘 필요는 없었다.

내가 상처한 후에 늘 재취를 권하던 누님은, 정식 결혼을 할 의사가 없으면, 첩살림이라도 차려서 그 집을 팔지 말라고 하였지만, 10여 년 혜숙이의 손때로 길든 옛집에 재처나 첩이 어색할 것 같고, 그 집에서는 내가 무심히 "여보" 하고 부르는 것이 자연 혜숙일밖에 없을 것이나 "네" 하고 나타나는 것이 딴 여자라면 나의 그 우울은 어찌할 도리가 없을 것이다. 또한 어린 경옥이 역시 한성 안에 제가 나서 자란 옛집이 있으면서 기숙 생활을 하거니 생각하면 더 외로워질 것이요, 혹시 외출하는 날 별러서 찾아온 옛집에 제가 닮지 않은 새어미의 얼굴을 보게 될 때마다, 제 어머니의 생각이 더한층 새로울 것이다.

이런 심정으로 내가 재취를 않는다면 나는 경옥이와 같이 옛집을 지키면서 좀더 그 애 곁을 떠나지 않아야 할 것이었다. 생각만은 그러리라고 애를 써가면서도, 그런 생각으로 학교를 사직까지 하고도, 오히려 그 모든 시간을 여행이라기보다——방랑, 그리고 방탕——술과 계집과 늦잠으로 경옥이를 더욱 외롭게 해온 것이다.

이러한 생활에서도 나는——팔리지 않는——그림을 간혹 그렸고, 그린 혜숙의 초상으로 경옥의 방을 치장하는 것으로 그 애를 위로하는 보람을 삼아온 것이다. 그러한 내 생활이다. 이번에도 역시 방랑이나 다름없이 떠난 여행이지만, 근 10년 전에 만주로 표랑하여 지금은 실업가로 일가를 이루었다는 이군을 만나서 혹시 생활의 새 자극과 충동을 얻게 된다면 만행〔萬幸〕일 것이다.

무사히 세관을 치르고 국경을 넘은 나는 식당으로 갔다. 대만원인 식당에 겨우 자리를 얻은 나는 첫눈에도 근엄하달 수밖에 없는 어떤 중년 여사와 마주 앉게 되었다. 가수 미우라의 체격에 수녀 비슷한 양장을 한 그 중년 여자는 국방색 안경알 위로, 연방 기울이는 나의 맥주잔을 이따금 넘겨다보는 것이었다. 그런 중년 여자가 뒤적이는 작은 『신약전서(新約全書)』로 나는 방인[2]시되는 나를 느낄밖에 없었고, 그런 불쾌한 우연을 저주하며 마시는 동안에 창밖의 풍경은 오룡배(五龍背)로 가까워갔다. 익어가는 가을의 논과 밭으로 문채〔文彩〕 돋친 들 한가운데는 역시 들이면서도 사람의 의도로 표정이 변해가다. 차차 더 메스러운[3] 손길로 들의 성격이 정원으로 비약하는 초점 위에 온천호텔 양관이 솟아 있고, 그 주위에는 넘쳐흐르는 온천물로, 청증한 가을 하늘 아래 아지랑이같이 김이 떠오르는 것이었다.

들어 닿은 플랫폼에는 유랑에 곤비한 발걸음이나 분망에 긴장한 얼굴이나 찌든 생활의 보따리는 볼 수 없이, 오직 꽃다발 같은 하오리*의 부녀와 빛나는 얼굴의 신사 몇 쌍이 오르고 내릴 뿐이었다. 90퍼센트의 분망과 유랑과 전쟁과 혹은 위독 사망 등 생활의 음영으로 배를 불리고 무모하게 달아나는 이 시커먼 열차도 이러한 유한에 소홀치 않은 풍유적인 성격의 일면이 있었던 것이다. 그러한 이 열차의 성격을 이용하여 나도 이 오룡배에 소홀치 않은 인연의 기억을 남긴 것이다.

지난봄에 나는 여옥(如玉)이를 데리고, 그때도 이 열차로 여기와서 오래간만에 모델을 두고 (여옥이를) 그려본 것이었다. 여옥이는 동경 유학 시대에 흔히 있는 문학소녀로 그 당시의 어떤 청년 투사의 연인이었다는 염문을 지닌 여자였다.

그때 나는 간혹 출입하는 어느 다방의 새 마담으로 여옥이를 알았고, 방종한 내 생활면을 오고 간 그런 종류의 한 여자라는 흥미로 여기까지 데리고 온 것이었다.

여옥이는 건강한 육체미의 모델이라기보다도 어떤 성격미랄까, 그러나 그때처럼 나는 그 모델의 성격을 마스터하지 못하여 애쓴 적은 없었다.

전연 처음 대하는 모델인 때에는 직감적으로 느껴지는 성격의 힘에 이끌려서 저절로 운필이 되거나, 그렇지 않으면 그 모델의

심문 169

어떤 특징을 고조하여 자유롭게 성격을 창조할 충동과 용기가 나는 것이다. 그래서 제작자의 해석과 의도로 뚜렷이 산 인물이 그려지는 것이지만 그러나 그때의 여옥이는 그렇지가 못하였다. 아마 뚜렷하게 통일된 인상을 주기에는 나와의 관계가 너무도 산문적이었던 탓일 것이다. 이 산문적이라는 말은 그때 우리 사이의 권태를 의미하는 말은 아니다. 우리는 권태를 느꼈다기보다 내흥미가 사라지기 전에 헤어지고 말았던 것이다. 권태라기에는 오히려 그때 여옥이를 보는 내 눈이 때로는 너무도 주관적으로 도취되었고 때로는 객관적으로 여옥이의 정열을 관찰하게 되는 것이었으므로 그림이 되기에는 여옥의 인상이 너무 산란하였다는 말이다.

침실의 여옥이는 전신 불덩어리의 정열과 그러면서도 난숙한 기교를 갖춘 창부였고, 낮에는 교양인인 듯 영롱한 그 눈이 차게 빛나고 현숙한 주부인 양 단정한 입술은 늘 침묵하였다. 그리고 무엇을 주고받을 때 무심히 다친[5] 그의 손가락은 새삼스럽게 그 얼굴을 쳐다보게 되도록 싸늘한 것이었다. 그렇게 산뜻한 손은 이지적이랄까, 두 사람만이 거닐던 호젓한 봄 동산에서도 애무를 주저케 하는 것이었다. 그뿐 아니라, 그 영롱한 눈과 침묵한 입술, 그 사이에 오연히 높은 코까지 어울려, 어젯밤은 언제더라 하는 듯한 그 표정은 나를 당황케 하였고 마침내는 그 뺨을 갈겨보고 싶도록 냉랭한 여옥이었다.

"혹시 나는 여옥이를 정말 사랑하게 될까 봐!"

나는 내 손바닥 위에 가지런히 놓인 여옥의 그 싸늘한 손끝의 감촉을 만지며 이렇게 말하는 것이었으나 자기는 알 바 아니라는 듯이 여옥이는 금시에 하품이라도 할 듯한 무료한 표정이었다.

나는 간혹 여옥이의 얼굴에서 죽은 내 처의 모습을 발견하게 되는 것이 반갑고도 슬픈 것이었다. 여옥이의 중정(中正)과 인당(印堂)은 20여 년 평생에 한 번도 찌푸려본 적이 없는 듯한 것이다. 혜숙이 역시 죽은 그 얼굴까지도 가는 주름살 작은 티 한 점 없이 맑고 너그러운 중정과 인당이었다. 나는 그 생전에, 어머니의 젖가슴같이 너그러우면서도 이지적으로 맑은 아내의 인당에 마음붙이고 응석인 양 방종을 부려본 적이 한두 번이 아니었다. 그러나 그러한 남편을 둔 혜숙이는 한 번도 그 얼굴의 윤곽을 일그러뜨려 보인 적이 없었다. 나는 그러한 아내의 온후한 심정을 그의 귀 탓이어니 생각하기도 하였다.

영롱한 구슬같이 맑고 도타운 그 수주(垂珠)[6]는 마음의 어떠한 물결이든 이모저모를 눌러서 침정하는 모양으로 그의 예절이 더욱 영롱할 뿐 아니라, 방종에 거친 나의 마음도 온후한 보살상의 귀를 우러러보는 때처럼 가라앉는 것이었다.

나는 그때도, 혜숙이의 귀보다 좀 작고 작기는 하나 같은 모양으로 영롱한 여옥이의 귀를 바라볼 때 침실의 여옥이의 열정을 의아히 생각하리만치 이 낮의 여옥이는 귀엽도록 단아하였다. 여옥이의 그 귀뿐 아니라 전체로 가냘픈 몸 매무시와 작은 얼굴 도래[7]에, 소복 단장을 하여 상덕[8]스러우리만치 소탈한 한 가지의 백합으로 그릴까? 진한 녹의홍상으로 한 묶음의 장미 꽃다발로 그릴까? 이렇게 그 초상화의 성격을 궁리하면서

"안 그래? 내가 여옥이를 정말 사랑하게 될 것 같잖아?" 하고 다시 물었을 때

"글쎄요. 그럼, 낮에요? 밤에요?"

여옥이는 이렇게 반문하였다. 그렇게 묻는 여옥이를, 나만이 밤의 여옥이와 낮의 여옥이가 딴 사람이라고 보아왔지만 여옥이 역시 나를 밤과 낮으로 구별하여 보는 것이 분명하였다. 그렇다면 본시부터 모호하던 두 사람의 심정의 초점이 더욱 모호해진다기보다도 밤과 낮으로 다른 두 여옥이와 두 '나'로 분열하고 무너져가는 마음의 풍경을 멀거니 바라볼밖에는 별도리가 없는 듯하였다.

그러한 모델을 대하는 제작자인 나라, 이중의 관찰과 이중의 인상으로 갈피를 잡을 수 없는 몽타주가 현황히' 떠오르는 캔버스 위에 애써 초점을 맞추어 한붓 한붓 붙여가노라면, 나타나는 것은 눈앞의 여옥이라기보다, 내 머리 속의 혜숙이에 가까워지므로 나는 화필을 떨어치거나 던질밖에 없었다.

처음 그런 때 여옥이는, 어데가 편찮으세요? 물었고, 그 다음에는 내가 흰 칠로 화면 얼굴을 뭉갤 때마다 모델로서 자기가 마음에 안 드는가 물었다. 한번은 내가 채 지워버리지 못한 그림을 보자, 그것은 누구야요?…… 아마 선생님의 옛꿈인 게죠? 하였던 것이다. 그 다음부터 모델대에 서는 여옥의 눈은 한순간도 초점을 맞추지 않았고 그 입 가장자리에는 인광같이 새파란 미소가 흘렀다. 그러한 여옥이는 비록 그 얼굴은 내 붓끝 앞에 정면하고 있지만 그 마음은 늘 내 눈앞에서 외면하는 것이 분명하므로 나

는 더욱 갈팡질팡하게 되어 마침내는 화를 내서 찢어지라고 화폭을 뭉갤밖에 없었다. 그런 때면 여옥이는 치맛자락이 제 다리를 휘감으리만치 돌아서 방으로 들어가고 말았다. 나는 미안한 생각에 따라 들어가면 여옥이는 침대에 엎디어서 작은 손목시계의 뒤딱지를 떼 들고 속을 들여다보고 있는 것이다. 시계의 고장으로 그러는 것이 아니라 여옥이는 혼자 심심하거나 나와 말다툼이라도 하여 화가 나는 때면 언제나 시계 속을 들여다보거나 귀에 붙이고 소리를 듣거나 하는 버릇이 있었다. 여옥이의 그러한 버릇에 나는 한끝 요망스러운 잔인성을 느끼기도 하였다. 그러나 때로는 어린애 장난같이 귀엽기도 하여 같이 들여다보고, 그 산득한 손끝으로 귀에 대주는 시계 소리를 번갈아 들어가며 한나절을 보내는 때도 있었다. 그런 때 혹시 여옥이는 마음이 싸라서[10] 하는 말로, 언젠가는 사내 가슴에 귀를 붙이고 밤새도록 심장의 고동을 듣고 나서, 머리가 욱신거려 사흘이나 앓은 적이 있었다고 하였다.

그런 말에 시계 속을 들여다보는 여옥의 취미가, 혹 여러 개 보석으로 찬란한 시계 속에서 사물거리는 산 기계를 작은 생명같이 사랑하는 연인다운 심정이거나, 시간이라는 추상적 관념을 걸어가는 치차(齒車)에 신비를 느끼려는 것이 아니라, 밤새도록 심장을 들은 사내의 가슴 속이나 머리 속을 들여다보고 싶은 요망스러운 잔인성이려니도 생각되는 것이었다. 사실 그렇다면 여옥이의 그런 상징적 행동이 궁금하여, 지금 그 시계 속에서 여옥이는 누구의 마음 속을 엿보고, 시계 소리에서 누구의 심장을 듣는 것인가고도 생각되었다.

그때 여옥이를 따라 들어온 나는 넓은 더블베드 요 속에 잠기고 남은 여옥이의 잔등과 허리와 다리의 매끄러운 선을 그리고, 그 손에 든 것을 시계 대신에, 소푸트[1] 쓴 인형을 크게 그려 만화를 만들까 망설이면서

"여옥인 시계 속을 보면서 무슨 생각을 하나?" 하고 중얼거리듯이 물어보았던 것이다. 그 말에 여옥이는

"선생님은 나를 모델로 세워놓고 누굴 그리셔요?" 하는 것이었다.

"……"

"부인을 그리시지요? 아마."

"여옥인 옛날 애인을 생각하나? 그럼."

"그렇다면 누 탓일까요?"

"내 탓일까?"

"그럼 내 탓인가요?"

"……"

"흥! 미안하게 된걸요. 그렇게 못 잊으시는 부인의 꿈을 도와드리진 못하구 훼방을 놀아서……"

이렇게 말하자 여옥이는 시계를 방바닥에 팽개치고 엎드려서 느껴 울기를 시작하였다.

그때 나는 말로 여옥이를 위로하려고는 않았으나 끝없이 미안하였다. 이지적으로 명철하다기보다 요기롭도록 예민한 여옥이의 신경을 내 행락의 한 자극제로만 여겨온 것이 미안하고 죄송스럽

기도 하였다. 낮과 밤이 다른 여옥이는 여옥이가 그런 것이 아니라, 맹목적이어야 할 사랑과 순정을 못 가지는 나의 태도에 여옥이도 할 수 없이 그런 것이 아닐까? 여옥이와 나는 열정과 순정이 없다면 피차의 인격과 자존심을 서로 모욕하고 마는 관계가 아닐까? 그런 관계이므로 낮에 냉랭한 여옥의 태도는 밤의 정열의 육체적 반동이 아니라 여옥의 열정을 순정으로 받아주지 않는 나에 대한 반항일 것이다. 그러므로 나는 그 히스테릭한 여옥의 열정을 순정으로 존중하여야 할 것이요, 낮에 보는 여옥의 인당과 귀에 혜숙의 그것을 이중 노출로 보는 환상을 버리고 여옥이 그대로 사랑해야 할 것이다. 여옥이도 나의 처지와 심정을 이해하므로 결혼을 전제로 하는 사이는 물론 아니지만, 그러니만치 나는 더욱 인격적으로 여옥의 열정을 받아들이고 사랑하여야 할 것이었다.

그래서 나는 새로운 눈으로 여옥이를 그리려고 부족한 화구를 사러 그 이튿날 안동으로 갔던 것이다. 그러나 그날 저녁에 돌아온즉 여옥이는 낮에 북행차로 혼자 떠나고 말았던 것이었다. 여옥에게 맡겼던 지갑과 같이 호텔 지배인이 내주는 편지에는

——이렇게 돌연히 떠나고 싶은 생각이 스스로 놀랍기도 하였사오나 돌이켜 생각하오면 본시 그런 신세로 그렇게 지나온 몸이라 갈 길을 가는 듯도 하올시다. 저로서도 무엇을 구하여 가는지 전혀 지향 없는 길이오니 애써 찾아주지 마시옵소서. 얼마의 여비를 가져갑니다. 그리고 주신 반지도 가지고 갑니다. 여옥 배(拜) 하였을 뿐이었다. 그때 여옥이는 이 차를 탔을 것이다. 찾지 말아

달라는 여옥의 편지가 아니더라도 나는 그럴 염치조차 없는 듯하였고, 오히려 무거운 짐이나 부린 듯이 마음이 가벼워졌다. 그렇게 헤어진 여옥이라 그 후에 무슨 소식이 있을 리 없었다.

그러나 한 달여 후에, 하얼빈 이군의 편지 끝에, 어느 카바레의 댄서인 여옥이라는 미인이 군과 소홀치 않은 사이던 모양이니 멀리서나마 군의 만년 염복을 위하여 축배를 드네, 한 의외의 문구로 여옥의 거취를 짐작하였을 뿐이다.

그러나 이번 내 여행이 결코 여옥이를 만나러 가는 길은 아니다. 연래로 이군이 편지마다 오라는 것이요 나 역 가고 싶던 하얼빈이라 가는 것이지만, 일부러 여옥이를 만날 욕심도 흥미도 없는 것이다. 그러나 우연히 만나게 된다면 애써 피하지도 않을 것이다.

나는 이렇게 담담히 생각하기는 하면서도, 그러나 담담히 생각하려는 노력같이도 느껴지는 것이었다. 그렇다고 여옥이에 대한 내 생각이 담담치 못하여 그런 것은 아닐 것이다. 단순히 나를 반겨 맞아줄 이군만이 기다리는 하얼빈이 아니라. ——애욕 때문이랄까! 복잡한 심리적 암투를 하다가 달아난 여옥이가 있는 곳이라 생각하면, 이국적 호기심을 만족할 수 있고, 옛 친구를 만나는 기쁨만이 기다리는 하얼빈이 아니요, 혹시 어떤 음울한 숙명까지도 나를 노리고 있을 것같이 생각되는 것이다. 숙명이란 이렇다 할 원인이 없는 결과만을 우리에게 던져주는 것이다. 원인이 있다더라도, 지금 마주 앉은 중년 여사의 『신약전서』에 있을 '죄는 죽음을 낳고'라는 '죄'와 같이 추상적인 것으로, 그런 추상적 원인

176

이 '죽음'이라는 사실적 결과를 맺게 하는 것이 숙명이라면 우리는 그런 숙명 앞에 그저, 전율할 수밖에 없을 것이다.

그런 무서운 숙명이 나를 기다리는지도 모를 하얼빈이라고 생각하면 그곳으로 이렇게 달아나는 이 열차는 그런 숙명과 같이 음모한[12] 괴물일는지도 모른다고 나는 좀 취한 머리 속에 또 한 가지 이런 스릴을 느꼈다. 그러면서 큰 고래 입속으로 양양히 헤엄쳐 들어가는 물고기들을 상상하며 그런 물고기의 어느 한 부분인지도 모르는 피시 프라이의 한 조각을 입에 넣고 씹으며 마주 볼 때, 나보다 한 접시 앞선 중년 여사는 소위 어느 한 부분인지도 모를 스테이크의 마지막 조각을 입에 넣고 입술에 맺힌 핏물을 찍어내는 것이었다.

하얼빈——.

내 이번 여행은, 앞서도 한 말이지만 역시 전과 다름없는 방랑이라 어떤 기대를 가졌던 것은 아니지만 그러나 이같이 우울한 여행일 줄은 몰랐다. 가는 차 중에서 일종의 모험이니 무서운 숙명과의 음모니 하여 즐겨 꾸민 망상이, 단순한 망상이 아니었고, 어김없이 들어맞은 예감이었던 것이다.

물론 하얼빈서 이군을 만났고, 그의 10년 풍상과 지금의 성공과 사업과 장차의 경륜을 듣고 보아 의지의 인 이군을 탄복하고 축하하는 바이지만, 나의 이 여행기는, 그런 건전하고 명랑한 기록은 아니다. 내가 치우쳐 침울한 이야기만을 즐겨 한다거나 이야기로서의 소설적 흥미와 효과만을 탐내 그런 것은 물론 아니다.

'이군의 성공담'은 이야기의 주인공 격인 '나'라는 나와는 별개의 것이 되고 말았으리만치 이 하얼빈서 나는 나와 너무나 관련이 깊은 사건에 붙들리고 말았으므로 우선 그 이야기를 할밖에 없는 것이다. 그것은 물론 여옥이의 이야기다.

이군의 안내로 하얼빈 구경을 나섰다. "천생 소비자인 자네라, 하얼빈의 소비 면부터 안내하세" 하는 이군을 따라 이름난 카바레 레스토랑, 댄스홀, 그리고 우리가 '하얼빈'으로 연상하는 소위 에로 그로[13]를 구경하는 동안에 밤이 되고 두 사람은 좀 취하였던 것이다.

"……누구라든가? 그 미인 말일세. 자네 만나봐야지 않나!"

"여옥이 말인가? 글쎄……"

"글쎄라니……" 이렇게 시작된 이야기로

"타향에 봉고인[14]이라고 이런 데서 만나면 다 반갑다네, 자 가세" 하고 이군은 나를 끌었다. 그러나 금시에 "내가 어데서 만났드라?" 여옥이가 어디 있는지 분명치 않은 모양으로 중얼거리던 이군은 언젠가 그때도 역시 구경 온 손님을 데리고 갔던 어느 카바레에서, 그리 흔치 않은 조선 댄서라, 이야기를 붙인 것이 여옥이었다는 것이다. 더욱이 고향에서 온 여자라기에 자연 이야기가 벌어져 마침내 나와의 관계도 짐작하게 되었다는 것이다. 그러나 이군은 나와 여옥이가 어떻게 헤어지게 된 것까지는 모르는 모양이다. 여옥이가 지나는 형편이 어떤가고 묻는 내 말에 그때 만나본 것뿐이라 알 수 없지만 그런 삼류 사류 카바레의 댄서라 물론 수입은 많을 리 없고, 혹 파트론이 있다면 몰라도 겨우 먹고 지나는 정도일 것이라고 하였다. 그러면서 "만나면 반가울 사이니, 내일은 하루 여옥이를 앞세우고 그 방면의 생활 내막을 엿보아두라"고 하였다.

"아마 여긴 듯하다"고 하면서 뒷골목 보도 밑에서 음악이 들리는 지하실 카바레를 헛들어갔다. 서너 집 만에야 여옥이를 발견하였다.

높은 천장, 찬란한 샹들리에, 거울 같은 마룻바닥 휘황한 파노라마, 그 속에서 음악의 물결을 헤엄치는 무희들, 이렇게 내 눈이 어느덧 높아진 탓인지, 여옥이가 있는 카바레는 너무도 초라한 것이었다. 사오 명밖에 안 되는 밴드의 소란한 재즈와 구두 바닥에 즈벅거리는 술냄새로 머리가 아팠다. 이 구석 저 구석에 서너 패 손님이 있을 뿐 텅 빈 듯한 홀 저편 모퉁이에는 10여 명 댄서들이 뭉쳐 있었다. 그중에는 호복을 입은 것도 있고, 기모노를 걸친 백인 계집애도 있었다. 전갈하는 만주인 보이를 따라 우리 테이블에 가까이 온 여옥이는 나를 바라보자 눈을 크게 뜨고 한순간 걸음을 멈추었다.

"내가 반가운 손님 모셔왔죠? 자, 앉으시우."

이러한 이군의 말에, 그를 알아보고 비로소 자기 앞에 나타난 나를 이해할 수 있는 모양으로 여옥이는 다시 침착한 태도를 회복하여 우리 앞에 와 앉으며

"오래간만에 뵙겠습니다" 하고 숙인 머리를 한참이나 들지 않았다.

이군은 또 술을 청하였다. 이군은, 나와 여옥이의 관계를 자세

히 모를 뿐 아니라, 만주 10년에 체득한 대륙적 신경으로 그러한 여옥이의 태도나 나의 어색한 표정 같은 것은 개의치도 않은 모양이었다. 그저 쾌하게 웃고 쾌하게 마시면서, 내일은 내가 0시로부터 1시까지 여옥이를 찾아갈 것과, 여옥이는 여옥이로서 내게 보이고 싶은 곳을 안내할 것과, 자기는 3시나 4시까지 전화를 기다릴 터이니 만나서 같이 저녁을 먹기로 하자고 이군은 작정하고 말았다. 그 작정에 여옥이는 특별히 안내할 곳은 없지만 내가 간다면 그 시간에 기다리겠다고 하며 내 여관에서 자기 아파트까지의 지도를 그리고 주소를 적어주는 것이었다.

그래서 나 역시 정한 시간에 여옥이를 찾아가기로 하였다. (독자 중에는 이 '그래서 나 역시……'라는 말에 불쾌를 느끼고, 그만한 것을 동기나 이유로 행동하는 나를 경멸하는 이가 있을는지 모를 것이다. 사실은 나는 그러한 독자를 상대로 이 여행기를 쓰는 것이다.) 그때 내게는 굳이 여옥이를 찾지 않고 말 이유가 없었던 것이다. 오히려 나는, 어젯밤에 주저하는 기색도 없이 나를 기다린다고 한 여옥이가 인사성으로만 그런 것이 아니라 혹시 조용한 기회를 지어 지난봄의 자기 소행을 사과하려는 것이나 아닐까고도 생각되었던 것이다. 물론 사과하고 말고가 없을 일이나, 그도 아니라면, 피차에 긴한 이야기도 없을 처지에, 여옥이의 자존심으로 일부러 구차한 자기 생활면을 보이려고 나를 집으로 오라고 할 리도 없을 것이다. 사실 어젯밤에 본 여옥이는 반년이 되나 마나 한 동안에 생활에 퍽 시달린 사람같이 초췌하고 차가운 하늘빛 양장도 파뜻한[15] 맛이 없이 고운때가 오른 것이었다. 그리고 그 빨갛게 손톱을 물들인 손가락에 그런 직업 여자에게는 큰 장식일 것이언만, 내가 주었던 반지가 없는 것만으로 미루어 보아도 그의 생활이 구차하게 상상될밖에 없는 것이다.

들어선 여옥이의 살림은 사실 거친 것이었다. 방 한가운데는 사기 재떨이만을 올려놓은 둥근 탁자와 서너 개 나무의자가 벌어져 있고, 거리 편으로 잇대어 난 단 두 폭이 벼락닫이 창 밑에는 유단[16]이 닳아 모서리에는 소가 비죽이 나온 장의자가 길게 누운 듯이 놓여 있었다. 그것은 사실 길게 누운 듯이라 할밖에 없이 그 작은 방에는 어울리지 않게 큰 것이었고, 진한 자줏빛 유단이나 육중한 나무다리의 미끄러운 결태와 은은한 조각이 장중하고 호화스럽던 가구였다. 그리고 화문이 다 낡은 맞은편 담과 방 윗목을 병풍 치듯 건너막은 판장담 모퉁이에는 역시 낡은 삼면 경대가 비줏이[17] 서 있었다. 체두리 나무[18]의 칠이 벗고 조각의 획이 끊기고 거울면 한복판에는 고두터운[19] 유리가 국살진[20] 듯이 수은이 들뜨고 떨린 것이나, 본 체재만은 역시 호화롭고 장중한 것이었다. 그런 경대나 장의자가 여옥의 손때로 그렇게 낡았을 리는 없을 것이다. 당초에 여옥이같이 가냘픈 몸집, 가볍게 떠도는 생활에 맞추어 만들어진 것부터가 아닐 것이었다.

방 윗목을 가로막고, 그런 장중한 가구가 차지하고 남은 좁은 방이라, 더욱 길길이 높아 보이는 침침한 천장을 쳐다보는 나는, 하얼빈의 여옥이는 이다지도 황폐한 생활자던가 느껴지는 것이다. 그뿐 아니라 이런 가구를 주워 들인 것이 여옥이의 취미였다면 그 역 하잘것없는 위인이라고도 생각하였다.

여옥이는 내가 기억하는 그 몸매의 선을 그대로 내비치듯이 달라붙은 초록빛 호복을 입고 붉은 장의자에 파묻히듯이 앉아서 열어놓은 창틀 위에 팔꿈치를 세운 손끝에 담배를 피워 들었다. 짧은 호복 소매 밖의 그 손목은 가늘고 시들어서 한 가닥 황촉을 세운 듯하고 고 손끝의 물들인 손톱은 홍옥같이 빛나는 것이다. 그런 손끝에서 피어오르는 담배 연기를 바라볼 뿐 나는 별로 할 말이 없이 묵묵히 앉아 있었다. 여옥이도 무슨 생각에 잠기는 모양이었다. 본시 그런 여옥인 줄 아는 나라 실례랄 것도 없이 나는 나대로 창밖을 내다보고 있었다. 거리 맞은 집 유리창은 좀 기운 햇볕에 눈부셨다. 고기 비늘 무늬로 깔아놓은 화강석 보도에 메마른 구둣발 소리가 소란하고 불리는 먼지조차 금싸라기같이 반짝이는 째인²¹ 햇볕 속을 붉고 파란 원색 옷의 양녀들이 오고 간다. 높은 건축의 골짜구니라 그런지, 걸싼²² 양녀들은 헤엄치는 열대어나 금붕어같이 매끄럽고 민첩하다. 그러한 인어의 거리에 무더기무더기 모여 앉은 쿠리²³떼는 바다 밑에 깔린 바윗돌같이 봄이 가건 겨울이 오건 무심하고, 바뀌는 계절도, 역사의 파도까지도 그들을 어쩌는 수 없는 존재같이 생각되었다. 그러한 창밖에 눈이 팔려 있을 때 들창 위에 달아놓은 조롱에서 새가 울었다. 쳐다보는 조롱의 설핀²⁴ 댓살을 격하여 맑은 하늘의 한 폭이 멀리 바라보였다. 종달새도 발돋움을 하듯이 맨 위 가름대에 올라서서 쫑쫑쫑——쪼르르릉 쫑쫑——을 연달아 울어가며 목을 세우고 관을 세우고 가름대 위를 초조히 오고 간다. 금시에 날아보고 싶어서, 날갯죽지가 미적거리는 모양이나, 그저 혀를 차고 말 듯, 쫑쫑 외마디소리를 해가며 가름대 층계를 오르내릴 뿐이다. 나는 그러한 종달새 소리에 알 수 없이 초조해지는 듯하고 이야기 실마리조차 골라낼 수 없이 무료한 동안이 길었다. 여옥이는 간간이 손수건을 내어 콧물을 씻어가며 초록빛 호복 자락으로 손톱을 닦고 있었다. 나는, 그의 직업 탓이려니도 생각하지만, 그러나 천한 취미로 물들여진 여옥의 손톱이 닦을수록 더 영롱해지는 것을 보던 눈에 종달새의 며느리발톱이 띄자 깜짝 놀랄밖에 없었다. 그것은 병신스럽게 한 치가 긴 것이었다. 나는, 길게 드리운 호복 소매 속에 언제나 감추어두는 왕이나 진(陳)이라는 대인(大人)들의 손톱을 연상하였으므로

"이건 만주 종달샌가?" 물었다.

"글쎄요. 예서 산 거라니까, 아마 만주 칠걸요."

"……"

"뒷발톱이 어지간히 길죠?"

"병신스럽구 징그러운걸."

"병신이라면 병신이지만, 그래두 배안의 병신은 아니래요. 제 손톱두 그렇구요."

여옥이는 빨간 손톱을 가지런히 들어 보이며 웃었다. 그러고는, 종달새의 발톱은 왕대인(王大人)이나 진대인(陳大人)이 치례로 기른 것은 아니지만 누가 깎아주지도 않고 조롱 속에서 닳지도 않아서 자랄 대로 자랄밖에 없는 것이고 또 길면 길수록 오래 사람의 손에 태운 표적이 되어 값이 나가는 것이라고 설명하였다.

"저 발톱만치 길이 들었다면 들었고, 사람의 손에서 병신이 된 게라면 병신이구. ……환경이나 처지의 힘이랄까요!"

여옥이는 이러한 자기 말에 소름이 끼치는 듯이 오싹 몸짓을 하고는 또 콧물을 씻어가며 조롱을 쳐다본다.

나는 그 종달새 역시 여옥이의 손에서 뒷발톱이 그렇게 길었을리는 없다고 생각되어, 혹시 이 방에는 또 다른 누가 있지나 않은가고 새삼스럽게 방 안을 둘러보았다. 그러자 여옥이는 재채기를 연거푸 하며 눈물과 콧물을 씻는 것이었다.

"감기가 든 모양인데, 치운가?"

"아뇨" 하는 여옥이는 새삼스럽게 나의 얼굴을 쳐다보고, 수줍은 듯이 인작[25] 내리까는 그 눈에는, 그리고 그 입술에는 알 수 없는 미소가 떠오르기 시작하였다.

그 알 수 없는 미소는 오룡배에서 "꿈을 그려요?" 하던 때의 웃음 같기도 하였으나, 지금의 여옥이가 새삼스럽게 예전의 그 웃음으로 나를 빈정거릴 리는 없을 것이다. 다시 보아도 그 웃음은 사라지지 않는다.

'혹시!' 지금 여옥이는 밤과 낮을 혼동하는 것이나 아닌가? 그것은 여옥이의 밤의 웃음 비슷한 것이므로 나는 이렇게까지도 생각하였다. 이렇게 쌀쌀하다리만치 청징한 낮에는 볼 수 없는 웃음이므로 혹시 여옥이는 제 말대로, 이 하얼빈, 그리고 지금 그의 처지의 힘으로 홱 변하여 이런 때도 무절제한 충동을 느끼게 되고, 또 충동하려 드는 요망한 웃음이나 아닐까? 이렇게 '혹시! 설마' 하는 눈으로 바라볼 때, 여옥이는 역시 같은 웃음을 띤, 그리고 좀더 가늘게 뜬 눈으로 나를 바라보면서 몸을 차차 기울여 마침내 장의자 팔걸이에 어깨를 기대고 반쯤 누워버리고는 눈을 감았다.

나는 더 의심할 여지가 없었다. 오직 그 퇴폐적 작태를 경멸하면 그만이라고 생각되어 짐짓 그의 얼굴을 빤히 들여다볼 때, 눈동자가 내비칠 듯이 엷은 여옥이의 눈꺼풀이 떨리며 한 방울 눈물이 쏙 비어져 눈썹 끝에 맺히자 하하 하하 하는 웃음소리가 그 엷은 어깨를 흔들며 새어 나오는 것이었다.

나는 오싹 등골에 소름이 끼쳐서 머리를 싸쥐고 눈을 감았을 때, 머리 위의 조롱이 푸득거리며 찍찍 하는 쥐소리 같은 것이 크게 들렸다. 놀라 쳐다본즉, 종달새가 가름대에서 떨어져 조롱 바닥에서 몸부림을 하는 것이었다. 새는 다시 날려고 애써 몸을 솟구다가는 또 떨어지고 그때마다 그 긴 발톱과 모지라진 날개로 헤적이면서 쥐소리 같은 암담한 비명을 지르는 것이다. 새는 몇 번인가 조롱이 흔들리도록 몸을 솟구다 못하여 그만 제 똥 위에 다리를 뻗고 눈을 감아버린다. 아직도 들먹거리는 새의 가슴을—나는 그 암담한 광경을 그저 멍히 보고만 있을 때

"그 조롱 이리 내려주세요. 네 어서 좀" 하며 여옥이는 내 팔을 잡아 흔드는 것이다.

한 손에 그 조롱을 든 여옥이는 한 손으로 쓸어 더듬듯이 담을 의지하고 방 윗목에 쳐놓은 판장 병풍 속으로 들어갔다. 들어가자, 침실인 듯한 그 안에서는 판장 위로 담배 연기가 무럭무럭 떠오르기 시작하고, 무슨 동물성 기름을 태우는 듯한 냄새가 풍겼

다. 그리자 푸드득거리는 날개 소리가 나고 쫑쫑 하는 맑은 소리가 들렸다.

다시 살아난 조롱을 들고 나와 제자리에 걸어놓고 앉은 여옥이는

"지금 제가 웃지요?" 하고 어색한 듯이 빨개진 얼굴의 웃음을 더욱 뚜렷이 지어 보이며

"……웃잖아요? 이렇게 뻔뻔스럽게" 하고는 웃음소리까지 내었다.

"……"

사실 나는 무엇이라 대답할 말을 몰랐다.

"웃잖으면 어떡해요?" 하고 여옥이는 조롱을 툭 쳐서 빙그르르 돌리며

"너나 내나 그새를 못 참아서 이 망신이냐?" 하였다.

거리에 나선 나는 여옥이가 안내하는 대로 카바레나 레스토랑에서 센 워커[26]와 진한 커피를 조금씩 맛볼 뿐이었다. 나 역시 너무 강한 자극물이 싫고 으리으리할 뿐 아니라 마주 앉은 여옥이는 그런 것에 입술을 적실 뿐으로도 기침을 하므로 더욱 마실 생각이 없었다. 그리고 여옥이는 몇 번 코를 풀고 나서 핸드백에는 흰 약(모르핀)을 내어 담배에 찍어 피우며, 그때마다 "웃긴 왜 싱겁게" 하고 싶도록 외면을 하고 싱글거리는 것이다.

지나가던 길에 들러본 박물관에서는 나 역시 여옥이에 덩달아 재채기만을 하고 나왔다. 우중충한 집 속에 연대순으로 진열된

도자기나 불상이나 맘모스의 해골이 지니고 있는 오랜 시간이 횡한 찬 바람으로 느껴질 뿐이었다. 차근차근히 보고 싶은 이 역사를 이렇게 설질러[27]놓으면 또다시 와볼 용기가 있을까고도 염려되었다. 이 박물관뿐 아니라 여옥이를 앞세우고 다닌다면 나의 하얼빈 구경은 모두가 이 모양일 것이라고 염려하였다. 대체 나는 여옥이와 아직 어떤 인연이 남았을까고 속으로 중얼거리며 "이번엔 송화강엘 가세요" 하고 앞서는 여옥이를 또 따라갈밖에 없었다.

아직도 러시아 사람과 유태인이 많이 살 뿐 아니라 '하얼빈'으로 연상하는 에로 그로의 이국적 행락과 소비 기관이 집중되었다는 '기다이스카야'를 거쳐 송화강 부두로 나갔다. 여옥이의 파마 한편에 붙인 모자의 새 깃이 내 뺨을 스치도록 나란히 걸으면서도

"대동강의 한 3배? 한 5배? 혹시 한 10배 될지 몰라요."

"글쎄. 장히 넓군요."

이런 삭막한 이야기를 주고받을 뿐이었다. 그뿐 아니라 나는 내 키보다도, 마음눈을 더 높이 쳐들고 내려다보며 '이 계집애의 운명은 장차 어찌 될 것인가?'고, 여옥이를 동정하기보다 오히려 여옥이를 멀찍이 떠밀어 세워놓고 왼[28] 공론을 하는 듯한 내 마음씨였다. 무료한 침묵이 주체스러워 그저 걷기만 한다. 부두의 무리들이 욱 몰려와서는 오리떼같이 뜬 경묘한 배를 가리키고, 강 건너 수영장을 손질하며 선유를 강권한다. 그들의 생활에 흔히 있을 것 같지 않은 웃음을 지어 보이며 우리 간에 이렇게 웃을 젠

얼마나 좋겠느냐는 듯이 손짓을 해가며 알 수 없는 말로 우리를 유혹하는 것이다. 그러나 여옥이는 배 타보세요? 하는 기색도 없이 손을 내젓고 그대로 따라오면 "부요" 소리를 지르고 발을 구르기까지 하였다.

"곤하시죠?"

"뭐 괜찮소."

이렇게 대답은 하고도 여옥이가 자주 손수건을 꺼내는 것을 생각하자

"참 이군이 기다리겠군요" 하고 마차를 불렀다.

아파트 현관에 닿았을 때는 4시가 퍽 지났다. 여옥이가 전차를 탈 동안 자기 방에서 기다리라고 하며 같이 층계를 올라갔다. 컴컴한 복도를 서너 칸 걸어 방문 앞에 선 여옥이가 핸드백에서 열쇠를 뒤질 때, 그 문은 우리 앞에 저절로 풀썩 열렸다. 불의의 일이라 나는 놀랄밖에 없었다. 한 걸음 앞섰던 여옥이도 깜짝 놀라는 모양이었다.

"어서 이리 들어오시죠."

무겁게 울리는 듯한 녹슨 음성이 들렸다. 짧은 가을 해가 높은 건축 저편으로 완전히 기울어 굴속같이 음침한 방 한가운데, 길고 해쓱한 유령 같은 얼굴이 나를 바라보는 것이었다.

"자— 들어가세요."

여옥이의 또렷한 음성에 한순간 잊었던 나를 발견하고 나는 비로소 걸음을 옮겨 방 안에 들어섰다.

"인사하시죠. 이이는⋯⋯"

이렇게 소개하려던 여옥의 말을 앞질러서, 그 남자는

"뭐 소개 않어두 김명일씬 줄 짐작하지…… 자— 앉으시우"

하고 자기가 마침 의자에 털썩 주저앉았다.

여옥이는 기가 질린 듯이 더 말이 없고 그 남자는 자기 소개를 하려는 기색도 없이 담배를 붙이는 것이었다. 그가 그런 인사를, 미처 생각 못했거나, 또는 짐짓 않더라도 나 역 그 남자가 혹시 여옥이의 옛 애인이던 현모(玄某)가 아닐까고 짐작되었다.

이런 때 담배란 참 요긴한 것이었다. 자기 소개도 않고 인사말도 없이 담배만 피우고 있는 그 남자의 거만하다기보다 모욕적 태도에 (그렇다고 단박 싸움을 걸 계제도 아니라) 나도 담배를 붙여서 그의 얼굴 편으로 길게 뿜는 것으로 이 무언극의 상대 역을 할밖에 없었다. 그러나 그 남자는 팔꿈치를 테이블에 세운 손끝에서 타 들어가는 담배를 별로 빨지도 않고 무슨 생각으로 차차 골똘히 잠겨 들어가는 얼굴이었다. 생면 손님을 눈앞에 앉혀놓고 혼자 생각에 정신을 팔고 있는 것은 더욱 나를 무시하는 배짱이라고 생각하면 내가 느끼는 모욕감은 더할밖에 없었다. 그러나 단순히 나를 모욕하는 수단으로 그런다기보다도, 이 남자가 내 짐작에 틀리지 않는 현모라면 이 삼각관계(?)의 한 점이 되는 그로서 자연 어떤 생각에 잠기는 것도 무리한 일이 아니라고도 생각되었다. 사실 그렇다면 모욕감으로 혼자 흥분하고 있는 나보다 그는 퍽 침착한 사람이라고도 생각되었다.

그 남자는 꽤 벗어진 이마로 더욱 깊고 여위어 보이는 창백한 얼굴이 석고상같이 굳어져 있다가 다 탄 담배를 비벼 끄고 일어나 좁은 방 안을 거닐기 시작한다. 검푸른 무명 호복이 파리한 어깨에서 발뒤꿈치까지 일직선으로 흘러서 더 수척하고 길어만 보이는 그 체격은, 더욱더 짙어가는 방 안의 어두움을 한 몸에 휘감은 듯하였다. 그보다도 어두움이 길게 엉기고 뭉쳐서 내 눈앞에 흐느적거리는 것같이도 생각되는 것이다.

'불은 왜 안 켜나?' 나는 어둠이 주는 그런 착각이 싫고 그 남자의 길고 빠른 백골 같은 손끝이 비수로 변하지나 않을까도 생각하며, 그저 연달아 담배를 피울밖에 도리가 없었다.

"혹시 여옥군한테 들어 짐작하실는지 모르지만 나는 현일영(玄一英)이라고 합니다."

갑자기 내 앞에 발을 멈추고 이렇게 말을 시작한 그는 다시 걸으며

"아주 보잘것없는 낙오자지요. 낙오자라기보다 지금은 어쩔 수 없는 아편 중독자지요. ……그러나 한때 나는 젊은 투사로, 지도 이론분자로 혁혁한 적이 있었더랍니다."

여기까지 하던 말을 그친 현은 문 옆의 스위치를 눌러 전등을 켰다. 켰더라도, 천장 한가운데 드리운 줄에 갓도 없이 매달린 작은 전구의 불빛은 여간 희미하지 않았다. 현은 장의자에 털썩 주저앉자 호복 안섶 자락에서 뒤져낸 흰 약을 권연에 찍어서 빨기 시작하였다. 그 누르지근한 냄새를 풍기는 연기가 판장 병풍 뒤에서도 떠오르는 것이었다. 여옥이가 거기에 들어가기 전에 삼면 경대 위에 들어다 놓았던 조롱에서는 은방울을 굴리는 듯이 종달새가 반겨 울었다.

"아마 방면은 달랐어도 현혁(玄赫)이라면 짐작하실걸요. 한때 좌익 이론의 헤게모니를 잡았던 유명한 현혁이 말입니다. 현혁이 하면 그때 지식 계급으로는 모르는 이가 없을 만치 유명한 현혁 이었으니까요. 언제나 현혁이 신변에는 현혁이를 숭배하는 청년 들이 현혁이를 따라다녔지요."

이러한 현의 말에 하도 자주 나오는 '현혁'을 나도 신문이나 잡 지에서 간혹 본 기억이 있다. 나는 한 번도 유명해본 경험이 없어 그런지는 모르나, 그렇게 쉽고 쉽듯이 불러보고 싶도록 매력이 있는 '현혁'일까고 이상스럽게 들렸다. 혹—, 현이 취한 탓일까? 모르핀도 취하면 술과 같이 흥분하는가 하여 침침한 전등빛에 유 심히 바라보았으나 현의 얼굴은 더욱 해쓱하게 쪼들어지고 눈은 더 가늘어진 듯하였다.

"여옥이도 그렇게 유명한 현혁이를 숭배하던 학생 중의 하나였 답니다. 그때 패기만만한 현혁이는 연애에도 패자였지요. 연애도 정치입니다. 정치는 투쟁, 극복입니다. 여자란 남자의 투쟁력과 극복력이 강하면 강할수록 숭배하고 열복하는 것입니다. 결혼이 니 부부니 하는 형식은 문제가 아니지요. 여옥이는 오륙 년이나 현혁이가 감옥으로 방랑으로 떠돌아다니는 동안에 떨어져 있었지 만 종시 현혁이를 잊지 못하고 이렇게 따라온 것입니다. 따라와 서는 여급으로 댄서로 나를 벌어먹이지요. 지금의 현일영이는 계 집이 벌어주는 돈으로 이렇게 아편까지 먹습니다. 왜 아편을 먹 는가 하겠지만, 지금은 이것이 밥보다도 소중하고, 없으면 반나 절도 살 수 없으니까, 계집이 벌어준 돈이니 어떠니 하는 체면이나 의리 문제는 벌써 지나친 일입니다.

그럼 왜 당초에 아편을 시작했는가고 대들겠지요……"

그때 판장 병풍 뒤에서 흐득흐득 느끼는 여옥이의 울음소리가 들렸다. 말을 멈춘 현은 흰 약을 피우던 담배 꽁다리를 던져버리고 일어나서 뒷짐을 지고 다시 거닐며 말을 계속한다.

"……김선생도 의례히 그렇게 물으실 겝니다. 지금은 다 나를 버렸지만 옛날 친구나 동지들이 그랬고 다시 만난 여옥이도 그렇게 묻고 대들고, 울고 야단을 치고 이제라도 끊으라고 애걸을 했지요. 간혹 제정신이 든 때마다 나 역시 내게 묻고 대들고 울고 야단을 치는 때도 있었습니다.

물론 아편을 먹는 이유랄 것도 없는 것은 아닙니다. 신병, 빈곤, 고독, 절망, 자포자기, 이런 이유랄까, 핑계랄까. 아마 그중에 제일 큰 이유나 동기랄 것은 '자포자기'겠지요.

신병, 빈곤, 고독, 절망, 이런 순서로 꼽아 내려가다가 흔히들 '자포자기'하는 것이지만, 반드시 그런 것은 아니라고 나는 생각합니다.

신병이나 빈곤은 그리 쉽게 마음대로 안 되는 것이지만, 자포자기를 하고 않는 것은 각자 그 사람에게 달렸다고 생각합니다. 나와 못지않은 역경에서도 칠전팔기란 말 그대로 자기의 운명을 개척해 나가는 친구도 많았습니다. 180도의 재주넘이를 해서라도 새 길을 찾은 옛 동지도 있습니다. 이 말은 결코 아유[阿諛]가 아닙니다.

그런데 나만은 자포자기를 하였습니다. 비록 신병이 있고 빈곤

하더래도, 시작을 않았으면 그만일 아편을 자포자기로 시작했지요. 그래서 지금은 아주 건질 수 없는 말기 중독자가 되고 말았죠.

말하자면 아무런 시대나 환경이라도, 사람을 타락시킬 힘은 없다고 봅니다. 그 반대로 타락하는 사람은 어떤 시대나 환경에서든지 저 스스로 타락하고야 말, 성격적 결함이 있는 것입니다.

그래서 나는 내 환경을 저주하거나 주제넘게 시대를 원망할 이유도 용기도 없습니다. 오직 내 약한, 자포자기하게 된 내 성격을 저주하는 것뿐입니다.

그러나 지금에는 그런 반성을 하는 것도 지난스러워지고 말았습니다. 사실 그런 반성이 지금 내게 무슨 소용이 있습니까? 이런 말을 내가 하고 보면 도리어 우스운 말이 되고 마는군요.

내가 지금 초면인 김선생 앞에서 이같이 장황히 지껄인 것은 혹시 옛날의 내 교양의 찌꺼기나마 자랑하고 싶은 허영이었을는지도 모릅니다. 그보다도 이런 과거의 교양이랄까 지식을 씹으며 즐기는 수단이겠지요."

현은 더 말할 수도, 거닐 수도 없이 피곤한 모양으로 장의자에 몸을 던지듯이 주저앉아서, 두 손으로 이마를 받들어 짚고, 아직도 그치지 않은 여옥이의 느껴 우는 소리를 한참 동안 듣고 있다가 또 흰 약 담배를 피워 물었다.

"사실, 나는 이렇게 모히[29] 연기와 추억의 꿈을 먹고 사는 사람입니다. 반성에는 지쳤고, 자책에는 양심이랄 게, 이성이 마비되고 말았지만, 옛날 현혁의 명성을 더 히로익하게 꾸미고, 그리 풍부하달 수도 없는 로맨스를 연문학적으로 과장해서 씹어가며, 호수 같은 시간 위에 떠도는 것입니다. 그러는 내게도, 여옥이가 김 선생을 버리고 내 품속으로 돌아온 것입니다. 여옥이로서는 제 첫사랑의 추억으로도 그랬겠지만, 나는 옛날의 혁혁하고 유명하던 현혁이, 즉 나의 패기와 극복력에 이끌린 것이라고 생각하지요. 지금 여옥이에게 물어보아도 알 것입니다. 그래서 내 과거의 기억은 더 찬란해지고 내 꿈의 양식은 더 풍부해진 것입니다. 그러므로 나는 이 처지에도 행복을 느낄 수 있습니다. 내 곁에 여옥이만 있어주면 나는 죽는 날까지 행복일 것입니다. 여옥이도 내가 죽는 날까지는 내 옆을 떠나지 않겠지요. 꼭 그래야 할 것입니다.

그런데 이미 여옥이를 놓쳐버렸던 김선생이 돌연히 우리 앞에 나타난 것은 무슨 까닭입니까? 지금 와서 김선생이 아무리 금력으로 유혹한댔자, 사내다운 매력이 없는 김선생을 따라갈 여옥이가 아닙니다. 그뿐 아니라, 결코, 내가……"

현은 벌떡 일어나서 내 앞에 다가선다.

"이 이 내가 만만히 놓아주질 않는단 말이오. 네? 이 내가 말이오. 알아듣겠소?" 이렇게, 흥분으로 떨리는 높은 음성으로 말하는 현은 두 팔로 탁자를 짚고 들이댄 얼굴에 살기등등한 눈으로 나를 노리며

"네? 알아듣느냐 말요. 이 내가 만만히 놓아주질 않는단 말요."

이렇게 버럭 고함을 지르며 현은 주먹으로 제 가슴과 탁자를 두들겼다.

좀 전의 예감이 종내 이렇게 실현되고야 마는 것을 눈앞에 보고 있는 나는 그저 난처할 뿐이었다. 이렇게 발작된 현의 병적 흥분과 오해를 풀려면 장황한 이야기가 필요할 것이나, 그럴 시간의 여유가 없으므로 나는 할 수 없이 의자에서 일어나 모로 서며, 나도 주먹을 부르쥐고 노리는 현의 눈을 마주 노려볼밖에 없었다. 짧은 동안이었다.

금시에 현은 파리한 어깨가 들먹거리고 숨이 가빠지는 것이었다. 그때, 어느 결에 튀어나온 여옥이가 두 사람 사이에 막아서며 허전허전한 현의 허리를 붙안아 의자에 주저앉히고 그 무릎에 쓰러져 느껴 울기 시작하였다.

테이블 위에 놓인 모자를 집으려다가 현의 코언저리에 번쩍번쩍 흐르는 눈물을 보게 되자 나는 웬 까닭인지 그 자리에 멍하니 섰을밖에 없었다. 그러한 그들을 그 자리에 그대로 차마 버려두고 나올 수 없었음인지, 혹은 더덮인[30] 영마[影魔][31]같이 뭉켜 앉은 그들의 눈물에 냉담한 호기심을 느낀 탓인지는 아직도 모르지만, 그때 나는 그들 앞에 의자를 당겨놓고 다시 앉았던 것이다.

이때껏 나는 현의 장황한 독백을 들을 뿐, 그의 착잡한 심리적 독백의 결론이라 할 수 있는 오해를 풀려고도 않고 훌쩍 일어서 가버리면 너무 심한 모욕이 아닐까 하여, 간명하게 변명할 이야기의 실마리를 찾아보려고도 하였다. 내가 여옥이를 유혹하러 왔다는 현의 오해를 풀려면, 다른 말보다도, 지금 나는 결코 여옥이를 사랑하지 않는다고 하여야 할 것이다. 그뿐 아니라, 사랑 여부가 없이 아무런 호기심까지도 느끼지 않는다고 해야 할 것이다.

현의 흥분이 단순한 오해가 아니요, 영락한 자신과 나와의 대조로 인한 자굴적 질투이기도 할 것이므로, 변명하려면 이렇게까지도 말해야 할 것이다. 그런 내 말이 현의 흥분과 오해를 풀기에는 효과적이겠지만, 그러나 본인 여옥이 앞에서는 그런 말은 삼가야 할 것이다. 여옥이의 여자로서의 자존심을 위해서만도 그러려니와, 그러한 솔직한 내 말이, 어떻게 되면 현의 자존심까지도 상할 염려가 없지 않을 것이다.

이런 주저로 미처 할 말이 없이 그저 담배만 피우며, 이따금 쫑쫑거리는 새소리를 듣고 있을 때 눈물 젖은 여옥의 음성으로

"지금 이런 나를 가지구, 누가 유혹을 하느니 질투를 하느니, 모두 우스운 일이 아니야요! ……김선생님은 어서 돌아가세요."

하고 여옥이는 마침 자리를 일어 옷자락을 터는 것이다.

나는 더 주저할 것도 없이 되었으므로 모자를 집어 들고 나왔다.

내가 현의 오해를 풀자면 더듬고, 에둘러 중언부언 늘어놓아야 할 말을 단 한 마디로 포개놓고 마는 여옥이의 그 총명이 다시금 놀라웠다. 그러나 여옥이의 그런 말에 내 마음이 경쾌하다기보다, 그 총명과 직감력으로 여옥이는 더욱더 불행한 여자가 되는 것이라고 오히려 우울할밖에 없었다.

그날 밤에 만난 이군은, 일이 끝나서 4시까지 내 전화를 기다리다 못해 아파트 사무실에 전화로 여옥이를 찾았더니 웬 남자의 음성으로 여옥이가 돌아오면 전할 터이니 무슨 말이냐고 묻기에, 무심히 내 이름을 일러주고, 지금 여옥씨와 같이 나갔을 모양이니 돌아오면 이(李)라는 사람이 기다린다는 말을 전해달라고 부

탁했던 것이라고 한다.

일이 그렇게 된 것이라면, 현이 첫눈에 나를 알아본 것이 조금도 신비로울 것은 없었다. 시초가 그렇다면 갑자기 우리 앞에 열린 문이나, 홀연히 나타난 그로한[32] 인물의 괴이한 독백이나 흥분이나, 그리고 활극 일순 전에 수탄(愁嘆)으로 끝난 그 일막극은 모두가 몰락한 정치청년이 꾸며놓은 가소로운 멜로드라마였던 것이 아닐까? 사실 그렇다면 그때 일종의 귀기(鬼氣)와 압박감을 느끼고 마침내는 슬픈 인생의 매력에 감동(?)했던 나는, 그들이 피운 마약에 오히려 내가 취하였던 것이라고도 할 것이다.

이런 생각에, 본시 나의 버릇인 급성 신경 쇠약으로 또 판단력을 잃고 만 나는 마주 앉은 이군이 미처 권할 사이도 없이 연방 잔을 기울이면서, 그때의 여옥이의 '눈물'과 '총명한 말'까지도? 이렇게 속에 걸리는 것을 느끼면서도, 그것은 모두가 다 현이 자작 자연한 엉터리 희극이었다고만 치우쳐 설명하는 것으로 그때 흔들린 내 마음을 위로하였다. 그래서 나는, 언제나 제 권모술수에 빠져서 솔직한 말과 행동을 하지 못하는 소위 정치가 타입의 인물을 싫어하는 것이라고, 현을 조소하는 것이었으나, 그러한 내 조소에 천박한 여운을 들을밖에 없었고, 그럴수록 나는 그런 여운을 안 들으려고 더욱 크게 웃을밖에 없었다. 그래서 눈이 둥그레진 이군이

"봉변은 하구두, 옛 애인을 만나 대단히 유쾌한 모양일세" 하도록 나는 유쾌한 듯이 웃었던 모양이다.

그 이튿날 늦잠을 자고 일어나자, 보이가 벌써부터 로비에서 기

다린 손님이라고 안내한 것은 여옥이었다.

정오의 양기가 가득 찬 방 안에 들어선 여옥이는 분홍 저고리에 초록 치마가 오룡배 적 차림이요, 풍기는 향료까지도 새로운 추억이었다. 오직 그 눈만이 정기를 잃었을 뿐이다.

"어제는 나 때문에 두 분을 괴롭혀서 미안하외다."

하는 내 말은 어색하도록, 경어로 나왔다.

"천만에요." 역시 어색하도록 공손히 시작된 여옥의 말은 이러하였다.

──그러한 제 생활을 애써 숨기려고 한 것만도 아니지만, 잠시 다녀가는 나에게 알릴 필요도 없던 일이, 그만 공교롭게 그 모양으로 알려져서 도리어 미안하다고 하였다. 이미 탄로된 일이라 더 숨길 필요도 없으므로 저간 지나온 이야기를 다 하고, 또 부탁도 있으니 들어달라고 하는 여옥이는,

"중독자에게서 흔히 볼 수 있는 몰염치한 생각인지는 모르지만……" 내가 잠시 손을 내밀어준다면 여옥이는 내 손을 붙잡아 의지하고 지금의 생활에서 자기를 건져내고 싶다는 것이었다.

"제가 중독자의 몰염치로 이런 말씀을 하게 되는 것인지는 모르지만……" 여옥이는 또 이런 말을 앞세우고, 아직 자기의 몰염치를 자각할 수 있고, 애써 자기를 건져야겠다는 의지가 남아 있는 이때를 놓치면 영 자기는 폐인이 되고 말 것이라고 말하는 그의 눈에는 눈물이 고인다.

그러한 여옥이의 말을 듣고 눈물을 보는 나는, 언제나 나의 의식을 분열시키고야 말던, 그 역시 분열된 의식으로 갈피를 잡을

수 없는 여옥이의 표정이 갱생에 대한 열정과 동경을 초점으로 통일된 것을 발견하고, 지금의 여옥이면 역력히 그럴 수 있다고 생각하였다. 어제 장의자에서도 여옥의 눈물을 보았지만 그것은 역시 병적 권태에 물들고 니힐한 웃음에 떨리는 눈물이었다.

지금 한 초점으로 통일된 의식과 순화한 정서로 맺힌 맑은 눈물을 바라보는 나는 여옥이가 잠시 내밀어달라는 손을 어떻게, 얼마나 잠시 내밀어야 하는 것이며 현과의 관계는 어떻게 되는 것이며──를 전혀 알 수 없지만 당장 그런 조건을 묻는 것은 너무 타산적으로, 혹시 여옥이의 자존심을 건드려 존중해야 할 그 결심을 비누풍선같이 깨치게 될지도 모르므로 나는 우선

"참 좋은 결심입니다. 그래야지요. 내가 할 수 있는 일이면 해야지요" 할밖에 없었다. 그러한 내 말에 눈물 어린 눈으로 나를 쳐다보던 여옥이는 자기 무릎에 얼굴을 묻고 느껴 우는 것이다. 나는 한참이나 떨리는 그의 어깨를 바라보다

"자─ 이전, 어떻게 할 방도를 의론해야지 않소" 하였다.

"……네…… 감사합니다." 눈물을 씻고 난 여옥이는 창밖을 내다보며

"무엇보다 저는 이곳을 떠나야 해요. ……할 수만 있으면 저를 다리시구 조선으로 나가주셨으면 합니다." 그러한 여옥의 말에

"?"

나는 그저 잠잠히 귀를 기울일 뿐이었다.

"……전같이, 결코, 그런 염치없는 생각으로 말씀드리는 것은 아닙니다. 단지 병인을─, 사실 병인이니까요. 한 정신병자를 감

시하시는 셈 치시구 저를 조선까지 다려다만 주세요. 저 혼자서는, 무섭기는 하면서도, 그 마약의 매력과, 또…… 그런 것을 저버리고 이겨 나갈 자신이 없을 듯해요."

—마약의 매력과 또…… 이렇게 여옥이가 주저하다 흐려버리고 만 '그런 것'이란 무엇일까? 현? 현에 대한 애착일까? 나는 이런 의문에 어제 저녁에 현의 무릎에 쓰러져 울던 여옥의 모양을 다시 눈앞에 그릴밖에 없었다. 그때 아무리 내가 더덮인 영마 무더기라고 경멸의 눈으로 보면서도, 낙척,[33] 패부[34] 그리고 절망과 눈물에 젖은 슬픈 인생에도 황홀한 매력과 감격한 인정을 은연중 느끼는 듯하고 그들 중에 나만이 그런 감격과 인정의 문밖에 호젓이 서 있는 듯한 고독감을 느끼기도 하였던 것이다. 나의 그런 느낌이 혹시 여옥에 대한 미련의 질투나 아닐까?고 생각되자 '천만에' 하고 떨어버렸던 생각이다.

"어제 보신 바와 같이, 현은 한 과대망상광일 뿐 아니라, 제게는 무서운 악마같이 보이는 때도 있습니다. 제가 모히를 시작하게 된 것도 현의 강제로 그런 것이죠."

이렇게 다시 시작된 여옥이의 이야기는,

—사실 현혁이라면, 조선은 물론 일본 내지의 동지 간에도 주목되던 이론분자였고, 심각한 지하 운동에도 민활히 활동한 사람이었다. 그때 여옥이는 현의 애인이었지만, 현은 감옥으로, 출옥 후에는 정처 없는 방랑으로 오륙 년간의 소식을 몰랐다. 그동안 본시 고아인 여옥이는 여급으로 티룸 마담으로 전전하다가 평양까지 와서 나를 알게 되었다. 그 얼마 후에 우연히 만난, 동경 시

대의 현의 친구에게 현이 하얼빈에 있다는 소식을 들었다. 그러나 그때는 오륙 년이라는 세월을 격하여 현을 따라갈, 몸도 처지도 못 되므로 용기를 내지 못하였던 것이다. 그러나

"오룡배가 얼마 멀지는 않아도, 아마 국경을 넘었다는 생각만으로도, 하얼빈이 지척같이 생각되었던 게죠. ……그리고 또, 그때는 참 그럴 만도 하게 되잖았어요!" 하는 여옥이는 얼굴을 붉히며 웃었다. 나 역시 따라 웃을밖에 없었다. 서로 어이없는 일이었다는 듯이 웃고 나서

"지금 이런 말을 한대서 부질없는 말이지만, 그때 일은 전연 내 잘못이지요. 너무 진실성이 없었으니까요. 그때 여옥씨가, 그런 내 태도에 모욕감을 느끼셨을 것도 그래서 달아나신 것도 여옥씨다운 총명한 행동이었지요."

이런 내 말에 여옥이는 금시에 또 솟는 눈물을 씻었다.

"……그때 선생님의 심정도 당연히 그랬을 게죠. 만일 그 반대로, 그때 선생님이 진정으로 저를 사랑하셨다면, 저는 도리어 감당할 수 없어서 더 송구스러웠을 게죠." 잠시 말을 끊고 주저하던 여옥이는

"……또 참을 수가 없구만요" 하고 핸드백에서 마약을 내어 피워 물고 외면한 얼굴에 눈물이 어린다.

여옥이는 그만치라도 내 앞에 터놓은 마음이라 부끄러움을 싱글싱글한 웃음으로 가릴 처지가 아니므로, 그만 눈물이 나는 모양이었다.

"지금 제 말씀같이, 그렇게는 생각하면서도, 그때 선생님이 저

를 사랑하시려는 노력이 아니라, 그림을 위해서만이라도 옛 환상을 버리시려고 애쓰시면서도 못하시는 것을 볼 때 저는 저대로 자존심은 상하고, 그러니 자연 반발적으로 저도 옛날 꿈을 그리게 될밖에 없어서……" 그래서 달려와 이곳에서 만난 현은, 명색어느 변호사의 사무원이지만, 정한 수입도 없고 하는 일도 없는 하잘것없는 중독자였다는 것이다. 현은 다년간 혹사한 신경과 불규칙한 생활로 언제나 아픈 안면 신경통과 자주 발작하는 위경련으로, 없는 돈에 가장 수월하고 즉효적인 약으로 시작한 마약에 중독하기 시작하였다는 것이다.

그래서 여옥은 현을, 애걸하다시피 달래고 얼러서 모르핀 환자 수용소까지 데리고 갔으나, 한 번은 문 앞까지 가서 현이 뿌리치고 달아났고 한 번은 여옥이가 현에게 설복되어 그저 돌아오고 말았던 것이다.

"이편이 도리어 설복되다니요?" 내가 묻는 말에

"참 괴상한 일 같지만, 그 역 할 수 없는 사정이 있어요."

그 사정이란 것은 지금 마약에 눌려 있는 현의 신경통과 위경련은 마약의 힘이 사라지기가 무섭게 전보다 몇 배의 고통과 발작을 일으켜서 그 병만으로도 지금이나 다름없는 폐인이 될밖에 없고, 따라서 생명도 중독으로 죽으나 다름없이 짧을 것이라는 것이다. 그럴 바에는 죽는 날까지 고통이나 없이 살겠다는 것이요, 그뿐 아니라 적극적으로 현재의 자기 생활을, 혼자서나마 합리화하고 살자는 것이다.

그것은, 역사적 결론의 예측이나 이상은 언제나 역사적으로 그

오류가 증명되어왔고 진리는 오직 과거로만 입증되는 것이므로, 현재나 더욱이 미래에는 있을 수 없다는 것이다. 그러므로 사람의 생활은 그런 이상을 목표로 한다거나, 그런 진리라는 관념의 율제[35]를 받아야 할 의무도 없을 것이요 따라서 엄숙하랄 것도 없다는 것이다. 그뿐 아니라 사람은 허무한 미래로 사색적 모험을 하기보다도 거짓 없는 과거로 향하는 것이 현명하다는 것이다. 그러기에는 아편 연기 속에서 지난 꿈을 전망하는 것이 얼마나 황홀하고 행복스러운지 모른다고 하며 현은 여옥에게도 마약을 권하였다는 것이다.

그러나 여옥이가 그런 말을 들었을 리가 없었다. 오직 두 사람의 생활을 위하여 홀의 댄서로 카바레의 여급으로 피로한 밤낮을 지날 뿐이었다. 그러한 생활에 밤 3시 4시까지 지친 몸으로 곤히 잠들었다가도, 혹시 심한 기침에 몸을 뒤채다 눈을 뜨게 되면 현은 그때도 일어나 앉아서 모르핀을 피우고 있었다. 그러던 중, 어느 날 밤은 얼굴에 더운 김이 훅훅 끼치는 것을 느끼며 자꾸 기침이 나면서도 가위에 눌린 듯이 목이 답답하고 움직일 수 없이 사지에 맥이 풀려, 간신히 눈만을 떴을 때…… 깊은 안개 속으로 보이는 듯한 현의 얼굴이 막다른 담과 같이 눈앞에 크게 막히고 그 입으로 뿜어내는 마약 연기를 여옥이 코로 불어넣고 있었다. 그런 줄 알자 여옥이는 비명을 지르고 달아나려 하였다. 그러나 현에게 붙잡힌 손목을 용이히 뿌리칠 기력도 없이, 그저 현이 무서워 떨리고, 야속한 설움에 그만 주저앉아 울밖에 없었다. 여옥이는 그때 그러한 광경을 지옥으로 느꼈다고 한다.

그러나 현은 가장 엄숙한 음성으로, "미안하다. 내가, 죽일 놈
이다. 그러나 지금 나는 너 없이는 살 수 없는 위인이 아니냐" 하
면서, 그대로 두면 여옥이는 언제든지, 혹시 내일이나 모레라도
현을 버리고 달아날는지 모르므로, 현은 잠시도 불안하여 견딜
수가 없다는 것이었다. 그래서 같은 중독자가 되어 현이 죽는 날
까지 자기를 버리지 말아달라고 울며 애걸하였다는 것이다.

그때 그러한 현의 말이, 여옥이 없이는 못 살리만치 여옥이를
사랑한다는 뜻인지, 여옥이가 벌어먹이지 않으면 못 산다는 말인
지 분명히 알 수는 없으면서도──어느 편이건, 여옥이는 그저 현
이 애처롭고 불쌍하게만 생각되었다는 것이다.

"웃지 마세요. 여자란 아마, 저 없이는 못 산다면, 몸에 휘감긴
상사구렝이도, 미워는 못하나 봐요" 하고 여옥이는 얼굴을 붉히
며 웃었다.

그래서 그때부터 여옥이는 현이 권하는 대로 무서운 중독자가
되어가면서도, 한 남자의──더욱이 첫정을 바쳤던──사람의 마
음을 아직도 완전히 붙잡고 있다는 여자의 자존심이랄까?──로
만족하게 지날 수가 있었다고 한다.

"그러시다면, 지금 조선으로 나가실 결심은? 또 현씨는 어떻게
하시구서?"

비로소 나는 아까부터 궁금하던 생각을 물을 수가 있었다.

"네, 제 말씀을 들으세요."

하고 계속한 여옥의 말은──그런 생각으로, 의지하는 현을 받들
어 지나가면서도 문득문득 일생의 파멸이라는 생각이 들 적마다,

여옥이는 전율에 떨고 울기도 하였다는 것이다. 혹시 그러한 여옥이를 보게 되면 현은 "왜? 아직도 딴 세상에 미련이 남았나? 내가 짐스러운가? 물론 그렇겠지만 병신 자식을 둔 어머니의 운명으로 알고 얼마 머지 않아서 죽을 나이니까, 좀만 더 참으면 오래 잖아 자유로운 몸이 될 터이니까." 현은, 여옥이를 위로하는 셈인지 이런 말을 하게 되었다. 그 말을 들을 때마다 여옥이는, 여옥이 없이는 못 산다는 현의 말뜻이 어떤 것인지 짐작되어, 차차 파멸에 대한 공포가 더 커가서 울게 되는 때가 많아졌다. 이즈음에는 여옥이가 울 때마다, 현은 그렇게 내가 여옥이의 젊은 육체의 자유까지를 구속하려는 것은 아니니 자기 앞에서 그렇게 울어 보이지는 말아달라고 성을 내는 것이다. 현의 그런 말이 본시부터의 심정인지, 나날이 쇠약해가는 생리적 타격으로 변한 생각인지는 모르지만 여옥이에 대한 현의 생각을 너무도 분명히 알게 되어 한없이 슬픈 것이라고 한다. 그러나 여옥이는

"선생님이 어떻게 들으시라고 하는 말씀은 결코 아니지만, 여자로서 선생에게 업수임을 받은 자존심을, 살리기 위해서만이라도, 현이 내게 의지하는 것이 어떤 심정이건, 그 마음만은 내가 지니려는 노력을 해왔지요만." 현은 훔쳐낼 처지가 필요도 없으련만 여옥이 모르게 돈을 뒤져내기도 하고, 심지어 여옥이가 다니는 홀이나 카바레 주인에게 선채할 수 있는 대로 돈을 취해가지고는——겨우 지내는 구차한 살림이라 물론 집에 많은 돈이 있을 리 없고, 선채를 한대도 중독자에게 큰돈을 취해줄 리도 없지만——돈이 없어질 때까지는 흰 약보다 더 좋다는 아편을 빨 수

있는 비밀 여관에 틀어박혀서 집에 들어오는 법이 없었다. 그러한 현이 어제 집에 있는 것은 여옥이로서도 의외였다.

그러나 여옥이는 어젯밤까지도, 현을 버리고까지 제 몸만을 건져보려는 생각은 없었다. 현의 말대로 병신 자식을 둔 어머니의 운명으로 남은 반생을 단념하고 현이 사는 날까지 현을 지키려고 했다는 것이다.

그러나 어젯밤에 내가 나오자 김명일이가 여옥이를 따라온 것이 아니냐고, 하도 여러 번 재우쳐 묻는 현의 말씨나 태도가 단순한 질투나 시기라고 할 수 없으므로 짐짓 여옥이는

"아마 그런지도 모를걸요" 해보았더니, 현은 으레 그럴 것이라고 자기의 추측이 어김없는 것을 자긍하듯이 만족해하며

"그럼 여옥이도 역시 김명일이를 못 잊어하지? 아마."

"……"

"그러면 그렇다고 솔직히 말하면 아무리 내가, 니힐한 에고이스트라도 송장이 다 된 나만을 위해서 여옥이를 희생할 염치도 없으니까" 하면서 자기(현) 앞에서 김명일이가 아직도 여옥이를 사랑한다고 언명하면 현은 두말없이 물러설 터이니 여옥이의 심정부터 솔직히 말하라고 다졌다는 것이다. 그래서 여옥이는, 그럼 당신은 내가 없어도 살 수가 있느냐? 이젠 내가 소용이 없느냐?고 되물었더니, 현은 결코 그런 것은 아니라고 하며 자기 욕심만 같아서는 죽는 날까지 여옥이가 있어주었으면 그 이상 행복이 없지만, 아직 장래가 투철한 두 사람이 서로 사랑하는 것을 눈앞에 뻔히 보면서야 산송장인 자기 욕심만 채우잘 수도 없으므로,

두 사람이 자기 앞에서 솔직한 대답을 하라는 것이다. 그래서 여옥이는——나에게만 솔직한 대답을 강요하지 말고, 당신부터—— 당신은 나보다 돈이 필요해서 김명일씨가 나를 사랑한다고만 하면 그 말을 빌미로 잡아가지고 돈을 강청할 심사가 아닌가! 좀 솔직히 말해보라고 하였던 것이 현은 하도 의외의 말이라는 듯이 펄쩍 뛰며 비록 지금 여지없이 타락하였지만, 아직도 '현혁'이의 자존심만은 남아서 제 계집을 팔아먹게까지는 안 되었다고 하며 여옥이의 말이 너무 야속하다는 듯이 현은 울었다고 한다. 그래서 나는

"그건 사실 여옥씨가 너무 현씨의 심정을 야속하게만 곡해하는 것이 아닐까요?" 물었다.

"혹 그런지도 모르죠" 하는 여옥이는 곧 말머리를 돌려서

"선생님은 지금 저와 같이 가셔서, 현이 묻는 대로 아직도 저를 사랑하신다고 말씀해주세요. 쑥스러운 일 같지만 그 한마디 말씀으로 저는 현에게서 벗어나 갱생할 수 있을는지도 모르니까요. ……그리구 이것— 가지셨다 현이 요구하면 내주세요" 하면서 여옥이는 핸드백에서 백 원 지폐 석 장을 내 손바닥에 놓았다.

"이 돈은 선생님이 주셨던 보석을 지금 팔아온 것입니다"고 하는 여옥이는 내가 준 다이아 반지를 수식물로만 아껴 지니고 있었다기보다, 어느 때 닥쳐올지 모를 불행을 위하여 현이도 모르게 간직해두었던 것이라고 한다.

나는, 이 돈이 현의 장비[36]였구나! 그러나 지금은 여옥이의 몸값이 되는구나! 생각하면서도

"설마······ 현씨가······" 이렇게 시작하려는 나의 말을 앞질러서 "죄송하지만 지금 곧 가주셨으면······" 하고 여옥이는 먼저 일어선다.

이 일이 장차 어떻게 될 것인가? 속으로 중얼거리면서도 나는 여옥이의 단호한 기상에 더 주저할 여유가 없었다.

마차 위에서 여옥이의 몸은 가볍게 흔들리지만 그 마음은 호수 같이 가라앉은 모양으로, 어느 한 곳을, 아마 때진[37] 결심으로 한 점 구름 같은 잡념도 없이 맑은 호수 같은 제 마음을 들여다보는 듯한 그 눈은 깜박이지도 않았다.

그러한 여옥이 옆에 앉은 나는 그에게 미안하면서도, 아까 중동무이된 "설마······ 현씨가······" 하던 나의 의문을 "현이 설마 돈을 요구할라구요?" 하고 계속해보는 것이었다. 그러나 그것은 단지 의문의 형식으로 여옥이의 자존심을 위한 인사말이었고, 오히려 의문은, 혹시 —, 만일 —, 현이 의외로 담박하게 돈 이야기 같은 것은 하지도 않고 만다면, 그때의 여옥이는 어떻게 할 것인가? 이것이 더 궁금한 의문이다. 물론 현이 돈을 요구할 것이라 예측하는 것이요, 그 예측이 맞는다면 여옥이를 돈으로 바꾸는 현을 여옥이도 마음 가뜬히 버리고 나를 따라 조선으로 가는 것이 정한 순서일 것이다. 그러나 천만 의외에도 현이 여옥이의 행복만을 위하여 여옥이를 버린다면 그때의 여옥이는 어떻게 될 것인가? 정녕 여옥이는 다시 현을 따라가게 될 것이다. 현이 돈을 요구하든 말든, 지금의 결심대로 여옥이가 나와 같이 조선으로 간다면 이 연극은 제법 막이 마치고 끝나는 것이지만, 만일 여옥이가 다시 현을 따라가고 만다면, 나는 중도막에서 히로인이 뛰어 들어가고 만 무대에서 혼자 어떤 제스처를 해야 할 일일까?

또, 그것은 결과라 기다려봐야 할 것이나 그전에 그 그로한 인물—현—앞에서 결혼식도 아닌데 여옥이를 사랑하느냐?고 물으면 '네' 대답해야 할 것은 또 얼마나 싱거운 희극일까? 이런 생각에 자연 싱글거려지는 내 옆의 여옥이는 또 얼마나 새색시같이 얌전한가! 생각하면 본무대에 오르기 전에 '하나미치'[38]인 이 하얼빈 거리에서부터 희극은 연출된 것이라고 더욱 싱글거리자, 그렇게 싱글거리는 나를 본 집시 계집애는 부리나케 손을 벌리고 웃으며 따라온다. 나는 포켓에서 집히는 돈 한 푼과 같이 웃음도 집어던지고, 한순간 후에 좌우될 운명으로 긴장하고 슬픈 여옥이와 같이 긴장하여, 내 생활에도 적지 않게 영향이 있을지도 모르는 이 일을 생각해보려는 사이에 마차는 현관에 닿고 말았다. 막상 그 문밖에 서게 되자 나는 지나치게 긴장하여 두근거리는 가슴으로 심호흡을 할 때 여옥이는 앞서 문을 열고 들어섰다.

"어서 이리 들어오시죠."

어제 저녁과 꼭 같은 말소리가 나며 현은 문어귀까지 나와서 내 앞에 손을 내밀었다. 그림에서 본 유령의 손같이 희고 매듭이 울군불군한 긴 손이 반가울 리 없으나 마지못하여 잡은 장바닥[39]에 의외로 눅진한 온기가 무슨 권모술수 같아서 더욱 불쾌하였다.

"어제는 퍽 놀랐었을 거요."

사실은 사실이지만 무엇이라 대답할 말이 없는 인사이므로 묵살하고 말았다.

"자, 앉으세요."

현은 또 이렇게 나에게 의자를 권하면서 먼저 털썩 앉았다.

묽은 구름이 엉긴 초가을 북만(北滿) 하늘은 백동색(白銅色)으로, 해 안 드는 방 안은 물속같이 냉랭하다. 마주 앉아 낮에 보는 현의 벗어진 이마와 빰가죽은 낡은 양피(羊皮)같이 윤기 없고 구기었다. 나는 그의 성긴 머리털 속에서 방금 날아올 듯한 비듬에서 눈을 돌리며 그저 지나는 말로

"만주 사시는 자미가 어떠십니까?" 물었다.

"저 같은 사람에게 그런 말씀을 물으시는 것은 실례죠 허허."

"?"

"송화강을 보셨나요?"

"네, 어제 잠간."

"대학에서는 만주 농사 경제사(滿洲農事經濟史)를 연구한 적도 있었죠. 하나 지금은…… 이걸 좀 보시우."

현은 담에 붙여놓은 낡은 만주 지도 앞에 가서

"지도를 이렇게 붙여놓고 보면 송화강이 이렇게 동쪽으로 치흐른다기보다 오호츠크 바닷물이 흑룡강으로 흘러 들어와서 한 갈래는 송화강이 되어 만주로 흘러나와 이렇게 여러 줄기로 갈리고 갈려서 나중에는 지도에 그릴 수도 없을 만치 작은 도랑이 되고 만다면 어떻습니까, 재미나잖아요?"

하고는 허허 웃었다. 나도 따라 웃는 것이 인사겠으나 그만두었다. 부질없는 말을 물어서 이런 객설을 듣게 되었다고 후회하면서, 대체 이 현이라는 인물은 어디서 시작한 이야기가 어디로 번

져 어떤 결론을 낼는지 모를 자라고, 나는 이 앞으로 나올 이야기가 더욱 창망할 것을 미리부터 염려하며 무료히 담배만을 피웠다.

여옥이도 무료히 장의자에 앉아서 조롱을 내려놓고 모르핀 연기를 뿜어주고 있었다.

한동안 호신을, 닳아 처진 리놀륨 바닥에 철덕거리며 나와 여옥이 사이를 왔다 갔다 거닐던 현은 역시 거닐면서

"이렇게 두 분이 같이 오셨을 적엔, 여옥에게 내 말을 들으시구 오신 것이니까 일부러 김선생의 말씀을 들어보잘 것도 없겠지요. 어제 나는 김선생 앞에서 흥분하고 눈물까지 보였고, 여옥이는 아시다시피 소리 내 울었습니다. 그렇게 눈물을 흘리면서 나는 왜 이렇게 슬퍼하는가고 생각하였지요. 영락, 폐인, 절망, 이런 것들은 어제도 말씀한 것같이 새삼스럽게 지금 설움이 될 리는 없고, 오직 우리 앞에 나타난 김선생의 탓이라고 할 수 있습니다."

"?" 나는 자연 머리를 들어 크게 치뜬 눈으로 그를 바라볼밖에 없었다.

"가만 제 말씀을 들으시죠." 현은 역시 거닐면서

"처음에는, 여옥이가 김선생을 버리고 내게로 돌아왔지만, 이 생활을 슬퍼하고 후회하는 지금의 여옥이라, 김선생이 그런 여옥이를 내게서 빼앗는 여반장이리만치, 지금의 나는 김선생의 적수가 아니라는 생각과, 설사 여옥이가 김선생의 유혹을──어폐가 있는 말인지는 모르지만──뿌리치고 여전히 내 곁에 있어준대도,

김선생이 나타나기 전과는 다른 여옥일 것입니다. 여옥이의 본시 슬픈 체관[40]은 더욱 슬픈 체관일 것이고, 내게 대한 동정은 더 의식적 노력이 될밖에 없을 것입니다. 그러한 여옥이의 강인한 희생의 신세를 지게 된다는 고통, 그리고 김선생 같으신 신사가, 아직도 못 잊으시고 여기까지 따라올 만치, 아담한 여옥이를 나는 아낄 줄 모르고 폐인을 만들어놓았거니 하는 자책과, 그보다도 새삼스럽게 더욱 나를 원망하게 될 여옥이의 심정.

이러한 가지가지의 우리의 심리적 고통은 우리 앞에 나타난 김선생 탓이 아니면 누구 탓일까요?

설사 김선생이 여옥이를 찾아온 것이 아니요 단지 우리 앞에 우연히 나타난 것이라 하드래도, 우선 여옥이의 마음을 흔들어놓고, 내가 애써 잊어버리려던 내 자존심과 반성력을 일부러 일으켜 세워가지고 때리고 휘둘러서 비록 인간답지는 못하드라도 그런대로 평온하던 우리 두 사람의 생활을 김선생이 여지없이 흩트려놓고 만 것입니다.

그렇잖아요? 김선생. 이렇게 생각하는 것도 역시 중독자의 착각일까요, 김선생?"

이렇게 묻는 현은 내 앞에 의자를 당겨 놓고 앉아서 대답을 기다리는 듯이 내 얼굴을 바라보는 것이다. 그러나 나는 무엇이라 대답할 바를 몰랐다. 내가 그들 앞에 나타난 것이 우연이었더라도 결과로는, 그들의 생활을 흩트리는 셈이라는 현에게, 사실 여옥이를 유혹——현의 말대로——하러 온 길이 아니라고 변명할 필요도 없을 것이다. 있더라도 여옥이와의 언약이 있는 나는 지금 그런 말을 할 처지가 아니었다. 그것은 그렇다 치고, 현이 당장 묻는 것은 내가 그들의 생활을 흩트려놓은 셈이냐 아니냐가 문제일 것이다. 그래서 나는

"아마 그렇게 생각할 수도 있겠지요. 그러나 그렇게도 생각할 수 있다는, 단지 그뿐이겠지요" 할밖에 없었다.

"그뿐?"

현은 눈을 치떠 노리듯이 한순간 나를 바라보다가

"아마 김선생으로선 그렇게 생각하시겠지요. 우리 앞에 나타나신 것이 고의건 우연이건 간에 김선생 자신이 의식적으로 나를 모욕했다고 생각하시지는 않으실 터이니까, 단지 그뿐이라고 아무런 책임감도 안 느끼시겠지요. 그러나 내가 모욕을 당하고, 여옥이의 마음이 흔들리고, 그래서 우리 생활이 흐트러진 것은 너무나 분명한 사실입니다. 안 그럴까요?"

"……"

사실 그렇다더라도 그것이 내 책임일까고 나는 속으로 중얼거렸을 뿐이다.

"사실입니다. 김선생의 의식적 모욕이 아니라고, 우리 앞에 나타난 김선생으로 해서, 이렇게 우리가 받는 모욕감과 고통을 어떻게 합니까? 김선생 때문에 받는 이 모욕감이 김선생의 책임이 아니라면 나는 어떻게 해야 합니까?

물론 김선생의 책임이라고만도 할 수 없겠지요. 이런 내 모욕감은 김선생과의 대조로서 비교도 안 되는 약자의 모욕감이라고 할 것입니다. 그렇다면, 그렇다고 지금의 내가 다시 강자가 되어 김

선생에게서 받은 모욕과 박해를 설욕할 수가 있을까요? 지금 김선생은 내게 여옥이를 내놓으라고 내 앞에 뻗치고 앉아 있지 않습니까! 그것이 박해와 모욕이 아니고 무엇입니까? 그렇지만 나는 설욕할 만한 강자가 될 수 없습니다. 영원히 될 수 없습니다.

……그래서 나는 피로써 피를 씻는다는 격으로, 그렇다고 김선생의 모욕을 모욕으로 갚을 수 없는 나는, 내 자신을 내가 철저히 모욕하는 것으로 받은 모욕감을 씻어볼밖에 없습니다. 그러자면 김선생에게 자진하여 여옥이를 내주는 것입니다.

김선생 때문에 마음이 흔들린 여옥이를 그대로 내 옆에 두고두고 모욕감을 느끼기보다, 내가 자굴(自屈)해서 물러가는 것이 오히려 내 맘이 편하겠지요. 그렇다고, 김선생을 따라가는 여옥의 행복을 위한다거나, 김선생의 연애를 축복하자는 것도 아닙니다. 오늘 아침까지도 여옥이에게 그런 말을 했습니다. 그러나 내게 그런 인간다운 생각조차 남았을 리가 없지요. 그저 김선생과 겨룰 수 없는 폐인의 자굴입니다.

……나는 여기 더 있을 필요가 없는 사람입니다. 가겠습니다."
하며 현은 일어선다.

나는 그의 그런 장황한 이야기가 그런 결론으로 끝나는 것이 의외였다. 사실 현은 그러한 자기의 결론 그대로 행동할 것인가? 고, 망연히 그를 바라볼 때, 아까부터 장의자에 엎드려 소리 없이 울던 여옥이가 일어선 현의 앞에 막아선다.

"뭐 이제 더 할 말도 없을 것이고. 이렇게 김선생을 모셔온 것만으로도 알 수 있으니까, 여옥이가 이제 무슨 말을 한다면 제 마음을 속이고 또 나를 속이는 것뿐이니까……"

현은 이렇게 말하면서 여옥이를 비켜서 내 앞에 다가서며

"김선생, 스스로 나를 모욕하려는 나는 철저히 할밖에 없습니다. ……지금 김선생은 이것이 필요할 것입니다."

하고 현은 호복 안섶을 뒤져서 열쇠 하나를 꺼내어 탁자 위에 놓는다.

"이것은 여옥이와 내가 하나씩 가진 이 방의 열쇠입니다. 지금 내게는 소용없는 것이지만 김선생은 필요할 것입니다. ……이 열쇠를 사주시우. 천 원이고 만 원이고, 김선생에게는 필요한 것이니까 사셔야 할 것입니다."

하고 현은 내 얼굴을 바라보는 것이다. 의외리만치 현은 너무 태연한 얼굴이었다. 하기는 그의 장황한 이야기의 결론으로 당연한 일일 것이다. 그러나 나는 한 번 여옥이를 쳐다볼밖에 없었다. 그러나 쳐다본 여옥이는 두 손으로 얼굴을 감싸 쥐고 있었다. 돈을 주고받는 것을 차마 못 보는 뿐일 것이다. 나는 더 주저할 필요가 없음을 깨달았다. 그래서 아까 여옥이가 준 지폐 석 장을 그 열쇠 위에 던졌다.

"고맙습니다."

현은 많다 적다는 말도 없이, 오히려 의외로 많은 돈에 버럭 탐이 난 듯이 덥석 움켜쥐고

"이것으로, 내 자신을 모욕할 대로 해서 만족합니다. 자, 나는 갑니다" 하고 현은 도망이나 하듯이 문밖으로 나가버렸다.

철덕철덕하는 호신 끄는 소리마저 사라지자 여옥이는 의자에

쓰러져 느껴 울기 시작하였다. 들먹거리는 여옥이의 어깨를 바라볼 뿐 나는 위로할 말도 없어 한동안 멍하니 앉아 있을 뿐이었다.

얼마 후에 눈물을 씻고 일어나 앉은 여옥이는

"죄송하올시다. 여기 일은 될 대로 끝난 셈입니다. 현도——현에게는 돈은 곧 아편이니까요——아편이 풍부해졌다고 만족할 것입니다. 현은 본시 지식인이던 사람이 벌써 중독자의 필연적 증상이랄 수 있는 파렴치를 애써 변호해보려고 그같이 궤변을 늘어놓는 것입니다. 그래서 자기 말에 스스로 흥분하고 슬퍼도 했지만, 지금쯤은 말짱히 잊어버리고 그저 제 생활이 풍족하다고 좋아할 것입니다. ……저는 또 제 일을 생각해봐야겠습니다" 하고 또 새로운 눈물을 씻었다.

그래서 나는 슬픔과 흥분으로 피곤한 여옥이를 우선 누워 쉬라고 이르고 여관으로 돌아왔다. 목욕을 하고 저녁을 먹고 나니 어느덧 밤이었다. 나 역시 피곤하여 이군을 찾을 생각도 없이 반주로 좀 취한 김에 일찍 자리에 들고 말았다. 그러나 흥분하였던 탓인지 깊이 잠들 수도 없었다. 어렴풋한 머리 속에, 당장 잘 생각하려고도 않는 생각들이 짤막짤막 뒤섞여 떠오를 뿐이다. 여옥이는 장차 어떻게 되는가, 어떻게 할 셈인가, 정말 나를 따라 조선으로 나가는가, 내가 데리고 가는가, 나가면 어떻게 하나, 우선 입원시킬밖에 없다. 그래 완인이 되면? 그 후의 여옥이는 또 어떤 길을 밟게 될까? 혹시 또 나와! 그렇게 될지도 모른다. 사람의 일이라니 알 수 있더라구. 이런 뒤숭숭한 생각이 자꾸 반복되었다.

얼마나 지났을까? 잠이 흘깃 드는 듯할 때 똑똑 문 두들기는 소리가 나는 듯하여 벌떡 일어나 앉았다. 역시 누가 문을 두들기는 것이었다. 보이의 안내로 백인(白人)애 메신저가 들어와 네모난 서양 봉투의 묵직한 편지를 주고 간다. 여옥이의 편지였다.

—죄송한 말씀이오나 내일 아침 좀 일찍이 저를 찾아주시면 감사하겠습니다. 혹 제가 없이 문이 걸렸드라도, 제 방에서 잠시 기다려주시옵소서. 열쇠를 동봉하옵니다.

이런 간단한 사연에, 아까의 그 열쇠가 들어 있었다.

무슨 일일까? 할 말이 있으면 잘 아는 길이라 자기가 오면 그만인데, 일부러 메신저를 보내고, 나를 오래고. 혹시 앓는가? 아파서 못 올 사람이면 이른 아침에 '혹 제가 없이……'라는 것은 웬일일까? 나는 이런 생각을 하면서도, 내일 가보면 알 일이라고 다시 자리에 들어 자고 말았다.

이튿날 아침에 일어나자 이군에게서 전화가 왔다. 어젯밤에도 전화로 나를 찾았으나 잔다기에 오지 않았다고 하며 지금 가도 좋으냐고 묻는다. 그러나 여옥이를 찾아보아야 할 것이므로 볼일을 보고 내가 찾아가마 하였더니 자네가 하얼빈서 볼일이 무엇이냐고 하며 아마 여옥씨부터 찾아뵙는 판이냐고 껄껄대는 큰 웃음소리를 방송하는 것이었다. 나 역시, 그런가 보다고 웃었다.

상쾌하게 맑은 날씨였다. 내가 여옥이의 아파트에 가기는 9시였다. 방문 밖에서 기침을 하고, 문을 두들겼으나 대답이 없었다. 사실 열쇠가 필요했구나…… 하고, 언제나 찬찬한 여옥이가 고마운 듯한 당치 않은 착각에 찰깍 열리는 쇳소리도 경쾌하게 들으며 방 안에 들어섰다. 들어서자, 써늘한 공기가 묵직하게 가슴에 안기는 듯이 틉틉하다.[41] 밤 자고 난 창문을 열지 않아서 그런가? 하였으나, 그 느긋한 마약 냄새도 식어 날아버린 듯하고 사람의 온기도 느낄 수 없이 냉랭한 바람이 횡하면서도 가슴이 틉틉하고 불쾌하였다. 그러나 나는 여옥이를 기다려야 할 것이므로 장의자에 앉아 담배를 붙였다. 창을 열고 내다보며 이 맑은 날 잘 울 종달새를 생각하고 방 안을 둘러보았으나 조롱은 없었다. 그때였다. 침실이라고 생각되는 판장 병풍 뒤에서 푸득거리는 소리와, 이어서 찍찍 하는 소리가 들렸다. 첫날 와서 들은 그 암담한 비명이었다. 그대로 두면 또 제 똥 위에 다리를 뻗고 누워버릴 것이다. 여옥이가 와서 마약을 뿜어주지 않으면 그대로 죽어버릴 것이다. 또 몸을 솟구는 모양으로 푸득거리고 쥐소리를 지른다. 여옥이는 어디를 갔나? 나는 초조한 생각에, 별도리는 없을 줄 알면서도 보기라도 할밖에 없었다.

판장문을 열었다. 그 안에 여옥이가 있었다. 비좁은 침실이라 빼곡 찬 더블베드 한가운데 그린 듯이 누운 여옥이는 잠들어 있었다. 조롱도 그 침대 위에 놓여 있었다.

내 앞에 내놓인 여옥이의 한 팔은, 그 발간 손톱으로 찢어지도록 침대요를 한 줌 그러쥐고 있었다. 그 손 아래 침대 밑에는 겉봉에 '김명일선생전(金明一先生前)'이라 쓴 편지가 떨어져 있었다. 여옥이의 손은 본시 이 편지를 쥐고 있던 모양으로 편지는 구기었다.

나는 조용히 장의자로 돌아와 그 편지를 뜯었다.

──아무리 염치 없는 저이지만 선생님에게 이런 괴로움까지는 안 끼치려고, 송화강, 철도를 생각하기도 하였으나 인적이 부절하고 경계가 엄하와 실패할 염려가 없지 않사오므로, 이런 추한 모양을 보이게 되옵니다. 혹 선생님이 떠나신 후에나, 또는 지금 멀찍이 떠나서 죽을 곳을 찾을까도 생각하였사오나,

죽음을 지니고 어디를 가거나 시기를 기다리고 있을 만한 힘도 용기도 없었습니다. 그뿐 아니라 너무 외롭고 무서웠습니다. 야속한 생각이오나, 시체나마 생전에 아무런 인연도 없는 손으로 처리된다고 생각하오면, 너무 외롭고 무서웠습니다.

선생님의 괴로우심을 만번 생각하면서도 믿고 이렇게 갑니다. 저는 갱생을 꿈꾸기도 하였습니다.

선생님을 따라 본국으로 가겠다 말씀드린 것은 본심이었습니다.

선생님이 "설마…… 현이……?" 하실 때, 저 역시 그런 의문이 있었사옵고, 만일 현이 그런 만일의 태도를 갖는다면 저는 또 현을 따라갈 것이 아닐까 염려되도록 명확한 결심이 없었다면 없었고, 또 그만치 갱생을 동경하였던 것이라고 할 것입니다. 그러나 현은 제가 예상한 태도로 나갔습니다. 그것이 현의 본심이라기보다 병(고칠 수 없는)인 줄 아옵는고로, 현에게 버림받은 것이 분해서 죽는 것은 아니외다. 그저 외롭습니다. 지금 제가 다시 현을 따라간대도, 이미 저를 사랑하기를 잊은 현은 기회만 있으면 누구에게나 '열쇠'를 팔 것이외다.

그렇다고 저의 지금 병(중독)을 고친댔자 다시 맑아진 새 정신으로 보게 될 세상은 생소하고 광막하기만 하여 저는 더욱 외로

울 것만 같습니다. 갱생을 꿈꾸던 것도 한때의 흥분인 듯하올시다. 지금 무엇을 숨기오리까. 요사한 말씀이오나 저는 선생님의 심정을 완전히 붙잡을 수 없음을 슬퍼하면서도 선생님을 잊으려고 노력할밖에 없었습니다. 그러한 제가 이제 다시

선생님을 따라가 완인이 된댔자, 제 앞에 무슨 희망이 있을 것입니까. 내내 선생님 기체 만강하시옵소서.

×日 밤 六時 如玉 上

나는 여옥의 유서를 읽고 다시 침실로 들어갔다.

한 점의 티나 가는 한 줄기 주름살도 없는 여옥의 인당을 들여다보면서 죽은 내 처 혜숙이의 그것을 다시 보는 듯이 반갑기도 하였다.

그 영롱한 인당에 그들의 아름다운 심문(心紋)이 비쳐 보이는 것이다.

여옥이는 그러한 제 심정을 바칠 곳이 없어 죽었거니! 나는 그러한 여옥이의 심정을 받아들일 수 없었거니! 하는 생각에 자연 북받쳐 오르는 설움을 참을 수 없었다.

나는 그 싸늘한 여옥이의 손을 이불 속에 넣어주면서 갱생을 위하여 따라 나서기보다, 이렇게 죽어가는 것이 여옥이의 여옥이다운 운명이라고도 생각하였다.

장삼이사 張三李四

　그렇게 붐비고 법석하는 정거장 플랫폼의 혼잡을 옮겨 싣고 차
는 떠났다. 그런 정거장의 거리와 기억이 멀어감을 따라 이 삼등
찻간에 가득 실린 무질서와 흥분도 차차 가라앉기 시작하였다.

　앉을 수 있는 사람은 앉고 섰을밖에 없는 사람은 선 채로나마
자리가 잡힌 셈이다.

　이 찻간 한끝 바로 출입구 안짝에 자리 잡은 나 역시 담배를 피
워 물고 주위를 돌아볼 여유가 생겼던 것이다.

　"웬 사람들이 무슨 일로 어데를 가노라 이 야단들인가."

　혼잡한 정거장이나 부두에 서게 될 때마다 이렇게 중얼거려보
는 것이 나의 버릇이지만 그러나,

　"이 중에는 남모를 설움과 근심 걱정을 가지고 아득한 길을 떠
나는 이도 있으려니."

　이런 감상적인 심정으로보다도, 지금은 단지 인산인해라는 사

람 틈에 부대끼는 괴로운 역정일는지 모를 것이다. 그렇다고 지금도 그런 역정으로 주위를 흘겨보는 것은 아니다. 물론 또 아득한 길을 떠나는 사람의 서러운 표정을 찾아 구경하려는 호기심도 없었다. 만일 그런 것이 있다면 방심 상태인 내 눈의 요깃거리는 되겠지만.

방심 상태라면 나만도 아닌 모양이었다. 긴장에서 방심 상태로, 그래서 사람들은 각지 제 본색으로 돌아가 각각 제 버릇을 회복하게 되는 것이었다.

그런 우리들 중에 모자 대신 편물 목테'를 머리에다 감은 농촌 젊은이가 금방 회복한 제 버릇으로 그만 적잖은 실수를 저지르고 말았다. 실수라는 것은, 통로에 섰던 그 젊은이가 늘 하던 제 버릇대로 뱉은 가래침이 공교롭게도 나와 마주 앉은 중년 신사의 구두 콧등에 떨어진 것이었다. 물론 그것만도 적잖은 실수겠지만 그렇게까지 여러 사람의 눈이 동그래서 보게끔 큰 실수로 만든 것은 그 구두의 발작적 행동이었다.

아닌 게 아니라 그 구두는 발작적으로 통로 바닥이 빠져라고 쾅쾅 뛰놀았다. 그러나 그리 매끄럽지가 못한 구두코라 용이히 떨어질 리가 없었다. 그래 더욱 화가 난 구두는 이번에는 호되게 허공을 걷어차기 시작했다. 그래 뛰어 나는 비말의 피해를 나도 받았지만, 그 서슬에 어쩔 줄을 모르고 서 있던 그 젊은이는 정면으로 뛰어 나는 비말을 피하여 그저 뒤로 물러서기만 했다. 그러나 그 젊은이의 동행인 듯한 노인이 제 보꾸러미에서 낡은 신문지를 한 줌 찢어 젊은이를 주었다. 젊은이는, 당장 걷어차거나 쫓아나

222

와 물려던 맹수나 어르듯이 그 구두 콧등 앞으로 조심히 신문지 쥔 손을 내밀어보았다. 그러나 구두는 물지도 차지도 않고 도리어 그 손을 피하듯이 움츠러들었다. 그러자 희고 부드러운 종이가 그 구두코를 닦기 시작하였다. 그런 종이는 많기도 하고 아깝지도 않은 모양이었다.

주위의 사람들은 그 구두가 그렇게 야단할 때보다도 더 의외라는 듯이 수북이 쌓이고 또 쌓이는 종이 무더기를 일삼아 보게쯤 되었다. 그렇게 씻고 또 씻고 필요 이상으로 씻는 것은 구두보다도 께름한 기억을 씻으려는 듯도 한 것이었다. 아직도 씻는 것은 그 젊은이가 기껏 미안해하라고 일부러 그러는 짓 같기도 하였다. 혹은 그것이 더러워서만 그런다기보다도 더러운 사람의 것이므로 더욱 그런다는 듯도 한 것이었다.

그래서 일삼아 보고 있던 사람들은 모두 입을 비죽이고 외면을 하고 말았다. 물론 그 젊은이는, 미안 이상의 모욕감으로 얼굴이 빨개져서 천장만을 쳐다보며 이따금 한숨을 지었다. 그 중년 신사와 통로를 격하여 나란히 앉은 당꼬바지는 다소의 의분을 느꼈음인지 그 우뚝한 코를 벌름거리며 흰자 많은 눈으로 연방 그 신사를 곁눈질하였다. 그러나 그 신사의 눈과 마주치기만 하면 슬쩍 시선을 거두고 딩딩한 코를 천장으로 제끼고 마는 것이었다. 그렇게 그 신사의 눈과 마주치기를 꺼려하는 것은 비단 당꼬바지만이 아니었다. 오히려 코가 꽤 딩딩한 당꼬바지도 그럴 적에야 할 정도로 그 신사의 눈은 보기에 좀 불안스럽도록 뒤룩거리는 눈방울이었다. 일부러 점잔을 빼느라 혹은 노상 호령기를 뽐내느라 그런지, 그렇지 않으면 혹시 약간 피해망상광의 증상이 있어 저도 어쩔 수 없이 뒤룩거리게 되는 눈인지도 모를 것이었다. 어쨌든 척 마주 보기가 거북스러운 눈이라 아까 신문지를 주던 곰방대 영감은 담배를 붙이며 도적해보던 곁눈질을 들키자, 채 불이 댕기기도 전에 성냥을 불어 끄리만치 낭패한 것이었다.

이렇게 되고 보니, 그렇지 않아도 본시부터 이렇다 할 이야깃거리가 없이 덤덤하던 우리 자리는 더욱 멋쩍게 되고 말았다. 그렇다고 누가 솔선해서 그런 침묵을 깨트려야 할 책임자가 있을 리도 없는 자리였다.

그러나 그때 당꼬바지 옆에 앉은 가죽재킷 입은 젊은이가 맞은편에 캡 쓴 젊은이에게 "자네, 지리가미² 가졌나" 하여, "응 있어" 하고, 일부러 꺼내까지 주는 것을 "이 사람 지리가민 나두 있네" 하고 한 뭉치 꺼내 보이며 코를 풀기 시작하였다. 그래서 캡 쓴 젊은이는 킬킬 웃으면서 맞은 코를 풀어서는 그런 종이가 수북한 통로 바닥으로 던졌다.

그러나 그 옆의 당꼬바지가 빙그레 웃었을 뿐 아무런 반응도 없고 말았다. 내 앞의 신사는 그저 여전히 눈을 뒤룩거리며 두세 번 큰 하품을 하였을 뿐이다. 좀 실례의 말이지만 마주 앉은 내가 느끼는 그 신사의 하품은 옛말에나 괴담에, 사람을 취하게 하는 무슨 김이나 악취를 뿜는다는 두꺼비의 하품 같은 것이었다.

이런 실례의 말을 해놓고 보면 정말 그 신사는 어딘가 두꺼비 같은 인상을 주는 것이었다. 심심한 판이라, 좀 따져본다면, 앞서도 늘 해온 말이지만, 언제나 먼저 눈에 띄는 그 뒤룩거리는 눈,

그 담에는 떡 다물었달밖에 없이 너부죽한 입, 그리고 언제나 굳은 침을 삼키듯이 불룩거리는 군턱, 이렇게 두드러진 특징만을 그리는 만화라면 통 안 그려도 무방일 듯한 극히 존재가 모호한 코. 아무리 두꺼비라도 코가 없을 리 없고, 있다면 으레 상판에 있게 마련이겠지만 나는 아직 두꺼비의 상판에서 코를 구경한 적은 없었다. 그렇더라도 두꺼비의 상판은 제법 상판이듯이 그 신사의 얼굴에도 그 코만은 있어 무방 없어 무방으로 극히 빈약하다기보다 제 존재를 영 주장치 않고 그저 겸손히 엎드린 코였다. 혹시 그런 것이 숨을 쉬기 위해서만 마련된 정말 코다운 코일는지도 모를 것이다. 소위 융준(隆準)이라고, 현재 당꼬바지의 코같이 우뚝한 코는 공연히 남에게 건방지다는 인상을 주거나 좀만 추워도 니여³ 빨개지기만 하는 부질없는 것일는지도 모를 것이다.

이같이 부질없는 용모 파기를 해가면서까지 그를 흘금흘금 바라보게 되는 것은 아까의 그 실수 사건으로만 그런 것도 아니었다. 물론 그의 지나친 결벽성(?)이 우리의 주의를 끌었을 뿐 아니라 반감을 샀던 것도 사실이지만, 그렇지 않더라도 본시가 그는 우리들 중에서는 가장 두드러진 존재였던 것이다. 마치 소학생들이 저의 반 애들을 그린 그림에 제일 크게 그려놓은 급장 모양으로 우리네 중에서는——우리라야 서로 바라볼 수 있는 통로 좌우의 앞뒤, 네 자리의 오월동주(吳越同舟) 격으로 모여 앉은 사람들이지만——가장 큰 몸뚱어리에다 가장 잘 차렸을 뿐 아니라 그 가장 뚱뚱한 배를 흐물거리는 숨소리도 가장 높았던 까닭이었다.

그같이 우리네의 주의를 끌밖에 없는 그 중년 신사는 몇 번째 하품을 하고 난 끝에 제 옆자리 창 밑에 끼어 앉은 젊은 여인의 등 뒤로 손을 넣어서 송기떡빛 종이를 바른 넙적한 고량주 병을 뒤져내었다. 차 그릇 뚜껑에 가득 따른 술잔을 무슨 쓴 약이나 벼르듯 하다가 그 번드레한 얼굴에 통 주름살을 그으며 마셨다. 떨리는 손으로 또 한 잔을 연해 마시고는 낙타 외투에 댄 수달피 바늘털에서 물방울이라도 뛰어 날 만치 부르르 몸서리를 치고는 또 그 여인의 등 뒤로 손을 넣어서 궁둥이 밑에서나 빼낸 듯한 편포를 한 쪽 찢어 씹기 시작하였다. 풍기는 독한 술내에 사람들의 시선은 또다시 그에게로 모일밖에 없었다. 첩첩 입소리를 내며 태연히 떠들고[4] 있는 그의 벗어진 이마에는 금시에 게알 같은 땀방울이 솟고 그 가운데 일어선 극히 빈약한 머리털 몇 오리가 무슨 미생물의 첩모(睫毛)나 같이 나불거렸다. 그렇게 발산하는 그의 체온과 체취여니 하면 우리는 금방 이 후끈한 찻간에 산소 부족을 느끼며 그를 바라보는 동안에 차차 그의 입노릇[5]이 떠지고 지금껏 누구를 노리듯이 굴리는 눈방울이 금시에 머루려해지고[6] 건침이 흐를 듯이 입 가장자리가 축 처지며 그는 한 번 건듯 조는 것이었다. 좀 과장해 말하면 미륵불이 연화대(蓮花臺)에서 꼬꾸라지는 순간 같은 것이었다. 건듯, 제풀에 놀란 그 신사는 떡돌에 치이는 두꺼비 꿈에서나 놀라 깬 것처럼 그 충혈된 눈이 더욱 휘둥그레져서 옆의 여인을 돌아보고는 안심한 듯이 기지개를 켰다. 그러고는 까맣게 잊었던 일이나 생각난 듯이 분주히 일어나 외투를 벗어놓고 지리가미를 두 손으로 맞잡아 썩썩 비비며 변소로 들어갔다.

사람들의 시선은, 허퉁하게[7] 비어진 그 자리 저편 끝에 지금까지 그 신사의 그늘 밑에 숨어 있던 듯이 송그리고 앉은 젊은 여인에게로 쏠렸다. 그렇다고 우리가 그 여인을 지금 비로소 발견했다는 것은 아니다. 그러면 또 '화형(花形)'이나 같이 아꼈다가 그럴듯한 장면이 되어 지금 비로소 등장시키는 셈도 아닌 것이다. 그 여인은 처음부터 궐녀와 마주 앉은, 즉 내 옆자리의 촌마누라와 같이, 무슨 이야깃거리가 될 만한 아무런 말도 행동도 없이 그저 담배만을 피우고 있었던 것이다.

회색 외투를 좀 퇴폐적으로 어깨에만 걸친 그 여인은 지금 제가 여러 사람의 시선 앞에 놓여 있는 것을 아는지 모르는지 그저 제버릇인 양 이편 손으로 파마넨트를 쓸어올려 연방 귓바퀴에 걸치며 여전히 창밖만을 내다보고 있었다. 내다본다지만 창밖은 벌써 어두워 닫힌 겹유리창에는 궐녀의 진한 자줏빛 저고리 그림자가 이중으로 비치어, 해글러[8]놓은 화롯불같이 도리어 이편을 반사하는 것이었다. 이런 형용은 좀 사치한 것 같지만, 그런 화롯불 위에 올려놓은 무슨 백자 그릇같이 비친 궐녀의 얼굴 그림자 속에 빨갛게 켜지는 담뱃불을 불어 끄려는 듯이 그 여인은 동그랗게 모은 입술로 연기를 뿜고 있었다.

그때 이편 문이 열리며, 차표를 보여달라는 선문(先聞)을 놓고 여객 전무가 들어왔다. 차례가 되어 차장이 어깨를 흔들어서야 이편으로 얼굴을 돌린 여인은 "죠샤껭 짜뾰요"[9] 하는 젊은 차장을 힐끗 쳐다보고 다시 외면하면서

"쯔레노 히둥아 못데루노요."[10]

하였다.

"쟈, 쯔레노 히동와?"[11]

젊은 차장이 되묻는 말에 역시 외면한 대로 여인은 이편 손 엄지가락을 들어 뒷담을 가리키며

"하바까리."[12]

하였다.

여객 전무는 제 차표를 왜 제가 가지고 있지 않느냐고 나무랐다. 그 말을 받아 "그러하눙고 안데"[13] 하고 젊은 차장이 또 퉁명스럽게 핀잔을 주었다.

그 여인은 홱 얼굴을 돌려 그들의 뒷모양을 흘기고는 눈살을 찌푸리며 돌아앉았다. 불쾌하다기보다 금방 울 듯한 얼굴이었다. 그만한 일에 왜 저럴까 싶도록 히스테릭한 태도요 절박한 표정이었다. 그 후에 짐작한 것이지만, '그자가 제 돈으로 산 차표라고 제가 가지는 걸 내가 어떻게 하느냐'고 울며 푸념이라도 하고 싶은 낯빛이었던 것이다.

차표를 뒤져내고, 어감만으로도 불안한 '검사'가 무사히 끝나서, 다시 차표를 간직하고 난 사람들은 사소한 흥분과 긴장이나마 치르고 나서 안도하는 눈빛이었다. 그러나 그런 우리네 중에 유독 말썽거리가 되어 아직도 그 흥분을 삭이지 못하는 모양인 그 여인의 행색은 더욱 우리의 주의를 끌밖에 없었다.

'그 신사의 딸일 리는 없고 혹 첩' 내가 이런 생각을 하고 있을 때

"만주루 북지루 댕겨보문 돈벌인 색시 당사[14]가 제일인가 보

둔."

당꼬바지가 불쑥 이런 말을 시작하였다. 모두 덤덤히 앉았던 사람들은 마침으로 흥미있는 이야깃거리가 생겼다는 듯이 시선이 그에게로 몰리자 그의 옆에 앉은 가죽재킷이 그 말을 받았다.

"돈벌이야 작히 좋은가요, 하지만 자본이 문제거든, 색시 하나에 소불하 돈 천 원은 들어야 한다니까."

"이것이라니 아무리 요좀 돈이구루서니, 천 환이문 만 냥이 아니오."

이렇게 놀란 것은 물론 곰방대 영감이었다. 그러자 아까 그 실수를 한 젊은이가

"요좀 돈 천 환이 무슨 성명[15] 있나요, 웬만한 달구지 소 한 놈에 두 천 원을 안 했게 그럽네까."

하고 이번에는 조심히 제 발부리에다 침을 뱉었다.

"그랜, 해두, 옛날에야 윈틀루[16] 에미나이보단 소끔새[17]가 앞셌디 될 말인가."

"녕감님, 건 촌에서 민메누리감으루 딸 팔아먹든 옛말이구요?……"

우리들은 그의 턱을 따라 새삼스레 그 여인을 유심히 보게 되었다. 나 역시 그 여인의 정체를 짐작할 수 있었다.

여전히 담배를 피우고 창밖만을 내다보고 있던 그 여인은 그런 말과 시선으로 보이지 않는 채찍을 등골에 느끼는 듯이 한 번 어깨를 흠칫하고 외투를 추켜올리는 것이었다. 아까부터 그 여인의 저고리 도련을 만져보고 치맛자락을 비죽여보던 촌마누라는 무엇

에 놀라기나 한 것같이 움츠린 손으로 자기 치마 앞을 털었다.

"사람들이 벌어먹는 곬이 다 각각이거든."

"각각일밖에 안 있나."

"어째서."

"각각 저 생긴 대루 벌어먹게 매련이까 달르지."

"그럼 누군 갈보 장사나 해먹게 생겼든가."

"보구두 몰라."

"어떻게."

"옆에다 색실 척 데리구 가잖아."

"하하하."

"하하하."

가죽재킷과 캡이 이렇게 받고 차기로 떠들고 웃었다. 그러자

"전 웃음의 말씀이라두, 정말 사실루 사람을 척 보문 알거덩
요."

당꼬바지는, 이렇게 자기가 꺼낸 갈보 타령이 맹랑하게 시작한
말이 아니었다는 것을 발명[18]이나 하듯이 빈자리를 턱으로 가리
키며

"이잘 보소고레, 괘니 저 혼자 점댠은 척하누라구 눈살이 꼿꼿
해 앉았어두 상판에 개기름이 번즐번즐한 거이 어디 점댠은 데가
있소."

하였다.

"다들 그러니끼니 그런가 부다 하디, 목잔[19] 좀 불량해두, 이대
존대[20]라구, 난 첨엔 어니 군주산가 했소."

하는 노인은 고무신 부리에 곰방대를 털었다. 그런 노인의 말에
당꼬바지는

"녕감님두 의대존대나새나요.²¹ 요좀엔 돈만 있으문 군주사가
아니라두 누구나 그보다두 뜀떼먹게²² 채릴 수 있다우."

하고 껄껄 웃었다.

"그래두 저한테 물어보소 메라나,²³ ……난……우리 겉은
건……"

이렇게 말끝을 마물지²⁴ 않고 만 것은 그 실수를 저지른 젊은이
였다. 역시 천장을 쳐다보는 그는 웬 까닭인지 아까보다도 더 얼
굴이 빨개지는 것이었다. 사람들은 또 웬 까닭인지 와하하 웃음
을 터트렸다.

"아까 미섭습데까?"

실컷 웃고 난 캡이 이렇게 묻자 또들 웃었다. 그 말을 받아 당꼬
바지가 빈정거리는 투로 이런 말을 하였다.

"윌루²⁵ 미섭긴 정말 점댠은 사람이 미섭다우. 이리캐(역시 턱으
로 빈자리를 가리키며) 점댠은 테하는 사람이야 뭐 미서울 거 있
소. 이제 두구 보소. 아까 보디 않았소, 고샐 못 참아서 배갈을 먹
드니 피꺽피꺽 피께질(딸꾹질)을 하는 걸 보디. 그런 잔 보긴 지
뚱미루워두²⁶ 사궤만 노문 사람 썩 도쉔다."²⁷

이런 시빗거리의 그 신사가 배갈을 먹고 한 번 건듯 졸은 것은
사실이지만 피께질을 한 적은 없었다. 그러나 이렇게 흥을 잡자
고 하는 말에는 도리어 사실 이상으로 사실에 가깝게 들리는 말
이었다.

"피께질을 했다!"

이번에는 가죽재킷이 이렇게 따지고는 또들 웃었다.

그때 변소에 갔던 신사가 돌아왔다. 제자리에 돌아온 그는 그새만 해도 무슨 변화가 생기지 않았나 경계하듯이 이 사람 저 사람의 얼굴을 둘러보며 다시 외투를 입었다. 사람들은 모두 웃음을 거두고 말을 끊고 말았다.

지금껏 이편을 유의했던 모양인 차장이 달려와 차표를 검사하며 아까 한 말을 되풀이하고 "고마리마스네"[28]로 나무랐다.

당황한 신사는

"헤헤 스미마셍 도모 스미마셍"[29]을 뇌고 또 뇌며 뻘게진 낯으로 계면쩍다기보다 비굴한 웃음을 지어 보이는 것이었다. 그러고 나서 차표를 다시 속주머니에다 집어넣으며 그는 누가 들으라는 말인지, 그렇다기보다도 여러 사람이 다 들어달라고 간청이나 하는 듯한 제법 눈웃음을 지어 보이며

"제길 후둥쯩(後重病)이 나서 ××× ××× 하기만 하디 원제 씨원이 날오야디요."

하고는 헤헤헤 웃는 것이었다. (아무리 작자가 결벽성을 포기하고 시작한 이 작품이지만 이 ××의 의음〔擬音〕만은 복자〔覆字〕하는 것이 작자인 나의 미덕일 것이다.) 확실히 부드러운 말씨였다. 그리고 사교적인 웃음이었다. 아닌 게 아니라 그 신사의 그런 말과 웃음은 여간만 효과적인 것이 아니었다.

"거 정말 급하웬다. 후둥쯩, 이 정 심한댄, 깜진[30] 네펜네 첫아이 낳기만이나 한 걸이요."

이같이 솔선하여 동정한 것은 당꼬바지였다. 그 말에 다른 사람들도 지금껏 그 남자를 백안시하던 눈에 웃음을 띠게 되었다.

"건 뭐 병이 아니라 술탈이니깐, 메칠만 안 자시문 멜 하리요."

또 이런 급성적 우정으로 충고한 것은 캡 쓴 젊은이였다.

"그럴래니, 데런 낭반이야 찾아오는 손님으루 관텅 교제루 어디 뭐 술을 안 자실래 안 자실 수가 있을라구."

곰방대 노인이 이렇게 경의를 표하는 말에

"아마 그럴걸이요."

하고 가죽재킷 젊은이가 동의하였다.

이런 동정과 우의를 대번에 얻게 된 그 남자는 몇 번 신트림을 하고 나서

"물론 것도 그렇구, 한 10년 만주루 북지루 댕기멘서 그 추운 겨울엔 호주루 살아 버릇해서 여게 나와서두 안 먹딘 못합네다가레."

하며 옆에 놓인 고량주 병을 들어 약간 흔들어보고 만져보는 것이었다.

"영업하는 덴 만준가요 북진가요."

"뭐 안 가본 데 없디요. 첨엔 한 사오 년 일선으루 따라당기다가 녀머 고생스럽드라니 그 담엔 대련[31]서 자리 잡구 하다가 신경[32] 와선 자식 놈들한테 다 밀어 매끼구 난 작년부터 나오구 말았소."

"그새 큰일 났갔소고레."

당꼬바지가 또 묻는 말에

"뭐 거저……, 그랜 다른 노름 봐서야……"

하며 만지던 술병을 여인의 등 뒤로 밀어 넣으려 할 때 지금껏 눈
징겨보고[33] 있던 곰방대 노인이

"거 어디 이 녕감두 한잔 먹어볼까요."

하며 나앉았다.

"어 참, 미처 생각을 못해서 실렐 했구만요, 이제라두 한 잔씩들
같이 합세다."

그래서 "이거 원 뜻밖" "그러고 보니 이 영감 덕이로군" "하하
하" 이런 웃음과 농지거리로 뜻밖의 술판이 벌어졌다.

그중에 나만은 술을 통 먹지 못하므로 돌아오는 잔을 사양할밖
에 없었다. 그들이 굳이 권하려 들지 않는 것이 여간만 다행한 일
이 아니었다. 그러나 그들이 술 못 먹는 나를 아껴서보다도——아
무리 사람 좋은 그들이지만 지금껏 말 한마디 참견할 기회가 없
이 그저 침묵을 지킬밖에 없는 나에게까지 그런 우정을 느낄 수
는 없을 것이다——그래서 그들은 나를 경원하게 되는 모양이었
다. 또 단순한 경원이라기보다도 자칫하면 좀 전의 이 신사와 같
이 반감과 혐의의 대상일는지도 모를 것이었다.

이 뜻밖에 벌어진 술판의 판을 치는 이야깃거리는 물론 그 남자
의 내력담과 사업 이야기였다.

"……사실 내놓구 말이디, 돈벌이루야 그만한 노릇이 없쉔다.
해두 그 에미나이들 송화[34]가 오죽한가요. 거 머 한 이삼십 명 거
느릴래문 참 별에별 꼴 다 봅넨다……"

툭하면 앓아눕기가 일쑤요, 그래도 명색이 사람이라 앓는데 약
을 안 쓸 수 없으니 그러자면 비용은 비용대로 처들어가고 영업

은 못하고, 요행 나으면 몰라도 덜컥 죽으면 돈 천 원쯤은 어느 귀신이 물어갔는지 모르게 상비(喪費)까지 '보숭이'[35]질을 해서 없어진다는 것이었다.

"앓다 죽는 년이야 죽고파서 죽갔소, 그래 건 또 좀 양상이디만, 이것들이 제 깐에 난봉이 나디 않소. 제법 머 죽는다 산다 하다가는 정사합네 하디 않으문 달아나기가 일쑤구……"

이렇게 말이 채 끝나기 전에 술잔이 돌아와 받아 든 그는 "이게 다섯 잰젠가?" 하며 들여다보는 그 잔은 할 수만 있으면 면하고 싶지만 그러나 우정으로 달게 받아야 할 희생 같은 잔인 모양이었다. 그래서 마시기로 결심한 그는 일종 비장한 낯빛을 지으며 꿀꺽 들이켰다. 그러고는 부르르 몸서리를 치자 더욱 붉어진 눈방울을 더욱 크게 치뜨며

"사람이 기가 맥혀서 글쎄 이 화상을 찾누라구 자식 놈들은 만주 일판을 뒤지구 난 또 여기서 돈 쓰구 애먹은 생각을 하문 거저 쥑에두……"

이런 제 말에 벌컥 격분한 그는 주먹을 번쩍 들었다. 막 그 여인의 뒷덜미에 떨어질 그 주먹을 쳐다보는 사람들은 한순간 숨을 죽일밖에 없었다. 한순간 후였다. 와하하 사람들의 웃음이 터졌다. 그 주먹이 슬며시 내려오고 그 주먹의 주인이 히히히 웃고 만 까닭이었다. 그동안 눈을 꽉 감을밖에 없었던 나는 간신히 그 여인을 바라보았다.

여인은 제 얼굴 그림자를 통 살라버리도록 담배를 빨아 들이켜고 있었다. 그런 주먹의 용서를 다행하게나 고맙게 여기는 눈치

는 조금도 찾아볼 수 없었다. 그런 여인의 태도에는 지금의 풍파는 있었던 것 같지도 않았다. 하기야 한순간 실로 한순간이었지만.

터졌던 웃음소리는 아직도 허허 킬킬 하는 여운으로 계속되었다. 나는 그런 그들의 웃음을 악의로 듣지는 않았다. 오히려 폭력의 중지에 안심하고 학대 일순 전에 놓치는 요술 같은 신사의 관용을 경탄하는 호인들의 웃음이라고도 할 것이다. 그러나 그런 웃음이 주먹보다도 그 여인의 혼을 더욱 학대하는 것 같은 건 웬 까닭일까.

그때 차는 어느 작은 역에 멎었다. 아까 실수한 젊은이와 곰방대 노인이 내렸다. 그들은 그런 웃음을 채 웃지 못한 채 총총히 내리고 만 것이다. 밤중의 작은 역이라 그 자리에 대신 오르는 사람도 없이 차는 또 떠났다.

"좌우간 무던하갔쉐다. 저희 집 식구가 많아두 씩둑깍둑 말썽인데 그것들이 어떻게 돌아먹은36 년들이라구."

당꼬바지는 코멘소리로 또 말을 시작하였다.

그러나 그 신사는 어느새 건듯 졸다가는 눈을 뜨고 눈을 떴다가는 또 졸고 할 뿐 대답이 없었다. 아직도 좀 남은 술병은 마주 앉은 세 사람 사이로 돌아갔다.

"이왕이문 데 색시 오샤꾸37루 한잔 먹었은문 도캇는데."

"말 말게. 이제 하던 말 못 들었나."

"뭘."

"남 정든 님 따라 강남 갔다 붙들레서 생이별하구 오는 판인데 무슨 경황에 자네 오샤꾸 하겠나."

"오샤꾸 할 경황두 없이 쯔라이 시쓰렝(失戀)[38]이문 발세 죽었
지 죽어."

"사람이 그렇게 죽기가 쉬운 줄 아나."

"나니 와께나이요.[39] 정말 말이야 도망을 하지 아니치 못하리만
큼 말이야 알겠나? 도망을 해서라두 말이야, 잇쇼니 나루[40] 하지
않으문 못 살 고이비도[41]문 말이야, 붙들렸다구 죽여주소 하구 따
라올 리가 없거든 말이야 응 안 그래? 소랴아[42] 기미[43] 혀(舌)라두
깨밀고 죽을 것이지 뭐야 응 안 그래."

이런 말이 나오자 그 여인은 무엇에 찔린 듯이 해쓱해진 얼굴을
그편으로 돌렸다. 그편에서 지껄이는 사람들을 바라보는 그 눈은
지금 그런 말을 누가 했느냐고 묻기라도 할 듯한 눈이었다. 그러
나 취한 그들은 그런 여인의 눈과 마주쳐도 조금도 주춤하는 기
색도 없었다. 도리어 당꼬바지는

"거 사실 옳은 말이야, 정말 앗사리[44]한 계집이문 비우쌀 도케[45]
도망두 안 할걸."

이렇게 그 여인의 얼굴을 보이지 않는 말의 채찍으로 후려갈기
었다.

"자 어서 술이나 마자 먹지 거 왜 아무 상관 없는 걸 가지구 그
럴 거 있나."

가장 덜 취한 모양인 가죽재킷이 중재나 하듯 말하며 잔을 건네
었다. 잔을 받아 든 젊은이는 비척 몸을 가누지 못하며 또 지껄이
었다.

"가노죠[46] 말이야 뎅까노 가루보쟈나이까.[47] 왜 우리한테 상관이 없어."

그때 차창 밖에 전등의 행렬이 보이자 차가 멎었다. 금시에 정신이 든 듯한 두 젊은이는

"우린 여기서 만츰 실례합니다."

"한참 심심치 않게 잘 놀았는데요."

"사이나라."[48]

이런 인사를 던지듯 지껄이며 분주히 나가고 말았다.

새 사람들로 그 자리를 메우고 차는 다시 떠났다.

한참 동안 코를 골며 잠이 들었던 그 신사는 떠들썩한 통에 깨기는 했으나 아직도 채 정신이 안 나는 모양이었다.

당꼬바지는 이야기 동무를 한꺼번에 잃고 갑갑한 듯이 하품을 하다가 다음 역에서 내리고 말았다. 내 옆의 촌마누라도 내려서 나는 그 자리로 옮아 젊은 여인과 마주 앉게 되었다.

그 신사는 시렁에서 손가방과 모자를 내렸다. 다음 S역에서 내릴 모양이다. 끌러놓았던 구두끈을 다시 매고 난 신사는 손수건으로 입과 눈을 닦으며

"그래 그만하문 너 잘못 간 줄 알디."

"……"

"내가 없다구 무서운 줄 모루구들…… 어디 실컨들 그래 봐라."

"……"

이렇게 혼잣말같이 중얼거렸다. 여자는 역시 담배만 피우고 있

었다. 새로 들어온 사람들은 지금까지의 사정을 모르므로 이런 말에 뛰어들어 한때 무료를 잊을 이야깃거리를 삼을 수는 없었다. 이 이상 더 그 여인을 치고 차는 말이나 눈초리도 없이 S역에 닿았다.

여자를 데리고 내릴 줄 알았던 신사는 차창을 열고 거의 쏟아질 듯이 상반신을 내밀었다. 혼잡한 플랫폼에서 누구를 찾는지 두리번거리던 그는 고함을 치기 시작하였다. 몇 번 부르자 차창 앞에 달려온 젊은이에게 물었다.

"네 형이 온대드니 어떻게 네가 왔니."

"형님은 또 ×××에 가게 돼서……"

"겐 또 왜?"

그 젊은이는 털모자를 벗어 쥔 손가락으로 머리를 긁적거리며 난처한 대답을 하는 것이다.

"그새 옥주 년이 또 달아나서……"

"뭐야."

"옥주 년이 또……"

"이 새끼."

창틀을 짚었던 손이 번쩍하고 젊은이의 뺨을 갈겼다. 겁결에 비켜서던 젊은이가

"그래두 니여 잽혀서 지금 찾으레……"

하는 것을

"듣기 싫다."

하며 또 한 번 뺨을 철썩 후려쳤다.

"정말 찾긴 찾았단 말이가? 어서 이리 둘어나 오날."

들어온 젊은이는 빨리 손쓴 보람이 있어 ××에서 붙들었다는 기별을 받고 찾으러 갔다고 설명하였다. 비로소 성이 좀 풀린 모양 신사는 여기 일이 바빠서 제가 갈 수 없는 것을 걱정하고 (여인의) 차표와 자리를 내주고 내렸다.

또 차가 떠났다. 차창 밖의 그 신사는 뒤로 흘러가고 말았다.

앉으려던 젊은이는 제 얼굴을 쳐다보는 그 여인의 눈과 마주치자 아무런 말도 없이 그 뺨을 후려쳤다. 여인은 머리가 휘청하며 얼굴에 흐트러지는 머리 가닥을 늘 하던 버릇대로 귓바퀴 위에 거두어 올렸다. 또 한 번 철썩 소리가 났다. 이번에는 여인의 저편 손가락 끝에서 담배가 떨어졌다. 세번째 또 손질이 났다. 여인은 떨리는 아랫입술을 옥물었다. 연기로 흐릿한 불빛에도 분명히 보이리만치 손자국이 붉게 튀어오르기 시작하는 뺨이 푸들푸들 경련을 일으키는 것이었다. 하얗게 드러난 앞니로 옥문 입 가장자리가 떨리는 것은 북받치는 울음을 참는 모양이었다. 그러나 마주 보는 내 눈과 마주친 그 눈은 분명히 웃고 있었다. 그러고 보면 경련하는 그 뺨이나 옥문 입술도 참을 수 없는 웃음을 억제하는 것같이 보이기도 하였다. 나는 나를 잊어버리고 그러한 여인의 얼굴을 바라볼밖에 없었다. 종시 여인의 눈에는 눈물이 어리기 시작하였다. 한 번만 깜박하면 쭈르르 쏟아지게 가득 눈물이 고였다. 나는 그 눈을 더 마주 볼 수는 없어서 얼굴을 돌릴밖에 없었다.

"어데 가?"

조금 후에 이런 젊은이의 고함 소리가 났다.

"……"

여인은 대답이 없이 눈물에 젖은 얼굴을 수건으로 가리며 턱으로 변소 쪽을 가리켰다. 여인이 가는 곳을 바라보고 변소 문 여닫는 소리를 듣고 또 지금 차가 전속력으로 달리고 있다는 것을 몸으로 짐작한 그는 비로소 안심한 듯이 담배를 꺼내 물고

"실례합니다."

하고 문턱에 놓인 성냥을 집어갔다. 여인의 성냥이 아까 창으로 내다보던 그 남자의 팔꿈치에 밀려서 내 편으로 치우쳤던 것이다.

"고맙습네다. 참 이잰 너무 실례해서—"

성냥을 도로 갖다 놓으며 수작을 붙이려 드는 것이었다.

그 젊은이가 이같이 추근추근 말을 붙이는데 대꾸할 말도 없었지만 그보다도 나는 어쩐지 현기가 나고 몹시 불안하였다. 잠시 다녀올 길이지만 지금까지 퍽 지루한 여행을 한 것 같고 앞으로도 또 그래야 할 길손같이 심신이 퍽 피로한 듯하였다.

그런 신경의 착각일까, 웬 까닭인지 내 머리 속에는 금방 변기속에 머리를 처박고 입에서 선지피를 철철 흘리는 그 여자의 환상이 선히 떠오르는 것이었다. 따져보면 웬 까닭이랄 것도 없이 아까 "심심치 않게 잘 놀았다"는 그들의 하잘것없는 주정의 암시로 그렇겠지만 또 그리고 나야 남의 일이라 잔인한 호기심으로 즐겨 이런 환상도 꾸미게 되는 것이겠지만, 설마 그 여인이야 제 목숨인데 그만한 암시로 혀를 끊을 리가 있나 하면서도 웬 까닭

인지 머리 속에 선한 그 환상은 지워지지가 않는 것이었다. 더욱이나 아까 입술을 옥물고도 웃어 보이던 그 눈을 생각하면 역력히 죽을 수 있는 때진[49] 결심을 보여준 것만 같아서 더욱 마음이 초조해지고 금시에 뛰어가서 열어보고 안 열리면 문을 깨뜨리고라도 보고 싶은 충동에 몸까지 들먹거리기도 하는 것이었다.

지나간 사정을 알 리 없는 새로 들어온 사람들은 물론이요, 그 젊은이까지도 이런 절박한 사정(?)은 모를 터인데 나까지 이렇게 궁싯거리기만 하는 동안에 사람 하나를 죽이고 마는 것이 아닐까——이렇게까지 초조해하면서도 그런 내 걱정이 어느 정도까지 망상이요 어느 정도까지가 이성적인지 갈피를 잡을 수 없어 더욱더 초조할밖에만 없었다.

이런 절박한 사태(?)를 짐작도 할 리 없는 사람들은, 단순히 때리고 맞는 그 이유만이 궁금한 모양이었다.

"그 왜들 그럽네까."

궁금한 축 중의 한 사람이 나 대신 말을 받아 묻는 것이었다.

"거 머 우서운 일이디요" 하고 그 젊은이는 싱글싱글 웃으면서

"가따나 그 에미나이들 성화에 화가 나는데, 집의 아바지까지 그러니……, 아바지한테 언어맞은 억울한 화풀일 그것들한데나 하디 어데다 하갓소. 그래서 거저……"

하고는 히들히들 웃는 것이었다. 묻던 사람도 따라 웃었다.

들고 보면 더 캐어물을 것도 없이 명백한 대답이었다. 때릴 수 있어 때리고 맞을 처지니 맞는 것뿐이다.

이런 명백한 현실을 듣고 보는 동안에도 나의 망상은(?) 저대

로 그냥 시간적으로까지 진행하여, 지금 아무리 서둘러도 벌써 일은 저지르고 만 것이었다. 싸늘하게 굳어진 여인의 시체가 흔들리는 마룻바닥에서 무슨 짐짝이나 같이 퉁기고 뒹구는 양이 눈감은 내 머리 속에서도 굴러다니는 것이었다.

아—, 그러나 이런 나의 악몽은 요행 짧게 끊어지고 말았다. 그 여인이 내 무릎을 스치며 제자리로 돌아왔다. 무사히 돌아올 뿐 아니라, 어느새 화장을 고쳤던지 그 뺨에는 손가락 자국도 눈물 흔적도 없이 부옇게 분이 발려 있는 것이었다. 그리고 당장이라도 직업 의식적인 추파로 내게 호의를 표할 듯도 한 눈이었다. 어쨌든 나는 그 여인이 그렇게 태연히 살아 돌아온 것이 퍽 반가웠다.

"옥주 년도 잽했어요?"

내가 비로소 듣는 그 여인의 말소리였다.

"그래, 너 이년들 둘이 트리[50]했든 거로구나."

하는 젊은이의 말도, 지난 일이라 뭐 탄할 거도 없다는 농조였다.

"트리야 뭘 했댔갔소, 해두 이제가 만나문 더 반갑갔게[51] 말이외다."

이런 여인의 말에 나는 웬 까닭인지 껄껄 웃어보고 싶은 충동을 겨우 억제하였다.

맥령 麥嶺

상진(尙眞)이는 짐스러운 책 꾸러미를 이 손에서 저 손으로 옮겨 쥐어가며 걸었다. K군 본서(本署)의 호출로 소위 '출두'하러 갔다 돌아오는 길이었다. 무사히 돌아오는 것이 다행이다 하면서도 그래서 오히려 실없이 싱겁기도 한 일이었다.

결국은 고등계 주임이 무슨 일로 출장 왔던 차에 행여나 무엇이 걸려드나 하여 가택 수색을 하고 그때 압수했던 이 책을 돌려준다는 핑계로 불러다가 취조해보는 것이라고밖에는 이해할 도리가 없었다. 말하자면 놈들의 말대로 이 절박한 시국에는 무용지물로 저희들 눈에 거슬리면 거슬렸지 곱게 볼 수 없는 존재라, 할 수만 있으면 긁어 부스럼으로라도 건(件)을 만들어보자는 심사였고 그나마 안 되더라도 한번 단단히 오금을 박아두자는 것이어니 하면 그만이기도 하였다. 취조래야 가택 수색 때부터

244

책은 이것뿐이냐

책을 빌려가는 젊은이는 없느냐

누구와 편지 거래를 하느냐

어떤 사람들과 상종을 하느냐

이번 징병령에 대해서 누구에게 이러이러한 말을 하지 않았느냐

이런 것으로 별로 이렇다 할 초점이 없이 그저 들떠보고[1] 넘겨 짚어보는 암중모색에 지나지 않았다. 그러나 어떻게 해서든 상진의 가슴속에 묻혀 있을 소위 '비국민적' 사상이나 언행이나 또 혹은 그런 음모를 적발하려 드는 것이라 놈들은 한순간도 그의 표정과 태도를 놓치지 않고 감시하였다.

암만 그래야 너희들이 무슨 단서를 붙들고 덤비는 것은 아니구나.

무슨 거리가 있을 리 없을 것은 상진 자신이 더 잘 알지만 갑작벼락으로 가택 수색을 하고 또 이같이 취조까지 하는 것은 누구의 무고나 엉터리 불래미[2]에 걸려든 것이나 아닐까 하여 없는 죄도 있는 듯 불안할밖에 없었다.

그런 중에도 "지금은 왜 작품을 통 쓰지 않느냐" 하는 질문에 대한 대답이 가장 힘들었다. 그런 일이 있다거나 없다거나 그렇다든가 아니라든가 단마디로 갈라 대답할 수 있는 구체적 사실과는 다르고 그래서 더욱 놈들도 대답하는 상진이의 말소리의 여운까지도 놓치지 않으려 귀를 세우고 이편의 표정을 감시하였다. 얼굴이 따갑고 눈이 시울게[3] 쏘아보는 그들의 시선 앞에서 상진은

벌써 몇 번째나 "건강 때문에……" 하며 그의 각기(脚氣)와 약한 심장을 내세울밖에 없었다.

그런 줄은 자기네도 안다면서 그러기에 징용이나 보국대는 못 나가더라도 글이야 쓸 수 있지 않느냐? 하였고 "요컨대 심장이 문제가 아니라 머리가 문제겠지?" 하는 것이었다.

이런 말에 상진의 대답은 더욱 궁할밖에 없었다. 오직 자기는 본시 대중에게 아무런 영향력도 없는 존재라는 것, 더욱이 건강 때문에 오륙 년째나 붓을 놓았으므로 지금은 문단에서까지도 존재가 없다는 것이 고작인 변명이었다.

고등계 주임은 한 번 콧방귀를 뀌고 나서 딴은 당신이 언제 한 번이나 이 시국에 협력하여 대중에게 영향을 줄 만한 글을 쓰려고 했더냐고 하며

"끝으로 여러 말 할 것 없이 이 점 하나만은 알아두어야 하오. 이 시국을 방관만 하다가 한번 비국민으로 지목이 되면 그 담이 얼마나 무섭다는 것을."

한다. 단단히 오금을 박으려는 마지막 협박이었다. 상진은 뭐라고 더 할 말이 없었다. 오직 구구한 말이 있을 뿐, 그것은 이편에서 오히려 긁어 부스럼으로 이때까지 지니고 온 결백성을 더럽히고 마는 것일 뿐이다. 소심한 상진이는 등골에 진땀을 감촉하며 재하자[4] 유구무언 격으로 그 자리를 물러왔던 것이다.

도로 찾아올 것도 없이 그냥 버려도 아깝지 않은 책들이지만 노상 크게 알고 압수했다 내주는 것이라 그자들 앞에서는 이편도 아주 소중한 체 묶어 가지고 나올밖에 없었다. 『우수의 철학』『우

울증의 해부』『비극의 철학』『악의 화』 등등 이런 것들이 응당 금서(禁書)일 리는 없지만 우선 그 건전치 못한 세기말적 표제에 놈들은 놀랐고 다음은 절박한 이 시국과는 하도 동떨어진 것이므로 오히려 어떤 미채(迷彩)나 같이 의심하고 압수하는 눈치였다. 사실인즉 상진이가 S면 장거리로 소개해 나왔을 때는 장서(藏書) 전부를 짐짝 그대로 헛간 샛단⁵ 속에 묻어두었던 것이다. 그러나 일찍이 작가라고 다소나마 이름이 팔렸고 중일전쟁 이래 오륙 년간이나 붓을 던지고 있는 지금도 아직 그렇게 지목을 받는 중이라 방 안에 책 한 권도 없는 것이 오히려 부자연하고 혹시 이번 경우와 같은 때 어떤 책을 어디다 감추었는가 의심받을 염려도 없지 않아 허울로나마 몇 권 책을 늘어놓았던 것이다.

조선말 책은 물론 붉은 글자 붉은 표지까지 꺼려가며 골라 내놓는 수십 권 중에 젊은 시절의 창백하고 말쑥한 우울의 자취로 남은 이 책들은 지금은 내출혈적(內出血的)으로 속 깊이 멍들고 찌든 그의 우수(憂愁)를 가리기 위한 미채로 가장 눈에 뜨이게 진열했던 것이다.

한 10리나 왔을까 어제 하루 동안을 말바로⁶ 기름이 내리게 치까슬고⁷ 내리훑고 앙큼하게 할퀴고 하는 취조에 시달리고 밤에는 또 여관방에서 까슬려 선 신경에 빈대 벼룩으로 한밤을 고스란히 새다시피 한 뒤라 사실 각기로 다리가 변변치 못한 상진은 벌써부터 피곤하였다.

이 며칠 동안 징병 검사로 적령(適齡)의 젊은이들이 모여든 읍내는 증원까지 한 경관이며 헌병으로 사뭇 경계가 어마어마하였다. 그런 데서 한나절 후에야 떠난다는 자동차 시간을 기다리느라 어물거리다가 혹시 또 취체나 당하지 않을까 하여 40리 길이 벅차지만 이른 조반을 먹자 곧 떠났던 것이다.

*

아카시아꽃이 피기 시작하는 때 아직 응달이 음산한 절기지만 고개를 넘고 나니 숨이 차고 등골에 땀이 배었다. 병신스럽게 이마에서까지 흐르는 땀을 씻으며 상진이는 나무 그늘을 찾아 풀밭에 다리를 뻗고 담배를 붙였다.

언제나 시일은 감상고를 부르짖지 않을 수 없는 이 세월은 언제나 끝나는가. 소련군이 백림(伯林)의 외곽 도시를 점령했다는 유럽의 전국은 다 끝이 나나 다름이 없지만 태평양전쟁은 유황도가 이미 떨어지고 충승도(沖繩島)⁸에까지 미군이 상륙은 하였으나 일본 본토까지는 아직도 상거가 있었다. 하루가 1년 맞잡이로 기다리는 이편이 너무 착급해 그렇겠지만 연합군이 일본에 상륙한다 하더라도 늘어지게 준비를 해가지고야 시작한다는 둥 그래서 전국은 앞으로가 장기전이 될밖에 없다는 놈들의 선전을 볼 때마다 역시 백성을 속이는 거짓이라고는 하면서도 얼마나 긴 세월일지 모를 앞날이 아득하였고 더욱 이번 일을 당하고 나매 이 세월이 길면 길수록 놈들의 위협은 위협만이 아니려니 하면 깨어 볼 수 없는 다음 순간까지도 아득한 세월이 아닐 수 없었다. 옛날에 축지법(縮地法)은 있었다는데 세월을 줄이는 법은 없었던가? 어

248

떻게 하면 이 난세(亂世)를 욕되지 않게 넘길까? 이런 생각을 하고 있을 때 고개 너머로 칠팔 명 젊은이들이 내려왔다. 한결같이 무명 국방색 전투모에 각반 차림이 이번 징병 검사를 하고 오는 적령자들이 분명하였다.

"자 우리두 좀 쉐 가자."

어느 한 사람의 말에 그들은 호령이나 내린 듯이 저마다 모자를 벗어던지고 풀판에 털썩털썩 주저앉았다. 모두 한창인 그들이지만 여드름이 울긋불긋한 얼굴에는 어두운 그림자가 비끼고 그 우왁진' 어깨도 축 처져 한결같이 시달림과 피곤한 기색이 보였다. 그중에는 어디선가 본 듯한 낯익은 얼굴도 한둘 있었다.

"정 맥살나 죽갔네."

"아무러믄 뫯 조금 살갔게, 아야 미리 죽어두렴."

"애애 맥키한 소리 좀 작작 해라."

이런 말을 지껄이며 몇몇이는 전투모로 얼굴을 가리고 풀판에 번듯이 누워버렸다. 혹은 호주머니에서 담배 부스러기를 털어내서 신문지쪽에 말아 들고 이 사람 저 사람 꾹꾹 찔러가며 성냥이나 부싯돌을 찾는 젊은이도 있었다.

"불 여기 있소."

상진이는 피워 물었던 담배를 내밀었다.

"아새끼 염소처럼 담배는."

"이치 엊그저께 먹기 시작했는데 발쎄 인이 백엣나 바."

"일마 석주야 어른 앞에서 담배가 다 머이가, 잰내비 방구 뀌듯 빡빡 재수 없게."

받고 차기로 놀려대는 바람에 담뱃불을 붙인 석주라는 젊은이는 얼굴을 붉히고

"멀들 그래 병덩 나가문 담배밖엔 먹을 것 없어……"

하며 그는 혀끝에 달라붙는 담배 부스러기를 연방 훼훼 뱉어가며 연기로 고리를 뿜고 있다. 노상 담배를 안 피우는 듯이 그를 놀리던 축들도

"일마 이왕이면 나두 한 모금 먹자."

하기도 하고 호주머니에서 먼지까지 털어서 담배를 말아 붙이기도 한다. 그나마 없는 이는 한 모금 돌아올 차례를 기다리고 있다.

"여기 있으니 한 대씩 피시우."

상진이는 제 담뱃갑을 도중 앞에 내놓았다. 그러나 선뜻 집는 이는 없었다.

"한 대 피시지."

가장 손바로 앉아 있는 젊은이에게 담배를 권하며 물었다.

"뭘루 합격됐소."

"갑종이야요."

"갑종! 참 체격이 좋군요."

아까운 젊은이로구나! 이런 생각에 상진은 다시금 그를 보았다. 장대한 편은 아니나 아래위를 찍은 듯 통지고[10] 단단해 보이는 그 젊은이의 빛나는 눈과 동탁한[11] 얼굴은 퍽 낯이 익었다.

"머 인갑(仁甲)이만인가요 다 갑종인데요."

"팔다리 병신만 아니구 올물[12]만 갖으면 다 갑종이야요."

"기저 제 발루 걸어댕기는 총알맥이문 다 돼요."

"정말 막탕이두만, 아마 이전 사람 종자두 받은[13] 거야 그러게 데 고자리[14] 먹은 개똥차무깨[15] 겉은 길손이가 다 갑종이디 말할 거 있나."

앉은키만으로도 제일 걸싸[16] 보이는 젊은이가 저편에 있는 젊은 이를 턱으로 가리키며 빈정거렸다. 그 젊은이는 젊다기보다 아직 소년다운 얼굴을 붉히고 약간 벼슬 자국[17] 있는 콧살을 찌푸리며

"동석이 일마, 너 암만 그래두 똥 디린[18] 막대기 같은 너나 내나 돈반짜리긴 마츤가지야" 한다.

"돈반짜리라니?"

누가 묻는 말에 고자리 먹은 개똥참외라는 길손이는 제 말을 설 명한다.

"장개석이 총알은 한 방에 돈반짜리래."

그 말에

"아새끼 어디서."

하고 모두들 웃고 떠들었다. 역시 젊은 사람들이었다.

그러나

"괜히 웃었더니 배만 고프다."

누가 이런 말을 하자

"정말 배꼽시계가 틀어달라구 쪼루락 쪼루락 보채는데."

하는 동석이라는 젊은이는 풀을 한 줌 뿍 뜯어 비벼 던지고 길게 누워버린다. 그 말에는 모두 실감이 있는 모양으로 웃음판은 오 히려 시무룩해지고 말았다.

"상게두[19] 보릿고갤 넘을래문 까맣구나."

지금껏 말참견도 않고 두 무릎을 끌어안고 초금(草琴)을 불던 인갑이라는 젊은이가 혼잣말로 중얼거렸다. 그의 시선을 따라 내려다보이는 밭의 밀보리는 아직 이삭도 패지 않은 청초였다. 어리기도 하려니와 보국대 징용 징병으로 손이 모자라고 거름조차 부족한 농사라 청초부터 될 성싶지가 않았다.

"밀보리 고개두 다 옛말이네. 밀보리 갈[20]을 하문 뭘 하나. 쥐뿔이나 남잤게?"

맥없는 동석이의 말이다. 그러자 석주는 시치밀 따고

"정말 난 방굴 뀔 젠 꿰두 보리밥이나 한번 실컷 먹어봤으문 한이 없잤다" 한다.

"흥 방구 뀌두룩 먹을 거 있잤다. 공출이나 다 해서 경이나 안 츠문 요행이다."

"쌍놈의 거 맞을 젠 맞아두 즐거잽이[21] 해서 몽땅 먹어놓구 보디."

"일마 너더러 즐거잽이 해먹으라구 가만 둬둘 줄 아네. 낼이라두 오래문 쩍에주소 하구 나가야 돼."

이렇게 말을 가로채는 길손이는 그 소년다운 얼굴을 또 붉혔다.

"하긴 것두 그래."

"새끼들 어디서 골라가멘 맥나는[22] 수작들만 하네게레."

지금까지 얼굴에 모자를 덮고 누워서 자는 듯 말이 없던 축의 한 젊은이가 귀찮게 중얼거리고는 돌아누웠다.

높은 하늘 넓은 들 한가운데지만 이 한보자락[23] 나무 그늘 아래의 대기(大氣)만은 걸쭉하게 엉긴 듯 무거운 침묵에 잠기고 말았다. 모두들 제 주먹을 베고 느른히 누워 있는 한가운데 저만이 우뚝 남아 있게 된 상진은 마치 말과 감정이 달라서 이런 분위기조차 느낄 수 없는 딴 나라 사람이나 같이 지금 무서운 채찍 밑에 몰리어 자기네 생명의 등잔불을 짓밟아 끄러 나갈밖에 없는 이들 젊은 동포의 신음 소리를 그저 멍청하게 듣고만 있는 제 꼴을 의식하고 몸서리를 칠밖에 없었다.

그때 고개 너머로 찌릉찌릉 종소리가 나며 자전거 두 대가 나란히 달려온다.

누가

"얘 병사계장(兵事係長) 온다."

하자 누웠던 젊은이들은 일제히 일어나서 경례한다. 또 한 사람은 면장이었다. 그들은 속력을 죽여가지고 이편을 바라보며 내려온다. 상진이도 일어서 인사할밖에 없었다.

면장은 우선

"야—"

하고 어떻게 여길 왔더냐고 묻는다. 뻔히 알면서도 시치미를 따려는 그 입 가장자리는 저도 어쩌지 못하고 새어 흐르는 웃음에 분명히 떨렸다. 그러고는 무슨 재미난 이야기라도 있는가고 역시 일본말로 깐죽거린다. 보국대 면제를 위하여 한 달 혹은 두 달에 한 번 공의의 진단서를 가지고 가서 만나보는 정도나, 언제 대하든 유쾌치 못한 인물이다. 아무리 복잡한 세상 아무리 비좁은 골목이라도 비집고 헤치고 하다못해 남의 가랑이 아래로 기어서라

도 거침 없이 처세할 듯한 그 기름 강아지같이 매끄러운 생김생
김과 태도. 그리고 언제나 또 무슨 잡도리²⁴를 할지 모르게 나불거
리는 그 엷고 반지르르한 입 가장자리에서는 언제나 그런 웃음이
흐르는 것이었다.

"그저 다리쉼을 하는 중입니다."

하는 상진의 대답은 조선말이므로 오히려 어색할밖에 없었다. 면
장은 들은 체도 않고 어느새 병사계장과 뭐라고 쑥덕거렸고 그러
고는 또 "야─" 하고 실례를 한다며 자전거를 달렸다.

"뭣 하러 이러구들 있는 거야 썩썩 집으루 가지들 않구……"

뒤에 남은 병사계장은 그렇지 않아도 모자를 털어 쓰고 그의 낯
색을 살피며 나서는 젊은이들에게 호령한다. 젊은이들은 서로 재
촉하듯 뒤를 돌아보며 병사계장의 자전거를 따라간다. 상진이는
자기도 꺼들려 핀잔을 당한 듯 불쾌하였다. 당한 듯만이 아니라
자기만 없었던들 병사계장이 다리쉼을 하는 젊은이들에게 그렇게
까지 볼 부은 소리를 할 리는 없으려니 하면 더욱 불쾌하였다. 이
놈의 세상을! 귀찮게 혀를 차고 상진이는 책 꾸러미를 들고 일어
섰다.

몇 걸음 안 가서 앞서 가던 축들이 이편을 돌아보며

"인갑이 넌 안 갈래?"

한다.

"응 이제 따라갈게……"

하는 그 젊은이는 신발을 고쳐 신느라 돌아앉아 풀밭에서 어물거
리고 있었다. 아까 밀보리 고개 타령을 꺼냈던 젊은이였다.

"괜히 그러다간 니라마레루조[25]—"

그들이 또 돌아보며 외치는 소리다. 그러자 병사계장의 자전거는 속력을 내어 몽당 꼬리를 끌고 맞은 고개를 넘었다. 상진은 뜻하지 않은 제 한숨 소리를 들었다. 이런 경우마다 제 반발력이 소모되는 듯한 한숨이었다. 긴치 않은 책 꾸러미를 이 손 저 손 바꿔 쥐며 더벅더벅 걷는 그는 발부리의 제 그림자가 별로 엷고 호젓하게 보였다. 이런 고독감! 그러나 '고고(孤高)'라든가 '독야청청(獨也靑靑)'의 긍지가 있을 리 없는 상진은 그저 제 꼴이 초라하게 호젓할 뿐이었다. 뒤에서 초금 소리가 들려온다. 인갑이가 부는 소리였다. 높은 하늘 넓은 들 한가운데서 새지고 또렷한 대로 그 역 호젓한 소리였다.

앞선 축들이 맞은 고개 너머로 사라지자 초금 소리는 끊어지고 더벅더벅 잰 발소리가 들렸다. 인갑이가 따라왔다. 이윽고 나란히 걷던 그 젊은이는 상진이를 쳐다보며 얼굴을 붉혔다.

"선산님……"

"?"

"데— 영어루……"

"음 영어루?"

인갑이는 한층 더 얼굴을 붉히며 주저한다.

"데— 거시기 영어루 '난 조선 사람이다' 하는 말은 멜 하나요."

이렇게 묻고 난 그는 제 말에 놀라기라도 한 듯이 경계하는 눈으로 앞뒤를 살핀다. 그리고 다시 상진을 쳐다보는 그 빛나는 눈은 결코 실없는 호기심이 아니었다. 오히려 마주 보는 이편이 엄숙해지도록 빛나는 눈이었다. 한순간 이 젊은이는 어째서 나를 믿고 제 맘을 열어 보이려는가. 언제부턴가 혹시 길에서 만나면 저편에서 먼저 눈인사를 하던 기억으로 낯이 익다는 정도가 아닌가? 하였으나 이 젊은이를 경계할 필요는 조금도 없다는 것을 그의 눈으로 알 수 있었다. 혹시 왜 그런 것을 알려느냐고 묻는 것도 지금 인갑이에게는 너무 실없는 농담이 되고 말 것이다.

"저 말하자면 '나는 왜놈이 아니구 조선 사람이오' 하는 것 말이지?"

"예예 그래요."

인갑이는 제 의사를 알아주는 것이 무척 반가운 모양이다.

상진이가 가르치는 대로 따라서 아이 앰 어 코리앤 어쩌고를 그는 열심히 되풀이해 왼다.

"언제 좀 배우지 않았소?"

합쳐 몇 자 안 되는 단순한 말이기는 하지만 몇 번 듣자 곧 뗄 데 뗄 거라든지 미끄럽게 돌아가는 구음의 억양이 전연 초대[26] 같지는 않아서 물었다.

"이전에 중학교엘 갔더래서요."

인갑이는 또 얼굴을 붉히고 귀밑을 긁적거리며

"그래두 니어[27] 고만둬서 지금은 ABC두 잘 몰라요" 한다.

그리고 그는 '워 쓰 항궈린 워 뿌스 을버린(我是韓國人 我不是日本人)' 하는 같은 뜻의 중국말도 이미 배워두었다는 것이다.

두 사람은 한동안 말없이 걸었다. 인갑이는 무슨 주문(呪文)이나 같이 지금 배운 것을 외던 모양으로 가다가 잠꼬대처럼 "노—짭" 소리를 지르고 씽끗 웃기도 한다. 그런 때마다 상진은 그런 감상적 행동이 무슨 소용이 있으랴! 스스로 억제하기에 망정이지 인갑의 손을 쥐어주고 싶은 충동을 느꼈다.

"가족들은 몇이나 되우?"

"나꺼정 넷이야요, 오마니 아버지 그리구 누이."

"형은 없구?"

"7년 전에 죽어서요. ……나두 우리 형님만 살았으문……"

하는 인갑의 말은 가난한 살림에 제가 중학교에 갈 생의를 내고 또 갔던 것은 도시 그 형의 고집이었다는 것이다. 형 자기는 어려서부터 부모를 따라 농사하기에 공부를 못했지만 자기 아우만은 제 몸을 열 조각 내서라도 기어이 공부시킨다고 고집해서 평양 ××중학교에 입학시켰던 것이라고 한다.

그러나 그 형은 인갑이가 2학년 진급 시험 준비를 하던 겨울에 급성 폐렴으로 죽고 말았다는 것이다. 그래서 학비는 더 날 데가 없고 설혹 자기는 고학을 한다 하더라도 늙은 부모를 도와 농사할 손이 없으므로 학교를 그만둘밖에 없었다는 것이다.

"부모님네가 그렇게 나이 많으신가?"

"둘이 다 내년이 한갑이야요. 선산님 왜 우리 아바지 모르십네까? 작년 갈에 선산님네 앞 텅깐²⁸ 넝개²⁹ 해준……"

"아— 그 노인이든가 저……"

상진이는

"저 쥠손이영감?"

하려다 말았다.

*

작년 늦은 가을이었다.

두이(二)자 집의 안채 삼간은 고가(古家)나마 기와집이지만 앞
채 삼간은 초가라 이엉을 해야 겨울을 나겠는데 새끼와 짚을 구
하기도 힘들었고 품을 사기도 어려웠다. 상진이로서는 이곳이 생
소한 탓도 있었다.

이곳으로 '소개'해 나온 인반[30]이 된 중학 동창인 금융조합 이사
와 그의 소개로 한두 달에 한 번 진단서를 고쳐 써주는 공의 외에
는 아침저녁 수인사나 하는 옆집 사람뿐으로 가까이 아는 사람이
없었다. 본시 평양 어느 중학교 교원이던 상진은 태평양전쟁이
시작되자 영어 시간이 줄어서 여벌 선생으로 하품하는 시간이 많
던 중에 조선 교장이 쫓겨나고 일본 교장이 들어오자 조선말로
작품을 발표한 것만도 조선 청년에게 악영향을 끼친 보람이 된다
고 사직을 권고하나 다름이 없었다. 이미 붓을 던진 지 오래이므
로, 고료가 있을 리 없고 생활비가 될 리 없는 월급이지만 그나마
수입이 없고 보니 '소개'가 아니더라도 어차피 도회 살림은 할 수
없게 되었다. 재산이라고는 책과 집밖에 없었다. 요행 그때는 '소
개' 바람이 아직 심하지 않아서 집이 과히 천하지 않던 때라 팔면
시골집 한 채를 사고도 이삼 년 조석반 죽거리는 되리라는 예산
이 서기도 하였다. 일본이 제아무리 뻗대더라도 과즉 3년, 그동안

만 연명하면 그 다음은 해방의 날, 자유로운 내 나라에서야 무슨 일을 해서든 의식 걱정을 하랴. 그래서 마침 박이사의 주선으로 이곳에 집을 사고, 옮아와서는 그저 세월 가기만 고대하는 사람이 되었다. 그러나 어서 가기를 기다리는 세월보다 올라가는 물가 엄청나게 더 빨랐다. 사십 평생 돈벌이라고는 월급 외에 참새 눈물만큼씩 생기는 고료를 받아보았을 뿐 화식지계(貨殖之計)를 모르는 상진은 더욱 세월 가기만 기다릴밖에 없었고 초조하면 할수록 지루한 세월은 그래도 흐르긴 흘러서 가을이 되고 보니 이엉 할 걱정이 생긴 것이다.

짚과 새끼는 공출에 빨려서 제 손으로 농사한 농가에서들도 자기네 집 이엉 할 것조차 걱정할 지경이었다. 사람도 귀했다. 징용 보국대로 손에 풀기 있는 젊은 일꾼들은 거진이다시피 없어졌고 나머지 일꾼들은 지금이 한창인 타장(打場)[31]과 공출에 말바로 눈코 뜰 새가 없었다. 일에만 쫓기는 것이 아니라 여기 말투로 농삿 줌이나 한 집이면 더욱 공포 공황으로 떨기에 정신을 못 차리는 형편이었다. '강본'이라는 주재소 주임은 더 말할 것 없고 K군 내에서 공출 성적으로 일등 가는 면장은 한 수 더 뜨는 편으로 두자가 배가 맞아서 과중한 공출량을 채울 도리가 없는 농민을 면장은 낱낱이 고발하고 주임 놈은 매질을 전문으로 하였다. 더욱이 강본이는 알코올 중독자로 언제나 제정신이 없다시피 닥치는 대로 집어 함부로 치는 매라 한번 걸려들기만 하면 대개는 제 발로 걸어 나오는 사람이 쉽지 않았다. 머리가 터지거나 팔다리가 상하고 갈빗대가 부서지는 형편이었다. 그래서 공출량이 채 차지 못하는 농민들은 소나 집까지 팔아서 나락을 사서라도 할당량을 보충해야 했고 그도 못하는 농민들은 몸을 피할밖에 없었다. 이렇게 소연한³² 판국이라 저마다 바쁘고 공포에 싸여 헤매는 그들의 품을 사기도 힘들었다.

그까짓 오늘이라도 전쟁만 끝나면 당장 내버리고 가도 아까울 것 없는 집을 애써 이엉은 해 뭘 해 하기도 하였으나, 당장이라도 비가 오면 새는 것이요 태평양에서는 아직도 '라바울'을 지킨다 뻗대고 서유럽의 제2전선은 기다리는 사람을 골리는 저기압뿐으로 까마득 소식조차 없었다.

쓰고 있는 제 집의 삼간 이엉 하나도 제 힘으로 치워 못 가는 무능이 어이없어 걱정만 하던 차에 수인사나 하는 옆집 사람 중에 가장 가까이 지나는 춘식이의 주선으로 그중 한가한 사람을 골라 품을 산 것이 쥠손이영감이었다. 그는 하루 품을 새겨가며 짚과 새끼를 구해왔고 그 이튿날은 이엉을 엮어주었다.

"오늘은 쥔 선산님두 한몫 도이 하시야갔소옵더."

아침에 쥠손이영감은 벌써부터 와서 지붕의 길이를 재고 이엉날 새끼를 날쿼서³³ 사리고³⁴ 하여 차비를 다하고 기다리고 있었다.

"넝이³⁵는 모숨³⁶이 한뜻 같으야 비를 츠니까나."³⁷

하는 그는 상진이가 서툰 솜씨로 쥐어 섬기는 짚을 모숨마다 일일이 이번엔 많다 적다 타발³⁸을 하였다. 그래서 더욱 서툴게 어름거리게 되는 상진의 손에서 짚 모숨을 채가듯 받아서 엮는 그의 손은 무쇠 갈고리같이 검고 억센 것이나 희고 날씬한 상진의 손

따위는 어림도 없게 빨랐다.

"영감님은 뭐 쥠손이라드니……"

"흐흐흐 정말 쥠손이문 남의 일 하러 댕길나구. 이렇게 양껏 페
딜 못하니까나 괜히들 그럽소옵디."

힘껏 펴 보이는 모양이나 그 손은 큰 달걀이나 쥔 것만큼밖에는
더 펴지를 못했다.

"거 왜 그래요."

"소싯적부터 손아구 센 일에 굳었으니까나…… 그러게 내 손이
쥠손이문 풋내기 일꾼의 손은 버텅손이라구 난 그럽소옵디 흐
흐."

이같이 그가 자랑하는 그 손의 손톱이 또 볼 만한 것이었다. 가
려운 데 긁게나 마련된 흰 손의 손톱과는 그 존재의 의의부터 다
르다고 할 만큼 그의 손톱은 손가락 끝을 단단히 무장한 무기라
고도 할 것이다. 까막조가비같이 굳고 날쌘 그 엄지손톱은 짚기
스름[39]은 물론 창칼 못지않게 이엉날도 끊었다.

"좀 쉬지 않을까요?"

늙은이를 위한 인사가 아니라 제가 따라가기 힘들어서 사정하
듯 말하면 쥠손이영감은 힐끗 해를 쳐다보고

"넝이 하네 가지구 햇구녕을 막으문 남이 웃소옵디, 흐흐흐."
할 뿐이다. 흐흐흐 웃을 때마다 앞니가 없는 그 입은 더욱 뻥 뚫
어진 것 같고 그래서 그 웃음은 더욱 낙천적으로 들렸다. 그러나
그런 웃음이 금시에 가시고 마는 그 얼굴은 이마와 뺨에 깊이 팬
주름살로 어둡고 무겁게 굳어지고 마는 것이었다. 웃음 끝에 고

인 눈물로 지적지적한 눈을 내리깔고 그저 기계적으로 놀리는 무쇠 갈고리 같은 그 손은 더욱 빨라졌다. 상진이는 미리 주워 섬기기만도 딴눈을 팔거나 이야기해볼 여념이 없었다.

점심때가 되어 식후에 짚단에 걸터앉아 담배를 피우며 쉬는 참이었다. 쩜손이영감을 소개한 옆집 춘식이가 쩔름거리며 온다.

"데 사람이 또 무슨 화나는 일이 있는가베."

쩜손이영감은 웃으며 바라본다. 본시 좀 저는 다리지만 바쁘거나 혹은 홧김에 되는 대로 걸을 때에는 더욱 절름거렸다. 아닌 게 아니라 춘식이는

"씨파 공출인디 뭔디 돼지 새낄 세 놈이나 팔아 넣구두 상게 모자라니 놀음 츨츨하다[40]…… 씨파 갑재기 안 살디두 못하구……"

혼잣소리로 두덜거렸다.

그는 나면서부터 왼편 발목에 힘이 없어 축 늘어지는 발을 걸을 때면 다리를 높이 들어 옮겨놓아야 했다. 그의 부모는 오력[41]이 남같지 못한 자식이라 공부시켜서 힘든 일이나 안 하고 벌어먹게 하려고 가난한 살림이지만 춘식이가 보통학교를 졸업하자 상업학교나 공업학교에 입학시키려 했다. 그러나 다리가 그러므로 오히려 입학이 안 되었다. 그래 화가 난 그의 부모는 글이기는 마찬가지가 아니냐 하여 넘은 동네 서당에 보내서 한 2년간 한문을 읽혔다고 한다. 그래서도 결국 춘식이는 농사를 했다. 대서소의 조수도 몇 달 했으나 한 면에 몇이라고 제한이 있는 대서소가 언제 제 차례에 돌아올 것 같지 않아 그만두었다. 면소 서기 자리도 그 발 때문에 그를 환영하지 않았다. 그만 이력서를 가지고는 타향에까

지 직업을 구하러 갈 용기는 물론 없었다. 결국 농사였다. 논밭갈이는 못해도 기운은 남만 못하지 않아서 별로 막히는 일은 없었다. 성미가 팔팔하고 말이 퉁명스러워 역시 병신 맘 고운 데 없어 하는 오해를 사는 때도 있지만 남이 다 끌려 나가는 보국대 징용을 그 다리 때문에 걱정 않고 지나는 자기 신세를 새옹지마(塞翁之馬)에 비하는 유머도 있었다. 그뿐 아니라 언젠가는 기성명이나 한다고 하여 반장 소임이 돌아왔을 때 그런 구실이 아니라도 자기는 보국대 징용은 걱정 없다고 하며 광솔 포도덩쿨 참나무 껍질 같은 공출을 면할 수 있는 소임을 다른 젊은이에게 사양하리만큼 협기(俠氣)도 있었다.

"이 녕감 내 또 이럴 줄 알았디."

춘식이는 짚단 위에서 털썩 주저앉아 마당귀에 엮어 세운 이엉떼를 둘러보고

"정말 이 아즈바니터럼 일에 탐센[42] 건 없드라니…… 전 그렇드래두 남의 생각두 좀 하야디……"

하며 늙은이 코앞에 손가락을 흔들어 보인다.

"흐흐흐 일에 들어서두 사정이 있는가베."

"그러게 아즈바닌 궁하단 말이오…… 글쎄 이 녕감이……"

"남 바쁘다니까나 또 무슨 수작을 할나구서……"

"선산님 데 궁상맞은 녕감의 말 좀 들어보실나우."

춘식이는 그때도 그 극성스러운 말투로 이야기를 시작하였다.

"좌우간 이 아즈바니가 저 암만 일을 잘하문 뭘 하갔소. 그렇게 알뜰살뜰히 다루던 텃물받이는 사태에 쓸어버리구 말았디. 늙마

에 당나무같이 믿던 외아들은 딩병(징병) 나가게 됐으니 살아오야 오나 부다 하게 됐디. 그러닌깐 덩혼했던 메누리는 남 되나 다름없디, 딸이 있긴 있어두 그까짓 쇠년 과부 돼 온 거 누가 얻어 간대두. 어떤 놈 가덕이[43] 네편네 처갓집에 부루씨[44] 모루 박을 땅두 없는데 데릴사위 갈 놈 없디…… 그러니 이 녕감의 팔자같이 더러운 것이 어디 있갔소."

하고는 어이없이 껄껄 웃는 것이었다. 진정인즉 제가 소개한 쥠손이영감이 일손이 좋은 것을 자랑하기 위한 말로 시작하여 그의 딱한 신세를 동정해 하는 말이지만 남의 아픈 상처를 어루만지기에는 그들의 손이 너무 거친 것처럼 그의 말도 이런 투로 거칠어서 얼른 들으면 독담 같기도 하였다.

"옳다 옳아 놈의 수작이라니……"

쥠손이영감은 그때도 그 뻥한 입을 벌리고 흐흐흐 웃었다. 소위 노소동락이랄까. 어떻든 그렇게 퉁명스럽고 거친 말이므로 오히려 울어야 할 일도 웃어버릴 수 있는 것이 아닐까.

"좌우간 데 녕감이 어찌 지독한디 저 부치는 논으루 들어가는 거라구 우물 앞 개구장[45] 물이 얼마나 거나 보누라구 먹어보대스니깐…… 말할 거 있소."

춘식이는 말만 해두 께름한 듯이 침을 뱉는다.

쥠손이영감이 그렇게까지 알뜰히 여기던 '텃물받이' 첫배미는 이 근방에서는 모르는 이 없이 이름난 논이었다고 한다. 그 이름처럼 이 동네 텃물이 흘러 들어가는 논 중에도 첫배미라 물이 흔하고 또 걸어서 다른 논들보다도 거름을 덜 해도 잘되었고 또 땅이 하도 좋아서 소가 빠질 지경이라 연장을 안 쓰고 호미나 괭이만으로도 기경[46]을 하는 오랑논[47]이었다고 한다. 그런 텃물받이는 예로부터 부자들의 자랑감인 노리개같이 되어온 것이다. 전부터 그 논의 종곡과 비료는 소작인이 자담하는 규례이므로 지주는 봄 기경 때부터 가을 추수 때까지 종곡이니 비료대니 하여 소작인과 홍야라 부아라[48] 할 것도 없이 그저 소유권만 쥐고 있으면 소작인이 반타작한 나락을 제 등에 져 들였고 복놀이 영계와 추석의 진 암탉까지도 가져오는 것이었다. 그뿐 아니라 그 논에는 논갈이 황소가 필요치 않으므로 소를 안 사주고도 소작인에게 귀뚜라미 모으로[49] 누워 뜯어먹어도 시원찮게 되는 마른 밭떼기까지도 재세[50] 해가며, 겸처[51] 소작시킬 수 있다는 것이다.

그래서 부자들은 다른 데는 몰라도 이 근처의 땅을 사려면 좀 비싸더라도 이왕이면 달걀 노른자위같이 치는 이 텃물받이를 사려 했다. 그만큼 누구나 탐내는 논이라 이 근경 사람들은 "그 사람 텃물받이 사게 됐다"거나 "텃물받이 팔아먹게 된걸" 하는 말로 어느 누가 돈을 모았다든가 세상살이가 기울어간다는 것을 표시하기도 하였다. "쌍놈의 거 아무럼 텃물받이 사구 살아보갔게." 흔히들 이렇게 탄식하거나 주정하는 농사꾼들도 이 텃물받이를 탐냈다. 종곡과 비료를 자담하더라도 첫째 흉풍이 없었다. 제때 한 보름만 가물어도 봄내 여름내의 적공이 나무아미타불이 되어 한 해 농사를 백실[52]하게 되는 천수답에 비할 바 아니었다. 그리고 또 문 앞 전장이라 밭이 가까워서 품이 덜 들기 까닭이었다.

쥠손이영감이 그런 텃물받이를 소작하기는 재작년부터였다. 본시 일에 꾀가 없이 저 생긴 대로 부지런하고 고지식한 덕에 근농 꾼으로 지주의 눈에 들어서 한평생 두고 부러워하던 그 텃물받이 중에도 첫배미를 얻게 되었을 때 그의 기쁨은 평생 소원을 이룬 기쁨이 아닐 수가 없었다. 그러나 그 살인적인 공출이 시작된 것도 그해부터였다. 이름나게 좋은 논이라고 공출 할당이 다른 논에 비하면 거진 배나 되어 오히려 힘들면 힘들었지 나을 것은 별로 없었다. 그뿐 아니라 그해 겨울에 지주가 이곳을 떠나면서 토지 관리가 다른 데로 넘어간 것이 또한 타격이었다. 이런 작은 곳에서는 일등이나 이등으로 세금을 내게 되므로 숨은 부자로 살수 있는 평양으로 솔가해갈 지주는 그의 가신(家臣)이던 김주사에게 토지 관리권을 넘겨주었던 것이다. 남의 땅을 소작이나 하기야 지주면 어떻고 마름이면 어떠냐고도 하겠지만 역시 중간 이익을 보자는 관리인이라 잔고기에 가시 많은 격이 아닐 수 없었다. 김주사는 작인들에게 공품[53] 한 자루라도 더 시키려 했고 북데기[54] 털어 모은 마당쓸이 한 톨이라도 용수[55]가 없었다. 그건 또 그렇다 치더라도 쩜손이영감에게는 텃물받이 첫배미를 엿보는 듯한 눈치가 무엇보다도 불안하였다. 김주사는 차마 제 체면에 꿀려서라도 당장 그런 눈치는 안 보이나 그 조카인 뺨가죽 두터운 봉덕이가 바로 제가 지주나 같이 젠체할 뿐 아니라 오래잖아서 그 첫배미는 저희가 부친다고 연신 말을 내돌렸다. 말만 그럴 뿐 아니라 경방단 부단장인 봉덕이는 제 등쌀에 못 배기도록 하는 계책인지 면서기들과 짬짜미를 꾸며서는 현저히 알아보도록 불공평하게 많은 공출량을 내려 씌우는 것이었다.

그래도 쥠손이영감은 앞날에 소망을 두었다. 언제 어떻게 되어서라는 것은 알 턱이 없지만 옛날에는 들어보지도 못한 공출이 설마한들 한 백년 계속하랴, 지금은 힘들더라도 지긋지긋 견디어 공출만 않게 되는 날이면 어련히 텃물받이 첫배미는 첫배미가 아니랴. 또 봉덕이 이자가 아무런대도 지주야 설마 자기 손에서 이 첫배미를 놓으라고 하랴.

이렇게 인성과 세월을 믿는 쥠손이영감은 금년도 따지개[56]부터 삽자루를 들고 물꼬에 장 서 있었다. 눈섁이[57] 물이 내리자 그 흐리고 걸쭉한 물을 무슨 간국이나 같이 손가락으로 찍어서 맛보는 것이었다. 그것은 뒷산에서 내리는 물이 장거리 한 기슭을 스쳐서 우물 도랑과 합쳐 흐르는 구정물이었다. 쩝쩔하고 비릿한 물맛 저의 논꼬로 흘러드는 물맛이 구리면 구릴수록 쥠손이영감은 만족했다. 그리고 기경 때가 되어 한길에서 연장을 실은 곁이소[58]를 몰고 나오는 사람을 보면 쇠스랑만 둘러멘 쥠손이영감은 일부러 기다려서는 묻지도 않는 말을

"아 우리 텃물받이는 그 무슨 놈의 흙이 그런디 솔 대서 연장으루 갈 생의[59]는 염두 못한다니까나."
하고 흐흐 웃는 것이었다.

모를 낼 때 그의 늙은 마누라가 모춤을 나르다가 논 한가운데 빠져서 헤나지 못해 애쓰는 것을 보고 쥠손이영감은 좋아라고 우선 한바탕 흐흐흐 웃었다는 것이다. 실컷 웃고 나서야 마누라의 손을 끄들어주다가 자기마저 미끄러져 얼굴까지 흙투성이가 되어 일어난 그는 입에 드러난 흙을 뱉을 염도 않고 첩첩 입맛을 다셔

보며

"원 그 무슨 놈의 흙인디 온종일 짓씹어야 모래라군 영 한 알두
없다니까나."

하고 또 흐흐흐 웃었다는 것이다.

그렇게 아끼던 텃물받이가 지난 장마에 사태로 모래에 묻히고
만 것이다.

금년따라 전에 없이 큰 탕수가 나서 그런 것도 아니었다. 몇십
년 혹은 몇백 년 잔디 뿌리에 눕히고 발담[60]에 길들었던 논두렁과
동둑이 빨갛게 헐벗게 된 까닭이었다. 그 가혹한 공출 때문에 정
전 정답으로 토지대장(土地臺帳)에 오른 논밭 농사만으로는 도저
히 먹고 살 수 없이 된 농민들은 저마다 산을 일구고 동둑 논두렁
밭춰뚝 할 것 없이 벗기고 콩 한 포기 옥수수 한 대라도 더 심어
야 했다. 텃물받이 논들을 둘러싼 동의 맞은편 둑도 역시 빨갛게
벗기고야 말았다. 이편 논두렁이 아니고 맞은편 둑이지만 결코
등한히 여길 수는 없었다. 만일 그 높은 둑이 무너져 그 아래 수
돌[61]을 메우게 되면 장마물은 이편의 낮고 가는 논둑을 넘거나 무
찌르고 논으로 덮어씌울 것은 뻔한 일이었다. 그래서 쵬손이영감
은 물론 그 수돌과 관계있는 논을 부치는 농군들은 누구나 그 동
둑 일구는 것을 반대했다. 나중에는 싸우다시피 말리기도 하였
다. 그러나 땅이 없거나 있더라도 작은 빈농들은 어디나 한 포기
라도 심어야 연명할 처지라 앞뒤를 재가며 남의 일까지 걱정해줄
여유는 없었다.

"왜들 할 걱정이 없어 이러나? 님자네 부치는 논뚝을 일군대문

몰라두 주인 없는 나라 땅을 일궈 먹는데 무슨 상관이야."

아닌 게 아니라 그 넓은 둑은 농로(農路)가 있을 뿐 주인 없는 풀밭이었다.

"여보 당신넨 좋은 논밭 부치니긴 그런 배부른 걱정두 하는디 모루갔소. 해두 우리는 이런 공터라두 일구야 죽물꺼리라두 보태디 않갔소. 괜히들 그러디 말구 어디 같이 살아봅세다가레."

듣고 보면 동무 과부의 설움으로 두말 못하게 다 딱한 사정이었다.

이루 따라가며 말릴 수도 없거니와 저편의 말을 듣고 보면 이편은 이편 생각만으로 두 수 세 수 지나치게 부질없는 걱정을 하는 듯도 하였다. 그러나 흙을 얽어맸던 잔디 뿌리가 실실이 끊기어 드러나 물꼬 근처까지 헐벗어가는 그 동둑을 볼 때마다 쬠손이영감은 혀를 차고 머리를 흔들밖에 없었다.

동둑까지 일궈야 하는 한동네 사람의 딱한 사정을 모르는 바 아니나 그렇다고 그저 두고 볼 수만도 없어 쬠손이영감은 관리인인 김주사를 찾아가 여러 번 걱정을 했다. 그러나 그 역 별도리가 없었고 한번은 김주사가 면장을 찾아가 말해보았으나 부뚜막에라도 심어서 식량 증산을 하는 것이 국책이라는 면장은 제 개인의 책임이 아니라 오히려 귀찮게만 여기는 눈치였다고 한다. 쬠손이영감은 걱정하던 중에 밉살머리스럽더라도 행여나 경방단 부단장의 힘을 빌릴까 하여 봉덕이에게 말해보았으나 봉덕이는 거기서 밸(腸)이 어디게 하는 투로 쓸데없는 걱정이라 하였다.

그러나 쓸데없는 걱정만도 아닌 성싶었다. 벌거벗은 동둑은 큰 소바리[62]만 지나가도 부슬부슬 떨어졌고 간밤에 비가 한 소나기만 와서도 흙이 몇 가랫밥씩이나 무너져서 좁은 수돌을 메워놓는 것이었다. 그래서 쬠손이영감과 그 논들의 농사를 하는 사람들에게는 장마철이 되고부터 수돌을 메운 흙을 이편 둑으로 쳐붙여 올리는 일이 한 가지 더 늘었다.

마침내 개부심[63]을 하는 장마가 며칠 계속된 중 어느 날 밤이었다. 이날도 아침부터 오던 비가 초저녁에는 좀 뜸하는 것 같더니 재밤중[64]부터 억수로 퍼붓기 시작하였다. 그렇지 않아도 이 며칠째는 맘 놓고 자본 적이 없던 쬠손이영감은 심상치 않은 빗소리에 벌떡 일어나자 누구를 깨워서 같이 갈 겨를도 없이 손에 잡히는 대로 섬거적 몇 닢과 삽자루를 들자 뛰어나갔다. 초저녁 때만 해도 반개통밖에[65] 안 되던 물이 어느새 차고넘쳐 길까지 휩쓸어 내려오는 것이었다. 채찍같이 쏟아지는 빗소리와 물소리뿐 한 발자국 앞이 안 보이지만 허턱[66] 달리는 걸음은 그래도 제 길을 찾아서 물꼬까지 왔을 때였다. 얼마나 멀리선가 그가 오기를 기다렸던 듯한 철썩 소리, 그리고 우수수 분명히 둑이 무너지는 소리였다. 금방 정강노리[67] 치던 물살이 후려치듯 그의 무릎 위를 휘감아돈다. 쬠손이영감의 가슴도 철썩 내려앉았다. 눈코 못 뜨게 몰아치는 빗발에 새로운 흙냄새가 물씬 풍긴다. 벌써 한 삽이라도 물꼬에 쳐붙일 흙이 보이지 않는다. 그는 할 수 없이 물꼬에 섬거적을 덮고 타고앉는 것밖에는 도리가 없었다. 그때 둘째배미를 부치는 사람네도 나왔다. 첫째배미 춘식이네도 나왔다. 그러나 여러 사람의 힘으로도 어쩔 도리가 없었다. 쬠손이영감이 타고앉은

물꼬둑은 섬거적 밑에서 큰 거북이나 같이 미미적거리기 시작한
다. 물에 풀리는 둑이 쥠손이영감의 궁둥이 밑에서 빠져나가기
시작하는 것이다. 삽시간에 그의 허리를 휘감으며 물이 논으로
쓸어들었다. 모인 사람들은 우선 어린애같이 소리쳐 우는 쥠손이
영감을 끌어내야 했다. 날이 샌 후에 본즉 물꼬에서 얼마 안 가서
맞은편 둑이 서너 칸통이나 끊어져 수돌에 주저앉은 것이었다.
전에 없이 큰비도 아니었지만 뒷산 역시 장작 공출로 나무를 다
찍었고 부대⁶⁸를 일궜으므로 비가 오는 대로 쏟아져 내려 말바로
황소 같은 물이 동둑의 굽이진 골목을 들이받고 무찔러서 삽시간
에 무너뜨린 것이었다. 앞으로 더 흘러갈 길이 막힌 물은 이편의
엷고 낮은 물꼬를 넘고 터뜨리고 쓸어들어 텃물받이 첫배미는 물
론 둘째 셋째배미까지도 뒷산의 붉은 모래로 덮어버리고 만 것이
다. 쥠손이영감네 것만은 2천 평이 되나 마나 하지만 그 아래치까
지 합하면 거진 5천 평이나 되는 논의 금방 이삭이 패려는 벼가
통 모래에 묻혔다. 이번 비에 이 텃물받이뿐 아니라 비슷한 원인
으로 그 같은 피해가 곳곳에 많았다.

하룻밤 사이에 1년 농사를 백실할 뿐 아니라 농터까지도 없어
지고 만 그들은 어디 가 호소할 데도 없었다. 누구를 원망한대도
소용이 없었다. 그들은 인간 수대로 논귀에서 한나절 품을 놓고
울었을 뿐이었다.

"아니 이제 울어서 무슨 일 츠갔다구들, 눈물두 낟알물 우러나
는 거라우. 괜히 아까운 거 찔찔 짜디들이나 말소."

이런 때도 역시 익살을 잊지 않는 춘식이가 이렇게 된 바에는

하루바삐 논을 고칠 도리나 하자고 하여 그들은 김주사를 찾아 의논해보았다. 이런 경우에 전장을 고치는 비용은 으레 지주가 부담하는 것이었다. 그러나 김주사는 하도 일거리가 거창해서 품 삯이 엄청나게 들 것이므로 지주의 의향을 들어보기 전에는 고친 다든가 고치더라도 언제부터 시작한다고 자기는 단언할 수 없다 고 하였다. 그때만 아니라 그 후에도 여러 번 만났으나 김주사는 관리인인 제 책임도 없지 않아 그런 엄청난 손해를 지주에게 말 하기조차 힘들어 아직 우물쭈물하고만 있는 눈치였다. 그런 김주 사만 믿고 있을 수 없는 소작인들은 직접 지주와 의논해보자고 벼르는 중이라고 한다.

"씨파 나야 머 아무리 텃물받이래두 큰애기 궁둥판만 한 거 있 으나 없으나지만 우리 이 아즈바닌 그때 녹아서. 텃물받이가 그 렇게 된 댐부터는 태가 가서 쇠뗑이 같던 녕감이 단박 늙어 서……"

하는 춘식이는 다시 붙인 담배 연기를 길게 뿜었다. 그러나 곧 실 랑이를 않고는 못 배기는 그였다.

"그래두 이 아즈바닌 그놈의 사태 때문에 윌루 한 걱정 덜었 디……"

한다. 쬠손이영감은

"듣기 싫다니까나 또 무슨 수작을 할나구서……"

하며 손을 젓는다.

"씨파 아즈바니 그럼 안 그렇단 말이오. 글쎄 이 녕감은 만날 메눌아이 발이 작다구 원 고 발을 어떻게 하노 하노 걱정하구서는······"

　건 또 무슨 말인가 하면 쬠손이영감은 자기 아들과 정혼해둔 장
래 며느릿감인 처녀가 나무랄 데 없이 하도 귀엽다 못해 결코 병
신스럽다거나 보통 이상으로 작은 것도 아니지만

　"흐흐흐 발이 고렇게 조개비만 해서야 우리 텃물받이에서 어떻
게 일을 하노. 못해두 뽐가웃[69] 신을 신으야 빠디딜 않을데."
한다는 것이다. 이 역시 춘식이의 험구지만 쬠손이영감은 지나던
길에 마침 우물에서 그 처녀가 물을 긷거나 빨래하는 것을 보면
궁둥이가 광파짐하니 나날이 커가는 그 처녀를 세월없이 보고 서
서 흐흐흐 웃는다는 것이다.

　"글쎄 그것들밖에는 귀한 것이 없으니까나!"

　변명하듯 말하는 쬠손이영감은 역시 그 앞니 빠진 뻥한 입으로
흐흐흐 웃었다. 그러나 그렇게 귀여운 며느리를 하루바삐 성례하
고 데려오고 싶었지만 그해는 실농으로 남의 귀한 자식 데려다가
밥 굶길까 봐 못 데려왔고 지금은 징병에 걸려서 언제 끌려갈지
모르는 아들이

　"공연히 우리 욕심만으루 데려왔다가 아버지 어머니가 두구두
구 가슴 아픈 꼴이나 볼라구요."
하여 지금은 아주 단념하나 다름이 없다고 한다.

　"하긴 그것의 말두 옳애. 자갸가 돌아올 것 같디 않은 길을 가
니까나······"

*

그때 아무리 춘식이가 이야기 시초부터 이런 촌에서 흔히 볼 수 있는 풍속으로 상처에다 동당[70]을 문지르듯이 거친 말투와 익살로 농쳤고 쬠손이영감마저 남의 일이나 같이 제 감정을 호호호 웃음으로 웃어버리려 했으나 아무리 동당을 칠하고 칠해도 그냥 피가 내배는 그 생생한 깊은 상처의 인상은 아직도 상진의 마음을 저리게 하였다.

그것들밖엔 귀한 것이 없으니까나!

너무도 절실한 심정이 어린 말이라 아직도 귀에 쟁쟁한 그 한마디만으로도 지금 나란히 걷고 있는 인갑이가 단지 길가에서 처음 만난 길동무만일 수는 없었다.

귀한 아들! 물론 쬠손이영감의 둘도 없는 귀한 외아들이다. 그러나 그보다도 민족적으로 위기에 선 숱한 조선의 아들이 아니냐. 뿌리 깊은 과오의 역사로 어쩔 수 없이 차마 끊지 못할 인연을 생가지 찢듯 버리고 억울한 희생의 길을 갈밖에 없는 조선의 한 젊은이일 것이다. 이 희생에 책임질 자는 다 과거로 돌아가 없다고 하여야 옳을까. 그리고 이 무참한 희생을 지금부터나마 막을 자는 없는가. 너도 나도 아니니 앞으로 나타나기를 기다리자는 것인가. 이런 상진의 생각은 언제나 그렇듯이 또 막다른 골목에 부딪히고 말았다. 진공관 속을 걷는 것같이 답답하였다.

"그 텃물받인가 하는 논은 저간에 복구됐소?"

그때 들은 말이 있어 물어본 것이다.

"웬걸요."

인갑이는 무슨 골몰한 생각에서 놓여난 듯 상기된 얼굴을 들며

"복구가 다 뭡니까."

한다.

그들은 벼르던 대로 두 번이나 지주를 찾아갔다고 한다. 작년 가을에 갔을 때는 그 엄청난 손해에 지주는 펄쩍 뛰기만 하였다. 김주사한테서 이미 기별은 있었으나 그렇게까지 큰 피해일 줄은 통 몰랐다는 것이었다.

"안 될 말이지 남의 돈을 버려놓구는 또 품삯까지 내래니 이미 버린 건 고사하구 님자네는 날 못살게 하자는 수작인가."

이렇게 지주는 단박 화를 낼 뿐이었다. 그때 시세로 70원이나 하는 품을 수백 자루나 사서 고친다면 아이보다 배꼽이 크다는 격으로 논값보다 품값이 많다는 것. 그 논에서 나는 소출을 공정 가격으로 공출하면 지주의 수입이 대체 몇 푼이나 되기에 당초에 어림도 없는 수작이라는 것이다.

"그렇다구 그 아까운 논을 아주 쑥밭을 만들 수야 있소."

하는 말에

"그렇게 아까운 논을 못쓰게 한 건 누군데!"

하여 장마가 지고 사태가 난 것까지도 소작인들의 책임이나 같이 역습을 하였고

"님자네가 그 논이 정 아까우면 우선 일을 다 치워놓게나. 그러면 낸들 소방이" 모른다구야 하겠나."

하는 투의 생색이었다.

　그해 실농으로 당장 풀칠할 것도 없는 그들이었다. 그날그날 품팔이를 해서 먹어가는 처지에 자기네 힘만으로는 1년을 해도 끝이 안 날 일을 하잘 수는 물론 없었다.

　지난 따지개머리[72]에 갔을 때도 지주의 태도는 매한가지였다. 고작 다른 것이라면 사실 그럴 가망이 있어선지 그 당장을 꾸려가는 말인지

　"식량 증산이 국책이니까 혹시 '당국'에서 보조나 주면 몰라도……"

하여 소위 '당국'을 팔았고 그렇지 않으면 전쟁이 끝나서 품삯은 내리고 낟알은 자유 처분하게 되어 수지가 맞게 되는 때까지 기다릴밖에 없다는 것이다. 그뿐이었다.

　"지주는 니(利) 보자는 땅이니깐 타산해봐서 니 없으문 아깝디 않게 내버려두 그만이디만 우리 농사꾼은 어데 그래요. 농사꾼은 땅 없인 못살디 않아요. 그래두 우리 농사꾼이야 어데 힘이 있어야 그 논을 다시 살리디요."

하는 인갑의 이야기는 둘째배미를 부치던 사람네는 벌써 어느 탄광으로 떠나갔고 자기네도 벌써 노동판으로라도 갔어야 할 형편이지만 인갑이 자기는 내일이라도 끌려 나가야 할 사람이라 뒤에 남는 늙은 부모는 같은 품팔이일 바에는 손에 익은 농사일이 나으리라고 하여 그냥 있다는 것이다.

　이런 인갑의 이야기는 더 진정할 여지가 없이 무거운 한숨으로 끝나고 말았다. 그러나 몇 걸음 안 가서 인갑이는 다시 머리를 들

며 말한다.

"이번 일은 우리만이 아니야요. 이 근경에 그렇게 돼서 묵는 논이 얼마든지 있어요. 그래서 나는 머 우리가 부티는 던장의 디주만이 나빠서 그런 거라군 안 해요. 땅에 대한 디주들의 니해(利害) 관계와 생각은 우리 농사꾼들과는 애초에 다르니까요."

이런 말에 상진이는 주춤할 지경으로 인갑이의 얼굴만 새삼스럽게 쳐다볼밖에 없었다. 이 얼마나 정확한 지적이냐. 지금까지의 이야기로 미루어 너무나 당연한 결론이지만 그러나 인갑에게는 논리(論理)로써보다 쓰라린 체험으로 얻은 자각이 아닐 수 없을 것이다. 제 이야기로 흥분하여 더욱 소년답게 얼굴이 붉어진 그를 보는 상진은 아, 이 젊은 농민! 그의 현실을 정확히 보는 눈과 제 위치에 대한 명백한 자각——그것은 멀지 않은 장래에 새 역사의 창조를 암시하는 것이 아닐까? 이런 생각에 상진은 전에 읽은 책 중에 '토지는 농민에게'라는 외침이 지금 인갑이의 말소리로 연상되는 것이었다.

그들은 또 한 고개를 넘었다.

"나는 또 좀 쉬야겠는데."

상진은 저린 무릎을 문지르면서 벌써 몇 번쨌가 또 쉬자기가 미안하였다.

"바쁠 텐데 미안하오."

"바쁠 것두 없구 바쁘잘 것두 없구……"

그의 곁에 털썩 주저앉으며 중얼거리는 인갑의 말에 상진은 웃었다. 하도 젊은이답지 않은 말이기 때문이었다. 상진이가 권하

는 대로 담배를 피워 문 인갑이는 소년다운 호기심으로 상진의 책 꾸러미를 뒤적이다가

"저두 이전에 선생님의 소설을 더러 읽었어요."

한다.

"허 어느 겨를에 그런 걸!"

인갑이는 일껏 입학한 학교에는 못 가게 되고 뭘 좀 배우고는 싶고 하여 한 하숙에 있던 동무에게 부탁하여 다 본 잡지와 소설책을 보내달래서 모를 한문자는 춘식에게 배워가며 동석이랑 같이 읽었다는 것이다. 그러나 그것도 한 2년 계속되나 마나 하여 조선말 책을 읽는 생도를 취체하는 바람에 책을 못 얻게 되었다는 것이다. 인갑이가 처음부터 눈인사를 하였고 또 이렇게 자기 마음을 열어 보이는 것은 벌써부터 그런 인연이 있는 탓이려니 하였다. 그러고 보면 그만한 정도나마 자유가 있던 때에 자기는 왜 좀더 계몽적으로 이런 젊은이에게 친절한 글을 쓰지 못했던가. 새삼스레 후회되었다.

"참 선산님 주의하시라우요."

하는 인갑이는 이번에 상진이가 불려갔던 까닭을 짐작한다는 것이다.

얼마 전에 소위 시국 강연회가 있은 날 인갑이는 경방단의 당번(當番)으로 강연 끝의 연회 때 시중을 했다. 그때 술이 취한 모양인 본서 고등계 주임이 이상진이란 자는 지금 여기서 뭐 하느냐고 하는 말로 시작하여 각기니 심장이니 하는 것도 건병[73]일는지 모른다는 둥 어쨌든 쓸데없는 귀찮은 것이라 하였고 '강본' 주

임은 그따위 놈은 잡초니까 언제든 뿌리째 없애야 한다고 하면서 계엄령만 내려보라고 별렀다는 것이다. 아닌 게 아니라 가택 수 색이 바로 그 후였다.

"야미쌀두 선산님이 직접은 사시디 마시라우요."

하는 인갑의 말은 강본이는 언제나 건방진 놈들이라면서 상진이 를 위시하여 외처에서 '소개'해온 사람들을 주목한다는 것이다.

언제는 안 그랬으랴만 이런 말을 듣고 보면 더욱 숨 막히게 답 답한 세상이었고 구차한 목숨이 아닐 수 없었다. 날개가 있으면 훨훨 날아가고 싶었다. 어디든 왜놈의 손이 미치지 못하는 하늘 저편으로 사라지고 싶었다. 인갑이도 그런 생각을 하는지 저편 하늘 끝닿은 먼 산을 바라보다가 옆에 누워 있는 상진이를 돌아 본다.

"선산님."

"음."

"데 김일성 부대는 상게두 백두산에서 왜놈하구 싸우갔디요?"

이런 인갑이의 말에 상진이는 벌떡 몸을 일으켰다.

"김일성 부대!"

인갑의 말을 받아 외는 상진은 서슴없이 그의 얼굴을 마주 보았 다. '아 이 젊은이는 날개가 있구나!' 속으로 외치지 않을 수 없었 다. 이 기막힌 진공관 속에서 김일성의 존재를 생각해내는 것만 도 얼마나 씩씩한 비약이요 찬란한 낭만일까.

"물론 싸울 거요. 지금이야말로 그분이 더욱 힘 있게 싸울 때니 까!"

청구(靑丘) 조선의 산머리 우러러 선조의 웅대한 가지가지의 전설을 지니고 있는 백두산에서 동포의 의사를 대표하여 조국 해방의 봉화를 높이 들고 싸우는 한 영웅의 모습을 눈앞에 그리며 상진은 대답하였다.

"전 이번에 북지나 만주루 가게 되문 달아나다 죽드래두 그리루 갈래요."

"참! 잘 생각했소. 으레 그래야 할 게요."

"이전에 신문에서 볼 젠 그저 무심히 봤어두 지금 저희는 달아나기만 하문 믿구서 찾아갈 덴 김일성 부대밖엔 없어요. 그리루 가기만 하문 우리두 개죽엄은 안 할 터이니깐요."

이 역시 이들 젊은이의 절실한 지각이 아니고 무엇이랴. 헤어날 구멍이 없이 암흑과 질식 속에서 허덕이던 이 젊은이들은 더듬고 더듬어 제 의지와 판단으로 마음의 들창을 찾아 열어놓은 것이다. 그 들창으로 멀리 영웅 김일성이 높이 든 민족의 봉화의 광명이 흘러들고 젊은 심장을 충동하는 그 부대의 함성이 들려오는 것이려니 하면 상진의 맘에도 또한 들창이 열리는 듯하였다. 민족의 자유와 해방은 지금 우리 동포의 힘으로도 전취되고 있는 것이다. 즉 김일성 하나가 있으므로 우리는 염치없는 민족이 아닐 수 있는 것이다.

다시 걸으며 상진은 마음의 들창으로 들어오는 광명에 싱그러워진 분위기 속에서 심호흡을 하였다. 결코 나약한 한숨이 아니었다.

다시 한 고개를 넘자 고개 밑 주막 앞에서 앞서 가던 축들이 서로 쫓고 쫓기고 하며 날파람과 실랑이를 하고 있다.

"데 애들, 또 탁주 먹구 취했나 부군."

인갑이는 제가 오히려 얼굴을 붉히며 중얼거린다. 아닌 게 아니라 가까이 가본즉 그들은 다 홍당무 같은 얼굴에 땀을 흘려가며 농지거리를 하고 덤비었다. 누가 몽치를 들고 따라가서 총창으로 찌르는 시늉을 하면 저편은 양손을 쳐들고 머리를 저으며

"워 쓰 항궈린 워 뿌쓰 을버린" 한다. 그러면 이편은

"흐흐."

하고는 와하하 웃고 떠들었다. 그런 한편에 저기 길가에는 두 젊은이가 어깨를 겯고 앉아 서로 이마를 맞대고 울고 있었다. 석주와 동석이었다. 웬일인지 석주의 코에서는 피가 흘렀다. 그러면서도 석주는 오히려 마주 껴안고 우는 동석이의 눈물과 콧물을 제 소매와 손등으로 훔쳐주며 느껴 우는 것이었다.

"이 자식아……"

"응 이 자식아……"

"죽어두 같이 죽자."

"응 죽어두 같이 죽자."

이렇게 그들이 정답게 부르며 서로 마주 보는 눈에서는 또 새로운 눈물이 흘렀다. 그들은 또 이마를 마주 대고 느껴 우는 것이다.

"웬일이오."

상진이는 옆에 와 서는 길손이에게 물었다. 그러나 길손이는 그역시 홍당무같이 된 얼굴을 숙이고 대답이 없다. 마침내 그의 어

깨가 들먹거리더니 눈물이 핑 돈 눈으로 상진이를 쳐다본다. 그 벼슬 자국 있는 콧살이 찌푸려지고 입 가장자리가 푸들푸들 떨리자

"우리야 늘 설운 걸 참아왔디요."

하고 얼굴을 돌리며 느끼기 시작한다.

"길손군!"

상진이는 흐득이는 그의 어깨를 짚고 흔들며 나직한 소리로

"길손군. 니 쓰 항귀린."

하였다. 희망을 가지라는 뜻으로 한 말이다. 그 말을 듣자 다시 상진을 쳐다보는 길손이 눈은 한순간 웃었다. 그러나 곧 그는 어린애같이 "와—" 울음을 터뜨리며 상진의 가슴에 안기듯 쓰러진다.

"선산님……"

"?"

"우린 술두 먹구 쥐정두 하구……"

"……"

"이전 다 타 타락했시오."

하며 다시금 느껴 운다. 그것을 보는 인갑이의 눈에도 눈물이 핑 돈다. 아직 익히지 않은 술에 취해서도 그렇겠지만 얼마나 안타깝고 기막히면 초면이다시피 한 나에게 자기의 설움을 쏟아놓을 것인가. 그런 길손이를 안고 등을 어루만지는 상진이 역시 울고 싶은 심정이었다.

*

  인갑이와 길손이들이 입영(入營)하기는 유월 중순이었다. 그때는 유럽 전쟁은 이미 끝났고 충승본도[74]도 점령이 된 때였다. 그래서 일본 제국주의자는 그야말로 최후의 발악을 하며 덤비는 때였다.

  철기로는 이른 밀보리갈이가 시작되는 때였다. 말하자면 춘궁(春窮)의 한고비 보릿고개를 넘어서 농민들은 한숨을 내쉬는 때였다. 그러나 한 이삭 한 톨이라도 다칠세라 순사 경방단 면서기 구장 반장이 동원되어 농가와 밀보리밭을 감시하였다. 농사는 지어놓았으나 농민의 턱을 받치는 보릿고개는 끝없이 높아만 갔다. 이 마을 저 동네서는 징병 적령자들과 순사 면서기 경방단 사이에 작은 충돌 사건이 종종 일어났다. 즐거잡이를 해 먹었다고 형이나 아버지가 구타를 당하는 것을 보고만 있을 수 없는 적령자들의 반항이었다. 경찰은 내일모레라도 전쟁으로 끌려 나갈 그들이지만 용서하지 않았다. 그래서 극단의 예로는 유치장에서 바로 옷이나 갈아입고 입영할밖에 없는 젊은이도 있었다. 인갑이도 이런 살벌한 분위기 속에 입영하였다. 떠나기 전에 그는 두 번 상진이를 찾았다. 첫번에는 정혼해둔 처녀를 이편에서 자진해 파혼하고 떠날 생각인데 어떠냐고 의논하러 왔었다. 그 이유는 우선 저편에 자유를 주겠다는 것이다. 그래서야 저편이 자의로 자기를 기다려준다면 고마운 일이지만 그렇지 않았다가 자기가 다시 못 돌아오는 경우면 이런 시골 인습으로 청승맞은 처녀 과부라 하여 흠이 잡히면 저편은 일생의 불행이요, 그만치 이편은 죄스러운 일이라는 것이다.

그러면 저편 당자의 뜻을 알아보고 하는 말이냐고 상진은 물었다. 인갑이는 저 혼자의 생각이라고 하며 물어보나마나 아직 어린 처녀니까 무슨 제 고집이나 주견이 있을 것도 아니므로 이편에서 하자는 대로 결정될 것이라고 한다. 상진이는 반대였다.

"인갑군이 어데까지나 저편을 아끼는 뜻은 잘 알겠소마는 저편의 심정을 알아보려고도 않고 그러는 건 생각이 아니라 오히려 잔인한 일이 될지두 모르오. 그뿐 아니라 인갑군의 말에는 어쩐지 왜놈의 냄새가 풍기는 듯도 하오. 그 싸우기 즐기고 사람 죽이기 좋아하던 사무라이 적부터 싸우러 나갈 때는 뒤에 미련을 안 남긴다구서 제 처자까지도 죽이던……"

상진이는 조선 젊은이들이 할 수 없이 끌려 나가 일본 놈과 같이 전선에서 죽는 한이 있더라도 그 입장과 생각은 근본적으로 왜놈과는 다르므로 미리부터 죽을 각오를 하는 것은 당치 않은 생각이요 그뿐 아니라

"인갑군일랑은 따로이 큰 포부가 있지 않소."
하였다.

그 후 며칠 지나서였다.

"요좀 아이들은 니약[5]두 해……"

"니약 안 하문. 아무리 오래비 말이라두 저 싫은 노릇을 왜 할래갔소."

"그래두 우리가 그랬을 적에야 제 혼인반자에 들어서 어디 개굴[76] 할 뻔이나 쉐니까."

이런 동네 노파들의 이야깃거리는 유감이었다. 인갑이는 아무래도 마음에 걸렸던지 유감이의 오빠에게 제 의사를 말했던 모양이다. 유감이네는 늙은 어머니가 있으나 아버지가 없으므로 모든 것이 오빠 주장이었다. 유감이 오빠는 그 당장에는 건성으로

"그런 걱정은 말게."

하였으나 그날 저녁에 술이 취해 들어와서는 당장 인갑이의 사주와 청간[77]을 돌려낸다고 서둘렀다는 것이다. 그때 유감이는 어느결에 사주 청간을 품고 빠져나오다가 오빠에게 매까지 맞아가면서도 종시 내놓지를 않았다는 것이다.

입영하기 이틀 전에는 춘식이와 같이 왔었다. 인갑이가 같이 온것이 아니라 춘식에게 끌려온 셈이었다.

춘식이는 들어서자마자

"선산님 아 이런 보릿자룰 봤소. 보릿자루문 제 깐에 국으로 가만있디나 않구 복을 방치[78]루 테내쫓아두[79] 푼수가 있디 제 허리띠에 목매구 늘어디는 색씰 어드랬다구 덧띨려서 말썽을 맨드니 원 원……"

하고 두덜거린다. 잠잠히 말은 없으나 인갑이는 퍽 후회하는 모양으로 그새만 해도 여위고 기운이 없어 보였다.

"인갑이 이 사람 내가 적은이[80] 님자 속을 모르는 거 아니야 내더 잘 알디."

춘식이는 담배 연기를 후 뿜고

"걱정 말게 닙자 처남 순질이두 타이르문 알아들을 사람이니 낀. 술을 너무 좋아해서 흠이디만 씨파 타일러서 안 들으문 씨파 내 주머구질[81] 해서라두 닙자 돌아오두룩 기다리게 할 테니 건 넘려 말게."

한다. 어쨌든 인갑이는 그 일로 우울한 심정을 한 가지 더 더쳐가지고 떠나게 된 것만은 사실이다.

인갑이가 떠날 때 상진이는 그들이 타고 갈 트럭이 기다리는 신작로 기슭에 서 있었다. 주재소 앞에까지 가면 강본이를 만나게 될 것이 싫어서였다.

인갑이의 누이인 듯한 젊은 여인에게 부축된 쬠손이영감이 있었다.

춘식이가 "건 따라댕게 뭘 하갔소. 여기 서 있으소."

하여 주재소 마당에는 안 가고 여기서 기다리는 것이다. 그들 뒤에 몇 걸음 떨어져 비스듬히 모로 서서 외면하고 있는 처녀가 혹시 유감이가 아닐까 하였다. 날씬한 키 파인 목 위에 총명한 얼굴, 언젠가 궁둥이가 팡파짐하다던 춘식이의 말을 연상케 하는 방년 처녀였다. 인갑이의 어머니인 듯한 노파는 보이지 않았다.

중낮 쩨질 듯한 첫여름 햇살에 따갑도록 더운 날씨건만 다 해진 솜저고리를 입은 쬠손이영감은 부들부들 떨고 있었다. 그 이마와 뺨에 더욱 깊이 팬 주름살로 쪼드러진 얼굴에 눈물이 지적지적한 눈을 내리깔고 땅만 굽어보고 있는 그의 다복솔 같은 몽당수염도 떨리고 그 무쇠 갈고리 같은 손도 푸들푸들 떨렸다. 그리고 그 이마에는 깨알 같은 땀이 아니라 보기만도 소름이 끼치는 싸늘한

성에가 붙려 있었다. 상진이는 그런 노인에게 어엿이 말인사를
하기조차 안되어 그저 눈인사를 할 뿐이었다.

"우리 갸는 늘 선산님의 말씀을 했소옵디 흐."

오히려 그런 쥠손이영감이 인사를 한다.

주재소 앞에서 '반자이' 소리가 나고 소학생들의 창가 소리가
들려오자 여러 폭 드림[82]을 앞세운 행렬이 거리를 지나 이리로 온
다. 인갑이 길손이 석주 동석이 그 밖에도 두 사람이었다. 그들의
뒤를 따라오는 가족들은 모두 눈이 부었고 지금도 소리를 내어
느껴 우는 여인들이 많았다. 여등 장사 행렬이다. 드림은 만장같
이 무겁게 펄럭인다. 트럭 앞에까지 온 그들은 마지막 작별을 하
게 되었다.

인갑이는 아버지 앞에 머리를 숙이고 눈을 감고 선다. 서로 말
이 없다. 그의 누이인 듯한 젊은 여인이 달려들어 인갑이의 어깨
에 이마를 비비며 참을 수 없는 울음소리를 내었다.

"너이 오만은 내가 나오디 말라구 그랬다."

고목한암(枯木寒岩) 그보다도 썩은 장승같이 서 있던 쥠손이영
감의 말이다. 인갑이는 모든 생각을 떨어버리듯 한 번 머리를 흔
들고 상진이를 본다. 상진이는 그의 손을 잡았다. 그는 상진의 귀
에 입을 대듯이 가까이 다가서며

"워 쓰 항귀린."

을 속삭이고는 빙그레 웃었다. 상진이도 웃으며 더욱 그의 손을
힘 있게 쥐었다. 길손이가 달려왔다. 그가 속삭이는 인사도 역시
그것이었다. 세 사람은 때 아닌 웃음을 웃을 수 있었다. 그들이

트럭에 오르려 할 때 춘식이가 달려와서

"아 이 적은인 아무리 니여 단녀올 길이라두 데수님한테 인살하구 떠나디 않구 원 어드르누라구[83] 그러는디 모르갔네."

하며 인갑이의 등을 밀어서 저편에 서 있는 처녀 앞으로 갔다. 그 처녀는 고추 꼬투리같이 빨개진 얼굴을 푹 숙였다. 그것이 인사였다. 오히려 인갑이가 더욱 수줍은 모양으로 춘식의 손을 뿌리치고 트럭으로 뛰어올랐다. 둘러선 사람들은 한순간 자기네 설움을 잊고 이 한 쌍 젊은이를 위하여 웃을 수 있었다. 트럭이 떠났다. 뒤에 남은 가족들은 또다시 울었다. 상진은 멀어가는 트럭을 향하여 손을 높이 들어 흔들었다. 제 고향 제 부모 형제 처자를 마지막 순간까지 바라보며 트럭에 실려가는 젊은이들이 자기네 생명의 등잔불을 짓밟아 끄러 가는 길이 아니라 영웅 김일성이 높이 든 민족의 봉화에 그들의 생명의 등잔 기름을 부으려 가는 길이 되기를 축원해서였다. 산모두리[84]로 먼지마저 사라진 후에야 하잘것없는 가족들은 발부리를 돌렸다. 춘식이와 나란히 걷던 상진의 눈에 많은 사람 사이에서 그 처녀의 치렁치렁 따 늘인 머리채를 매만져주는 젊은 여인의 정다운 손이 인상적으로 보였다.

그날부터 동네 노파들 사이에는

"요새 아이들은 니약두 하디!"

"저이 오래비가 그러니깐 더 좀 봐라 하구 우정 더 그랬는지도 몰라."

"그래두 우리 어린 적에야 쇠집을 가서두 남 있는 데 저이 서방이라구 쳐다보댔쉬니까."

또 이런 투로 유감이가 배웅 나왔던 것이 한 이야깃거리가 될밖에 없었다.

*

그들이 떠나간 지 거진 한 달이 되어서야 인갑이의 편지가 왔다. 쬠손이영감이 부들부들 떨리는 손으로 들고 온 그 엽서에는 일본말로 다 안녕하시냐 묻고 자기도 몸 성히 잘 있다고 적었을 뿐인 간단한 문안 편지였다. 눈을 크게 뜨고 뒷말을 기다리는 쬠손이영감에게 더 읽어 들려줄 말이 없어 민망할 지경이었다. 그 이상은 더 쓸 자유가 없었을 것이다. 그러나 아들이 아직도 살아서 지금 대구에 있다는 것을 알게 된 것만도 그에게는 기쁜 소식이 아닐 수 없었다.

"경상도 대구니까나 여직 되선 땅에서 명을 부디해가는갑소웁디?"

하는 쬠손이영감은 역겨운[85] 눈물을 흘렸다.

그 후 한 보름 만에는 순천(順天)서 엽서가 왔다. 역시 문안에 그치는 것으로 전번 것과 다른 것은 없는 돈을 새겨가며[86] 면회를 온다거나 할 생각은 아예 말라는 것이었다.

"아매 니어 전당으루 끌려 나가는갑소웁디?"

편지 사연을 듣자 쬠손이영감은 절망적으로 한숨을 쉬었다. 대구에서 순천으로 그 경로는 그들이 떠날 때의 지향과는 정반대 방향이 아닐 수 없다. 길손이 석주 동석이의 편지도 역시 그곳서

왔다는 것이다. 그때의 전국(戰局)의 초점은 여전히 충승도였다. 이미 나패(那覇)와 북리(北里)를 잃고도 역시 특공대니 육탄 돌격대니 하여 최후의 발악을 함으로써 자기네의 명맥을 이어갈 수 있는 제국주의자들은 저의 인민의 피를 절망적인 전장으로 아낌없이 부어 넣는 중이었다. 그러한 충승도뿐 아니라 구주(九州) 대판(大阪) 동경(東京) 할 것 없이 일본 전토는 지금 불비가 쏟아지는 하늘 밑이었다. 충승도가 아니더라도 일본이면 어딜 가나 살아 돌아오기를 바랄 수 없는 그들의 절망감과 초조는 더욱 심각하였다.

칠월 초순에는 태전(太田) 광주(光州)에도 폭격이 있었고 그와 전후하여 소위 '국민 의용대' 결성으로 조선 전토가 금시에 전장화하는 듯한 불안으로 인심은 극도로 흉흉하였다. 그런 중에 또 그 살인적인 밀보리 공출이 시작되었다. 경관이 영솔한 경방단은 떼를 지어 매일이다시피 가가호호를 뒤져서 양식을 빼앗아가고 사람을 묶어갔다. 그 통에 춘식이도 잡혀가서 코가 깨져 나왔고 쫌손이영감은 항아리 밑바닥에 한 되가 되나 마나 하는 입쌀이 드러나서 작년에 논농사도 안 한 집에 웬 쌀이냐 하여 얻어맞았다. 다시 못 볼지도 모를 아들을 먹이려고 없는 돈에 마련했던 것을 다 먹지 못하고 떠난 아들이 남긴 것이라 차마 없애지 못하여 남겨두었던 것이다. 그때따라 늙은이에게 손찌검을 한 것이 경방단 부단장인 그 뺨가죽 두터운 봉덕이라 그자에게 농민들이 얻어맞는 것쯤 의례건이언만 더욱 소문거리가 되고 더욱 듣는 이의 눈살을 찌푸리게 하는 까닭이 있었다.

인갑이가 떠난 후에 유감이 오빠 순칠이는 전에 없이 봉덕이와 술타령이 잦게 되고 취해서는 인갑이의 사주와 청간을 내놓으라고 유감이를 달래고 시달리다가 나중에는 매질까지 한다는 것이다. 그뿐 아니라 때로는 봉덕이와 같이 저의 집에서 술판을 벌이거나 밖에서 먹었더라도 순칠이와 어깨동무를 하고 들어온 봉덕이는 제 집이나 다름없이 아랫목에 드러누워서 유감이에게 실랑이를 하려 드는 것이었다. 그런 때마다 용하게도 인갑이의 누이는 그런 기맥을 알았고 알면 곧 춘식이에게 연락이 되었다. 그러면 춘식이는 한밤중에라도 헛기침을 하고 찾아 들어가서는 무슨 딴전을 대서라도 그 자리를 흐지부지하여 봉덕이가 헐끔해 돌아가도록 수단을 피우는 것이었다. 한번은 취한 오빠의 매를 피하여 빠져나온 유감이가 두리번거릴 사이도 없이 집 모퉁이에서 나타난 인갑이의 누이가 손목을 끌고 춘식이네 집으로 피한 적도 있었다. 이런 일이 있은 무렵이라 오금이 뎅뎅한 순칠이가 아직 징용이나 보국대를 안 나간 것을 봉덕이의 뒷대가 있는 탓이라는 새 소문이 새로웠고 또 봉덕이가 본시 그 텃물받이 첫배미의 샘으로 쥠손이영감을 미워하던 터이지만 그 입쌀 한 되를 트집 잡아 손찌검까지 한 것은 역시 그런 짬짜미 속이 있어 그렇다고들 하였다.

그 일이 있은 뒤에 상진이를 찾아온 쥠손이영감은

"턴디에 어디 살아갈 도리가 있소오니까."

하였고

"언제나 망할내는디……" 한숨을 쉬었다.

그때뿐 아니라 쬠손이영감은 며칠 만에 한 번씩 찾아와서는

"요새 신문엔 멜 했소옵디?"

한다. 말하자면 안간힘을 쓰며 기다리는 그 "언제나 망할내는
디?"가 궁금해서 묻는 것이다. 그때마다 상진이는 흔히 붓장난을
하거나 이미 붓장난으로 시꺼멓게 된 신문에서 저간의 중요한 기
사 중에 노인이 알아들을 만한 구체적인 것을 한두 가지 이야기
하고는

"뭐 그래 오래지 않을 것만은 뻔합니다."

하였다.

그러나 이 며칠 동안은 그 지난한 세월이 재촉되는 거라고 볼
만한 뉴스는 통 없었다. 놈들은 아직도 해군 지원병 전사가 어떠
니 송근유가 증산되느니 밀보리 공출 성적이 백 퍼센트니 목제
비행기가 매달 몇천 대씩 생산되느니 하여 전쟁은 앞으로 더욱
장기전이 된다고 떠들었다. 마지막 날까지 백성을 속이지 않을
수 없는 그자들의 거짓 선전이려니는 하면서도 하도 지난하게 기
다려온 지금 아직도 더 기다려야 하는가만도 큰 위협이 아닐 수
없다. 더욱이 상진이는 살림 형편만으로 위협을 받은 지 이미 오
래였다. 쌀 한 말에 백 원을 예상하기도 큰 상상력이 필요하던 때
에 세운 3년 예산은 1년이 채 못 되어 바닥이 드러나고 말았다.
새우젓 한 보시기 김칫거리 풋배추 한 포기를 사는 데도 그의 아
내는 여간한 안간힘이 아니었다.

"이편은 바늘 한 갤 '야미'를 못하면서두 사들이는 건 다 '야미'
니."

이래서야 어떻게 살아가느냐고 걱정하는 아내의 탄식이다. 그 당시의 생존 경쟁의 슬로건은 '야미'는 '야미'로 대항한다는 것이었다.

"지금 돈이 얼마나 남았는지 당신 알우?"

조용한 때면 상진이는 흔히 신문지에 붓장난을 하였고 그 옆에서 바느질을 하는 아내는 흔히 또 이렇게 살림 걱정을 하자는 것이다.

"글쎄……"

'글쎄' 여부가 없을 것이나 이런 때마다 상진이는 할 말에 궁한 나머지 대답도 말도 될 리 없는 대답을 하며 담배를 꺼내 무는 것이다. 또 그 아끼는 성냥을 찾는 눈치에 화로를 가져다 놓는 아내는

"참 당신은 태평이시우."

하고 웃을밖에 없었다.

찌는 듯 무더운 여름날 이마가 벗어지게 뜨거운 화롯불에 담배를 붙이고 앉은 제 꼴에

"하로동선(夏爐冬扇)."

하고 상진이도 혼자 껄껄 웃었다.

"?"

쳐다보는 아내에게

"하로동선 모르우? 여름 화로 겨울 부채…… 지금 내가 그런 사람이오."

상진이는 태연히 이런 긴치 않은 설명을 하는 것이다.

이런 사람과는 걱정도 의논도 해보잘 여지가 없으므로 그의 아내도 웃고 마는 것이다.

해야 소용없는 걱정. 아직도 의롱 옷가지가 남았으니 그것을 팔아서라도 해방이 되기까지 속반고장(粟飯苦醬)으로 연명이야 못하랴. 이런 예산이 ○○○ ○○을 가지는 상진이는 오히려 마음이 편했다. 오직 무엇을 좀 읽었으면 ○○○○○ 저번에 가택 수색을 당한 후부터는 그의 아내는 상진이가 숨겨두고 읽던 책들을 그야말로 압수해가지고 어느 때 또 경관이 들어설지 모른다며 엄펴놓지도 못하게 하였다. 그래서 그는 새 시대를 위한 준비와는 그 역 하로동선 격인 붓장난을 시작한 것이다. 다소 골동 가치가 있는 세전(世傳) 벼루에 '마묵여병부(磨墨如病夫)' 격으로 고요히 하세월하고 먹을 갈아 비록 신문지쪽에다나마 글씨를 익히는 것은 이 난세를 넘길 때까지 한때 오세객[87]으로 자처할밖에 없는 상진에게는 지루한 세월 지난한 더위를 잊게 하는 좋은 소일거리였다.

*

장마는 완전히 개어 푸르게 트인 높은 하늘에는 멀리 가을빛이 엿보이는 때가 되었다.

이날도 상진이는 붓장난을 하고 있었다.

"아니 또 글씨요? 어데루 좀 피할 생각은 않구."

이 며칠째 두고두고 걱정하는 아내의 말이다.

지난 9일에 소련군은 드디어 동서 양방으로 소만 국경을 넘고 또 두만강을 건너 조선 안으로 들어오기 시작했다. 그와 전후하여 일본에는 광도(廣島)와 장기(長崎)에 신형 폭탄으로 피해가 막대하다 하였고 10일에는 동경을 중심으로 계엄령이 내렸다는 것이다. 그 다음 11일에는 소련군이 벌써 웅기(雄基)에 들어왔었다. 실로 파죽지세였다. 그리하여 기다리고 기다리던 우리 조선의 해방은 붉은 군대의 위대한 힘으로 북방에서부터 시시각각으로 실현되고 있는 중이었다. 그러니만큼 왜놈의 최후의 발악도 정히 이때가 아닐까. 강도 일본 제국주의자들이 빼앗았던 것을 고스란히 곱게 내놓고 물러설 리는 없을 것이다. 대규모의 파괴와 아귀도의 대살육이 연출된다면 바로 이때일 것이다.

계엄령만 내려봐라——언젠가 이곳 주임 놈이 벼른다던 계엄령은 벌써 일본에는 발령되었다. 본시 늦던 신문이 요즘에는 사흘나흘씩이나 묵어 오고 라디오도 없는 곳이라 까맣게 모르고 앉았지만 그동안 서울 같은 데는 벌써 계엄령이 내렸을지도 모른다는 의구도 없지 않았다.

그 이성을 믿을 수 있어야 사람인데 이같이 깜깜소식으로 앉았다가 그 알코올 중독자 강본의 주정에 죽어! 안 될 말이었다. 그래서 일시 어디로 피해볼까 벼르는 중이지만 갈 데가 없었다. 평양이나 서울 같은 도시는 오히려 거기서 피해 나와야 할 때요 설혹 간댔자 여관에 드는 것은 상식 밖의 일이요 찾아갈 만한 친구는 역시 소개했거나 혹시 남아 있더라도 이때의 불안은 피차 마찬가지일 것이었다. 더욱이 반년 넘게 편지 거래도 없으므로 친구들의 동정조차 알 길이 없었다. 그렇다고 어느 딴 촌으로 갈 데도 없었다. 이런 궁리 저런 궁리 하면 할수록 신경만 과민해져서 종당은 내가 무슨 큰 주의 인물이기로 이런 걱정을 하는가 하여 좀 피해망상의 상태가 아닐까도 하는 것이나 역시 그 이성을 믿을 수 없는 총칼을 가진 알코올 중독자는 미친개같이 안심이 안되었다. 그래서 며칠 동안은 조반을 먹기가 바쁘게 뒷산을 넘어 장마물이 흐르는 산 개울에 발을 잠그고 해를 보냈으나 광솔 머루덩굴 참나무 싸리 껍질 등 공출감을 하러 헤매는 사람들과 아직 미진한 공출 독려로 쏘다니는 경방단의 눈에 허구한 날 목욕만 하는 사람의 꼴은 또 무엇이랴 싶어 어제 오늘은 어차피 집에 붙박여 있기로 하였다. 그러는 동안 이 며칠째는 꿈자리까지 뒤숭숭하다는 아내는 태평인 양 붓장난만 하고 있는 상진에게 벌써 몇 번이나

"글씬 무슨 글씨요. 하다못해 또 뒷산에라두 가 있지 않구."

하였고 지금도 그 해쓱해진 얼굴로 문밖의 신발 소리와 개 짖는 소리에 눈을 크게 뜨고

"건 또 뭐요. 누가 보나다나 해두."

하며 상진이가 쓰고 있는 '무가무국거장안지(無家無國去將安之)'를 나무라는 것이다.

그때 문밖에서 헛기침 소리가 나자

"선산님 계시웨니까?"

하며 땅거미 진 뜰 안으로 들어선 것은 춘식이었다.

"어서 들어오슈."

296

"선산님 무슨 말 못 들었소."

"무슨 말?"

"하 이젠 다 됐쉐다."

"?"

"이거야요."

춘식이는 허리를 굽실거리고 손을 빌며 '그저 살려줍쇼' 하는 시늉을 한다.

"아니 이거라니?"

상진이는 붓을 던지고 나앉으며 물었다.

"항복. 무도건 항복이오. 오늘 일본 턴왕이 라디오루 항복한다는 연설을 했답네다."

상진이는 잠시 눈을 감고 몸서리치듯 머리를 흔들며 '침착하리라' 설레는 가슴에 심호흡을 하고 나서

"거 어디서 난 말이오?"

물었다.

춘식이의 말은 좀 전에 평양서 자전거로 나온 사람이 오늘 12시에 방송하는 것을 제 귀로 듣고 와서 전하는 말이라는 것이다. 그뿐 아니라 금방 버스로 K읍에서 온 사람의 말도 역시 그렇다는 것이다.

"사실일까?"

너무도 허황한 꿈 같은 이날이 1945년 8월 15일이었다.

*

이것이 사실일까? 반생 동안 바라고 기다리던 이날이 그저 그리던 꿈이 아니고 목전에 실현할 수 있는 역사였던가? 지금부터의 앞날 앞길이 하도 양양하고 찬란하매 지금까지의 어둡던 과거가 더욱 암담하였다. 암흑과 압박 속에서 속절없이 소모된 청춘과 반생이 상진이는 그 이튿날도 그저 황홀한 꿈속을 헤매는 듯만 하여 좀처럼 생각이 현실적으로 돌아가지 않아서 좁은 방과 뜰을 얼빠진 사람같이 거닐고만 있었다.

그런 때 찾아온 춘식이는 용강 비행장으로 보국대 갔던 사람들이 다 돌아왔고 또 어느 광산으로 징용 갔던 사람까지도 몇몇이 돌아왔다며

"인갑이랑 일본으루 갔던 병덩들두 살았기만 하면 니여 오갔디요?"

한다.

"그야 물론이죠."

이렇게 대답은 하면서도 인갑이의 소식은 궁금하기보다 암담한 편이었다. 그때 순천서 온 엽서뿐으로 그 후에는 통 소식이 없고 말았다. 사위스러워 서로 말들은 않지만 춘식이 역시 같은 생각으로

"이렇게 돼서 징용 갔던 사람이랑 돌아오는 걸 보구 쥠손이 아즈바닌 더 속이 타는 모양이야. 이제두 가니긴 암 말두 않구 픽픽

298

담배만 태우구 있을 젠……"

한다.

"안 그렇겠소."

하는 상진이는 지금이 꿈은 아니구나 하였다. 반생 동안 꾸겨진 인생만을 살아온 탓일까 황홀한 경지보다도 꼬집히듯 아픈 사실에 부딪혀서야 '세상사불여자십상팔구(世上事不如者十常八九)'라고 지금도 안 할 수 없는 근심이 있으니 생생한 현실이 아니고 무엇이랴! 비로소 실감적으로 현실이 느껴지기도 하였다.

그 이튿날은 S면 건국준비위원회가 조직되었다. 주재소 주임 강본이는 겁을 집어먹고 그날 밤으로 처자까지 버리고 도망하였다. 뒤이어 학교장 우편국장도 자취를 감추었다. 말하자면 이곳에서 살던 일본 놈들은 다 없어진 것이다. 건국준비위원회에서 학교 우편국 주재소를 접수하였다.

집집마다 태극기가 높이 휘날리고 아침부터 저녁까지 애국가와 만세 소리가 그치지 않았다.

이같이 판국이 뒤집혀 해방의 기쁨으로 온 인민이 날뛰는 중에 유독 그 기쁨을 같이할 수 없는 것은 면장을 비롯한 몇몇 일제의 주구배들이었다. 그자들은 오히려 왜놈의 세력이 거꾸러질 때 실색하는 표정으로써 자기네의 정체를 폭로하였고 따라서 인민들의 복수욕은 더욱 격앙되어 춘식이와 몇몇 젊은이들은 호되게 제재를 한다고 단단히 별렀다. 그러나 기름 강아지 같다던 면장은 그날 밤으로 매끄러운 처세가 아니라 매끄럽게 빠져서 도망하고 말았다. 퍽 후에 들은 소문이지만 그는 또 매끄럽게 삼팔선 이남으로 빠져 달아났다는 것이다.

그동안 상진이는 건준의 부탁으로 일간 개학하는 학교에서 가르칠 국어 교재를 만들고 있었다. 상진이 자신부터 철자법에까지 자신이 없고 같이 의논하는 몇몇 교원들은 지금까지 우리말 우리글에 관심이 없던 사람들이라 변변한 교재가 될 리 없으나 전혀 없느니보다는 도움이 되리라 하여 착수한 것이다. 물론 중앙에서 권위 있는 전문가들이 일을 하겠지만 그 결과가 이런 벽지에까지 오기는 꽤 후의 일이라 할밖에 없었다.

시작하던 날 상진이는 참고 서적을 찾기 위하여 헛간으로 들어가서 표해두었던 조선책 상자를 터뜨리고 쏟아놓았다. 『임꺽정』 『고향』 같은 장편과 『까마귀』 『소년행(少年行)』 같은 단편집과 『조선어 사전』 『표준어 모음』과 『문장(文章)』 같은 옛 잡지들이 수북이 쌓였다. 모두 반가운 것이다. 하나하나가 손때가 오르고 오늘을 기다려 자기와 같이 피난해온 책들이다. 광속 샛단 밑에 묻혀서 장마를 두 번이나 치른 것이라 곰팡이 슬고 책장은 물론 책과 책이 설기 도래[88]같이 눌어붙은 것이 많았다.

"자 이젠 나가서 버젓이 햇볕을 보자." 상진은 혼자 중얼거리며 해방된 우리말 우리글을 한 아름 안고 멀리 엿보이는 가을빛에 더욱 해양한[89] 툇마루로 가지고 나왔다.

교재를 만들면서 그들은 처음 몇 과째의

나라.

우리나라.

에서나 진도(進度)가 좀 높아져서

　조선은 우리나라
　우리는 조선 어린이
　씩씩한 어린이

이렇듯 단순한 글을 써놓고도 스스로 감격할밖에 없었다.

*

　교재를 끝낸 상진이는 그 이튿날 평양으로 떠났다. 아직도 인갑이와 또 같이 갔던 젊은이들은 돌아오지 않았다.
　작별할 때 쥠손이영감은
　"우리 갸가 돌아오기만 하문 어련히 선산님을 차자보입디 않소오리까."
하였고
　"이전 우리나라를 찾았으니까나 우리 텃물받이두 곤티야갔으니까나 그래 더군다나 제 에미가 우리 걀 기두룹소옵디."
한다. 지적지적하던 눈물이 종시 그 다복솔 같은 몽당수염 끝에 맺히고야 말았다. 옆에 섰던 춘식이는
　"이 아즈반은 또 그런다. 지금 우리나라엔 운이 돌아왔는데 한

창 일할 젊은 사람들이 설마 어떻게 됐갔다구 그럽네까."
하였고

"선산님 우리 인갑이 적은이 잔체 땐 아무캐두 나오시야 합네
다. 씨파 그땐 아무캐두 봉덕이 놈을 인접[90]을 앉힐랬더니 어제 고
만 면상이 깨데서……"
한다. 면장을 분하게 놓친 젊은이들은 그 뺨가죽 두터운 경방단
부단장이나마 호되게 골려준 모양이었다.

*

상진이가 평양으로 들어간 이튿날 소련 군대가 입성하였다. 유
럽에서 파시스트들의 침략을 막아내고 꺼꾸러트려 자기의 조국을
지켰을 뿐 아니라 침략자의 소굴이던 백림에까지 진격하여 그 어
간의 약소 민족을 해방한 소련 군대는 다시 동양의 강도 일본 제
국주의자의 군대를 무찌르고 지금은 평화와 자유의 옹호자로서
입성한 것이다. 그리하여 일본 군경은 무장 해제가 되었고 우리
는 완전히 해방되었다.

*

시월에는 김일성 장군이 개선하였다. 세계 민족 반열에서 우리
3천만의 면목을 혼자서 유지하고 개선한 김장군을 민중 대회에서
멀리 바라볼 때 지난봄 일을 생각하고 아직 돌아오지 않은 인갑

이의 소식이 새삼스럽게 마음 키웠다.⁹⁾ 그때 어둡던 마음의 들창으로 멀리 그리던 김장군이 지금은 우리 눈앞에 친히 나타난 것이다.

*

그 이듬해 정월이었다. 북조선예술총연맹 회관으로 인갑이가 찾아왔다. 그야말로 꿈이 아닌가 하였다. 길손이도 같이 왔다. 일본 관서 지방에 가 있었다는 그들은 김장군을 찾아가기 위해서 배웠던 '워 쓰 항귀린'은 물론 써볼 기회가 없었고 '아이 앰 어 코리앤'도 저편이 공중에서 폭격만 하고 가는 비행기라 역시 써볼 기회가 없었다고 하며 웃었다.

10여 일 전에 돌아왔다는 그들은 피곤한 기색도 없이 씩씩하였다. 역시 젊은이들이었다. 인갑이는 물론 고자리 먹은 개똥참외라던 길손이도 몰라보게 어깨가 커지고 통지게 앞가슴이 나와서 정정한 장정이 되었다. 석주 동석이도 다 무사히 같이 돌아왔다는 것이다.

어느 식당에서 같이 점심을 먹으면서 이 새 조선에서 앞으로 무엇을 할 생각이냐고 상진은 물었다. 역시 부모를 모시고 농사를 해야 할 사정이요 또 하고 싶다는 인갑이는 그 텃물받이 문제로 평양 오자 곧 지주를 찾아보았다고 한다. 그러나 지주는 역시 아직도 수지가 안 맞는다 하였고 그뿐 아니라 있는 땅도 주체스러운 이 세월에 이미 버린 땅을 생돈을 들여서 고칠 필요는 없다는 것이다. 말하자면 그는 이 북조선의 공기가 못마땅하여 언제나 경보로 자유롭게 옮길 수 있는 현금만이 귀한 눈치였다.

그래서 인갑이는 할 수 없이 오는 봄에는 고향을 떠나서라도 달리 농터를 구할밖에 없다는 것이다.

"우리같이 농터 없는 사람은 말할 것두 없지만 시재 농사하는 사람들두 해방 전이나 후나 마츤가지야요. 새 나라가 됐대두 촌 농사꾼들이야 머 새로운 희망점이 하나나 있으야디요."

한다.

형이 둘씩이나 농사를 하므로 자기는 한번 딴 방향으로 나가보려고 보안서원을 지원해왔다는 길손이는

"사실이야요. 이번에 돌아와 보니건 해방이 돼서두 남의 땅을 소작이나 해먹는 농사꾼이야 독립이 되나 마나라구들 하멘서 일제 시대나 마츤가지루 틈틈이 튀전[92]들이나 하구 술 먹구 쥐정이나 하구……(그는 지난봄 일을 생각했음인지 얼굴을 붉히며) 사실이야요. 우린 다 죽었다 살아 돌아오면서는 해방이 됐으니건 다 달라졌갔디 했댔는데 오래간만에 고향에 찾아와서두 새 기분은 요만큼두 없어요."

한다.

이러한 그들의 말은 지난봄에 길에서 만났을 때 인갑이의 말로 연상했던 '토지는 농민에게로' 하는 외침 그것의 다른 표현이라 할 것이었다. 어쨌든 전 민족의 80퍼센트나 되는 농민들은 아직도 해방을 누리지 못하고 있는 것이다.

길손이는 평양 있게 되면 자주 만나게 될지 모르겠다 하였고 인

갑이는 언제 결혼하느냐 묻는 말에 얼굴을 붉히며

"글쎄요."

할 뿐으로 작별하였다. 아직 무한 궤도의 춘궁을 벗어나지 못한
처지라 수줍어서가 아니라 할 수 없는 '글쎄요'일 것이다.

*

이월에는 전 인민의 지지로 김일성 장군을 위원장으로 한 북조
선임시인민위원회가 성립되었다.

*

해방 후 첫 삼일절을 맞이하였다. 거리 중심에는 '피의 날'이라
는 탑이 섰다. 역전에서 기념식이 끝나 거리로 들어오는 길이었
다. 상진이는 북조선예술총연맹의 깃발 아래서 행진하였다. 중앙
당 앞에 이르렀을 때 저편 갈래길로 머리에 수건을 동이고 낫과
호미를 든 농민의 행렬이 나타났다. 문화인의 행렬은 그 농민의 행
진에 선봉을 양보하고 서서 "조선 농민 만세"를 불러 성원하였다.

'토지는 농민에게'라는 기치를 높이 든 행렬은 앞으로 앞으로
계속되었다. 그중에 'K군 S면 농민동맹'이라는 깃발이 보였다. 상
진이는 한 걸음 나서서 살폈다. 맨 먼저 눈에 뜨인 것이 쵬손이영
감이다. 상진이의 발걸음은 어느새 그리로 달렸다. 무심중 팔을
붙들린 쵬손이영감은 우선 찔끔 놀랐고 자기를 붙든 것이 상진인

것을 알아보자 더욱 놀랐다.

"허— 용하게 죽디 않구 살았으니까나 이런 기쁜 날 선산님을
또 만나게 됐소옵디."

하고 흐흐흐 웃으며

"우리 인갑이가 데 뒤에 있소옵디."

한다. 아닌 게 아니라 인갑이가 달려와 손을 잡는다. 그의 이편
손에는 '토지는 농민에게!'라는 커다란 드림이 들려 있었다. 혹은
암시적으로 혹은 역설적으로 혹은 그보다도 그 자신 채 말을 이
루지 못한 막연한 의식뿐이었을지도 모를 그의 요구를 오늘은 명
백한 구호로 그리고 또 구체적으로 밝혀 내세울 때가 된 것이다.
거기는 석주도 동석이도 있었다. 그들은 잠시 행렬을 떠나와서
반갑게 인사한다. 그때 말 탄 보안서원이 달려왔다. 약간 흐트러
진 행렬을 정돈하러 온 모양이다.

"미안합니다."

하며 상진이가 쳐다보는 그 보안서원은 길손이었다.

"길손이 일마 너 우리 모루간?"

석주의 반가운 인사였다.

"이 자식! 누가 인민을 보호하는 보안서원보구 일마 아무개야
한대던?"

길손이의 대답이다. 모두들 웃었다. 길손이는 몸을 굽혀 동무들
과 악수한다. 상진이도 그의 손을 잡았다.

인갑이는 지금 S면에서는 면 인민위원회를 비롯하여 농민동맹
과 민청이 주체가 되어 오래지 않아 중학교를 개교하게 되었다고

하며,

"농민동맹에서는 춘식이형님이 서기장으루 학교일에 열심히 활동하는 중이야요."

한다. 그리고 개교할 때에는 꼭 한번 나오라고 하였다.

그들은 다시 행렬로 돌아갔다.

"북조선인민위원회 만세."

"김일성 장군 만세."

그리고

"토지는 농민에게."

를 외치면서 행진한다. 농민 출신 보안서원 길손이는 그 농민의 행렬을 호위하며 천천히 말을 몰아 따라간다.

상진이는 자기 행렬로 돌아와서 "조선 농민 해방 만세"를 선창하였다.

*

그 후 나흘이 지난 3월 5일에는 농민 대중의 요구에 응하여 인민의 정권 북조선인민위원회에서는 역사적인 '토지개혁법령'을 발표하였다. 이날부터 농민은 해방되어 자유와 토지를 가지게 되었다.

*

4월 초순이었다. 춘식이와 인갑이가 동봉한 편지를 받고 상진이는 S중학교 개교식을 보러 갔다. 교사(校舍)는 아직 이전 경방단 건물을 대용하여 내일부터 개학한다는 것이다. 학교 뜰에서 목수가 생도들의 신장 만드는 것을 돌보던 춘식이는

"선산님 훌륭한 구경 좀 안 하실라우?"

한다. 그가 가리키는 방향을 본즉 동구 밖 들에서 몇십 명 농부들이 무슨 역사들을 하고 있는 중이었다. 춘식이의 설명을 들으면 이번 토지개혁으로 농민들이 토지를 분배할 때 그 텃물받이와 쥠손이영감이 문제였다고 한다. 본시 여벌 땅이 있을 리 없으므로 그렇다고 사태에 묻힌 폐답(廢畓) 된 텃물받이를 그냥 줄 수도 없어 쥠손이영감에게는 좀 많은 편인 사람의 땅을 조금씩 갈라주려고 했다는 것이다. 그러나 쥠손이영감은 그것을 달가워 안 했고 아무래도 텃물받이를 단념할 수 없는 눈치였다.

"나두 다른 땅을 가지문 아무두 안 부티게 되니까나 그 아까운 텃물받인 영 쑥밭이 되구 말갔소옵디? 것두 우리나라 땅이니까나 그렇가문 우리 농사꾼의 도리가 아니갔소옵디."

했다는 것이다. 그래서 지금까지 네 땅 내 땅을 가르기에만 골몰하던 농민들은 한순간 멋쩍게 주춤했다는 것이다.

"자 그럼 우리 이렇가는 것이 어떻갔소?"

그때 민청 간부들인 동석이와 석주가 이런 제의를 했다. 그 텃

308

물받이를 복구하기에는 품이 3백 자루가량이면 넉넉할 것이라 백여 명 민청원이 제각기 두 자루나 세 자루 품을 내면 완전히 복구할 수 있을 것이므로 한두 집 농가의 힘으로는 못할 일이지만 전 민청이 다 협력하면 쉬운 일이라 하였다. 그리고 또 아직 농번기가 아니므로 매 사람이 품 두세 자루씩 내는 것쯤 결코 힘든 일이 아니라고 하였다. 그래서 완전히 복구한 후에 쬠손이영감에게로 돌리자는 것이나 그렇다고 쬠손이영감 개인을 위해서 한다는 것보다 우리나라 땅을 살리기 위해서 일하자는 것이었다. 민청 맹원들은 모두 그 제안에 찬성하였다.

우리나라 땅은 우리 농민의 손으로 살리자──이런 새 구호가 자연 생기게 되었다. 이것을 본 농민동맹에서도 협력하기로 하였다. 그 새 구호는 곧 실현으로 옮겨졌다. 그래서 지금 저기 보이는 것은 농민들이 우리나라 땅을 살리는 역사였다.

상진이는 춘석이를 따라 그 훌륭한 구경을 하러 현장으로 나갔다. 텃물받이 논엘 가려면 쬠손이영감이 그 앞 돌창물을 손가락으로 찍어 맛보았다던 우물가를 지나야 했다. 마침 석양녘이라 우물에서는 물 긷고 동네 여인들이 모여 쌀 씻고 혹은 냉이 소리채[93] 미나리 같은 풋나물을 씻기도 하였다. 한 걸음 앞서서 되는 대로 치는 활기세에 더욱 절름거리며 가던 춘식이가

"아 녀성동맹 데수님⋯⋯"

하곤 그 여전한 익살로 누구에겐가 소리를 친다. 우물 둑 여인들은 모두들 웃었다. 그중에 물동이를 이고 방금 돌아섰던 젊은 색시가 이편을 돌아보자

"아 녀성동맹에선 이리케 갑자기 내우하기루 동맹했소? 이 니
선산님이 오신 것두 모른 척하니……"

그 색시는 유감이었다. 작년에 인갑이가 징병으로 끌려 나갈 때
그의 누이가 정다운 손으로 매만져주던 그 머리채가 쪽으로 변하
였을 뿐 언젠가 그것밖엔 귀한 것이 없으니까나! 하던 쬠손이영
감의 며느리였다. 인갑이는 얼마 전에 결혼한 것이었다. 그 색시
는 물동이를 내려놓고 인사하였다. 처음 인사지만 상진이도 반가
웠다.

텃물받이 첫배미 둑에는 삽자루를 든 쬠손이영감이 이마에 손
으로 차양을 하고 이편을 바라보다가 언덕으로 올라왔다.

"오래간만입니다."

하는 상진의 손을 두 손으로 덥석 쥐는 쬠손이영감은 흐흐흐 웃
다가 지적지적한 눈물이 맺혀 흐르는 것을 소매로 훔치며

"하두 반가우니까나."

한다. 삽으로 가래로 들것으로 질통으로 모래 쳐내기에 바쁘던
수십 명 젊은이들은 일손을 멈추고 눈인사를 하거나

"아 언제 오셨습니까?"

하기도 한다. 몇몇이는 삽자루를 던지고 달려왔다. 그중에는 인
갑이는 물론 동석이도 있고 석주도 있다. 손을 잡았다.

"여러분의 힘으로 못쓰게 됐던 우리 땅이 다시 살아나는군요."

실로 상진이는 역겨웠다.

"영감님 얼마나 기쁘십니까? 물론 수고두 많으시겠지만……"

"흐흐흐 나야 머……"

310

쬠손이영감은 그새만 해도 앞니가 몇 개 더 없어져 더욱 뻥한 입을 벌리고 웃으며

"이제부턴 다 우리 농군의 땅이라구 이렇게 동네 젊은네가 제 일처럼 수구해줍소웁디."

한다.

"그래요 이전 우리 농민들은 다 네 일 내 일이 없이들 생각해요."

석주의 말이다.

"그때 이 텃물받이가 못쓰게 될 적에 넘은트리[주] 뒷벌 할 것 없이 다 같이 못쓰게 된 채루 이태씩이나 묵혀오던 논들두 이번에 우리 민청들의 손으루 다시 살아나게 됩네다. 아마 금년엔 한 배미두 묵는 건 없을 걸이요."

하는 인갑이의 말은 명랑하다. 작년 봄에 우연히 같이 걷게 된 때 이 텃물받이 복구 문제로 그는 얼마나 침울하였고 분개하였던 것이랴.

"참 길손군은 평양 있군!"

이들 앞에서는 연상 않을 수 없어 상진이가 한 말에 동석이가

"고 녀석 이제 오래디 않아서 이리루 보안분서 주석으루 올 제 보라구 뻐긴답네다."

하여 모두들 웃었다.

"자 어서 한 가랫밥씩이라두 더 치우구 가디……"

뉘엿뉘엿 져가는 서산의 해를 쳐다보며 석주가 논으로 들어간다.

상진이는 쬠손이영감과 춘식이와 같이 수돌 건넌둑에 가서 앉

았다. 빨갛게 벗기어 무너졌던 그 둑은 벌써 보호가 되어 끊기었던 농로가 이어져 밭담에 길들기 시작하였고 다시 푸르게 돋아나는 잔디 뿌리는 동둑을 또 누비고 흙을 단단히 얽어매기 시작하였다. 저물어가는 하늘 서쪽에는 내일도 역시 청명한 날씨를 약조하는 저녁노을이 불렸고 뒷산 밑에 아늑히 들어앉은 동네서는 제각기 곰방대나 피워 문 듯 집집이 굴뚝마다 저녁 연기가 피어오른다. 쫑쫑쫑 아득히 들리는 날새[95] 소리에 하늘은 높고 음머— 하는 묵중한 소 소리에 대지는 얼마든지 넓고나! 하는 느낌이 새롭다. 잔디밭에 다리를 뻗은 상진은 상쾌한 피곤과 유원한 희망에 몸도 맘도 포근히 잠들 듯싶다.

"우리 김장군님 안녕합시옵디?"

문득 죔손이영감이 묻는 말이다. 진심의 문안이었다. 단지 그가 상진이는 으레 김장군의 소식을 잘 알 사람으로 여기고 묻는 것이 거북하였다.

"자주 뵙진 못하지만 물론 안녕하십니다."

"참 그 어른…… 그 어른 덕분에 우리 농민들은 움 안에서 떡을 받았소옵디. 하두 어궁하구[96] 꿈같으니까나 첨에는 곧이 안 들리더라니까."

죔손이영감은 또 흐흐흐 웃었다.

"텃물받이꺼정 이렇게 고쳐지는 걸 보믄 이전 정말이디요?"

춘식의 말이다.

"정말 이렇게 우리 농군의 손으로 쑥밭이 됐던 걸 다시 살리게 되구 보니까나 땅은 이제야 제 님자를 만났구나 합소옵디."

312

그 말에 머리를 건득이면서 상진이가 바라보는 논에서는 열을 지어 늘어선 젊은이들이 모래를 벗겨 나가는 것이다. 모래를 밟아서 본바닥 흙에 섞일세라 또 깊이 찍어서 본바닥 흙을 건드릴세라 삽자루를 뉘어가며 모래를 걷어서는 기다리고 있는 들것과 질통에 담는다. 그런 한삽 한삽에 바랭이 쑥대 같은 잡초가 무성한 모래와 거친 흙이 걷혀 참먹같이 빛나는 텃물받이 논바닥이 드러나는 것이었다.

'농민의 손으로 황폐에서 옥토로 갱생하는 우리 국토의 한 폭!'

상진이는 어떤 시의 한 구절이나 같이 혼자 속으로 읊조렸다.

그들이 앉아 있는 동둑 길에는 쇠스랑 호미를 들고 메고 혹은 소를 몰고 오는 사람이 많아졌다. 이날 하루의 일이 끝난 농군들이 집으로 돌아가는 것이다. 여기서도 일손을 떼고 쟁기를 둘러메고 나섰다. 동둑을 지나 한길에 나서면 땅거미 진 길 좌우편에는 마뜩이[97] 동정가래질[98]까지 하여 북신 피어오른 밭의 흙냄새가 풍겼다. 여기저기 밀보리밭이 보인다. 아직 푸른 물결을 치도록 자라지는 못했다. 길가에 아카시아꽃도 아직 피지 않았다.

"인갑군 이보다는 좀 늦어서지만 우리 첨 만났을 때 보릿고개가 아직두 까맣구나— 한 생각나우?"

"예 그래서요."

"그땐 다른 뜻으루 한 말이지만 지금부터야말루 밀보릿고개는 정말 옛말이 되구 말지 않을까?"

"그렇지요."

"정말 그렇게 됐어요."

인갑이와 동석이의 말이다.

"흐흐 참 보릿고개는 정말 넘기 힘든 고개드랬소옵디. 그런 걸 우린 철 알아서만두 몇십 고비나 넘겼는디!"

쩜손이영감은 암담한 과거에 후— 한숨을 쉬었다. 그러나 그는 또 흐흐흐 웃기를 잊지 않았다.

"그래두 이전 앞이 환하니 되었소옵디. 이전 다 넘었으니까나. 아마 이제 자라는 우리 자식네는 보릿고개는 옛말루나 듣게 됐소옵디."

얼마나 변하였는가! 작년 봄까지는 그 얼마나 괴로웠고 지금은 이 얼마나 즐거운 봄이 되었는가.

북조선의 농민들은 토지개혁으로 인하여 그 넘기 힘들던 보릿 고개 숙명인 듯 해마다 면할 수 없던 굶주림의 한고비 춘궁 맥령 을 완전히 넘게 된 것이다.

페어인

* 1939년 2월 5일부터 25일까지 조선일보에 연재된 작품.

1 상귀 상 바닥의 귀퉁이.

2 스러지다 허물어지다.

3 무드기 덩어리로.

4 밀화 호박(琥珀)의 한 가지. 밀과 같은 누른 빛을 띠며 젖송이 같은 무늬가 있음.

5 소정하다 깨끗하다.

6 하울치다 하비다, 할퀴다.

7 나무럼이 가다 야단을 맞다.

8 앙이 피 겨워서 아니, 피 토했어.

9 강구입 이가 빠진 어린아이의 입.

10 고슬러서다 눕지 않고 일어서다.

11 맨틀 망토.

12 나증하다 '게으르다'의 평북 사투리.

13 천반자 천장을 지탱하는 반자.

14 더덮이다 덮이다.

15 아침동자 부엌일.

16 매립도록 '마렵도록'의 뜻인 듯.

17 용두 수도꼭지.

18 화로전 화로의 가장자리.

19 놋기명 놋그릇.

20 간집히다 가볍게 부딪히다.

21 팔고비 팔꿈치.

22 자미 재미.

23 엽때 여태껏.

24 장바닥 손바닥.

25 오리즈메 벤도꽉 찬합 도시락.

26 도찌가 도꾸이까네 '무엇이 장기이냐'의 일본어.

27 스리물다 꽉 다물다.

28 당락 맞아떨어짐.

29 열소리 하나, 둘, 수를 세어가며 부르는 모심기 노래.

30 포대실 털실.

31 계제 계단.

32 네꼬라이즈 '고양이 불필요'하는 뜻의 일본어. 당시의 쥐약 이름.

33 능달 응달.

34 수목필 수목은 무명, 곧 무명필.

35 굶 골짜기.

36 까리다 마음이 언짢거나 답답할 때 혀를 입천장에 연거푸 댔다 떼면서 소리를 내다.

37 거칠매 거틸모, 즉 거치적거릴 데, 혹은 거리낄 만한 조건.

38 삐여지다 빗나가다.

39 툭이다 털다.

40 기처대였다 기침을 했다.

비 오는 길

* 『조광(朝光)』 1936년 4~5월호에 발표된 작품.

1 바재게 바삐, 혹은 빠르게.

2 안질 눈병.

3 돌작길 돌이 많은 길.

4 단벌 줄 한 줄.

5 꿰여나오다 틈을 비집고 나오다.

6 맞 마주(서로).

7 성낭 성(城) 혹은 성벽의 평북 방언.

8 후주근 낮고 처진.

9 푸렁덩하다 푸르뎅뎅하다.

10 탕수 '홍수'의 평안도 방언.

11 박죽 '밥주걱'의 방언.

12 식함 음식을 넣은 통.

13 쏘다 '쑤시다'의 함남 방언.

14 께끔하다 메스껍고 역겹다.

15 호로 '인력거를 덮은 포장'이라는 일본어.

16 의액이 억새.

17 니여 곧, 이내.

18 소불하 적게 잡아도, 적어도.

19 치 벌의 독바늘.

20 유축 '외따로 떨어져 구석진 곳'이라는 뜻의 평안도 방언.

21 갓게다 근처에.

22 건득이다 끄떡이다.

23 날래 빨리.

24 몽당판 '몽당'은 '먼지'의 뜻. '몽당불'은 '모닥불'을 뜻함.

25 나무럽게 섭섭하거나 노여워하게.

26 구루마 수레.

무성격자

*『조광』 1937년 9월호에 발표된 작품.

1 쓰키소이 일본어로 '시중드는 이'라는 뜻.

2 헌화 어지럽고 시끄러움.

3 침퇴 가라앉아 쌓임.

4 자박지 '조각'의 평안 함경 방언.

5 어기다 엇갈리다.

6 구우다 우기다.

7 도향당 道鄕堂, 즉 시골.

8 지치 '깃'의 평북 방언.

9 비줏이 비슷이, 즉 비스듬하게.

10 신장 새로 꾸밈.

11 제롬 앙드레 지드의 소설 『좁은 문』의 등장인물.

12 알리사 『좁은 문』의 여주인공.

13 탐센 욕심 많은.

14 작시돌 '작시'는 조의 일종, '작시돌'은 돌의 한 종류.

15 살기웃음 '삵'웃음, 즉 고양이 웃음과 같은 것.

16 으속으속 으슬으슬.

17 깃다 돋우어내다.

18 짓치 날갯짓.

19 가리 고기 잡는 기구로 통발과 같은 것. 여기서는 닭을 넣는 통.

20 두련두련하다 머뭇거리다.

21 가다들다 쫄아들다.

22 홍문 항문.

23 산판 주판.

24 발장 발바닥.

25 감심 甘心, 괴로움이나 책망 따위를 기꺼이 받아들임.

26 유지 기름종이.

27 실과 과일.

28 미란 썩거나 헐어서 문드러짐.

29 다부라지다 맥없이 쓰러지거나 너부러지다.

30 둑이다 두텁게 하다.

31 서느럽다 서늘한 느낌이 있다.

역설

*『여성』 1938년 2~3월호에 발표된 작품.

1 등알 여기서는 반짝이는 구두의 코.

2 부동자 나쁜 일에 어울려 한통속이 된 사람.

3 현화 어지러움.

4 기미 期米, 즉 米豆(미곡의 시세를 이용하여 현물 없이 투기적 약속으로만 팔고 사는 일).

5 열 열기.

6 숯진 검은.

7 본증 원래 증상.

8 담들다 '발담'은 발길이 잦은 것을 뜻함. 여기서 '담들다'는 '잦다'의 뜻인 듯.

9 걸어져서 '길이 흐려지는 것'을 뜻하는 듯.

10 최뚝길 밭두둑에 난 길.

11 사태 산사태.

12 부접 못하다 감히 가까이 사귀거나 다가서지 못하다.

13 달아오다 달려오다.

14 예수 진실한 독실한 기독교 신자인.

15 별불 별똥별.

16 중낮 대낮.

17 수목 낡은 솜으로 실을 켜서 짠 무명.

18 낙척 어렵거나 불행한 환경에 빠짐.

19 각기 충심 각기병 환자가 숨이 차고, 가슴이 답답한 것.

20 완증스럽다 성질이 억세게 고집스럽고 모질어 밉살스럽다.

21 횟집 무덤 속의 관 외곽을 싸고 있는 회 보호막을 가리킴.

22 쇠동록 쇠와 동의 녹.

봄과 신작로

＊『조광』 1939년 1월호에 발표된 작품.

1 나뭇새 남새. 곧 채소.

2 재장 살림 밑천을 마련하는 일.

3 주주길솜 솜의 종류.

4 깨끼저고리 안팎 솔기를 곱솔로 박아 지은 저고리.

5 나무러워서 마음이 섭섭하고 노여워서.

6 서재 글방.

7 면두룸이 벼슬.

8 꼬들채 머리를 묶은 꽁지. 머릿단.

9 소구루마 소달구지.

10 비양청 남을 비꼬는 투.

11 사향 냄새 여기서는 비누의 향내를 말함.

12 하부다이 원 일본어 발음은 '하부타에(はぶたえ)'로 흰 명주를 뜻함.

13 말큰하다 말랑하다.

14 곱구자루 치장하여.

15 잘망스럽다 잔망스럽다.

16 기나리 황해도. 평안도 일부에서 부르는 민요의 하나. 장단 없이 목청을 길게 뽑아 부른다.

17 판돌 다듬이돌. 여기서는 연자방아의 밑판이 되는 돌.

18 변자리 가장자리.

19 칼동 '칼등'의 오식인 듯.

20 종대 맷돌에 갈린 곡식이 나오는 꼭지.

21 날기 낟알.

22 풍구재 '풀무'의 방언.

23 자박 조각.

24 산드럽다 산뜻하다.

25 보십 보습. 곧 쟁기.

26 쫓길라기게 '쫓기느라'의 뜻.

27 돌창 '도랑창'의 준말.

28 백당 백정.

29 따지개 호되게.

30 눈섹이 눈석이, 즉 解水. 얼음이 녹은.

31 결나다 결기가 일어나다.

32 영각 소가 길게 우는 소리.

33 막코 담배의 한 종류.

34 발가집은 세워 뜬.

35 새지다 소리가 째지고 날카롭다.

36 떠놓다 터놓다.

37 강문 따져서 물음.

38 체 體. 여기서는 격식이나 틀.

39 재밤 한밤.

40 나뭇새밭 채소밭.

41 뙤불 볏짚을 태우는 불인 듯.

42 마당쓸이 마당에서 쓸어낸 것.

43 머구리 '개구리'의 함경 방언.

44 동트개 동이 트는.

45 새훤하다 훤하다.

46 굿잠 '굿'은 '구덩이'의 바뀐 말. '굿잠'은 구덩이에 빠진 듯 깊이 자는 잠.

47 채심 採心. 곧 정신을 차리어 가다듬음.

48 보손 버선.

49 대통 담배통.

50 에누다리 '넋두리'의 평안 방언.

51 부둥가리 '부지깽이'의 방언.

52 부중 부종(浮腫) 혹은 부증(浮症).

심문

*『문장(文章)』 1939년 6월호에 발표된 작품.

1 안전율 안전도.

2 방인 放人, 산야에 숨어 속세의 구속을 받지 않고 자기 뜻대로 사는 사람.

3 메스럽다 매끄럽다.

4 하오리 일본의 전통 옷.

5 다치다 닿다.

6 수주 귓불.

7 도래 여기서는 얼굴의 윤곽.

8 상덕 上德, 혹은 三德이 아닌가 함. 三德은 정직, 강(剛), 유(柔) 혹은 지(智), 인 (仁), 용(勇)을 가리킴.

9 현황히 어지럽고 당황스럽게.

10 싸라서 '싸다'는 '불을 붙이다(放火)'의 뜻이 있음.

11 소푸트 모자의 일종.

12 음모하다 음모를 꾸미다.

13 에로 그로 에로틱하고 그로테스크한 것.

14 봉고인 옛사람을 만남.

15 파뜻하다 산뜻하다.

16 유단 비로드와 같이 두터운 천.

17 비줏이 비스듬히.

18 체두리 나무 경대 유리를 감싼 나무.

19 고두터운 여기서 '고'는 '股' 즉 거울의 두 변을 가리키는 듯.

20 국살지다 주름지다.

21 째인 꽉 찬.

22 걸싸다 걸차다.

23 쿠리 '苦力' 즉 노동자를 뜻함.

24 설피다 짜거나 엮은 것이 거칠고 성기다.

25 인작 곧.

26 워커 보드카.

27 설질러 섣불리 질러

28 왼 온통.

29 모히 모르히네 즉 모르핀을 줄여 이르는 말.

30 더덮인 겹쳐 있는.

31 영마 '영마'는 '용마루'의 뜻이 있으나 여기서는 '影魔'인 듯함.

32 그로한 그로테스크한, 기괴한.

33 낙척 어렵거나 불행한 환경에 빠짐.

34 패부 '패배'의 이전 발음.

35 율제 律制, 곧 '통제'의 뜻.

36 장비 葬費, 곧 장례 비용.

37 때지다 성질이 아무져서 시키는 대로 고분고분하지 않다.

38 하나미치 花道, 극장 무대로 출입하는 통로.

39 장바닥 손바닥.

40 체관 諦觀, 곧 체념의 시선.

41 틉틉하다 텁텁하다.

장삼이사

* 『문장』 1941년 4월호에 발표된 작품.

1 목테 목도리.

2 지리가미 '휴지'의 일본어.

3 니여 이내, 곧.

4 떠들다 높이 들리다.

5 입노릇 음식을 먹는 것.

6 머루려해지고 멀려해지고.

7 허퉁하게 빈 모양을 가리킴.

8 해글러 헤집어.

9 죠샤껭 짜뾰요 일본어로 '승차권, 차표요.'

10 쯔레노 히동아 못데루노요 일본어로 '동행인 사람이 갖고 있어요.'

11 쟈, 쯔레노 히동와? 일본어로 '동행자는?'

12 하바까리 '화장실'의 일본어.

13 그러하농고 안데 '그렇게 하는 것 안 돼'를 일본식 발음으로 잘못 말한 것.

14 당사 장사.

15 성명 이름.

16 원틀루 원래, 본디.

17 소끔새 소금새, 곧 소값.

18 발명 변명.

19 목자 '목자(目)' 곧 '눈은'의 뜻.

20 이대존대 의대존대(衣帶尊待).

21 의대존대나새나요 '의대존대라니요?' 하고 반문하는 것.

22 띔떼먹게 찜쩌먹게.

23 메라나 뭐라고 하나.

24 마물다 마무리하다.

25 윌루 도리어, 오히려.

26 지뚱미루워두 미련해도.

27 도쉔다 좋습니다.

28 고마리마스네 일본어로 '곤란합니다.'

29 도모 스미마셍 일본어로 '아주 미안합니다.'

30 깔진 고운.

31 다롄 중국 랴오둥 반도의 남쪽 끝에 있는 항만 도시.

32 신경 신징. 일본이 만들었던 만주국의 수도, 현재 중국 지린 성 창춘시.

33 눈징겨보다 눈여겨보다.

34 송화 성화. 애를 먹임.

35 보숭이 보생이. 고물. 인절미나 경단에 뿌리는 팥이나 깨 등의 가루.

36 돌아먹다 살아오다.

37 오사꾸 작부. 혹은 술을 따름.

38 쯔라이 시쓰렝 일본어로 '괴로운 실연, 쓴 실연.'

39 나니 와께나이요 일본어로 '뭐라고, 그럴 이유가 없다.'

40 잇쇼니 나루 일본어로 '함께하다.'

41 고이비도 일본어로 '연인.'

42 소랴아 일본어로 '그것은.'

43 기미 일본어로 '너.'

44 앗사리 원래 뜻은 '담백한.'

45 비우쌀 도케 비윗살 좋게.

46 가노죠 일본어로 '그 여자.'

47 뎅까노 가루보쟈나이까 일본어로 '천하의 갈보가 아닌가.' '갈보'는 우리말임. 따라서 '갈보'와 일본어를 합성한 것.

48 사이나라 사요나라, 곧 헤어질 때 쓰는 일본어. '사이나라'로 발음하기도 함.

49 때진 독한.

50 트리 같이 공모를 하다. 짜다.

51 반갑갔게 반가울 것이기에.

맥령

*『맥령』(문화전선사, 1941)에 수록된 작품.

1 등떠보다 떠보다.

2 불래미 불러먹기. 밤중에 남의 집에 가서 주인을 불러내어 재물을 강탈하거나 또는 협박장을 보내어서 재물을 빼앗는 짓.

3 시울다 눈이 부셔서 바로 보기가 거북하다.

4 재하자 아래에 있는 사람. 힘이 없는 사람.

5 샛단 짚 묶음.

6 말바로 말 그대로 정확하게, 또는 사실 그대로.

7 치까슬고 모욕을 주고 괴롭힌다는 뜻.

8 충승도 오키나와.

9 우왁지다 완강하다.

10 통지고 굴곡이 없이 '통짜'인.

11 동탁하다 씻은 듯이 깨끗하다.

12 올물 올뭇. 주택이나 사업장 같은 데서 필요한 제반 시설.

13 밭다 여기서는 '없다'의 뜻.

14 고자리 고드름.

15 개똥차무깨 개똥참외.

16 걸싸다 걸차다.

17 벼슬 자국 닭 볏과 같이 피부가 일어선 모양.

18 디린 지린.

19 상게두 아직도.

20 갈 추수.

21 즐거쟁이 '즐거'는 '질러' '앞당겨' '미리'의 뜻. 앞당겨 보리를 베는 것.

22 맥나다 맥빠지다.

23 한보자락 넓이를 나타내는 표현.

24 잡도리 단단히 준비하거나 대책을 세움. 또는 그 대책.

25 니라마레루조 '감시를 받는다'는 뜻의 일본어.

26 초대 어떤 일에 경험이 없이 처음으로 하는 사람.

27 니어 곧.

28 텅깐 '헛간'의 평북 방언.

29 넝개 너새. 너와, 혹은 넝애. 지붕을 덮는 물건.

30 인반 이웃.

31 타장 타작마당.

32 소연하다 시끄럽다.

33 날쿼서 날을 살려서.

34 사리다 국수, 새끼, 실 따위를 동그랗게 포개어 감다.

35 넝이 이엉이는 짚단.

36 모숨 한 줌 안에 들어올 만한 분량의 길고 가느다란 물건.

37 넝이는~츠니까나 이엉의 짚이 골라야 비가 새지 않는다는 뜻.

38 타발 무엇을 불평스레 여겨 투덜거림.

39 짚기스름 짚의 가장자리, 혹은 짚의 기음.

40 출출하다 보기에 싱싱하여 질이 좋다. (함경 방언)

41 오력 오금.

42 탐센 욕심이 많은, 적극적인.

43 가득이 '가뜩이나'의 뜻인 듯.

44 부루 상추의 씨.

45 개구장 개천.

46 기경 논밭을 갊.

47 오랑논 좁은 논. 땅이 얼마 되지 않음을 뜻함.

48 흥아라 부아라 '승강이를 한다'는 뜻.

49 모으로 모양으로.

50 재세 어떤 힘이나 세력 따위를 믿고 교만하게 굶.

51 겸처 더불어.

52 백실 밑천까지 죄다 잃음.

53 공품 아무 보람 없이 들이는 품.

54 북데기 탈곡을 하고 남은 볏대 뭉텅이.

55 용수 수단을 부리는 것, 혹은 그 수단.

56 따지개 따지기. 이른 봄 얼었던 흙이 풀리려 할 때.

57 눈섹이 눈석이, 곧 해빙.

58 곁이소 일을 도우는 소.

59 생의 生意. 생심.

60 발땀 발길.

61 수돌 '水突'인 듯. 즉 수도(水道)의 뜻.

62 소바리 소의 등에 짐을 싣고 나르는 일 또는 그 짐.

63 개부심 장마로 큰물이 난 뒤, 한동안 쉬었다가 다시 퍼붓는 비가 명개를 부시어 냄.

64 재밤중 한밤중.

65 반개통밖에 반밖에.

66 허턱 허겁지겁, 빨리.

67 정강노리 정강이 근처.

68 부대 화전.

69 뽐가웃 뼘이 되는.

70 동당 홍당. 당추(댕추)는 평안도 방언으로 고추를 뜻함. 당추장은 고추장임.

71 소방이 전혀.

72 따지개머리 봄이 와서 땅이 풀릴 무렵.

73 건병 꾀병.

74 충승본도 오키나와의 본 섬.

75 니약 이악.

76 개굴 개구(開口)를. 곧 입을 연다, 말을 한다는 뜻.

77 청간 請簡, 청하는 편지.

78 방치 '다듬잇방망이'의 평양 방언.

79 테내쫓아두 때려 쫓아도.

80 적은이 '아랫사람'을 가리킴.

81 주머구질 주먹질.

82 드림 현수막.

83 어드르누라구 어떻게 하려고.

84 산모두리 산모퉁이.

85 역겨운 '기쁜'의 뜻인 듯.

86 새겨가다 없애가다.

87 오세객 예전에 세상을 업신여기고 자기의 주장으로 도도히 살면서 돌아다니던 사람.

88 설기 도래 '설기'는 고명을 넣지 않고 아무렇게나 만든 떡. '도래'는 둥근 물건의 주위.

89 해양한 양지바른.

90 인접 引接 여기서는 결혼식장의 '안내'를 말함.

91 키이다 마음에 들거나 내키다. 마음에 걸리다.

92 튀전 투전.

93 소리채 산나물의 한 종류.

94 넘은트리 여기서 '트리'는 '망가졌다'는 뜻.

95 날새 날아다니는 새.

96 어궁하다 말이 막히고 궁하다.

97 마뜩이 제법 마음에 들게.

98 동정가래질 길 가장자리를 정리하는 가래질.

한 모더니스트의 행로
──최명익의 소설 세계

신형기

1. 독서의 전제

'현대'의 문제들을 지식인의 분열된 내면을 통해 그려내었으며 새로운 형식화를 시도한 식민지 시대의 최명익(崔明翊)은 1930년대 모더니스트 가운데 하나로 간주되어왔다. 특히 하얼빈을 무대로 아편 중독자가 된 과거의 운동가와 만나는 「심문(心紋)」(1939)은 흔히 이상(李箱)의 「날개」(1936)에 비견되었고, 삼등 객차 안 풍경을 소격된 시선으로 묘사한 「장삼이사(張三李四)」(1941)의 정교한 sophisticate 형식 역시 주목을 받았다.

그러나 해방 후 평양에 '눌러앉은' 최명익은 토지개혁(1946년 3월)이 이루어진 뒤 발표한 「맥령(麥嶺)」(1947)의 작가적 주인공을 통해 자신이 인민(민중)을 외면하고 지식인의 어두운 자의식 속에 갇혀 있었다고 스스로 비판한다. 이제 새 시대는 인민의 시대여야 했으니, 그 또한 인민을 위한 인민의 작가로 거듭나야 했다. 그는 더 이상 모더니스트일 수 없게 된 것이다. 그의 변모는 해방 후의 정치적 상황에 의해 강제된 것일 수도 있지만 어떤 내적 계기를 갖는 것일 수도 있다. 만약 그렇다면 최명익이 식민지 시대에 쓴 소설은 그의 변모를 예고하는 것으로도 읽을 수 있지 않을까 싶다.

2. 죽음과 속도, 그리고 파국의 예감

1930년대부터 40년대 초 사이에 발표되는 최명익의 소설들에는 흔히 치명적인 병에 걸리거나 죽음을 맞는 인물들이 등장한다. '돈을 모아 남같이 사는' 행복을 설교하던 사진사(「비 오는 길」, 1936)는 어이없이 급사하고 「무성격자」(1937)의 주인공은 각각 결핵과 위암에 걸린 애인과 아버지의 죽음을 기다린다. 운전수에게 농락당한 농촌 색시(「봄과 신작로」, 1939) 또한 성병에 걸려 쓰러지며, 아편 중독자로 전락한 과거의 좌익 운동가를 따르던 비련의 여인(「심문」)은 갱생의 길을 마다하고 자살을 택한다. 식민지 시대의 작가들은 흔히 병과 죽음을 그려내었지만 최명익에게 그것은 떨칠 수 없는 주제였다. 인물들의 병과 죽음은 현대의 황폐함을 증언하는 것이었다. 최명익은 자신의 시대가 파국을 향해 치닫고 있다는 절망적인 위기의식으로부터 한시도 자유로울 수 없었다고 보인다.

신원 보증인을 구하지 못해 의심 많은 주인에게 시달리면서 밤으로는 도스토예프스키를 읽는 공장 사무원 '병일'이 우연히 세속적이고 낙천적인 사진사를 만나는 「비 오는 길」의 무대는 하루가 다르게 모습이 바뀌는 분망한 거리〔街〕다. 오래된 성벽을 '무찌르고' 신작로가 뚫리는가 하면 부동산 소개소가 생기고 사라지는 이 도시는 상업 지역이 일로 팽창하는 한편 '고분(古墳)과 같은' 구(舊) 시가가 공존하는 불균등하고 무질서한 공간이다.[1] 병일의 일상이란 얼음판이었다가 진창과 개천이 되는, 잠시만 방심해도 '영양이 부족한' 아이들의 똥을 밟아야 하는 골목길을 시계추처럼 오가야 하는 것이다. 이 음울한 만보객flâneur에게 딱히 흥미로운 관찰거리는 없다. 그는 홀로 책과 마주하는 밤 시간에만 삶의 보람을 느낄 뿐이다. 거리의 사람들은 '노방(路傍)의 타인'에 불과하다.

병일은 비를 긋기 위해 들어선 처마 아래서 마침 쇼윈도를 청소하던 사진사와 유리창을 격하여 마주치는데, 그의 얼굴은 이미 '산 사람의 얼굴이 아니었다'("그의 미간에 칼자국같이 깊이 잡힌 한 줄기의 주름살과 구둣솔을 잘라 붙인 듯한 거친 눈썹과 인중에 먹물같이 흐른 커다란 코 그림자는 산 사람의 얼굴이라기보다 얼굴의 윤곽을 도려낸 백지판에 모필로 한 획씩 먹물을 칠한 것같이 보였다"). 사진사의 얼굴을 죽은 얼굴로 만드는 것은 쇼윈도의 불빛── '광선

---

1 소설의 무대가 되는 도시는 평양이다. 그러나 식민지 시대에 씌어진 소설에서 이러한 지역성은 큰 의미를 갖지 않는다. 그가 평양을 '향토'로 그리기 시작하는 것은 해방 이후다.

의 희화화(戯畫化)'다. 그런데 쇼윈도의 불빛이야말로 도시를 도시이게끔 하는 것이 아니던가. 칙칙한 골목길 저편의, 숱한 인총(人叢)이 들끓는 "휘황한 전등의 시가"는 행복과 성공의 환상이 명멸하는 곳이기도 했다. 과연 병일과 마주한 사진사는 '소사'로부터 조수를 거쳐 이제 어엿한 사진관을 운영하게 된 자신을 대견해하며 '돈을 모아 장가를 들어 남같이 사는 재미'를 설교한다. 그러나 병일에게 사진사가 말하는 '사람 사는 재미'는 역겨운 것이다. 그것은 지루하게 고역이 반복되는 곤비(困憊)한 일상의 속임수일 것이기 때문이다.

병일은 "아이들의 울음소리와 여인들의 잠꼬대"가 들리는, "더러운 이불 밖"으로 삐져나온 "마른 지렁이 같은 늙은이의 팔다리"를 보아야 하는 골목을 지나며, "이것이 사람 사는 재미냐? 흥, 청개구리의 뱃가죽 같은 놈!" 하고 침을 뱉는다. 사진사의 행복론이 대중소비사회의 환영이라면, 곤비한 일상은 이 환영을 비웃는 일방 또한 그것을 생산하는 것이었다. 그리고 일상이 성공을 허락하지 않을 것이었다면, 이 환영은 족쇄거나 굴레였다. 사진사를 향한 경멸은 이런 일상의 환영과 그것을 생산하는 쇼윈도로서의 도시를 향한 경멸이기도 했다. 청개구리의 뱃가죽으로 표현된 미끈거리는 것에 대한 역겨움은 세속적 욕망의 점착성(粘着性)에 대한 저항의 표현일 것이다. 사진사와의 만남은 지속될 수 없었다. 사진사와 소원해진 지 얼마 지나지 않은 어느 날 병일은 장질부사로 죽은 사망자 명단에서 사진사의 이름을 발견한다. '곧 집 한 채는 마련할 자신이 있다'던 사진사는 유행병에 쓰러진 것이다. 누구도 예측하지 못한 그의 어이없는 죽음은 무자비한 변화가 진행되는 도시 도처에서 일어나는 사소한 사건의 하나일 따름이다. 쇼윈도의 불빛은 결국 죽음의 시선이었던 것이다. 병일은 그간 사진사와 만나느라 책과 마주하는, "내 마음대로 할 수 있는 시간"을 빼앗겼다고 생각한다. 그는 사진사를 조상(弔喪)하지 않는다. 그가 책상 앞으로 돌아왔듯 사진사는 '노방의 타인'으로 돌아간 것이기 때문이다. '노방의 타인은 언제까지나 노방의 타인이어야 한다'고 생각하며 병일은 내심 "더욱 독서에 강행군을 하리라" 다짐한다.

자신만의 독서의 시간과 불안한 일상 사이를 들고나는 병일의 처지는 문화적으로 소외되어 있고 현실에서는 역시 어떤 신원 보증인도 내세울 수 없는 식민지 지식인의 그것을 연상시킨다. 그에게 도시의 변화는 어지러운 만큼 권태로운 것이다. 일상은 쉼 없이 행복과 성공의 환상을 생산하지만 또 이를 통해 어떤 꿈도 가질 수 없게 하는 완고한 '역사의 하부 infra'다. 성공을 꿈꾸는 사진사는 책 살 돈을 저축해 생활에 투자하라고 하였지만 병일에게 독서는 이 도시(사진사들로 가득 찬)의 진부한 일상으로부터 정신의 주권을 지키려는 고통스런 농성(籠城)과 같은 것이다. 『백치(白痴)』를 읽다가 깜빡 잠이 든 그는 도스토예프스키가 기침 끝에 혈담을 뱉는 꿈을 꾼다. '혈담의 비말을 수염 끝에 묻힌 채 혼몽해져서 의자에 기대어 눈을 감은 도스토예프스키'는 고뇌하는 모더니스트의 자화상일 것이다.

최명익의 소설에서 작가적 인물들은 소진의 운명을 관조하는 역할을 한다. 그들은 소극적이고 또 소외되어 있는데, 이는 관조의 거점이기도 하다. 교장 자리를 놓고 벌어지는 갈등과 알력의 과정을 그린 「역설」의 주인공 '문일'은 금력과 수완이 판치는 세태에 두려움을 느끼며 '자존심과 결벽성을 지키기 위해' 스스로 물러서 몸을 사린다. 무력을 시인한 그는 대신 동요하지 않는 정적(靜寂)의 시선을 확보한다. "이렇게 들리는 소리도 없고 아무런 생각도 없이 텅 빈 머리로 그리 맑은 하늘을 바라보고 있으면 얼마든지 이렇게 앉아 있을 것 같았다." 자신을 말소시킨 부재(不在)의 순간이 무시간적 일탈을 상상하게 하는 것이다. 시신이 다 된 아버지의 항문으로 영양물을 부어넣고 배설물을 처리하는 '정일'(「무성격자」)이 보이는 의식(儀式)적 경건함 역시 관조의 자세에서 비롯되는 것이다. 그러나 그 무엇도 붙잡아둘 수 없다면 관조의 시선이 역설적으로 부각하는 것은 변화의 속도다. 눈을 감은 도스토예프스키가 풍기는 나른한 절망감은 사실 파괴적 속도에 대한 절망감일 수 있었다.

속도는 모더니티의 핵심이다. 모더니티란 질적으로 새로운, 스스로를 부정하고 갱신하는 시간성으로서의 당대성 contemporaneity을 끊임없이 생산하는 것이다.[2] 이 변화의 속도는 익숙하던 것을 불시에 먼 과거의 것으로 만든다. 소진은 불가피해진다. 죽음은 무심한 속도에 의해 재촉되는 소진의 양상일 것이다.

---

2 Peter Osborne, *The Politics of Time*, Verso, 1995, p. 14.

속도의 작용은 최명익의 소설이 빈번히 그리고 있는 기차 여행의 경험에서 인상적으로 드러난다. 여기서 기차는 돌이킬 수 없는 속도의 객관적 상관물이다. 질주하는 기차는 무자비하게 풍경을 뒤로 밀어내며, 밀려난 풍경들은 이내 멀리로 흐트러진다. 이러한 속도의 파괴성은 사진사가 급사해야 하는 이유이고, 그의 죽음이 특별한 사건일 수 없는 이유이기도 하다. '일정한 직업도 주소도 없이' 마음의 방랑을 시작한 '나'가 하얼빈을 찾는 「심문」은 다음과 같이 '속도의 망상'을 묘사하는 것으로 시작된다.

시속 오십 몇 킬로라는 특급 차창 밖에는, 다리쉼을 할 만한 정거장도 역시 흘러갈 뿐이었다. 산, 들, 강, 작은 동리, 전선주, 꽤 길게 평행한 신작로의 행인과 소와 말. 그렇게 빨리 흘러가는 푼수로는, 우리가 지나친, 공간과 시간 저편 뒤에 가로막힌 어떤 장벽이 있다면, 그것들은, 캔버스 위의 한 터치 또 한 터치의 오일같이 거기에 부딪혀서 농후한 한 폭 그림이 될 것이나 아닐까? 고 나는 그러한 망상의 그림을 눈앞에 그리며 흘러갔다. 간혹 맞은편 플랫폼에, 부풀 듯이 사람을 가득 실은 열차가 서 있기도 하였다. 그러나 무시하고 걸핏걸핏 지나치고 마는 이 창밖의 그것들은, 비질 자국 새로운 플랫폼이나 정연히 빛나는 궤도나 다 흐트러진 폐허 같고, 방금 브레이크 되고 남은 관성과 새 정력으로 피스톤이 들먹거리는 차체도 폐물 같고, 그러한 차체에 빈틈없이 나붙은 얼굴까지도 어중이떠중이 뭉친 조난자같이 보이는 것이고, 그 역시 내가 지나친 공간 시간 저편 뒤에 가로막힌 캔버스 위에 한 터치로 붙어버릴 것같이 생각되었다.

일말의 주저나 두려움 없이 질주하는 속도는 눈앞에 닥쳐오는 모든 것을 저편으로 '흘러가게' 만든다. 속도가 남기는 것은 폐허이며 조난자들이다. 이렇게 볼 때 폐허와 조난자들을 버리고 달려가는 기차는 당대성의 은유가 된다. 이 은유는 "좌익 이론의 헤게모니를 잡았던" 과거의 젊은 투사 '현혁'이 아편 연기에 찌든 폐인이 되고, 그를 흠모하던 여학생 여옥이 역시 아편 중독자로 전락한 끝에 마침내 자살하고 마는 사정을 설명해준다. 새로운 당대성은 이미 그들을 지나쳐 갔던 것이다. 더 이상 혁명적일 수 없으므로 그들은 분열되고 파괴될 수밖에 없다. 아편은 분열의 표지로서 폐허 속에 던져진 '조난자'들의 자기 파괴적인 안식처였던 셈이다.

질주가 종내 파국에 이를 것이라면 속도는 절망적인 것이다. 더구나 속도는 끊임없이 폐허와 조난자들을 만드는 것이 아니던가. 기차는 앞을 향해 달려가지만 폐허와 조난자들이 그 속도로 따라붙는 상황은 미래에 대한 예견과 기대 또한 불가능해진 상황이었다. 파국을 향해 치닫는 절망적인 속도는 이미 미래를 종결시킨 것이다. 그렇다면 미래를 예언한다는 것 자체가 어불성설이 된다. '세계관'을 버리고 아편에 빠진 현혁은 자신이 믿었던 '진리'가 하나의 허구에 불과했음을 토로한다. 한때 진리가 약속하는 미래의 복음을 전하던 그에게 이제 역사란 합법칙적으로 전개될 과정이 아니었다. 소설이 전하는 '중독의 변'에 의하면 그의 '타락'은 예측과 기대를 거부하는, 오직 결과로서만 드러나는 역사에 대한 자포자기를 시위하는 방식이었다.

[······] 역사적 결론의 예측이나 이상은 언제나 역사적으로 그 오류가 증명되어왔고 진리는 오직 과거로만 입증되는 것이므로, 현재나 더욱이 미래에는 있을 수 없다는 것이다. 그러므로 사람의 생활은 그런 이상을 목표로 한다거나, 그런 진리라는 관념의 율제를 받아야 할 의무도 없을 것이요 따라서 엄숙하랄 것도 없다는 것이다. 그뿐 아니라 사람은 허무한 미래로 사색적 모험을 하기보다도 거짓 없는 과거로 향하는 것이 현명하다는 것이다. 그러기에는 아편 연기 속에서 지난 꿈을 전망하는 것이 얼마나 황홀하고 행복스러운지 모른다고 하며 현은 여옥에게도 마약을 권하였다는 것이다.

'아편 연기 속에서 꾸는 꿈'—주관적 망상은 진리에 대한 믿음을 부정하는 것이고 따라서 그에 근거한 사회적 유대 역시 조롱거리로 만드는 것이다. 이제 현혁이 볼 때 역사를 주재하는 이성적 중심 따위는 애당초 없었다. 질주의 시간은 예정된 코스를 달리는 것이 아니었다. 필연적으로 다가올 미래를 말하는 '진리'의 엄숙함이란 한갓 관념의 '율제'거나 억압의 수단에 불과했다. 그는 그런 진리를 과감히 내팽개친 것이다. 현이 아편 연기 속의 황홀한 망상에 탐닉하는 것은 역사로부터의 소외를 인정한 결과일 뿐 아니라 역사에 대한 이해 가능성 자체를 부정하는 행위다. 그가 돌아가려 한다는 '거짓 없는 과거' 또한 '꿈'의 일종일 뿐이므로, 현재와의 어떤 유기적 관련도 갖기 어려운 것이었다. '객관적' 역사에 대한 믿음을 허무한 것으로 단언하고 역사적 실재와 인식 주체의 화해 내지 합의의 가능성을 단호하게 거부하는 것으로 현은 모더니스트의 입장을 대변한다.

현에게 역사는 시작도 끝도 없는 심연(深淵)과 같은 것이고 종말은 매 순간에 내재하는 것이었다. 속도가 남기는 폐허 속에 던져진 현은 파괴된 자신을 스스로 목도함으로써 문득 종말에 다가선다. 그는 낙오자로서 역설적이게도 질주의 끝에 이른 것이다. 그것이 바로 모더니스트의 정신적 출발점이자 귀환의 장소였다. 모더니스트는 이런 입장에서 역사와 현실에 대한 전유의 형식을 포기하게 마련이었다. 왜냐하면 이 종말은 어떤 수미일관한 줄거리를 갖는 것이 아니었기 때문이다. 그는 개별로 돌아가고 내면을 참조할 수밖에 없었다. 이로써 '새로운 형식'은 불가피했다.

3. 불균등성[3]의 비극

최명익에게 도시는 죽음의 진원지다. 「봄과 신작로」에서 역시 죽음은 "밤이 깊어가도 새훤한 화광이 서리는 그곳," 도시로부터

---

3 불균등성은 다른 시간과 공간이 중첩됨으로써 나타나는 이종적(異種的)인 접합 현상을 가리킨다. 외래적인 것과 토착적인 것의 '엽기적인' 뒤섞임은 불균등성의 일반적이고 특징적인 양상이 아닐까 한다.

닥쳐온 것이다. 농촌 색시 '금녀'는 우물가에서 만나는 운전수의 '알락달락한 하이칼라 손수건'에 끌린다. 그녀는 자동차를 타고 신작로를 달려 평양의 '사꾸라'를 보고 싶어한다("얼마나 훌륭하갔네 글쎄. 신작로루 내내 가문 피양(평양)인데 사꾸라래나? 요좀이 한창이래 애"). 그녀가 운전수의 꾐에 넘어가는 것은 즐겁고 화려한 도시 생활을 꿈꾸었기 때문이다. 그러나 운전수와 함께 평양에 가서 산다는 그녀의 막연한 기대는 이내 깨어지고 만다. 운전수가 집요하고 '무섭게' 그저 자신의 욕심만을 채우려 들었기 때문이다. 도시의 욕망을 매개하는 운전수는 금녀를 죽게 하는 사신(死神)의 역할을 한다. 그녀는 질주하는 자동차에 동승할 수 없었던 것이고 자동차(운전수)는 그녀를 짓밟고 지나쳐 간 것이다. 그녀에게 다만 남겨지는 것은 운전수가 옮긴, 훼손의 치명적 표식으로서의 성병이다. 성병에 걸려 쓰러진 금녀의 죽음은 "본시 아메리카의 소산이라는" 아카시아 껍질을 먹은 송아지의 갑작스러운 죽음과 겹쳐진다. 농촌 색시 금녀가 도시의 유혹에 넘어가 죽는 것처럼 송아지의 돌연사 역시 이국종(異國種) 아카시아가 들어온 결과였다.

이 소설은 도시에 의해 유린되는 농촌의 운명을 그린 것이지만 '사악한' 도시와 '순박한' 농촌이라는 이분적 대립을 제시하고 있지는 않다. 무구(無垢)한 희생자임에도 불구하고 금녀가 농촌의 가치를 구현하는 것은 아니다. 도시의 유혹에 넘어간 그녀에게 농촌은 자족적이고 유기적인 공동체라기보다 인습의 무게와 지루한 노역에 시달려야 하는 희망 없는 변두리일 뿐이다. 도시는 변

두리를 생산하고 변두리의 삶을 뒤흔들어놓았다. 질주하는 도시
와 뒤처져 '폐허'가 되어가는 변두리 사이의 불균등한 격차는 이
드라마의 배경이 된다. 금녀의 꿈과 운전수의 속셈은 처음부터
어긋나 있었다. 금녀는 '오해'를 한 것이다. 금녀의 오해가 도시와
농촌의 불균등한 격차로부터 비롯된 것이라면, 그것은 모더니티
가 연출한 깊은 균열의 은유로 읽힌다. 성병에 걸린 금녀가 자신
의 문제를 해결할 가능성은 없다. 그녀는 누구에게도 사실을 말
하지 못하며 도움을 청하지도 못한다. 지켜야 할 공동체의 가치
란 것이 사라져 돌아갈 터전을 잃었을 뿐 아니라, 새로운 충격을
받아들일 준비나 역량 또한 부재한 상황은 그녀가 병을 치료할
시도조차 하지 못하고 급작스레 죽어야 하는 진정한 이유였다.
금녀의 죽음은 다른 시간과 공간이 부딪치며 중첩되는 과정의 폭
력성을 증언한다. 게다가 아카시아 껍질을 먹은 송아지의 죽음에
이어짐으로써, 모더니티를 생산하는 헤게모니를 쥔 '아메리카'와
의 불균등한 만남이 이 비극의 배경임을 주장한다.

　세계적인 공황으로 시작되는 1930년대는 경제적 자유주의의 이
상이 새로운 대체적 체제로 자리를 잡은 파시즘과 사회주의(모두
전체주의의 양상을 보인)에 의해 부정되었던 '대전환 Great
transition'⁴의 시기였다. 국가 중심의 새로운 경제 형태는 나름대

---

4 폴라니는 1930년대를 자유주의 국가가 전체주의적 독재로 교체된 '세계 혁명'의
　시기로 보았다. 자유 시장에 기초한 생산은 국가 중심의 새로운 경제 형태—예
　를 들어 나치 독일의 국가 사회주의와 스탈린주의적 사회주의 경제, 그리고 뉴딜

로 자본주의의 위기를 해결하려는 경제적 진작을 꾀했다. 식민지 조선에서도 중일전쟁 이후의 전시 경제 체제는 기계와 중공업을 위시한 '시국(時局) 산업'의 확충 및 그에 따른 고용의 증대를 가져왔으니,[5] 이른바 '만주 특수(特需)'와 더불어 소비적인 경기 또한 크게 일어났던 것이다. 최명익은 학교 교원실에까지 '투기적인 토지 경기와 주식 이야기, 일확천금의 배금 사상'이 밀려드는 세태를 비판(「역설」)하고 있는데, 이는 중일전쟁을 전후한 1930년대 후반의 전시 경제의 흥성(興盛)과 관련된 것으로 보인다. 중일전쟁은 일본이 장차 벌어질 미증유의 세계 전쟁에 뛰어드는 발단이 되거니와, 전시 경제의 요란한 기적 소리는 이미 전면적 총력전을 고무하는 구호였다. 이로써 국민의 조직화 내지는 정신적 통합이 강력히 요구되었던 것이다.

모두가 국민으로 귀속되어야 한다는 전체주의의 명령은 모두가 자본 내지 상품 형식에 의해 동일화되는 대중적 용해(溶解) 과정을 부정하는 것이 아니었다. 오히려 대중이 없이는 국민의 호출도 불가능했을 것이다. 그러나 총력전 체제의 부식(扶植)과 더불어 국민은 흔히 도덕적 쇄신(刷新)의 주체로 기대되었다. 이제 국

정책을 시행한 규제형 자본주의로 전환되었다는 것이다. 경제적 자유주의의 교리를 무시한 파시즘과 사회주의는 시장 경제나 산업사회의 문제점을 해결할 수 있는 대안으로 여겨졌다. Karl Polanyi, *The Great Transformation*, Rinehart & Company, Inc., 1944, pp. 20~29.

5 Soon-Won Park, "Colonial Industrial Growth and the Working Class," *Colonial Modernity in Korea*, Gi-Wook Shin and Michael Robinson, editors, Harvard University Asia Center, 1999, pp. 141, 143.

민은 '서구화가 초래한 병증을 제거하고 치유하기 위한 전쟁'[6]에 나서야 했다. 대중소비사회를 주도한 아메리카의 자유주의(혹은 자본주의적 개인주의)는 어느덧 멀리해야 할 서구의 병폐이자 초극해야 할 근대의 부정면이 된다. 도덕적 쇄신은 모더니티가 초래한 불균등성을 정신적으로 극복함으로써 확인될 것이었다. 이른바 '근대 초극 논의'[7]로 모아지는 이런 생각과 입장들에는 편차가 없지 않았지만, 전통적 가치를 되살리는 변혁을 꾀하고 이로써 동양과 서양을 공히 지양하는 세계사의 신국면을 열고자 한다는 것이 이 논의의 대략적 주제이자 귀결점이었다고 말할 수 있다. 국민의 도덕적 쇄신은 새로운 시대와 세계를 전망하는 단서이고 토대가 될 것이었다. 하지만 이런 도덕적 세계화의 구상은 전체주의를 수용하는 구실이 되었다.

최명익을 모더니스트이게끔 한 것은 끊임없이 갱신되는 당대성에 대한 감각이고 그 무대로서의 도시였지만, '아메리카'가 주도한 전지구적 혼성화(混性化) 과정이라든가 모더니티의 동력으로서의 자본주의에 대해 그는 비판적이었다. 모든 것을 폐허로 만드는 속도의 파괴성은 실로 그가 떨칠 수 없었던 주제였다. 금녀

---

6 Harry Harootunian, *Overcome by Modernity: History, Culture, and Community in Interwar Japan*, Princeton University Press, 2000, p. 35.

7 '근대의 초극'이란 西谷啓治, 林房雄, 小林秀雄 등이 1942년 7월 23~24일에 걸쳐 진행한 좌담회의 주제였다(『文學界』, 1942. 9~10). 서구가 이끈 근대를 넘어서 세계사의 새로운 지평을 연다는 취지를 갖는 '근대의 초극'은 태평양전쟁 중 일본 지식인들을 사로잡은 유행어가 된다.

의 죽음──불균등성의 비극은 이러한 관점에서 그려졌다. 그러나 최명익이 금녀가 살아날 방도에 대해 관심을 가졌던 것은 아니다. 적어도 이 소설에서 작가는 전통적 가치나 향토에 근거한 특별한 심성을 기대하지 않았으며 공동체의 회복을 외치지도 않았다. 마을 사람들은 '자동차를 타고 온 병' 앞에 속수무책일 따름이다. 모더니티가 연출한 이 비극은 다만 '연민과 공포'를 자아내며 끝난다. 그는 아메리카 내지는 서구를 '새로운 병'의 발원지로 그렸지만 그것을 물리칠 '전통적 가치나 동양적 도덕을 통한 종합'의 구상은 그의 관심 밖에 있었다. '종합'의 가능성을 염두에 두지 않았다면 그가 불균등성을 거의 운명적인 것으로 여기고 있었으리라는 추측도 가능하다. 사실 질주하는 모더니티가 초래한 속도의 차이로서의 불균등성은 모더니티의 '진정한' 주체일 자본이 작동하는 토대이자 결과인 한 쉽게 해결될 문제가 아니었다. 금녀의 죽음은 불균등한 격차가 반복될 역사를 예고하는 것이었는지 모른다.

4. 쇄신의 꿈

최명익이 해방 후 발표하는 「맥령」은 허구적 소설이지만 그가 해방을 계기로 작가적 입장의 전환을 표명하기에 이르는 과정을 기술한 자기 고백이기도 하다. 「맥령」의 이야기가 시작되는 배경은 평양의 어느 중학교 교원이자 작가인 '상진'이 '소개(疏開) 삼아 이사를 한' 농촌인데, 그곳에서 상진은 일제의 징병 대상이 된 '젊은 동포'들에게 연민과 안타까움을 느끼기도 하고 '살인적인' 공출에 허덕이는 농민들의 힘든 사정을 구체적으로 목도하기도 한다. 그 가운데서 그가 발견하는 것은 어떤 어려움도 이겨낼 씩씩하고 진취적인 '인갑'이라든가 갖은 핍박 속에 살아왔지만 노동으로 체득한 현명함과 경자(耕者)의 도덕적 진정성을 갖는 '쥠손이영감'과 같은 농민이다. 상진은 이미 인갑에게서 새 시대의 단초를 본다("아, 이 젊은 농민! 그의 현실을 정확히 보는 눈과 제 위치에 대한 명백한 자각――그것은 멀지 않은 장래에 새 역사의 창조를 암시하는 것이 아닐까?"). 그리고 이런 인갑은 상진에게 다음과 같이 묻는다. "데 김일성 부대는 상게두 백두산에서 왜놈하구 싸우갔디요?" 이 예비 신인간(新人間)이 김일성 부대를 찾아가겠다고 다짐하고, 그를 고무하는 상진이 김일성을 민족의 자유와 해방을 위해 싸우는 영웅으로 부르며, "김일성 하나가 있으므로 우리는 염치없는 민족이 아닐 수 있"다고 말하는 부분은 물론 이 소설이 씌어진 시기를 참조하여 읽어야 할 것이다.

　해방의 감격과 건국의 과정을 서술하는 데 이르면 과연 인갑이며 쥠손이영감은 '못쓰게 되었던 우리 땅을 다시 살리는' 사업에 앞장서고 있다. 토지개혁은 국토를 갱생케 하는 역사적 전기였으니, 땅을 살림으로써 거듭날 것은 땅만이 아니었다. 인갑이나 쥠손이영감이 갖는 긍정적 품성은 농촌의 '전통적 가치'에 근거하는 것일 터이나, 그들을 새 시대의 진보적 인민이게끔 한 것은 토지개혁이었다. 즉 토지를 농민에게 나누어준 (사회주의적) 개혁이

전통적 가치와 결합하여 국토와 인간을 바꾸는 쇄신과 건설의 동력을 마련한 것이다. 토지개혁을 시행한 정권은 이로써 도덕성을 획득하거니와, 그것이 농민의 긍정적 품성을 발양시켰다면 이 정권은 민족적 전통(긍정적 품성의 터전이 되는)을 미래의 것으로 만들고, 정신에 의해 통합된 도덕적 국가상을 제시한 것이다. 새로이 건설될 국가는 마땅히 '부도덕한' 자본주의의 시간을 벗어나야 했다. 전면적 쇄신은 새로운 시대적 과제가 된다. 이제 작가 역시 더 이상 분열을 드러내거나 비관적인 우수에 빠져 있어서는 안 되었다. 인민과 하나가 되는 것은 새 역사 안에 자신을 놓는 방식이었다.

모더니스트 최명익에게 역사는 어떤 전망도 불허하는 것이었다. 그러나 역사가 드디어 목적telos을 갖는 것으로 드러나는 순간 그는 황홀하지 않을 수 없었을 것이다. 그는 절망과 소외를 이기는 길을 택했다. 더구나 새 역사는 오롯한 민족의 시간을 확보해줄 것으로 기대되지 않았던가.

그러나 북한에서 인민의 의지는 '인민의 지도자'를 절대적 숭배의 대상으로 만듦으로써, 국가 폭력이 관철되는 경로가 되었다. 인민들의 오롯한 결합이 자본과 서구를 배제한 민족의 시간을 바로 세울 것이라는 기대와는 달리 북한은 편집적인 고립과 폐쇄의 길을 걸었다. 오직 결과로서 말할 뿐인 '무정한' 역사 앞에서 참담해했던 작가를 이끌어낸 쇄신의 꿈은 결국 기만으로 드러났다고 말할 수밖에 없다. 모더니스트의 '혜안'을 버릴 때 모더니티를 문제화하는 것은 불가능했다. 모더니티와의 대결은 모더니티가 초래한 불균등한 균열들을 정시함으로써 가능했던 것이 아닐까? 최명익의 행로는 다시금 모더니티가 무엇인가 하는 물음을 던진다.

▌작가 연보

1902년(1세) 7월 15일 평남 강서군 증산면 고산리에서 부유한 가정의
둘째아들로 출생. 어린 시절 부친이 설립한 사립 학교를 다님.
부친은 평양과 인천을 오가는 무역상이었으며, 그가 철들기
전 병사함.

1919년(18세) 3·1 운동과 관련되어 평양고보 중퇴. 어머니와 형은 3
년간의 금고형 끝에 감옥에서 사망했다고 함.

1926년(25세) 서울에서 만난 경기도 양주군 출신의 양은경과 결혼.
평양 외성구역 창전리에 살며 세 자식을 두었고 호구책으로
유리 공장을 경영함. 두 딸이 병으로 죽은 이후 더욱 문학에
전념.

1928년(27세) 홍종인 등과 어울려 동인지 『백치(白雉)』에 '유방(柳
妨)'이란 필명으로 습작 소설을 씀.

1933년(32세) 7, 8월 조선일보에 콩트 「목사(牧師)」 발표.

1936년(35세)『조광』에「비 오는 길」을 발표해 문단의 주목을 받음.

1937년(36세) 1937~38년 사이에 출간된 동인지『단층』과 관련되어
활동.

1945년(44세) 식민지 시대 말기에는 평남 강서군 취룡리 외가에 은
거. 해방 후 9월 평양예술문화협회 회장으로 선출. 평양예술
문화협회는 이념적 색채를 표방하지 않은 중립적인 문화 단체
였음.

1946년(45세) 1월, 어린이 잡지『어린 동무』에 '김일성 장군'에 대한
기사를 씀. 인민들을 새 시대의 주인공으로 그린「맥령(麥嶺)」
과 같은 단편소설들을 발표. 3월에 결성되는 북조선문학예술
총동맹에 가담하여 중앙 상임위원, 평남도위원장을 맡음.

1951년(50세)「기관사」등을 발표. 한국전쟁으로 아들을 잃고 아내가
급사한 이후, 작가 대열에서 제외되어 상당한 고초를 겪은 듯
함.

1956년(55세) 전쟁 이후 주로 역사물의 창작에 전념. '임진조국전쟁'
(임진왜란)을 그린『서산대사』발표.

1957년(56세) 항일 무장투쟁 참가자들의 회상기 집필에 참여. 1950년
대 후반에는 평양문학대학에서 학생들을 가르침.

1961년(60세) 5~8월,『조선문학』에 임오군란을 다룬「임오년의 서
울」발표. 그의 몰년은 정확히 알려지지 않았으나 1960년대 말
이나 70년대 정도로 추측됨. 1984년 김정일은 최명익의 유고
작품인『이조 망국사』를 완성하도록 조치하고 1993년에는『서
산대사』와『임오년의 서울』을 다시 출판토록 허락했다고 함.

▮작품 목록

1. 소설

작품명	발표지	발표 연월일
「희련시대(戱戀時代)」	『백치(白雉)』	1928. 1
「처의 화장(化粧)」	『백치』	1928. 7
「붉은 코」(콩트)	중외일보	1930. 2. 6
「목사(牧師)」(콩트)	조선일보	1933. 7. 29; 8. 2
「비 오는 길」	『조광(朝光)』	1936. 4~5
「무성격자」	『조광』	1937. 9
「역설」	『여성』	1938. 2~3
「봄과 신작로」	『조광』	1939. 1
「폐어인(肺魚人)」	조선일보	1939. 2. 5~25
「심문(心紋)」	『문장(文章)』	1939. 6
「장삼이사(張三李四)」	『문장』	1941. 4
「담배 한 대」	『맥령』에 수록	1947(문화전선사)
「맥령」	〃	1947(문화전선사)
「제1호」		1947

작품명	발표지	발표 연월일
「마천령」	『맥령』에 수록	1947(문화전선사)
「무대(舞臺) 뒤」	〃	1947(문화전선사)
「남향집」	?	1948
「공둥풀」	『개선』에 수록	1955(조선작가동맹출판사)
「기계」	『문학예술』	1947. 12; 1948. 4
「기관사」	『조선문학』	1951. 5
『조국의 목소리』	?	1951
「영웅 한남수」	?	1952
「운전수 길보의 전투」	?	1952
「임오년의 서울」	『조선문학』	1961. 5~1961. 8
「섬월이」	?	1962
「음악가 김성기」	?	1962
「학자의 염원」	?	1962

2. 수필

작품명	발표지	발표 연월일
「처녀작의 일절(一節)」	『백치』	1928. 7
「조망문단기(眺望文壇記)」	『조광』	1939. 4
「명모(明眸)의 독사(毒蛇)」	〃	1940. 1
「숨은 인과율—소설가의 아버지」	〃	1940. 7
「수형(手形)과 원고 기일」	『문장』	1940. 7
「장맛비와 보들레르」	『조광』	1940. 8
「궁금한 그들의 소식—작중 인물지」	〃	1940. 12.
「여름의 대동강」	『춘추(春秋)』	1941. 8
「나의 염원」	『조선문학』	1957. 2
「3·1 운동 때의 회상」	〃	1958. 3
「레프 톨스토이 선생에 대한 단상」	〃	1958. 9
「조국의 주인」	〃	1958. 12
「소설 창작에서의 나의 고심」	『작가수업』에 수록	1959(조선작가동맹출판사)

작품명	발표지	발표연월일
「일기 초」	『조선문학』	1962. 8
「창작에 관한 수필」	문학신문	1960. 5. 10
「창작에 관한 단상」	〃	1962. 7. 13
「실천을 통한 어휘 공부」	『청년문학』	1967. 3

3. 평론

작품명	발표지	발표 연월일
「이광수씨의 작가적 태도를 논함」	『비판』	1931. 9

4. 단행본

책이름	출판사	발행 연도
『맥령』(소설집)	문화전선사	1947
『장삼이사』(소설집)	을유문화사	1947
『서산대사』(장편소설)	조선문학예술 총동맹출판사	1956
『글에 대한 생각』(수필집)	〃	1964

당대의 비평이나 인상적인 단평들, 문학사적 맥락에서의 언급들을 제쳐놓으면 최명익에 대한 연구는 1980년대를 넘기면서 시작된다고 말할 수 있다. 그것은 최명익이 북한에 '눌러앉은' 작가이기 때문이기도 하지만, 1930년대 모더니즘 문학에 대한 경색된 선입견이 없지 않았고 또 해방 후 북한에서의 최명익의 '활동'과 식민지 시대 모더니스트로서의 면모를 유기적으로 설명하는 것이 쉽지 않았던 때문으로 보인다.

온전히 최명익을 다룬 논문으로 일단 거론할 만한 것은 채호석의 「리얼리즘에의 도정──최명익론」(『한국 문학의 리얼리즘과 모더니즘』, 김윤식·정호웅 편, 민음사, 1989)이다. 이 글은 「비 오는 길」과 「장삼이사」를 대상으로, 전자가 자의식 속에 폐쇄된 인물을 그리고 있다면 후자에선 주관적 환상이 깨어지는 양상이 보인다고 지적한다. 이 차이는 바로 세계관상의 차이라는 것이다. 아마도 이 글의 필자는 해방 후 최명익이 리얼리즘으로 갔다고 추단한 위에, 그 도정이 이미 식민지 시대에서도 감지되고 있다고 주장하고 있는 듯하다.

해방 전과 이후에 씌어진 최명익의 소설을 연결시켜 보려는 보다 전진된 연구는 김윤식에 의해 이루어진다(「최명익론」, 『한국 현대 현실주의 소설 연구』, 문학과지성사, 1990). 일반적인 논문 분량을 초과한 이 글에서 필자는 서울중심주의에 대척되는 '평양중심주의'라는 개념을 가지고 최명익과 '단층'파, 그리고 모더니티의 관계를 규명하였고, 이 '평양 중심화 사상'이 평양을 심미화한 『서산대사』(1956)를 낳기에 이른다고 분석했다. 김윤식의 최명익론 가운데 가장 문제시될 만한 부분은 『서산대사』를 심미화의 소산으로 읽고 이를 '모더니즘의 분출 현상'으로 설명한 점이다. 즉 모더니즘과 평양중심주의가 결합되어 나타났다는 것인데, 모더니즘적 특징으로 김윤식은 심미화의 시선에 작용하는, 서술자가 이야기를 소격(疏隔)시키는 기법을 지적했다. 최명익이 식민지 시대에 쓴 모더니즘 소설과 매우 다른 맥락에서 쓴 역사소설 『서산대사』를 모더니즘의 연속성이라는 관점에서 꿰어낸 김윤식의 논구는 매우 흥미로워 보인다. 그러나 『서산대사』가 민중 투쟁사로서 민족사를 쓰려는 기획에 부응한 것이었음을 일단 인정한다면 그에 따라 형식적 특징들이 소상히 분석될 필요가 있었다. 예를 들어 김윤식이 모더니즘적이라고 본 측면은 사실 설화적 서술의 특징일 수도 있기 때문이다.

해방 전 최명익을 설명하면서 해방 후의 최명익을 역시 설명해야 한다는 것은 이후 최명익 연구의 한 조건이 된 듯하다. 이 문제를 모더니티의 경험이라는 관점에서 설명하려 한 글은 진정석의 「최명익 소설에 나타난 근대성의 경험 양상」(『민족문학사 연구』, 제8호, 1995)이다. 이 논문은 최명익이 식민지 시대에 쓴 모더니즘 소설과 해방 후 보이는 '리얼리즘 경향'을 모두 근대의 산물로 보고, 모더니티의 경험 양상을 통해 두 경향을 일관되게 설명하려고 의도한 점에서 기왕의 논구들과 구별된다. 필자는 최명익에게 모더니티가 '동경과 경멸, 그리고 회의'의 대상이었음을 지적한다. 이러한 양가적 이중성이 모더니즘 소설을 쓰게 한 메커니즘이면서 동시에 해방 후 '리얼리즘'으로 가게 하는 동인이 되었다는 것이다. 즉 근대성에 대한 비판적 인식이 미메시스적 충동으로 나타났다는 설명이다. 그러나 이 글에서 모더니티와 모더니즘, 그리고 리얼리즘을 설명하는 방식은 다소 기계적이고 단순해 보인다. 과연 해방 후 씌어진 최명익의 소설이 '리얼'한 것이었는지는 충분히 검토되어야 할 문제임이 틀림없다.

최명익의 개별 작품론으로는 정신 분석적 방법을 동원한 「「심문」의 욕망 구조」(김외곤, 『한국 근대 문학 연구의 반성과 새로운 모색』, 문학사와 비평 연구회, 새미, 1997) 등을 꼽아볼 수 있을 것이다. 그 밖에 식민지 말기의 지적·정신적 지형도 안에서 최명익의 소설을 읽어낸 김예림의 논문(「1930년대 후반 몰락/재생의 서사와 미의식 연구」, 연세대학교 대학원 박사학위 논문, 2003)이 있다. 이 논문은 최명익이 놓이는 역사적 맥락을 보다 심층적으로 제시했고, 특히 몰락과 재생의 서사 분석을 통해 모더니티와 심미성의 문제를 천착한 점에서 연구의 새로운 방향을 제시한 것이었다.

최명익에 대한 최근의 연구로는 신형기의 「최명익과 쇄신의 꿈」(『현대 문학의 연구』, 24집, 2004)을 읽을 수 있다. 이 글은 식민지 시대 최명익 소설의 모더니즘적 면모를 '분열'의 결과로 설명하고 분열을 이기려는 의지가 해방 후 인민을 쇄신의 주체로 그리는 「맥령」과 같은 소설을 쓰게 했다고 보았다. 분열과 종합을 모더니티가 갖는 상반된 두 양상으로 간주함으로써 해방 전과 후의 최명익을 역시 일관되게 설명하려 한 것이다. 이 글은 해방 후의 최명익 소설을 모더니즘이나 리얼리즘이 아닌, 인민을 주인공으로 한 민족 이야기로 읽은 점에서 기왕의 글들과 구별된다.

최명익의 전기적 내용이나 북한에서 썼다고 언급되는 몇몇 작품들에 대해서는 아직도 자료적인 접근과 확인 자체가 용이하지 않다. 이는 장차 논구되어야 할 바다. 더불어 최명익의 문학사적 위치를 평가하고 규정하기 위해서는 식민지 말기와 북한 문학에 대한 보다 심층적인 검토가 더 이루어져야 할 것으로 보인다.

한국문학전집을 펴내며

오늘의 한국 문학은 다양한 경험과 자산에서 비롯된 것이지만, 그중에서도 우리 앞선 세대의 문학 작품에서 가장 큰 유산을 물려받고 있다. 그럼에도 우리는 가끔 우리의 문학 유산을 잊거나 도외시한다. 마치 그것 없이는 살아갈 수 없는 소중한 물을 쉽게 잊고 사는 것처럼 그동안 우리는 우리가 이루어놓은 자산들을 너무 쉽게 잊어버리고 있었는지도 모르겠다. 인기 있는 외국 작품들이 거의 동시에 번역 출판되고, 새로운 기획과 번역으로 전 세계의 문학 작품들이 짜임새 있게 출판되고 있는 요즈음, 정작 한국 문학 작품들을 체계적으로 정리하지 못하고 있었다는 점을 최근에 우리는 깊이 반성하게 되었다. 그리고 이러한 때늦은 반성을 곧바로 '한국문학전집'을 기획하는 힘으로 전환하였다.

오늘의 시점에서 '한국문학전집'을 기획한다는 것은, 우선 그동안 양적으로나 질적으로 괄목할 만한 수준에 이른 한국 문학 연구 수준을 반영하는 새로운 시각이 전제되어야 할 것이다. 그리고 '우리 것을 지키자'는 순진한 의도에서가 아니라, 한국 문학이 바로 세계 문학이 되는 질적 확장을 위해, 세계 문학 속에서의 한국 문학의 정체성을 찾는 일을 간과해서는 안 될 것이다.

이번 기획에서 우리가 가장 크게 신경 썼던 점은 크게 두 가지이다. 하나는, 그동안 거의 관습적으로 굳어져왔던 작품에 대한 천편일률적인 평가를 피하고 그동안의 평가에 대한 비판적 평가와 더불어 새로운 평가로 인한 숨은 작품의 발굴이었다. 그리하여 한국 문학사를 시기별로 구분하여 축적된 연구 성과들 위에서 나름대로 중요한 작품들을 선별하는 목록 작업에 가장 큰 공을 들였다. 나머지 하나는, 그동안 여러 상이한 판본의 난립으로 인해 원전 텍스트가 침해되고 있는 심각한 상황을 고려하여 각각의 작가에게 가장 뛰어난 연구자들을 초빙하여 혼신을 다해 원전 텍스트를 확정하였다는 점이다.

장구한 우리 문학사의 주옥같은 작품들을 한자리에 모아, 세대를 넘고 시대를 넘어 그 이름과 위상에 값할 수 있는 대표적인 한국문학전집을 내놓는다. 이번에 출간되는 한국문학전집은 변화된 상황과 가치를 반영하는 내실 있고 권위를 갖춘 내용으로 꾸며질 것이며, 우리 문학의 정본 전집으로서 자리매김해 한국 문학의 전통을 계승하고 발전시키는 데 기여하고자 한다. 이 기획이 한국 문학의 자산들을 온전하게 되살려, 끊임없이 현재성을 가지는 살아 있는 작품들로, 항상 독자들의 옆에 있게 되기를 기대한다.

(주)문학과지성사

01 감자 김동인 단편선

최시한(숙명여대) 책임 편집 | 값 9,000원

수록 작품 약한 자의 슬픔 / 배따라기 / 태형 / 눈을 겨우 뜰 때 / 감자 / 광염 소나타 / 배회 / 발가락이 닮았다 / 붉은 산 / 광화사 / 김연실전 / 곰네

극단적인 상황과 비극적 운명에 빠진 인물 군상들을 냉정하게 서술해낸 한국 근대 단편 문학의 선구자 김동인의 대표 단편 12편 수록. 인간과 환경에 대한 근대적 인식을 빼어난 문체와 서술로 형상화한 김동인의 주옥같은 작품들을 만날 수 있다.

02 탈출기 최서해 단편선

곽근(동국대) 책임 편집 | 값 9,000원

수록 작품 고국 / 탈출기 / 박돌의 죽음 / 기아와 살육 / 큰물 진 뒤 / 백금 / 해돋이 / 그믐밤 / 전아사 / 홍염 / 갈등 / 먼동이 틀 때 / 무명초

식민 치하 빈궁 문학을 대표하는 최서해의 단편 13편 수록. 식민 치하의 참담한 사회적 현실을 사실적으로 전해주는 작품들. 우리 민족의 궁핍한 현실에 맞선 인물들의 저항 정신과 민족 감정의 감동과 울림을 전한다.

03 삼대 염상섭 장편소설

정호웅(홍익대) 책임 편집 | 값 10,000원

우리 소설 가운데 서울말을 가장 풍부하게 살려 쓴 작품이자, 복합성·중층성의 세계를 구축하여 한국 근대 장편소설의 대표작으로 꼽히는 염상섭의 『삼대』. 1930년대 서울의 중산층 가족사를 통해 들여다본 우리 근대의 자화상이다.

04 레디메이드 인생 채만식 단편선

한형구(서울시립대) 책임 편집 | 값 8,500원

수록 작품 논 이야기 / 레디메이드 인생 / 미스터 방 / 민족의 죄인 / 치숙 / 낙조 / 쑥국새 / 당랑의 전설

역설과 반어의 작가 채만식의 대표 단편 8편 수록. 1920~30년대의 자본주의적 현실원리와 민중의 삶을 풍자적으로 포착하는 데 탁월했던 채만식. 사실주의와 풍자의 절묘한 조합으로 완성한 단편 문학의 묘미를 즐길 수 있다.

05 비 오는 길 최명익 단편선

신형기(연세대) 책임 편집 | 값 8,500원

수록 작품 페어인 / 비 오는 길 / 무성격자 / 역설 / 봄과 신작로 / 심문 / 장삼이사 / 맥령

시대를 앞섰던 모더니스트 최명익의 대표 단편 8편 수록. 병과 죽음으로 고통받는 인물 군상들을 통해 자신이 예감한 황폐한 현대의 징후를 소설화한 작가 최명익. 너무나 현대적이어서, 당시에는 제대로 평가받을 수 없었던 탁월한 단편소설들을 만난다.

06 사하촌 김정한 단편선

강진호(성신여대) 책임 편집 | 값 9,500원

수록 작품 그물 / 사하촌 / 항진기 / 추산당과 곁사람들 / 모래톱 이야기 / 제3병동 / 수라도 / 인간단지 / 위치 / 오끼나와에서 온 편지 / 슬픈 해후

리얼리즘 문학과 민족 문학을 대표하는 김정한의 대표 단편 11편 수록. 민중들의 삶을 통해 누구보다 먼저 '근대화의 문제'를 문학적으로 제기하고 예리하게 포착한 작가 김정한의 진면목을 본다.

07 무녀도 김동리 단편선

이동하(서울시립대) 책임 편집 | 값 8,000원

수록 작품 화랑의 후예 / 산화 / 바위 / 무녀도 / 황토기 / 찔레꽃 / 동구 앞길 / 혼구 / 혈거부족 / 달 / 역마 / 광풍 속에서

한국적이고 토착적인 전통 세계의 소설화에 앞장선 김동리의 초기 대표작 12편 수록. 민중의 삶 속에 뿌리 내린 토착적 전통의 세계를 정확한 묘사와 풍부한 서정으로 형상화했던 김동리 문학 세계를 엿본다.

08 독 짓는 늙은이 황순원 단편선

박혜경(인하대) 책임 편집 | 값 9,000원

수록 작품 소나기 / 별 / 겨울 개나리 / 산골 아이 / 목넘이마을의 개 / 황소들 / 집 / 사마귀 / 소리 / 닭제 / 학 / 필묵장수 / 뿌리 / 내 고향 사람들 / 원색오뚝이 / 곡예사 / 독 짓는 늙은이 / 황노인 / 늪 / 허수아비

한국 산문 문체의 모범으로 평가되는 황순원의 대표 단편 20편 수록. 엄격한 지적 절제와 미학적 균형으로 함축적인 소설 미학을 완성시킨 작가 황순원. 극적인 사건 전개 대신 정적이고 서정적인 울림의 미학으로 깊은 감동을 전한다.

09 만세전 염상섭 중편선

김경수(서강대) 책임 편집 | 값 9,500원

수록 작품 만세전 / 해바라기 / 미해결 / 두 출발

한국 근대 소설의 기념비적 작품인 「만세전」, 조선 최초의 여류화가인 나혜석의 삶을 소설화한 「해바라기」, 그리고 식민지 조선의 현실을 담아내고 나름의 저항의식을 형상화하기 위한 소설적 수련의 과정을 단적으로 보여주는 「미해결」과 「두 출발」 수록. 장편소설의 작가로만 알려진 염상섭의 독특한 소설 미학의 세계를 감상한다.

10 천변풍경 박태원 장편소설

장수익(한남대) 책임 편집 | 값 9,500원

모더니스트 박태원이 펼쳐 보이는 1930년대 서울의 파노라마식 풍경화. 근대 자본주의 사회의 이데올로기와 일상성에 대한 비판에 몰두하던 박태원 초기 작품의 모더니즘 경향과 리얼리즘 미학의 경계를 넘나드는 역작. 식민지라는 파행적 상황에서 기형적으로 실현되던 근대화의 양상을 기층 민중의 생활에 초점을 맞춰 본격화한 작품이다.

11 태평천하 채만식 장편소설

이주형(경북대) 책임 편집 | 값 8,000원

부정적인 상황들이 난무하는 시대 현실을 독자적인 문학적 기법과 비판의식으로 그려냄으로써 '문학적 미'를 추구했던 채만식의 대표작. 판소리 사설의 반어, 자기 폭로, 비유, 과장, 희화화 등의 표현법에 사투리까지 섞은 요설로, 창을 듣는 듯한 느낌과 재미를 선사하는 작품. 세태풍자소설의 장을 열었던 채만식이 쓴 가족사소설의 전형에 해당한다.

12 비 오는 날 손창섭 단편선

조현일(홍익대) 책임 편집 | 값 9,500원

수록 작품 공휴일 / 사연기 / 비 오는 날 / 생활적 / 혈서 / 피해자 / 미해결의 장 / 인간동물원초 / 유실몽 / 설중행 / 광야 / 희생 / 잉여인간 / 신의 희작

가장 문제적인 전후 소설가 손창섭의 대표 단편 14작품 수록. 병적이고 불구적인 인간 군상들을 통해 전후 사회 현실에서의 '절망'의 표현에 주력했던 손창섭. 전쟁 그리고 전쟁 이후의 비일상적 사태를 가장 근원적인 차원에서 표현한 빼어난 작품들을 선별했다.

13 등신불 김동리 단편선

이동하(서울시립대) 책임 편집 | 값 8,000원

수록 작품 인간동의 / 흥남철수 / 밀다원시대 / 용 / 목공 요셉 / 등신불 / 송추에서 / 까치 소리 / 저승새

「무녀도」의 작가 김동리가 1950년대 이후에 내놓은 단편 9편 수록. 전기 작품에 이어서 탁월한 문제의 매력, 빈틈없는 구성의 묘미, 인상적인 인물상의 창조, 인간에 대한 깊이 있는 통찰이라는 김동리 단편의 미학을 다시 한 번 경험할 수 있는 기회이다.

14 동백꽃 김유정 단편선

유인순(강원대) 책임 편집 | 값 9,500원

수록 작품 심청 / 산골 나그네 / 총각과 맹꽁이 / 소낙비 / 솥 / 만무방 / 노다지 / 금 / 금 따는 콩밭 / 떡 / 산골 / 봄·봄 / 안해 / 봄과 따라지 / 따라지 / 가을 / 두꺼비 / 동백꽃 / 야앵 / 옥토끼 / 정조 / 땡볕 / 형

고단한 삶을 살아가는 순박한 촌부에서 사기꾼에 이르기까지 다양한 삶의 모습을 문학 속에 그대로 재현한 김유정의 주옥같은 단편 23편 수록. 인물의 토속성과 해학성, 생생한 삶의 언어와 우리 소리, 그 속에 충만한 생명감을 불어넣은 김유정 문학의 정수를 맛본다.

15 소설가 구보씨의 일일 박태원 단편선

천정환(성균관대) 책임 편집 | 값 9,500원

수록 작품 수염 / 낙조 / 소설가 구보씨의 일일 / 애욕 / 길은 어둡고 / 거리 / 방란장 주인 / 비량 / 진통 / 성탄제 / 골목 안 / 음우 / 재운

한국 소설사상 가장 두드러진 모더니즘 작품으로 인정받는 「소설가 구보씨의 일일」을 비롯한 박태원의 대표 단편 13편 수록. 한글로 씌어진 가장 파격적이고 실험적인 작품으로 주목 받은 박태원. 서울 주변부 중산층의 삶이라는 자기만의 튼실한 현실 공간을 구축하여 새로운 소설 기법과 예술가소설로서의 보편성을 획득한 작품들이다.

16 날개 이상 단편선

김주현(경북대) 책임 편집 | 값 9,000원

수록 작품 12월 12일 / 지도의 암실 / 지팡이 역사 / 황소와 도깨비 / 공포의 기록 / 지주회시 / 동해 / 날개 / 봉별기 / 실화 / 종생기

근대와 맞닥뜨린 당대 식민지 조선의 기념비요 자화상 역할을 하는 이상의 대표 단편 11편 수록. '천재'와 '광인'이라는 꼬리표와 함께 전위적이고 해체적인 글쓰기로 한국의 모더니즘 문학사를 개척한 작가 이상. 자유연상, 내적 독백 등의 실험적 구성과 문체로 식민지 근대와 그것에 촉발된 당대인의 내면을 예리하게 포착해낸 이상의 문제작들을 한데 모았다.

17 흙 이광수 장편소설

이경훈(연세대) 책임 편집 | 값 12,000원

한국 최초의 근대 장편소설 『무정』을 발표하면서 한국 소설 문학의 역사를 새롭게 쓴 이광수. 『흙』은 이광수의 계몽 사상이 가장 짙게 깔린 작품으로 심훈의 『상록수』와 함께 한국 농촌계몽소설의 전위에 속한다. 한국 근대 문학사상 가장 많이 연구되고 있는 작가의 대표작답게 『흙』은 민족주의, 계몽주의, 농민문학, 친일문학, 등장인물론, 작가론, 문학사 등의 학문적·비평적 논의의 중심에 있는 작품이다.

18 상록수 심훈 장편소설

박헌호(성균관대) 책임 편집 | 값 9,500원

이광수의 장편 『흙』과 더불어 한국 농촌계몽소설의 쌍벽을 이루는 『상록수』. 심훈의 문명(文名)을 크게 떨치게 한 대표작이다. 1930년대 당시 지식인의 관념적 농촌 운동과 일제의 경제 침탈사를 고발·비판함으로써, 문학이 취할 수 있는 현실 정세에 대한 직접적인 대응 그리고 극복의 상상력이란 두 가지 요소를 나름의 한계 속에서 실천해냈고, 대중적으로도 큰 호응을 불러일으킨 작품이다.

19 무정 이광수 장편소설

김철(연세대) 책임 편집 | 값 9,000원

20세기 이래 한국인이 가장 많이 읽고 가장 자주 출간돼온 작품, 그리고 근현대 문학 가운데 가장 많이 연구의 대상이 된 작가 이광수의 대표작 『무정』. 씌어진 지 한 세기가 가까워오도록 여전히 읽히고 있고 또 학문적 논쟁의 중심에 서 있는 『무정』을 책임 편집자의 교정을 충실하게 반영한 최고의 선본(善本)으로 만난다.

20 고향 이기영 장편소설

이상경(KAIST) 책임 편집 | 값 11,000원

'프로문학의 정점'이자 우리 근대 문학사의 리얼리즘의 확립을 결정적으로 보여주는 이기영의 『고향』. 이기영은 1920년대 중반 원터라는 충청도의 한 농촌 마을을 배경으로 봉건 사회의 잔재를 지닌 채 식민지 자본주의화가 진행되어가는 우리 근대 초기를 뛰어난 관찰로 묘사한다. 일제 식민 치하 근대화에 대한 문학적·비판적 성찰과 지식인의 고뇌를 반영한 수작이다.

21 까마귀 이태준 단편선

김윤식(명지대) 책임 편집 | 값 8,000원

수록 작품 불우 선생 / 달밤 / 까마귀 / 장마 / 복덕방 / 패강랭 / 농군 / 밤길 / 토끼 이야기 / 해방 전후

'한국 근대소설의 완성자' '단편문학'의 명수. 이태준은 우리 근대 문학의 전개 과정에서 결코 간과할 수 없는 역할을 담당했던 작가 가운데 한 사람이다. 문학의 자율성과 예술성을 상실하지 않으면서도 현실 문제에 각별한 관심을 보여주었던 그의 단편은 한국소설사에서 1930년대를 대표하는 것으로 인정받고 있다.

22 두 파산 염상섭 단편선

김경수(서강대) 책임 편집 | 값 9,500원

수록 작품 표본실의 청개구리 / 암야 / 제야 / E선생 / 윤전기 / 숙박기 / 해방의 아들 / 양과자갑 / 두 파산 / 절곡 / 얼룩진 시대 풍경

한국 근대사를 증언하고 있는 횡보 염상섭의 단편소설 11편 수록. 지식인 망국민으로서의 허무적인 자기 진단, 구체적인 사회 인식, 해방 후와 전후 시기에 대한 사실적 증언과 문제 제기를 포함한 대표작들을 통해 횡보의 단편 미학을 감상한다.

23 카인의 후예 황순원 소설선

김종회(경희대) 책임 편집 | 값 10,000원

수록 작품 카인의 후예 / 너와 나만의 시간 / 나무들 비탈에 서다

인간의 정신적 순수성과 고귀한 존엄성을 문학의 제일 원칙으로 삼았던 작가 황순원. 그의 대표작 가운데 독자들의 가장 많은 사랑을 받은 장편소설들을 모았다. 한국전쟁을 온몸으로 체득하면서 특유의 절제되고 간결한 문장으로 예술적 서사성을 완성한 황순원은 단편에서와 마찬가지로 변함없는 감동의 세계를 열어놓는다.

24 소년의 비애 이광수 단편선

김영민(연세대) 책임 편집 | 값 9,000원

수록 작품 무정 / 소년의 비애 / 어린 벗에게 / 방황 / 가실 / 거룩한 죽음 / 무명 / 꿈

한국 근대소설사와 이광수 개인의 문학 세계에서 중요한 의미를 갖는 단편 8편 수록. 이광수가 우리말로 쓴 최초의 창작 단편「무정」, 당시 사회의 인습과 제도를 비판한「소년의 비애」, 우리나라 최초의 서간체 소설인「어린 벗에게」, 지식인의 내면적 갈등과 자아 탐구의 과정을 담은「방황」, 춘원의 옥중 체험을 바탕으로 쓰어진「무명」등 한국 근대문학의 장르와 소재, 주제 탐구 면에서 꼼꼼히 고찰해야 할 작품들이다.

25 불꽃 선우휘 단편선

이익성(충북대) 책임 편집 | 값 9,000원

수록 작품 테러리스트 / 불꽃 / 거울 / 오리와 계급장 / 단독강화 / 깃발 없는 기수 / 망향

8·15 해방과 분단, 6·25전쟁으로 이어지는 한국 근현대사의 열병을 깊이 있게 고찰한 선우휘의 대표작 7편 수록. 평판작「불꽃」과「깃발 없는 기수」를 비롯해 한국 근현대사의 역동성과 이를 바라보는 냉철한 작가의식이 빚어낸 수작들을 한데 모았다.

26 맥 김남천 단편선

채호석(한국외대) 책임 편집 | 값 9,000원

수록 작품 공장 신문 / 공우회 / 남편 그의 동지 / 물 / 남매 / 소년행 / 처를 때리고 / 무자리 / 녹성당 / 길 위에서 / 경영 / 맥 / 등불 / 꿀

카프와 명맥을 같이하며 창작과 비평에서 두드러진 족적을 남긴 작가 김남천. 1930년 대 초, 예술운동의 볼세비키화론 주장과 궤를 같이하는 「공장 신문」 「공우회」, 카프 해산 직후 그의 고발문학론을 담은 「처를 때리고」, 「소년행」 「남매」, 전향문학의 백미로 꼽히는 「경영」 「맥」 등 그의 치열했던 문학 세계의 변화를 일별할 수 있는 대표작 14편 수록.

27 인간 문제 강경애 장편소설

최원식(인하대) 책임 편집 | 값 9,000원

한국 근대 여성문학의 제일선에 위치하는 강경애의 대표작. 일제 치하의 1930년대 조선, 자본가와 농민·노동자의 대립 구조 속에서 농민과 도시노동자가 현실의 문제를 해결하고자 하는 주체로 성장하는 과정과 그들의 조직적 투쟁을 현실성 있게 그려낸 작품. 이기영의 『고향』과 더불어 우리 근대 소설사에서 리얼리즘 소설의 수작으로 꼽힌다.

28 민촌 이기영 단편선

조남현(서울대) 책임 편집 | 값 9,500원

수록 작품 농부 정도룡 / 민촌 / 아사 / 호외 / 해후 / 종이 뜨는 사람들 / 부역 / 김군과 나와 그의 아내 / 변절자의 아내 / 서화 / 맥추 / 수석 / 봉황산

카프와 프로문학의 대표 작가 이기영. 그가 발표한 수십 편의 단편소설들 가운데 사회나 사상운동사로서의 자료적 가치가 높으면서 또 소설 양식으로서의 구조미를 제대로 보여주는 14편을 선별했다.

29 혈의 누 이인직 소설선

권영민(서울대) 책임 편집 | 값 9,500원

수록 작품 혈의 누 / 귀의 성 / 은세계

급진적이고 충동적인 한국 근대의 풍경 속에 신소설이라는 새로운 서사 양식을 창조해낸 이인직. 책임 편집자의 꼼꼼한 텍스트 확정과 자세한 비평적 해설을 통해, 신소설의 서사 구조와 그 담론적 특성을 밝히고 당시 개화·계몽 시대를 대표하는 서사 양식에 내재화된 일본적 식민주의 담론을 꼬집는다.

30 추월색 이해조 안국선 최찬식 소설선

권영민(서울대) 책임 편집 | 값 8,500원

수록 작품 금수회의록 / 자유종 / 구마검 / 추월색

개화·계몽시대의 대표적인 신소설 작가 3인의 대표작. 여성과 신교육으로 집약되는 토론의 모습을 서사 방식으로 활용한 「자유종」, 구시대적 인습을 신랄하게 비판한 「구마검」, 가장 대중적인 신소설 가운데 하나로 꼽히는 「추월색」, 그리고 '꿈'이라는 우화적 공간을 설정하여 현실 비판의 풍자적 색채가 강한 「금수회의록」까지 당대의 사회적 풍속과 세태의 변화를 민감하게 반영한 작품들을 수록했다.

31 젊은 느티나무 강신재 소설선

김미현(이화여대) 책임 편집 | 값 9,500원

수록 작품 안개 / 해방촌 가는 길 / 절벽 / 젊은 느티나무 / 양관 / 황량한 날의 동화 / 파도 / 이브
변신 / 강물이 있는 풍경 / 점액질

1950, 60년대를 대표하는 여성 작가 강신재의 중단편 10편을 엄선했다. 특유의 서정
적인 문체와 관조적 시선, 지적인 분석력으로 '비누 냄새' 나는 풋풋한 사랑 이야기
에서 끈끈한 '점액질'의 어두운 욕망에 이르기까지, 운명의 폭력성과 존재론적 한계
를 줄기차게 탐문한 강신재 소설의 여정을 한눈에 볼 수 있는 기회다.

32 오발탄 이범선 단편선

김외곤(서원대) 책임 편집 | 값 8,500원

수록 작품 일요일 / 학마을 사람들 / 사망 보류 / 몸 전체로 / 갈매기 / 오발탄 / 자살당한 개 / 살
모사 / 천당 간 사나이 / 청대문집 개 / 표구된 휴지 / 고장난 문 / 두메의 어벙이 / 미친 녀석

손창섭·장용학 등과 함께 대표적인 전후 작가로 꼽히는 이범선의 대표작 14편 수록.
한국 현대사의 비극에 대한 묘사를 바탕으로 하면서도 잃어버린 고향, 동양적 이상향
에 대한 동경을 담았던 초기작들과 전후의 물질적 궁핍상을 전통적 사실주의에 기초
해 그리면서 현실 비판적 성격을 강하게 드러낸 문제작들을 고루 수록했다.

33 메밀꽃 필 무렵 이효석 단편선

서준섭(강원대) 책임 편집 | 값 10,000원

수록 작품 도시와 유령 / 깨뜨려지는 홍등 / 마작철학 / 프레류드 / 돈 / 계절 / 산 / 들 / 석류 / 메
밀꽃 필 무렵 / 삽화 / 개살구 / 장미 병들다 / 공상구락부 / 해바라기 / 여수 / 하얼빈산협 / 풀잎 /
낙엽을 태우면서

근대 작가의 문화적 정체성이 끊임없이 흔들렸던 식민지 시대, 경성제대 출신의 지식
인 작가로서 그 문화적 혼란기를 소설 언어를 통해 구성하고 지속적으로 모색했던 이
효석의 대표작 20편 수록.

34 운수 좋은 날 현진건 중단편선

김동식(인하대) 책임 편집 | 값 9,000원

수록 작품 희생화 / 빈처 / 술 권하는 사회 / 유린 / 피아노 / 할머니의 죽음 / 우편국에서 / 까막잡
기 / 그리운 흘긴 눈 / 운수 좋은 날 / 발 / 불 / B사감과 러브 레터 / 사립정신병원장 / 고향 / 동정 /
정조와 약가 / 신문지와 철창 / 서투른 도적 / 연애의 청산 / 타락자

한국 근대 단편소설의 형식적 미학을 구축하고 근대적 사실주의 문학의 머릿돌을 놓
은 작가 현진건의 대표작 21편 수록. 서구 중심의 근대성과 조선 사회의 식민성 사이
에서 방황하는 지식인의 내면 풍경뿐만 아니라, 식민지 조선의 일상을 예리하게 관찰
함으로써 '조선의 얼굴'을 담아낸 작가 현진건의 면모를 두루 살폈다.

35 사랑 이광수 장편소설

한승옥(숭실대) 책임 편집 | 값 12,000원

춘원의 첫 전작 장편소설. 신문 연재물의 제약에서 벗어나 좀더 자유롭고 솔직한 그
의 인생관이 담겨 있다. 이른바 그의 어떤 장편소설보다도 나아간 자유 연애, 사랑에
관한 작가의 생각을 엿볼 수 있는 작품. 작가의 나이 지천명에 이르러 불교와 『주역』
등 동양고전에 심취하여 우주의 철리와 종교적 깨달음에 가닿은 시점에서 집필된, 춘
원의 모든 것.

36 화수분 전영택 중단편선

김만수(인하대) 책임 편집

수록 작품 천치? 천재? / 운명 / 생명의 봄 / 독약을 마시는 여인 / 화수분 / 후회 / 여자도 사람인가 / 하늘을 바라보는 여인 / 소 / 김탄실과 그 아들 / 금붕어 / 차돌멩이 / 크리스마스 전야의 풍경 / 말 없는 사람

1920년대 초반 자연주의, 사실주의적 색채가 강한 작품 세계로 주목받았던 작가 전영택의 대표작선. 이들 작품에서 작가는, 일제 초기의 만세운동, 일제 강점기하의 극심한 궁핍, 해방 직후의 사회적 혼돈, 산업화 초창기의 사회적 퇴폐상에 대한 자신의 경험을 소박한 형식 속에 담고 있다.

37 유예 오상원 중단편선

한수영(동아대) 책임 편집

수록 작품 황선지대 / 유예 / 균열 / 죽어살이 / 모반 / 부동기 / 보수 / 현실 / 훈장 / 실기

한국 전후 세대 문학의 대표 작가 오상원의 주요작 10편을 묶었다. '실존'과 '행동'에 초점을 맞춘 그의 작품은, 한결같이 극한 상황에 처한 인간 존재의 의미를 묻는 데 천착하면서 효과적인 주제 전달을 위해 낯설고 다양한 소설적 실험을 보여준다.

38 제1과 제1장 이무영 단편선

전영태(중앙대) 책임 편집

수록 작품 제1과 제1장 / 흙의 노예 / 문 서방 / 농부전 초 / 청개구리 / 모우지도 / 유모 / 용자소전 / 이단자 / B녀의 소묘 / O형의 인간 / 들메 / 며느리

한국 농민문학의 선구자로 평가받는 이무영의 주요 단편 13편 수록. 이들 작품에서 작가는, 농민을 계몽의 대상이 아닌, 흙을 일구는 그들의 삶을 통해서 진실한 깨달음을 얻는 자족적 대상으로 바라본다. 이무영의 농민소설은 인간을 향한 긍정적 시선과 삶의 부조리한 면을 파헤치는 지식인의 냉엄한 비판 의식이 공존하고 있다.

39 꺼삐딴 리 전광용 단편선

김종욱(세종대) 책임 편집

수록 작품 흑산도 / 진개권 / 지층 / 해도초 / GMC / 사수 / 크라운장 / 충매화 / 초혼곡 / 면허장 / 꺼삐딴 리 / 곽 서방 / 남궁 박사 / 죽음의 자세 / 세끼미

1950년대 전후 사회와 60년대의 척박한 삶의 리얼리티를 '구도의 치밀성'과 '묘사의 정확성'을 통해 형상화한 작가 전광용의 대표 단편 15편 모음집. 휴머니즘적 주제 의식, 전통적인 서사 형식, 객관적이고 냉철한 묘사 태도, 짧고 건조한 문체 등으로 집약되는 전광용의 작품 세계를 한눈에 살필 수 있는 계기.

40 과도기 한설야 단편선

서경석(한양대) 책임 편집

수록 작품 동경 / 그릇된 동경 / 합숙소의 밤 / 과도기 / 씨름 / 사방공사 / 교차선 / 추수 후 / 태양 / 임금 / 딸 / 철로 교차점 / 부역 / 산촌 / 이녕 / 모자 / 혈로

식민지 시대 신경향파 · 카프 계열 작가로서 사회주의 리얼리즘 문학을 추구한 작가 한설야의 문학적 특징을 잘 드러내는 단편 17편을 수록했다. 시대적 대세에 편승하며 작품의 경향을 바꾸었던 다른 카프 작가들과는 달리 한설야는, 주체적인 노동자로서의 삶을 택한 「과도기」의 '창선'이 그러하듯, 이 주제를 자신의 평생 과제로 삼아 창작에 몰두했다.

41 사랑손님과 어머니 주요섭 중단편선

장영우(동국대) 책임 편집

수록 작품 추운 밤/인력거꾼/살인/첫사랑 값/개밥/사랑손님과 어머니/아네모네의 마담/북소리 두둥둥/봉천역 식당/낙랑고분의 비밀

주요섭이 남녀 간의 애정 문제를 주로 다룬 통속 작가로 인식되어온 것은 교정되어야 마땅하다. 그는 빈민 계층의 고단함과 무망(無望)한 삶을 사실적으로 재현하는 데 탁월한 기량을 보였으며, 날카로운 현실인식과 객관적 묘사의 한 전범을 보여주었고 환상성을 수용함으로써 보다 탄력적인 소설미학을 실험하기도 하였다.

42 탁류 채만식 장편소설

우찬제(서강대) 책임 편집

채만식은 시대의 어둠을 문학의 빛으로 밝히며 일제 강점기와 해방기의 우리 소설 사를 빛낸 작가다. 그는 작품활동 전반에 걸쳐 열정적인 창작열과 리얼리즘 정신으로 당대의 현실상을 매우 예리하게 형상화했다. 특히 『탁류』는 여주인공 봉이의 기구한 운명의 족적을 금강 물이 점점 탁해지는 현상에 비유하면서 타락한 당대의 세계상을 여실하게 드러내주고 있다.

43 벙어리 삼룡이 나도향 중단편선

우찬제(서강대) 책임 편집

수록 작품 젊은이의 시절/별을 안거든 우지나 말걸/옛날 꿈은 창백하더이다/여이발사/행랑 자식/벙어리 삼룡이/물레방아/꿈/뽕/지형근/청춘

위험한 시대에 매우 불안하게 살았던 작가. 그러나 나도향은 불안에 강박되기보다 불안한 자유의 상태를 즐기는 방식으로 소설을 택한 작가였다. 낭만적 환멸의 풍경이나 낭만적 동경의 형식 등은 불안에 대한 나도향 식 문학적 향유의 풍경으로 다가온다.

44 잔등 허준 중단편선

권성우(숙명여대) 책임 편집

수록 작품 탁류/습작실에서/잔등/속작실에서/평대저울

한국 근대소설사에서 허준만큼 진보적 지식인의 진지한 자기 성찰을 깊이 형상화한 작가는 없었다. 혁명의 연성을 기꺼이 인정하면서도 혁명과 해방으로 인해 궁지와 비참에 몰린 사람들에 대해 깊은 연민과 따뜻한 공감의 눈길을 던진 그의 대표작 다섯 편을 한데 모았다.

45 한국 현대희곡선

김우진 김명순 유치진 함세덕 오영진 차범석 최인훈 이현화 이강백

이상우(고려대) 책임 편집

수록 작품 산돼지/두 애인/토막/산허구리/살아 있는 이중생 각하/불모지/옛날 옛적에 훠어이 훠이/카덴자/봄날

한국 현대희곡 100년사를 대표하는 작품 아홉 편. 1920년대부터 1980년대까지 각 시기의 시대 정신과 연극 경향을 대표할 만한 희곡들을 골고루 선별하였고, 사실주의 희곡과 비사실주의희곡의 균형을 맞추어 안배하였다.

46 혼명에서 백신애 중단편선

서영인 책임 편집

수록 작품 나의 어머니/꺼래이/복선이/채색교/적빈/낙오/악부자/정현수/학사/호도/어느 전원의 풍경―일명·법률/광인수기/소독부/일여인/혼명에서/아름다운 노을

일제강점기 한국문학을 대표하는 여성 작가이자 사회운동가인 백신애의 주요 작품 16편을 묶었다. 극심한 가난과 봉건적 인습의 굴레에 갇힌 여성들의 비극, 또는 그로부터 벗어나고자 하는 의지를 섬세한 필치와 치열한 문제의식으로 그려냈다. 그의 소설을 통해 '봉건적 가족제도와 여성의 욕망'이라는 해묵은 주제가 오늘날에도 여전히 풀리지 않는 과제로 존재하고 있음을 알게 된다.

47 근대여성작가선
김명순 나혜석 김일엽 이선희 임순득

이상경(KAIST) 책임 편집

수록 작품 의심의 소녀/선례/돌아다볼 때/탄실이와 주영이/경희/현숙/어머니와 딸/청상의 생활―희생된 일생/자각/계산서/매소부/탕자/일요일/이름 짓기/딸과 어머니

일제강점기 한국문학을 대표하는 여성 작가들의 주요 작품 15편을 한 권에 묶었다. 근대 여성의 목소리로서 여성문학은 봉건적 가부장제에서 벗어나고자 개인으로서 여성의 자유로운 선택을 가로막는 온갖 질곡에 저항해왔다. 여성이 봉건적 공동체를 벗어나 개성을 찾아 나서는 길은 많은 경우 가출, 자살, 일탈 등으로 귀결되었지만, 그럼에도 여성 자신의 힘을 믿으면서 공동체의 인습에 저항하고 새로운 공동체를 지향하는 노력이 있었다. 여기에 식민지라는 조건 속에서 민족의 해방은 더 큰 과제이기도 했다. 이 책에 실린 여성 작가의 작품들은 신여성의 이러한 꿈과 현실, 한계를 여실히 드러내 보여준다.

48 불신시대 박경리 중단편선

강지희(한신대) 책임 편집

수록 작품 계산/흑흑백백/암흑시대/불신시대/벽지/환상의 시기/약으로도 못 고치는 병

여성의 전쟁 수난사를 가장 탁월하게 그려낸 작가 박경리의 대표 중단편 7편 수록. 고독과 절망의 시대를 살아내면서도 현실과 타협하지 못하는 결벽성으로 인간의 존엄을 고민했던 작가의 흔적이 역력한 수작들이 담겼다.